U0919802

新视野中国儿童文学理论研究

发出自己的声音

束沛德文论集

FACHU ZIJI DE SHENGYING
SHU PEIDE WENLUNJI

束沛德◎著

图书在版编目（CIP）数据

发出自己的声音：束沛德文论集 /束沛德著. — 南宁：接力出版社，2013.10
（新视野中国儿童文学理论研究）
ISBN 978-7-5448-3176-5

Ⅰ.①发… Ⅱ.①束… Ⅲ.①儿童文学-文学研究-中国-当代-文集
Ⅳ. ①I207.8-53

中国版本图书馆CIP数据核字（2013）第227681号

责任编辑：蒋强富　美术编辑：张　凯
责任校对：高　雅　责任监印：陈嘉智　媒介主理：马　婕
社长：黄　俭　总编辑：白　冰
出版发行：接力出版社　社址：广西南宁市园湖南路9号　邮编：530022
电话：010-65546561（发行部）　传真：010-65545210（发行部）
http://www.jielibj.com　E-mail: jieli@jielibook.com
经销：新华书店　印制：三河市鑫金马印装有限公司
开本：710毫米×1000毫米　1/16　印张：25　字数：380千字
版次：2013年10月第1版　印次：2013年10月第1次印刷
定价：36.00元

目　录

第一辑　文林一瞥

Contents

Volume 2 Walking in Sea of Books

Volume 3 Cultivation Collection

Appendix

第一辑　文林一瞥

新景观　大趋势
——世纪之交中国儿童文学扫描

站在新世纪之交的门槛上，回望20世纪90年代中国儿童文苑，可以清晰地看到色彩缤纷、令人眼花缭乱的诸多景观：

一、一道亮丽风景——长篇少年儿童小说佳作迭出，蔚为大观

长篇少年儿童小说的崛起，始于20世纪80年代末、90年代初，领头羊是江苏少年儿童出版社。该社推出的《中华当代少年小说》丛书，先后出版了20多种。作者阵容强大，几乎囊括了当代中国儿童文苑最活跃、最抢眼的一批中年儿童小说家。收入这套丛书的不少作品，思想、艺术质量均属上乘，在全国性评奖中频频获奖。紧迫其后的是《巨人丛书》、《青春口哨文学》丛书等。到了90年代中期，由于江泽民总书记的大力倡导，把长篇小说、少儿文艺、影视文学列为重点扶持的“三大件”，因而给儿童文学的发展带来了新的活力和生机。全国从东到西，从南到北，各地宣传、出版部门和文学团体都花大力气抓儿童文学、长篇小说的创作，从而掀起了一阵长篇出版热。原创性的长篇少儿小说题材、花色品种之多前所未有，丛书、套书、系列作品层出不穷。1996—2000年这五年间，出版的较有影响的长篇少年儿童小说丛书就有：《猎豹丛书》、《棒槌鸟丛书》、《花季小说》丛书、《金犀牛丛书》、《自画青春》丛书、《鸽子树少儿长篇小说》丛书、《红辣椒长篇小说创作》丛书、《大幻想文学·中国小说》、《小布老虎丛书》、《金太阳丛书》、《七色草文学》丛书等。

长篇少儿小说在历次全国性的儿童文学评奖中往往独占鳌头，占获奖作

品总数的三分之一左右。以中国作家协会举办的第二、三、四届全国优秀儿童文学奖为例，获奖的作品中，系90年代出版的长篇小说就有：沈石溪的《一只猎雕的遭遇》《红奶羊》，曹文轩的《山羊不吃天堂草》《草房子》，关登瀛的《西部流浪记》《小脚印》，金曾豪的《狼的故事》《青春口哨》《苍狼》，程玮的《少女的红发卡》，张之路的《第三军团》《有老鼠牌铅笔吗？》，秦文君的《男生贾里》《小鬼鲁智胜》，董宏猷的《十四岁的森林》，从维熙的《裸雪》，梅子涵的《女儿的故事》，黄蓓佳的《我要做好孩子》，郁秀的《花季·雨季》。近两年出版的较为优秀的长篇少儿小说还有：黄蓓佳的《今天我是升旗手》、秦文君的《一个女孩的心灵史》、郁秀的《太阳鸟——我的留学，我的爱情》、张之路的《非法智慧》、张品成的《北斗当空》等。这些创作成果表明，80年代成长起来的一批中年作家，在积累了相当的生活经验、艺术经验之后，思想、艺术上日趋成熟，已能比较自如地驾驭长篇小说这种篇幅长、容量大、结构更为复杂的文学体裁。他们写出的作品，在题材范围、生活深度、思想内涵、人物刻画上做了更为广阔、深入的开掘，力求把孩子生活的小天地与人生、社会、自然、历史的大天地联系起来描绘，着力探索、揭示当代少年的内心世界和性格特征，表现了他们朝气蓬勃、奋发向上的精神面貌和成长过程。在创作风格、表现手法、叙事方式、文学语言上也做了新的、多样化的探索和追求，呈现出丰富多彩的景象。

长篇少儿小说的成就反映了当前我国儿童文学创作在思想、艺术上所达到的高度，是小百花园里最亮丽、光彩夺目的一大景观。

二、两种艺术追求——秦文君贴近时代，感动时下；曹文轩坚持古典，追随永恒

90年代中国儿童文苑，在创作个性、艺术风格的多样化追求上，呈现各树一帜、色彩纷呈的格局。而“南秦北曹”——秦文君、曹文轩在追求艺术个性、讲究美学品格上，可说是最具代表性、最引人注目的。

被誉为“当今创作成长小说第一高手”的曹文轩，在文章、演说中不止一次地亮明自己的美学态度：“我在理性上是个现代主义者，而在情感上与美

学趣味上却是个古典主义者”，“我永远只能是个古典主义者”。他喜欢浪漫主义情调，主张中国儿童文学“多一点浪漫主义”，还主张“文学要有一种忧郁的情调”，要具有“悲悯情怀”。他在创作实践和艺术追求上，坚定、执着地“追随永恒”。他坚信“感动人的那些东西是千古不变的”。

曹文轩统称为“成长小说”的三部曲《草房子》《红瓦》《根鸟》，从一个农村少年或中学生的视角，讲述早已逝去的苦难、动荡而色彩斑驳的岁月、人生和艰辛、苦涩的成长历程。作品以优美高雅的抒情笔调揭示普通人的人性美、人情美、人格美，颂扬至真至善的亲情、爱情、友情、乡情，字里行间充溢着对人的情感、人的命运的真诚同情与关怀，因而产生了动人心弦的艺术感染力、震撼力。这雄辩地证明了作者所说的：“‘从前’也能感动今世”，而且是老少咸宜。

被誉为“雕塑当代少儿群像高手”的女作家秦文君，对当代中学的校园生活情有独钟，坚持“以走入少儿心灵为本”，“以单纯有趣的形式讲叙人类的道义、情感”。她在创作实践中始终不渝地追求“艺术的和大众的（儿童化的）”的完美统一。

从秦文君系列作品《男生贾里》《女生贾梅》《小鬼鲁智胜》《小丫林晓梅》中，我们深切地感受到，她贴近大时代，贴近小读者。她热情关注“时下”，对当代少年的生存状态烂熟于心，对他们的欢乐、苦恼、希望、困惑有着细致准确的了解和把握。同时，她找到一种少年儿童喜闻乐见的叙事结构和形式，即将幽默诙谐浸透于“糖葫芦串式”的系列故事中。

不论是古典主义还是现实主义，也不论是“追随永恒”还是“感动时下”，不同的创作理念、艺术追求，归根到底，是为着一个共同的目标，那就是让新一代的心灵得到滋养，情感得到锤炼，培养他们成为视野开阔、意志坚定、情操优美、心灵丰富的有血有肉的人。这是当代作家艺术实践和追求的“殊途同归”。

三、三面美学旗帜——大幻想文学、幽默文学、大自然文学

20世纪90年代中后期，中国儿童文学领域的上空先后高扬起三面鲜明的、

光辉夺目的美学旗帜。

大幻想文学的旗帜，是1997年10月二十一世纪出版社在三清山举办的跨世纪中国小说创作研讨会上首先举起的。大幻想文学的倡导者认为，幻想文学是一种艺术主张，是当今世界儿童文学的主导潮流，它将成为中国儿童文学创作革新的突破口。并认为，幻想文学契合儿童文学的本质特征，将进一步促进儿童文学的文学性与儿童性的紧密融合，开辟一条进入少年儿童心灵世界的最佳通道。

从儿童文学现状来看，提倡大幻想文学，已经起到了扩大创作空间、加强幻想力度、促进艺术形态多样化的作用；并吸引了一批有志于这种样式创作的作家集结到这面旗帜之下。几年来，二十一世纪出版社相继推出《大幻想文学·中国小说》第一、二辑，共15种。这批作品可说是大幻想文学的初步创作成果。但这面旗帜要真正引导创作新潮流，还有待于有志者通过坚持不懈的创作实践，拿出具有强大艺术魅力的作品来。

继大幻想文学之后，浙江少年儿童出版社于1998年9月集中推出了《中国幽默儿童文学》丛书12种，在儿童文苑高高举起了幽默文学的旗帜。出版社的意图十分明确：一是强调幽默、轻松、好读，紧扣小读者的阅读兴趣；二是努力塑造张扬幽默精神的儿童文学形象，促使儿童文学的整体格局更加完整、合理；三是追求高品位儿童文学作品与市场效应的最佳结合。评论界和媒体高度评价出版社推出这套丛书的开创意义。有的论者认为，该丛书“站在提升中华民族未来一代精神素质的制高点上，理直气壮地将幽默精神这一美学旗帜插上了当代儿童文学创作的巅峰。这是一种具有深刻的人文精神与文化眼光的出版理念和行动哲学。”

继大幻想文学、幽默文学之后，2000年10月举办的安徽儿童文学创作会上打出了大自然文学的旗帜。大自然历来是儿童文学的重要母题之一。随着现代工业、科学技术的发展，保护自然环境，关注生态平衡，已经成为全球普遍关注的时代课题。也就是说，时代呼唤着大自然文学。新时代赋予大自然文学以新的艺术魅力和审美价值。当代大自然文学蕴含的保护地球的意识，在审美中占据着主导位置；而吸取最新的科学成果，从新的角度观照自然的本质、生命的本质，审视自然的美、生命的美，又使它在审美视角、审美意识上进入一个新的层次，从而使大自然文学这面绿色文学旗帜在新世纪闪耀着绚丽的美学光辉。

《刘先平大自然探险长篇》系列的问世，对大自然文学的发展起了带头、开拓的作用。近年来有更多的作家加入大自然文学创作的行列。湖南少年儿童出版社推出的《生命状态文学》丛书可说是大自然文学创作的新成果。

四、四块驰名品牌——“中华”牌、“巨人”牌、“花季”牌、“青春”牌

20 世纪 90 年代，随着市场经济的发展，中国儿童文学界、出版界的品牌意识得到培养和发展。各出版单位千方百计地打出自己的品牌，既有以质取胜的精品意识，也有吸引作家、招徕读者的市场意识。

90 年代以来，儿童文学出版界给我们留下鲜明印象的驰名品牌，主要有以下四种：

一是“中华”牌，即江苏少年儿童出版社出版的《中华当代少年小说》丛书和《中华当代童话新作》丛书。前一套共出了长篇少年小说 20 部；后一套共出长篇童话 15 部。一个出版社以如此大的热情、人力、物力和规模来集中出版长篇儿童文学新作，充分显示了它的胆识和锐意开拓创新的出版精神。这两套丛书中获全国优秀儿童文学奖和宋庆龄文学奖的小说有《山羊不吃天堂草》《少女的红发卡》等 5 部；童话有《狼蝙蝠》（冰波）、《绿人》（班马）等 4 部。江苏少儿出版社打出的“中华”牌，对当代中国少儿文学，尤其是少年小说的发展所作出的独特贡献，是有目共睹、功不可没的。

二是“巨人”牌，即少年儿童出版社出版的《巨人丛书》。从 1993 年初到 1999 年底共出了 6 辑，加上《巨人丛书·多彩年华特辑》，一共出了 57 种，均为中长篇作品，包括校园小说、法制小说、历险小说、惊险小说、幽默小说、动物小说、科幻小说、历史小说、传奇小说、神话小说等。《巨人丛书》已有 8 年之久的历史，可说是块老牌子，它既选用了一些比较知名的中年作家的作品，也陆续推出了一些文学新人。收入这套丛书的《男生贾里》、《女儿的故事》、《赤色小子》（张品成）、《梦幻牧场》（牧铃）等均曾获全国性的大奖。

它正逐步成为“我国中长篇儿童文学创作的一个精品书系”。

三是“花季”牌，即海天出版社出版的《花季·雨季》系列。该社出版的郁秀反映中学生生活的长篇小说《花季·雨季》，1997年问世后一炮打响，被誉为“90年代青春之歌”，连续4年稳居“全国畅销书排行榜”前12名之列，迄今已发行110万册。出版社还相继开发出版了“花季·雨季”的校园、幻想、侠义、启迪、海外等5个子系列，共40余种图书，发行80多万册。“花季·雨季”已成为一个初具规模的中学生课外读物书系。加上电台连播，拍电影、电视剧，出连环画和卡通书，5种媒体一起启动，进一步扩大了它的影响。“花季·雨季”这块家喻户晓的品牌，要持久地保持其知名度和影响力，还有待不断拓展“花季·雨季”书系，进一步推出高品位、富有艺术魅力的优秀作品。

四是“青春”牌，即北京少儿出版社出版的《自画青春》丛书。1997、1999年先后推出第一、二辑，共19本作品，其中17本是小说。出版社创意、策划、编辑出版这套丛书是为了“举‘自画青春’旗帜，树青春文学品牌”。这套丛书的作者都是在校大、中学生。他们怀着真情自己写自己，给儿童文苑吹来一阵清新的风。同时，这套丛书采取著名作家担任文学指导的方式，以弥补初出茅庐的小作者创作经验和艺术素养之不足。这也为培养文学后备军摸索了一条路。《自画青春》丛书第一辑一年内累计印数达36万册，由此可见市场覆盖面之一斑。

除上述四种驰名品牌外，《花季小说》丛书、《金太阳丛书》、《小布老虎丛书》、《红帆船诗丛》、《黑眼睛丛书》、《小鳄鱼丛书》等，也都具有一定知名度。

五、五个创作方阵——老作家、中年作家、青年作家、少年作者、成人文学作家

随着儿童文学老前辈谢冰心、陈伯吹的先后谢世，中国“五代同堂”的儿童文学大家庭已变为“四世同堂”。老、中、青三代作家，加上少年作者和加盟儿童文学的成人文学作家，形成世纪之交儿童文学创作队伍的五个方阵：

一是宝刀不老的老作家。三四十年代即驰骋儿童文苑的严文井、梅志、郭风、叶至善、任溶溶、袁鹰、鲁兵、圣野、黄庆云等，仍关注儿童文学的发展，

有的还不断发表新作或译作。五六十年代涉足儿童文学园地的一大批作家，如吴梦起、任大星、萧平、于之、张继楼、洪汛涛、赵燕翼、施雁冰、王一地、李心田、郑文光、柯岩、萧建亨、葛翠琳、刘兴诗、谢璞、孙幼军、沈虎根、邱勋、金波、张秋生、叶永烈等仍笔耕不辍。其中孙幼军、金波、张秋生等至今活跃于儿童文苑，在全国性的儿童文学大奖赛中仍不时榜上有名。

二是80年代成长起来的、如今已步入中年的一批作家。他们在思想、艺术上日趋成熟，已成为当代儿童文苑的中坚力量。其中不乏佼佼者，写小说的有：曹文轩、秦文君、张之路、梅子涵、沈石溪、陈丹燕、黄蓓佳、金曾豪、常新港、董宏猷、班马、韩辉光、董天柚、朱效文、彭懿、张品成等；写童话的有：周锐、葛冰、郑渊洁、冰波、郑允钦等；写诗歌、散文、报告文学的有：高洪波、刘丙钧、王宜振、滕毓旭、吴然、鹿子、孙云晓、刘保法、庄大伟等；从事低幼文学的有：郑春华、谢华等。这些作家包揽了全国性的儿童文学奖一半以上的奖项；有的作者频频得奖，成了名副其实的得奖专业户。

三是90年代涌现的、富有朝气和活力的青年作家。他们都还年轻，年龄在30岁上下，大多受过高等教育，起点较高，思想活跃，在创作上也做了一定的准备。他们的迅速成长，为儿童文苑注入了一股新鲜而充盈的活力。上海青年女作家群（殷健灵、张洁、萧萍、谢倩霓、张弘）和辽宁小虎队（老臣、薛涛、常星儿、车培晶、萧显志、董恒波）就是这一方阵的代表。走在这一方阵里的还有：写小说的曾小春、彭学军、祁智、玉清、王小民、简平；写童话的保冬妮、葛竞、杨红樱、汤素兰、谢乐军、向民胜、李志伟；写诗歌、散文的徐鲁、邱易东、薛卫民、庞敏；写科幻小说的星河、杨鹏等。这一方阵的不断壮大，消除了人们一度存有的儿童文学队伍青黄不接、后继乏人之忧。

四是自写花季、自画青春的少年作者。他们大多是在校的大、中学生，平均年龄只有十七八岁。他们拿起笔来直抒胸臆，倾诉自己成长过程中的幻想、幸福、痛苦和困惑。走在这一方阵最前头的是《花季·雨季》作者、深圳女中学生郁秀。紧随其后的是《自画青春》丛书的作者，这套丛书第一辑的9位作者，平均年龄18岁。其中《转校生》作者萧铁加入中国作家协会时才19岁，成为该协会目前最年轻的会员。近两年大、中学校的少年作者纷至沓来，其中影响较大的有：韩寒（《三重门》）、彭清雯（《我们真累——一个女中学生的心灵之旅》)、唐玥(《高一岁月》)、金今(《再造地狱之门》)、黄思路(《十六岁留学美国》)、杨哲(《放飞》)、矿矿(《放飞美国》)等。这些少年作者中，有的可能成为文学大军的后备力量。但对这种少年作者写作现象似不宜过分吹捧和炒作。

五是加盟儿童文学的成人文学作家。90 年代后期，各出版社相继推出长篇少儿小说丛书，组织、吸引了一批成人文学作家为少年儿童写作。加入这个方阵的有：刘心武、萧复兴、毕淑敏、王安忆、竹林、池莉、方方、马丽华、赵玫、冯苓植、王小鹰、陆星儿、迟子建、张炜、刘毅然等。他们的加盟，不仅扩大了儿童文学创作队伍，而且在开拓题材、转换视角、揭示内心世界、丰富表现手法等方面，也给予儿童文学作家以有益的启迪。

上述一道亮丽风景、两种艺术追求、三面美学旗帜、四块驰名品牌、五个创作方阵，反映了中国 20 世纪 90 年代儿童文学创作态势的调整、美学观念的变化和文学队伍的重组，也预示着新世纪中国儿童文学的发展趋势和前景。

在我看来，思考、探索新世纪儿童文学的走向、格局，既不能离开我们所处的时代及时代赋予儿童文学的任务；也不能离开儿童文学的本质、特征及未来一代的审美需求和欣赏习惯。

我们处在一个信息时代、高科技时代、知识经济时代。以信息科技和生命科技为核心的现代科技突飞猛进、日新月异，经济全球化的进程日益加快，综合国力的竞争也日趋激烈。在这个大背景下，能不能培养、造就大批高素质的人才，关系到国家和民族的命运、前途。

21 世纪是实现中华民族伟大复兴的世纪。振兴中华的历史重任最终将落在一代又一代少年儿童身上。肩负振兴中华重任的新一代应当具有综合素质、精神道德素质和科学文化素质，要有远大志向、开阔胸襟、高尚品德、过硬本领和强健体魄。而文学艺术对于提高综合素质，培养全面发展的人才，具有重要的、独特的作用。新世纪的儿童文学对于帮助未来一代陶冶道德情操、铸造意志品格、净化精神世界、提高审美能力，可以发挥润物细无声、潜移默化的作用和影响。

在这里，我想就在大时代的背景下建设新世纪中国儿童文学，应当高扬什么旗帜，弘扬什么精神，注重什么内涵，发扬什么特色，扼要地讲一讲自己不成熟的、粗浅的看法。也可以说是用粗线条勾勒一下我所憧憬、向往的新世纪儿童文学的新格局。

第一，理想主义与人文关怀

张扬理想主义、爱国主义、英雄主义的旗帜，注重人文内涵，弘扬人文关怀的精神。

儿童文学的本质应当是理想主义的，应当具有浪漫的理想色彩，给少年儿童以梦幻、希望、信心和力量，帮助他们树立远大理想，为建设和平、繁荣的人间乐园、美好家园而不懈努力。

儿童文学肩负着用爱国主义、英雄主义精神培养下一代的光荣职责。要通过塑造具有理想色彩、有血有肉、性格鲜明的形象，激励少年儿童从小爱我中华，从小树立为振兴中华建功立业的远大志向；培养他们百折不挠、勇往直前、见义勇为、战胜困难的英雄主义、乐观主义精神。长篇儿童小说《今天我是升旗手》作者黄蓓佳的创作主张极其鲜明："少年一代中应该提倡理想主义，鼓励他们有英雄崇拜，张扬他们的好胜心和进取心，诱发他们天性中善良和富有同情的一面，引导他们感受崇高，感受一种阳刚的美和道德的纯粹。"

儿童文学在张扬理想主义的同时，还应当弘扬人文关怀的精神。人文主义精神的核心是以人为本。儿童文学应当充分体现对少年儿童生存状态的关怀，对儿童心灵世界的关怀。我们处在信息时代、高科技时代，儿童文学应该更好地适应时代发展的内在要求，丰富、弘扬人文关怀的精神，注重作品的人文内涵。这种人文关怀精神应当体现在：执着地热爱、歌颂生命，热爱、歌颂自然，呼唤强化生命意识；帮助、引导儿童心灵健康成长，树立有益于社会历史进步的价值理想；尊重、热爱优秀的民族文化传统，从人类的文化遗产中吸取伟大而卓越的人格力量；发扬同情、友爱、关注弱势群体的悲天悯人精神。

第二，贴近时代与拥抱自然

更加贴近当代儿童的生活和心灵；崇尚大自然，追求人与自然的和谐统一。

我们处在一个信息时代、电脑时代，"网络就是 21 世纪"。当代的少年儿童是在电视机、电脑前成长起来的，他们的价值观、知识面、理解力大大有别于其父辈、祖辈。立足于大变革时代，深入了解、把握时代潮流冲击下少年儿童生存状态、心理状态、审美情趣的发展变化，是儿童文学作家应当做的第一位工作。

新世纪的儿童文学贴近时代、贴近生活、贴近小读者，最重要的是贴近当代儿童的心理，真正走进他们的感情世界、内心世界。既要了解、熟悉少年儿童的“小世界”与当今社会生活“大世界”不可分割的联系；更要关注属于孩子自己的独特的世界，捕捉他们心灵深处最细微、最锐敏的生命感觉和感情秘密，着力揭示他们在生命成长、精神成长历程中的真情实感。

儿童文学在拥抱时代、热爱生活与拥抱自然、热爱自然这两方面都能滋润小读者的心田。大自然是人类的母亲，也是文学艺术的源泉；而儿童文学又是最接近大自然的文学。在保护生态环境成为国际性话题的背景下，发展大自然文学，营造绿色文化，启迪、引导少年儿童热爱大自然，保护大自然，向他们传递地球家园意识、生态环保意识，已成为世纪之交儿童文学令人瞩目的一种创作走势。

为少年儿童写作的大自然文学，不仅要充分展示大自然的美丽、丰富、神奇，让小读者领略大自然的风光，了解大自然的奥秘，使自己的情操得到陶冶，胸襟更加开阔；同时还要表现人类不怕困难、历经艰难拯救、保护自然环境的斗争，激励小读者用自己的热情、智慧去为争取人与自然的和谐统一而建功立业。

第三，幻想文学与科学文艺

自由驰骋想象，扩大幻想空间，倡导热爱科学，勇于探索创新，启迪、培养下一代的想象力、创造力。

随着新世纪的到来，高新科技的发展，进一步激发起人们对未来世界的浓厚兴趣和大胆预测，这就为幻想、科幻、科学文艺类作品提供了广阔的市场。而少年儿童的天性又爱好幻想，追求新奇，喜欢惊险，崇尚新鲜、神秘、不平凡的事物，幻想文学正适应了小读者的这种心理特征和审美需求。幻想文学所具有的自由、奔放、奇幻、灵异的美学特征为全世界儿童所喜爱和接受。正因为如此，幻想文学越来越成为世界儿童文学的主潮。

儿童文学领域有着驰骋想象的广阔天地。开拓、扩大想象空间，以超凡、奇妙的想象、幻想去激发、陶冶孩子的想象力、创造力，启迪他们探索未来、创造未来的精神．这是培养、提高新世纪少年儿童精神素质的需要。

在高科技时代、知识经济时代，更高地举起科学文艺的旗帜，力求文学与科学的完美结合，使少年儿童在获得美的享受的同时，也得到科学知识的熏陶，唤起他们热爱科学、向往科学的精神，增强创造的激情和活力，这是新世纪儿童文学的又一走向。

科学文艺不仅要将丰富的科学知识寓于生动的故事情节和艺术形象之中，而且还要渗透、灌注浓烈的科学精神和人文精神。这就要求科学文艺作家立足科技前沿，具有广博的科学知识，增强科学底蕴；同时要有深厚的生活功底、文学功底。科技知识是艺术想象的有力翅膀，建立在丰厚学识基础上的科学想象力是科学文艺的灵魂。

第四，幽默品格与游戏精神

充分发掘儿童文学的幽默品格、游戏精神等美学特质，适应少年儿童天性，培养乐观开朗的性格。

新世纪的儿童文学必然更加尊重少年儿童的好动爱玩、喜欢游戏的天性，推动儿童文学艺术本性的回归。幽默品格、游戏精神是最能体现儿童文学艺术本性的美学特质。幽默是一种智慧，一种情趣，一种高雅的精神气质、文化品格；游戏也是一种智慧的角逐、一种感情的释放，二者都可说是儿童文学的看家法宝。随着时代、社会的变迁，儿童生活情状、精神需求的变化，儿童文学会更加注重张扬幽默品格、游戏精神。表现幽默、游戏精神的色彩、手段、方法多种多样，可以编织引人入胜的故事，也可以营造充满乐趣的游戏世界；可以刻画一个个性格诙谐的人物，也可以追求一种独特的、妙趣横生的叙事方式、语境；可以出奇制胜，充溢喜剧色彩，也可以寓庄于谐，寓理于趣。在这方面，作家可以八仙过海，各显其能，有着施展自己才华的广阔天地。

第五，立足中华与走向世界

扎根中华大地，面向亿万小读者；放眼五洲四海，与世界儿童文学接轨。

新世纪中国的儿童文学要走向世界，首先要走向 3 亿多中国小读者。要把儿童文学的根深深地扎在中华民族的土壤上，扎在亿万少年儿童的心灵深处。要写出我们自己的、富有时代特色和民族特色、为少年儿童所喜闻乐见的作品，既要熟悉、了解当代少年儿童的生活、心理；又要善于从优秀的民族文学传统中吸取养料，丰富、提高自己的艺术表现力。同时，还要深入细致地研究在市场经济、多元传媒、电脑网络的冲击和影响下，少年儿童阅读心理、审美情趣、欣赏习惯的变化。更加注重趣味性、娱乐性、可读性，力求大众化与艺术性的完美结合，势必成为众多儿童文学作家的一种艺术追求和选择。

他山之石，可以攻玉。要走向世界，当然还要博采众长，学习、借鉴世界一切优秀儿童文学的成果，了解国际儿童读物、儿童文学的潮流、走向和发展趋势。要打开窗户，呼吸新鲜空气，从外国同行那里学习创新精神和艺术经验，以开阔创作视野，提高艺术表现能力。只有尊重世界文化、世界儿童文学的多样性，学贯中西，兼收并蓄，知己知彼，取长补短，中国儿童文学才能更好地与世界儿童文学接轨。

杰出的、经典的儿童文学作品是超越时空、不分国界的。它们往往描写全人类普遍关注而又是普天下少年儿童心灵能共同感受的东西，讴歌真、善、美，颂扬爱的力量、道义的力量、智慧的力量，因而具有永恒的、经久不衰的艺术魅力和全人类共享的审美价值。新世纪呼唤代表中华民族的儿童文学大家。愿所有情系下一代的儿童文学作家携手并肩，同心协力，向着世界儿童文学的巅峰登攀！

2001 年 5 月 31 日

为精品鼓与呼

诞生于20世纪80年代初的《儿童文学选刊》(以下简称《选刊》),如今已成为翩翩一少年了。在我国少年儿童报刊之林中,《选刊》是一本颇有个性、风采的刊物。

从创刊至今,15个春秋,《选刊》始终不渝地坚持以荟萃儿童文苑短篇佳作为己任,大力扶持新人新作,热情支持艺术探索与创新,关注、鼓励理论探讨与争鸣,充分显示了一个选家应有的勇气和眼力。大致浏览一下已出版的80多期刊物,我们不仅高兴地看到当代中国儿童文学第二个黄金时期的丰硕成果,而且可以清晰地看出新时期以来儿童文学的总体面貌、发展过程和艺术走向。毫不夸张地说,《选刊》为谱写新时期儿童文学发展史留下了重要的、弥足珍贵的资料。正因为如此,她已成为众多的儿童文学作家、评论家、研究工作者熟悉而亲密的朋友;在儿童文学爱好者、少年读者群中也小有名气了。

《选刊》已经取得的成就值得祝贺。但面对建设四化、振兴中华的伟大时代,面对跨世纪的一代新人,《选刊》应当更加清醒、自觉地意识到自己肩上担子的分量。我们的时代呼唤精品,广大小读者渴望精品。努力树立精品意识,既是对作家的要求,也是对选家的要求。以选精拔萃为宗旨的《选刊》,理应为儿童文学精品力作的问世和传播创造条件、开辟道路,满怀热情地为精品鼓与呼。

什么是精品?当代少年儿童需要什么样的精品?我以为,不久前江泽民总书记提出的要创作出我们自己的、为少年儿童所喜闻乐见、富有艺术魅力的儿童文艺作品，正是对精品的基本要求。这里所说的“我们自己的”，从总体上、广义上说，是要求作品具有鲜明的时代特色、民族特色；同时，它又有现实针对性，那就是要尽快打破外国卡通一统天下、洋“鼠鸭猫”称霸荧屏的局面，努力创造出在吸引力与覆盖面上堪与米老鼠、唐老鸭相匹敌，文学品位更高、艺术魅力更强的中国自己的儿童文学形象。“为少年儿童所喜闻乐见”，既要在题材内容上贴近时代，贴近现实，贴近孩子的生活和心灵；又要重视体裁、形式、表现手法、艺术风格的多样化，鼓励标新立异，讲究趣味性、娱乐性、可读性。“离孩子们生活最近的（学校和家庭中孩子们所关心的事）或最远的（探险、科幻、宇宙奥秘、动物世界），这类题材的作品都是孩子们最感兴趣的。”少年儿童阅读状况调查反馈回来的这个信息，是值得作家、选家重视的。“富有艺术魅力”，则要求在艺术上精雕细刻，精益求精，写得更精彩、更精粹、更精致些，使作品具有强烈的吸引力和艺术感染力。总之，儿童文学精品应当是思想内容健康向上、艺术形式完美精湛、能够深深打动孩子的心灵、在小读者群中产生广泛影响并具有较为久远的艺术生命力的优秀之作。其中有的可能成为经典之作，传世之作。当然，这是对精品的高标准、严要求，是我们希望达到的目标。精品不是一蹴而就、信手拈来的，而是作家在思想、生活、艺术上做了充分的准备，呕心沥血、惨淡经营的结果。精品的产生，需要一定的土壤、气候、环境氛围和良好的创作心态，需要一定的时间和周期。不能指望旦夕之间，报刊、书籍等出版物上或荧屏银幕上，就骤然出现那么多精品力作。即使对立志办成一份精品刊物的《选刊》，也不能要求它选登的每一篇作品都达到精品的水平和高度。还是要从我国当前儿童文学创作的实际状况出发，在现有基础上一个台阶、一个台阶地向上登攀。

愿《选刊》殚精竭虑，披沙拣金，经过不懈的努力，真正成为一个有口皆碑的儿童文学精品库。

1995 年 8 月 24 日

儿童文苑的三喜三忧

面对当今我国儿童文苑，可说是一则以喜，一则以忧，喜忧参半。

一喜：新时期以来我国作家在儿童文学观念上的更新和进步，对儿童文学功能的认识更全面、更准确了，越来越注意全面发挥它的教育、认识、审美、娱乐等多方面的功能。同时，进一步明确了儿童文学的服务对象分为幼儿、儿童、少年三个层次；在创作实践上更加自觉地按照不同年龄段孩子的心理特点、审美需求、欣赏习惯来写作。

二喜：各种体裁、样式的儿童文学创作都取得了引人瞩目的成果。中国作家协会主办的两届全国优秀儿童文学奖以及宋庆龄基金会等单位主办的四届宋庆龄儿童文学奖，评选出来的上百部（篇）作品，大体上反映出新时期以来我国儿童文学创作的成就和水平。创作题材大大拓宽了，不少作家善于把孩子生活的小天地与社会生活的大天地联结起来描绘。艺术上的探索、创新，也呈现出五彩缤纷的景象。童话创作上抒情派、热闹派的自由竞赛，各显神通，就是艺术风格多样化的一例。作家精心塑造的黑猫警长、皮皮鲁、怪老头儿、盐丁儿、男生贾里这样一些个性鲜明的儿童文学形象，已赢得众多小读者的喜爱和赞赏。

三喜：我国儿童文苑已经形成一支具有相当规模和实力的创作队伍。中国作协 5000 多名会员中，以从事儿童文学为主的约 450 人，加上各省、市、自治区作协会员，儿童文学作者总数近 4000 人，其中思想、艺术上日趋成熟、目前创作活跃的中青年作家约两三百人。面对商品经济的大潮，无论创作、出版的条件多么困难，甘于寂寞、淡泊名利、坚持在儿童文学园地上默默耕耘、执着追求的大有人在。这是我国儿童文学创作发展、繁荣的希望所在。

对于儿童文学已经取得的进展和成就，固然要充分肯定，但又不能不清醒地看到目前存在的那些令人担忧的状况、问题和困难。

一忧：近几年外来的米老鼠、唐老鸭、机器猫、变形金刚、奥特曼充斥儿童文化市场，而我们自己的为少年儿童所喜闻乐见、富有艺术魅力的优秀作品还太少。尤其是缺乏闪耀时代光彩、贴近儿童生活、能够深深打动孩子的心灵、在小读者群中产生广泛影响的精品力作，缺乏在吸引力与覆盖面上堪与外国卡通形象相匹敌、文学品位更高、艺术魅力更强的中国自己的儿童文学形象。

二忧：小读者疏离了文学读物。正像处于社会转型期的不少成年男女心情浮躁、热衷于快餐文化一样，当今的少年儿童也大多被电视机、游戏机所吸引，课外阅读也只看卡通、小人书，对文学作品兴趣不大，涉猎很少。我们自己的、为数不多的优秀作品还难以进入少年儿童的阅读视野。

三忧：儿童文学创作队伍青黄不接，近几年涌现的有才华、有潜力的文学新人相对而言数量不多。80 年代初、中期曾出现新人辈出的可喜景象，如今这一茬作者已四五十岁，大多在新闻、出版、文艺部门工作，离开了与少年儿童朝夕相处的岗位，对今天孩子的生活、思想、感情缺乏深切、透彻的了解和体验，亟须补充生活的库存。新加入儿童文学创作行列的作者还不够多，他们还需要在思想、生活、艺术上不断丰富、充实自己，勤学苦练，逐步提高。

近些年来，儿童文学界发出的呼唤精品、呼唤新人、呼唤小读者的声音，确实应当引起各有关方面的高度重视了。

江泽民同志关于繁荣少儿文艺的指示，给我国儿童文学的振兴、繁荣带来了新的契机和动力。我们一定要从培养跨世纪一代新人的高度来认识儿童文学的作用和地位，抓住机遇，创造条件，大力帮助儿童文学新人成长，努力造就一支关心祖国未来、热爱少年儿童、艺术水平精湛的儿童文学创作队伍，促进儿童文学创作在思想、艺术质量上有一个新的提高、新的突破，为儿童文学找回并争取更多的小读者。

在我国当代儿童文学史上，50 年代曾出现第一个黄金时期；80 年代初又出现第二个黄金时期。如今，儿童文学要重振雄风、再造辉煌，关键在于作家要真正了解、熟悉当代少年儿童，细心揣摩、研究他们的阅读心理、欣赏习惯，在艺术上刻意追求，千锤百炼，精雕细刻，精益求精。

面对建设四化、振兴中华的伟大时代，面对渴望文学精品的、跨世纪的一代新人，儿童文学作家一定会更辛勤地劳动，更勇敢地创造，以丰富、精美的创作成果迎接我国儿童文学的又一个阳光灿烂、繁花似锦的春天。

1995 年 9 月 8 日

可喜成绩与美中不足

正当各有关方面认真贯彻落实江泽民总书记关于繁荣少儿文艺的指示时，中国作家协会举办的第三届（1992—1994）全国优秀儿童文学奖评选揭晓了。

这次获奖的19部小说、童话、诗歌、散文、幼儿文学作品，是从各地推荐的157部作品中评选出来的。它们大体反映了当前我国儿童文学创作的成就和水平，在思想性与艺术性的结合、文学品位与可读性上，均堪称上乘之作、优秀之作。

获奖作者名单中，引人瞩目的是从维熙、苏叔阳这两位驰名文坛的成人文学作家。他们分别以富有抒情色彩的自传体长篇小说《裸雪》和奏响一曲祖国颂歌的长篇知识性散文《我们的母亲叫中国》，而跻身于儿童文学行列。同样令人瞩目的是一位生长在洞庭湖畔、年仅29岁的女作家庞敏，以其富于乡土色彩、灵秀之气的散文集《淡淡的白梅》，首次摘取全国性儿童文学奖的桂冠。创作力旺盛，思想、艺术上逐步走向成熟的中青年作家占获奖作者总数百分之七十。他们是当前儿童文学队伍的中坚群。

更加贴近当代少年儿童的生活和心灵、充满时代气息、青春气息，是这次获奖作品的一个鲜明特色。为当代少年塑像，探索、揭示当代新少年的性格和心理特征，在获奖的小说中占有突出的、光彩夺目的地位。在获奖作品篇目中，秦文君的长篇小说《男生贾里》荣居榜首。打开这部作品，一股浓郁的当代生活气息迎面扑来。作者准确地把握了20世纪90年代都市少年独特的心理和行为方式，通过生动有趣的故事情节和幽默诙谐的细节、语言，成功地塑造了一个个性鲜明、栩栩如生的初一男生形象，丰富了儿童文学的人物画廊。金曾豪的长篇小说《青春口哨》打开当代少年的心扉，着力刻画了江南小城里天平、郑康儿等几个出身不同、性格各异的少男少女形象。作者力图把主人公喜怒哀乐的“小感情”融入对时代、对人民、对未来的“大感情”之中，基调明朗昂扬，我们从中清晰地听到了一种富有时代特征的青春旋律。诗集《到你的远山去》的作者邱易东，生活在远离大都会的深山小镇里。他以熟悉山区、乡镇孩子生活、心态的优势和深刻、独特的感觉，抒发了当代少年对大自然和美好生活的热爱、向往，对人生、世界和未来富有哲理性的思考。

在坚持高品位、高格调的前提下，更加讲究趣味性、幽默感、可读性，是这次获奖作品的另一重要特色。强化儿童文学的幽默品格和快乐天性，以适应当代少年儿童的审美情趣和欣赏习惯，似已成了不少作者在艺术上潜心探索追求的目标。秦文君显示了引人注目的幽默才能。她的幽默可说是渗透在《男生贾里》每一个故事、情节、细节、人物对话和全书的字里行间，读来轻松愉悦，令人忍俊不禁。张之路的小说《有老鼠牌铅笔吗？》取材于孩子的暑期生活，精心编织了一个生动、富有戏剧性的故事，悬念设置起伏跌宕，能吸引小读者饶有兴味地一口气读下去。冰波的童话《狼蝙蝠》幻想奇特，气势恢宏，故事引人入胜，表现手法新颖，有很强的可读性。周锐的童话《哼哈二将》则扎根于民族文化土壤，把古代神话、民间传说中的人物引进当代生活环境，奇妙的幻想、幽默的笔调蕴含着耐人寻味的内涵。张秋生的幼儿文学集《鹅妈妈和西瓜蛋》，捕捉、发掘生活中的美和诗意，构筑起一个个富有情趣、美丽动人的童话世界，以优美的道德情操滋润幼儿的心田。散文集《悄悄话》的作者高洪波好像置身于孩子们中间，以朋友的身份平等地同小读者谈心聊天，让你在阅读中感受到一种温馨和快乐。

极力张扬童真童情、童心童趣，着力表现亲子之情、友爱之情、对家乡故土之情，在以情感人上下功夫，增强作品的艺术感染力，是这次获奖作品的又一特色。郑春华的幼儿文学《大头儿子和小头爸爸》通过12则生活故事表现了当代新型的、浓浓的父子亲情。《淡淡的白梅》则以朴实流畅的语言抒写了对母亲、对乡土深挚的眷恋之情。而从维熙在《裸雪》中则以抒情的、富有感染力的笔触描写了主人公丫头、小芹两小无猜的友爱之情，为我国儿童文学画廊增添了两个生动的、有血有肉的儿童形象。关登瀛的长篇小说《小脚印》通过一个初进大城市的乡村少年的经历和遭遇，把父子之情、师生之情写得极为真切，并颂扬了新社会人间自有真情在，讴歌了普通百姓正直、善良、富有同情心的美好品质。这些作品给儿童文苑带来的浓郁、清新的乡土气息、地方色彩，令人耳目一新。

纵观本届评奖，也有不少美中不足之处。就作者队伍来说，新面孔太少，除了庞敏、邱易东、车培晶三位是生活、工作在基层，首次获得全国性的奖项，可算作文学新人外，其余都是多次得奖、有一定知名度的老作者。就作品门类、题材、体裁、样式来说，科幻小说、报告文学、寓言空缺；中篇小说、长篇小说、童话多，短篇很少或没有；反映城市少年儿童生活的多，反映农村孩子生活的较少；适合少年阅读的多，适合学龄前儿童和低、中年级学生的作品少。就作品质量来说，尽管评出的作品都是质量、品位、格调比较高的，但从当前儿童文学创作的总体情况看，与时代的要求、小读者的要求还有不小的差距，时代色彩鲜明、思想性与艺术性完美结合、为少年儿童所喜闻乐见、并能在小读者中产生广泛影响的精品力作为数不多。这就要求我们的作家进一步提高自己的思想、理论素养和文学艺术素养；投身时代激流，更加熟悉当代少年儿童的生活、心理和审美需求；树立精品意识，潜心创作，精益求精，在提高作品思想、艺术水平上狠下功夫，把最美的精神食粮奉献给孩子。

1996年5月23日

说长道短
——中国作协第三届儿童文学奖综述

中国作家协会举办的第三届（1992—1994）全国优秀儿童文学奖圆满结束了。在六一国际儿童节前夕召开的隆重、热烈、喜气洋洋的颁奖大会上，少先队员向19位获奖作家发了奖。第二天，《人民日报》在头版头条的位置以“本报评论员”的名义发表了题为《让儿童文学繁花似锦》的文章。同一天，几十位作家、编辑、读者欢聚于北京文采阁，深入探讨获奖作者秦文君的长篇小说《男生贾里》《女生贾梅》。面对这些实实在在的举措，儿童文学界的朋友可说是沉浸在节日的喜庆氛围里，企盼着儿童文学花团锦簇的又一个春天的到来。

我作为本届儿童文学奖评委会负责人之一，又是中国作协书记处分管儿童文学工作的成员，愿借《作家通讯》这块园地向各位会员简要汇报一下第三届全国儿童文学奖的评选经过、成就和不足，以及儿童文学界面临的问题和困难。

体现导向性、权威性、公正性

中国作协举办全国优秀儿童文学奖，是1986年6月14日中国作协第四届主席团第四次会议通过的《中国作家协会关于改进和加强少年儿童文学工作的决议》（以下简称《决议》）定下来的。评奖的宗旨是鼓励优秀创作，奖励文学新人，为广大少年儿童提供更多更好的精神食粮。从1986年作协主席团决定设置儿童文学奖到现在，共举办了三届：第一届（1980—1985）、第二届（1986—1991）评选的时间跨度均为6年，第三届则为3年，即1992—1994年间出版的作品。今后计划每3年评选一次。

本届评奖是在从上到下贯彻落实江泽民总书记关于繁荣少儿文艺指示的背景下进行的。1995 年 10 月中国作协下达评奖通知、方案后，各省、市、自治区作协、少年儿童出版社等有关单位都很重视，共推荐了 157 部作品参评，其中长篇小说 38 部、中短篇小说 23 部、童话 33 部、诗歌 22 部、散文 12 部、报告文学和传记文学 6 部、寓言 3 部、幼儿文学 20 部，共约 2000 万字。以熟悉儿童文学现状、年富力强的中青年编辑、研究人员为主组成了 19 人的初选小组，于 1996 年 3 月中下旬举办了为期半月的读书班。经过认真阅读、充分讨论和投票推选，从 157 部作品中筛选出 25 部，作为备选篇目，供评委会阅读参考。

评委会由 14 位儿童文学作家、评论家、编辑家、教授组成，并聘请德高望重的儿童文学老前辈冰心、严文井、陈伯吹、叶君健、袁鹰担任顾问，评委会成员于 4 月初到 5 月中旬，在认真阅读初选小组推荐的 25 部作品的基础上，又新提出 7 部作品复议，经三分之一评委附议，其中有 6 部补充列入备选篇目。备选的 31 部作品，近 400 万字，没有半月、二十天时间，是读不完的。我主持这项工作，为了做到心中有数，不敢懈怠，在召开评委会前集中时间、精力认真阅读了所有备选作品。应当说，这确实是一件很辛苦的事。

评委会严格遵循评选的指导思想、标准和原则，坚持导向性、权威性、公正性，坚持少而精，讲究质量，宁缺毋滥。评委会认为，把握导向性，就要努力使我们的评奖鲜明地体现提倡什么、鼓励什么，促进少年儿童文学沿着有利于培养一代有理想、有道德、有文化、有纪律的社会主义新人，有利于提高中华民族的精神、道德、文化素质的方向发展，力求健康向上的思想内容与尽可能完美的艺术形式的统一，为广大少年儿童所喜闻乐见。既要按照儿童文学的特点坚持主旋律与多样化的统一，防止在创作思想、审美情趣上误导；又要兼顾少年儿童文学的三个年龄阶段（幼儿、儿童、少年），防止在服务对象上误导，即过于向某个年龄阶段倾斜。

增强权威性。权威不是自封的，它决定于评选出来的作品是否代表当前我国儿童文学创作的成就和水平；是否为当代少年儿童所接受和喜爱；是否经得起时间的检验、历史的考验。作协的儿童文学奖是一个包括多种体裁、样式作品的全国性的奖项。在时间上，它是与建国以来中国人民保卫儿童全国委员会、共青团中央、中国作协等有关单位联合举办的两次全国少年儿童文艺创作奖（第一次评选1949—1953年的作品，第二次评选1954—1979年的作品）相衔接的。在评选门类、范围上，又有别于宋庆龄儿童文学奖、陈伯吹儿童文学奖等奖项。如，宋庆龄奖每届只评选一种体裁样式的作品；陈伯吹奖前九届则限于评奖在上海发表出版的作品。在经费来源上，作协的儿童文学奖是由政府拨专款，而不是由企业集资或个人捐助的。正因为如此，我们力求把这个奖办成一个全国性的高规格、高品位、高档次的奖项。

坚持公正性，则要求完全按照作品的思想、艺术质量来评估，不受作者的知名度、所在地区、出版单位等因素的影响，不搞平衡，力戒照顾，真正做到在作品质量面前一视同仁。并严格按评选规则办事，如在初选小组推荐的篇目外，评委新提出的作品，有三分之一评委附议，才能补充列入备选篇目；评委会经过两轮（预选、正式推选）无记名投票方式产生获奖作品；获得三分之二评委的赞同票才能入选，等等。

这次评委会开得严肃认真又友好和谐，富有较浓的学术探讨气氛和民主协商精神。评委们对列入备选篇目的31部作品进行了认真、深入的讨论，既热情肯定了它们的成就和特色，也坦率地指出其中一些作品的弱点和不足。不少评委勇于陈述自己的见解，并乐于听取别人的意见。对一些较为重要的问题，都是经过反复商量、充分讨论，才逐步取得共识的。比如，苏叔阳的《我们的母亲叫中国》，评委们对这本书在弘扬爱国主义主旋律、富有很强的思想性和知识性、文笔优美等方面取得的成就是没有异议的，但对它的文体界定存在一些困惑和歧异。有的认为它是非文学的普及读物、知识读物，不属于儿童文学奖的评选范围。经过讨论，多数评委认为随着时代的发展，散文这种文体也在发展，用大散文的观念来审视，可把《我们的母亲叫中国》归入长篇知识性散文的范畴。作者是满怀爱国之情、民族自豪感来介绍祖国的史地人文知识的。它不仅给小读者以广博的知识，而且具有撼人心魄的力量。又如，对是否可将秦文君的《女生贾梅》作为《男生贾里》的姊妹篇同时列入备选篇目（占一个获奖名额）的问题。多数评委认为，评奖办法规定在每届评奖中一个作者只能有一部作品入选。秦文君这两部小说虽然在故事情节、人物上有紧密的联系，但毕竟是独立的两本书，而且又是两家出版社出版的，还是只评其中的一本为好。否则,牵涉到评奖办法的修改。再如,如何对待“三连冠”作者的问题。评奖方案中规定:“已两次获得中国作协优秀儿童文学奖的作者,除本次参评作品特优者外,一般应避免再次获奖。”评委们认为,为了更多地推出文学新人,规定这一条,是有好处的。但在具体掌握上又不宜过严,只要在本届获奖作品中属于水平线之上,而且就参评作者个人的创作来说,在某些方面有新的开拓、进展,就可以再次入选。一些评委谈到,“三连冠”本身是好事,对坚持为少年儿童写作的作家是一种肯定和鼓励;对提高儿童文学创作的思想、艺术质量,也会起促进作用。评委们在上述这些问题上取得共识,就使坚持导向性、权威性、公正性,坚持少而精的原则在评奖工作中得到了较好的贯彻落实。最后产生的 19 部获奖作品中,有 15 部是初选小组推荐的,4 部是评委补充提出的。这个结果说明,既充分重视了初选小组做的基础性工作,又十分看重评委们的意见和他们对作品的独立判断。

呼唤精品、新人、读者

第三届全国优秀儿童文学奖评选出的 19 部小说、童话、诗歌、散文、幼儿文学作品,大体上反映了当前我国儿童文学创作的成就和水平,在思想性、艺术性、可读性和文学品位上,均属上乘之作、优秀之作。这些获奖作品的成就和特色,我在《可喜成绩与美中不足》(见《人民日报》1996 年 6 月 25 日)和《文艺报》记者李梅写的专访《繁荣儿童文学是一项系统工程——访第三届全国优秀儿童文学奖评委会主任委员束沛德》(见《文艺报》1996 年 5 月 31 日)中已谈过,在这里不再一一赘述,只概略地提出以下几点:

一是充满浓郁的当代生活气息、青春气息,着力为当代少年塑像,探索、揭示他们的性格和心理特征。《男生贾里》中的贾里,《青春口哨》中的王平、郑康儿,《十四岁的森林》中的刘剑飞、林秀英等,都是刻画得相当成功的。这些当代少男少女形象及《裸雪》中塑造的抗战年代的丫头、小芹形象,丰富了儿童文学的人物画廊。

二是极力张扬童真童情、童心童趣,纵情讴歌亲子之情、友爱之情、怀乡之情,注重以情感人,增强了作品的艺术感染力。幼儿文学《大头儿子和小头爸爸》,散文《淡淡的白梅》,小说《裸雪》《小脚印》等,都在这方面显示出鲜明的特色。诗集《到你的远山去》真切地抒发了山村少年对乡土、对自然、对人生和未来的美好情愫和深沉思考，是很动人心弦的。

三是在艺术探索和审美情趣上，更加讲究趣味性、幽默感、可读性，以更好地适应小读者的阅读心理、欣赏习惯。小说《男生贾里》《有老鼠牌铅笔吗？》，童话《狼蝙蝠》《哼哈二将》，幼儿文学《鹅妈妈和西瓜蛋》，散文《悄悄话》等都是在这方面做了探索、追求的可喜收获。对文体特征、艺术表现手法的探索，也有新的进展。如苏叔阳把文化散文、知识散文、政论熔于一炉，葛翠琳探求幻想与现实的巧妙结合，都是值得赞许的。

纵观本届获奖作品、作者阵容和作品（图书）印数，就越发强烈地感觉到：儿童文学界近些年发出的呼唤精品、呼唤新人、呼唤小读者的声音是多么切中要害、多么不容忽视！

这次获奖的作品虽然质量、品位、格调都是比较高的，也有《男生贾里》《青春口哨》《狼蝙蝠》《我们的母亲叫中国》《鹅妈妈和西瓜蛋》等这样一些力作佳构，但是，同党的期望、时代的要求与小读者的要求相比，还存在着明显的差距。时代色彩鲜明、思想性与艺术性完美结合、为少年儿童所喜闻乐见、并能在他们中间产生广泛影响的精品力作还为数不多。特别是如何像江泽民总书记等中央领导同志所期望的，塑造出更多能鼓舞广大少年儿童奋发向上、成为他们的楷模和朋友的典型形象，还是摆在儿童文学作家和儿童文学工作者面前的一个需要不断探索、追求的重要课题。

在19位获奖作者中，按年龄来说，56岁以上的有6位，36—55岁的12位，35岁以下的1位，其中年龄最大的为66岁，年龄最小的为来自洞庭湖畔的29岁的女作者庞敏。年富力强、创作旺盛、思想与艺术上逐步走向成熟的中青年作家占获奖作者总数的70%，他们已成为当前我国儿童文学创作的中坚力量。这是令人欣慰的一面。但时，我们又不能不看到，获奖作者中新面孔太少，青年作者太少。这次获奖的作者在作协举办的三届儿童文学奖中，曾连续三届获奖的有金波、沈石溪2人；得过两次奖的有秦文君、金曾豪、关登瀛、张之路、冰波、周锐、郑允钦、张秋生（以上获二、三两届奖），董宏猷、葛翠琳、高洪波、郑春华（以上获一、三两届奖）12人。如果再除去主要从事成人文学创作、早已驰名文坛的从维熙、苏叔阳，那么首次获得全国性儿童文学奖、称得上为文学新人的仅有庞敏、邱易东、车培晶三人。而其中邱易东、车培晶也都40岁出头，从事儿童文学创作在10年以上了。据一些少年文学报刊编辑介绍，近些年儿童文苑也涌现出一些有才华、有潜力的新作者，如曾小春、彭学军、常星儿、张品成、张玉清、小民等，他们的作品还未能结集出版，或者是在1994年后出书，不在本届评奖范围之内。也有几位年纪较轻的作者，这次参评的作品未能入选。但从总体情况看，20世纪90年代以来新加入儿童文学创作队伍的为数不多，出现青黄不接的苗头，这是问题严峻、不容乐观的一面。

全国0—14岁的少年儿童有3亿7000万，其中少先队员有1亿3000万，这是一个庞大的读者群。可是，我们儿童文学读物的印数少得可怜。就拿这次获奖的19部作品为例，除《我们的母亲叫中国》印数近10万册，《男生贾里》《青春口哨》累计印数达四五万册外，其余作品的印数，多的一两万册，少的三五千册，最少的只有2000册。《裸雪》印了18000册；印数在10000—13000册之间的有：《鹅妈妈和西瓜蛋》《狼蝙蝠》《哼哈二将》；在5000—8000册之间的有：《有老鼠牌铅笔吗？》《树怪巴克夏》《会唱歌的画像》《到你的远山去》；3000—5000册之间的有：《小脚印》《悄悄话》《神秘的猎人》；印数为2000册的有：《十四岁的森林》《红奶羊》《林中月夜》《淡淡的白梅》；《大头儿子和小头爸爸》印数不详。要大力改进和加强儿童文学读物的出版、发行、宣传、评介工作，把优秀图书推广到小读者中去。教师、辅导员、家长都来关注中、小学生的文学阅读，开展多种多样的读书活动，使少年儿童从文学读物中获得教益、启迪和愉悦，从而提高跨世纪一代新人的精神道德文化素质。

创作、出版更多的儿童文学精品，发现、培养更多的儿童文学新人，让更多的优秀文学读物走进广大小读者中去。唯其如此，我们的儿童文学才能迎来又一个生意盎然、万紫千红的春天。

1996年6月5日

让儿童文学繁花似锦

在六一国际儿童节来临之际，中国作家协会举办的第三届（1992—1994）全国优秀儿童文学奖评选揭晓。获奖的19部作品展示了当前儿童文学创作的面貌和实绩，是热心为孩子写作的作家落实江泽民总书记关于繁荣少儿文艺的重要指示，献给亿万少年儿童的一份精美的节日礼物。

少年儿童是祖国的希望和未来，开拓21世纪大业，实现我国社会主义现代化建设第三步战略目标的历史重任，最终将落在这一代少年儿童肩上。跨世纪的一代新人应当从小树立为中华民族全面振兴建功立业的远大志向，努力做到德、智、体、美全面发展。儿童文学对于塑造新世纪的民族魂，陶冶未来一代的思想性格和道德情操，提高思想道德素质和科学文化素质，具有不可忽视的潜移默化的作用。江泽民总书记关于繁荣少儿文艺的重要指示，正是从培养跨世纪的建设者和社会主义接班人，提高中华民族的精神道德文化素质的历史高度、时代高度提出来的。从事儿童文学创作、编辑、出版的同志们一定要清醒地意识到自己在培育一代有理想、有道德、有文化、有纪律的社会主义新人中肩负的历史责任，努力创作、出版更多我们自己的、为少年儿童喜闻乐见的、富有艺术魅力的少儿文艺作品，满足广大小读者日益增长的阅读、欣赏需求。

我国有3亿多少年儿童，其中少先队员有1.3亿，这是我们儿童文学的服务对象，也是文学作品最为广大的读者群。近年来，广大儿童文学作家和文学工作者积极响应以江泽民同志为核心的党中央的号召，贴近儿童，精心创作，儿童文学取得了明显的进步和发展，发表、出版了一批思想内容健康向上、艺术形式新颖多样的优秀作品，深受少年儿童喜爱。这次获奖的19部小说、童话、诗歌、散文、幼儿文学作品，是从全国各地推荐的157部作品中评选出来的。

这些作品基本上反映了当前我国儿童文学创作的思想水平、艺术水平，堪称上乘之作、优秀之作。但是，毋庸讳言，我们的儿童文学创作、出版、发行，无论在品种、数量、质量上，同时代的要求、小读者的要求相比，同关心孩子成长的父母们、教师们的期望相比，都还存在着相当的差距。特别是思想性、艺术性、可读性俱佳的优秀之作为数不多，精品更少，一些小读者疏离了文学读物的状况，更应当引起高度重视。

时代呼唤精品，儿童渴望精品。创作更多的具有时代特色和民族特色、贴近当代少年儿童生活和心灵、具有强烈的艺术吸引力和感染力的精品力作，是作家义不容辞的光荣职责。正确的创作思想、热爱和熟悉孩子的童心、深厚的生活根基和熟练的艺术技巧，是产生优秀之作不可缺一的条件。要推出儿童文学精品力作，就要求热心为孩子写作的作家在思想、生活、艺术三方面锲而不舍地下功夫。当前，我国改革开放和现代化建设的伟大事业奔腾向前，现实生活变化日新月异，要使我们的思想跟上形势，正确地认识时代生活本质，准确地反映当代儿童生活，就要加强对邓小平建设有中国特色社会主义理论的学习，认真贯彻党的基本路线、基本方针，并把理论学习同生活实践、创作实践很好地结合起来，使自己的创作更充分地反映新的时代精神，更加适应改革开放和现代化建设事业的需要，适应塑造跨世纪一代新人心灵的需要。要像江泽民总书记等中央领导同志所期望的那样，着力塑造出更多能成为广大少年儿童的楷模和朋友，能鼓舞他们爱祖国、爱人民、奋发向上的典型形象，激励少年儿童发扬中华民族的优秀传统，立志为民族振兴、国家富强而艰苦创业。在艺术探索和审美情趣上，要提倡题材、样式、形式、风格、表现手法的多样化，创作出更多的有利于当代儿童净化心灵、陶冶性情、启迪智慧、开发想象力的丰富多彩、饶有趣味的作品。

繁荣儿童文学、振兴儿童文学、建立儿童文学精品机制，是一个系统工程，需要社会各界的关心与支持。党和政府的有关部门，文联、作家协会等群众团体，要把繁荣儿童文学创作、培养儿童文学新人、提高这支队伍的思想、业务素质列入自己的工作日程，常抓不懈，加强对儿童文学创作、出版的规划、引导。要为儿童文学作家营造良好的创作环境，在学习、写作、生活等方面，尽可能为他们提供较好的条件，在思想政治上、社会地位和权益保障上更多地关心他们，尊重他们的创造性劳动。要吸引更多的成人文学作家和有条件的科学家、老红军、老战士为少年儿童写作、讲故事；并注意从密切联系少年儿童的中小学教师、幼儿园保育员、少先队辅导员中发现、培养儿童文学新人，不断壮大创作队伍。新闻出版部门要改进儿童文学读物的编辑、出版、印刷、发行工作，坚持社会效益第一，以高尚的思想、精湛的艺术陶冶儿童的心灵，给孩子们提供丰富、精美的精神食粮，努力实现社会效益与经济效益相统一。报刊要加大对儿童文学的宣传力度、评论力度。各有关报刊，首先是各文学创作、评论刊物要经常选登一些儿童文学作品、评论文章。巩固、扩大儿童文学评论队伍，在儿童文学小百花园里，倡导积极的、健康的、科学的、与人为善的文学评论和文学批评。国家教委、共青团、妇联要提倡并鼓励教师、辅导员、家长关注中小学生的文学阅读，推荐优秀文学读物，积极开展多种多样的读书活动。

我们相信，经过一段不太长的时间，一定会推出一批无愧于我们时代的儿童文学精品，迎来儿童文学繁花似锦的又一个春天。

（本文发表于1996年5月30日《人民日报》，署名“本报评论员”。）

十年辛苦不寻常

《文艺报·儿童文学评论》从1987年初问世到现在，已跨越10个春秋。我这个长期在作协大院打杂的，可说是亲眼看着它由0岁到10岁一天一天长大的。它在成长道路上遇到的种种困难、麻烦，诸如编辑部人手少，儿童文学理论队伍小，稿源不足，以及如何面对商品经济大潮的冲击和挑战，等等，所有这些，我也是感同身受的。但是，不管处境多么艰难，多么严峻，还是硬着头皮，咬紧牙关，苦苦地支撑了下来。应当说，这是很不容易的。之所以能坚持下来，我以为，最根本的一点在于文艺报编辑部同人及儿童文学界关心、支持它的朋友都有着一颗赤子之心，即对祖国未来一代的挚爱和对儿童文学事业的忠诚。

我们常说要努力把实事办好，好事办实。《儿童文学评论》专版出了100期，全国优秀儿童文学奖办了3届，这正是近10年来中国作协贯彻落实第四届主席团第四次会议《决议》，为改进和加强少年儿童文学工作所做的两件实实在在、颇得人心、初见成效的好事。

《儿童文学评论》专版出世之时，我曾写了一篇题为《窗口·桥梁·苗圃》的短文，希望这块专版能成为观察、了解当前儿童文学发展趋势的窗口，联结、沟通作者与读者心灵的桥梁，培育、扶植儿童文学评论幼芽的苗圃。十年过去了，回过头来看一看，它到底做得怎么样，能否交出一份像样的答卷呢？我觉得，即使不把话说得太满，也还是可以说它尽心尽力，在一定程度上起到了窗口、桥梁、苗圃的作用。这个专版所发表的200多位作者的四五百篇评论文章，兼顾到儿童文学的各种体裁样式，幼儿、儿童、少年三个年龄段及作品评论、理论研究、动态报道诸方面。这些文章，既有对当代儿童文学思潮、走向、创作现状的总体描述，也有对重要儿童文学现象和创作实践经验的探索和思考；而更多的是对有成就的作家或新人新作的微观研究和评析。通过这个小小的窗口，我们可以大致了解当前我国儿童文学发展的整体风貌。经常为《儿童文学评论》专版撰写文章的作者队伍可说是“四世同堂”。他们当中，既有陈伯吹、叶君健、袁鹰、鲁兵这样一些成绩卓著的老前辈、老作家；也有蒋风、周晓、樊发稼、张锦贻这样一些笔锋甚健的儿童文学批评家。尤其令人欣喜的是，金燕玉、王泉根、刘绪源、梅子涵、曹文轩、吴其南、汤锐、孙建江、方卫平、杨实诚、巢扬、周晓波、韩进这样一批视野较为开阔、知识结构较新的中青年批评家构成的儿童文学理论新生代，已经成为驰骋于《儿童文学评论》这块阵地上的主力军、中坚群。同时，我们还不时看到一些在儿童文学论坛上崭露头角的、陌生的新面孔。正因为《文艺报》把这支勤奋、敬业的儿童文学理论批评队伍紧紧地团结、凝聚在一起，不断推出他们辛勤劳作的成果，向社会各界和广大读者展示了当代儿童文学的新成就、新风貌，从而在评论家与读者、作家之间，儿童文学与成人文学之间架起了一座相互理解、相互促进的桥梁。

《文艺报·儿童文学评论》所处的地位，要求它进一步增强导向性、科学性，对提高儿童文学创作的思想、艺术质量，提高读者的鉴赏水平，发挥更为积极的作用。当我们聚会在一起，继续欢唱“祝你生日快乐”，庆贺它的10岁生日的时候，为了它的健康成长，我愿意直率地指出它的缺点和不足，恳切提出一些新的期待和希望。

一是希望编者在深入调查了解、研究儿童文学创作现状的基础上，拟定选题，有计划地组织一些重点稿件。编辑部人手不够，是不是可以同有关研究机构、高等院校、报刊编辑部通力合作，借用他们的力量，认真阅读、研究作品，及时了解、掌握当前创作潮流、走势、倾向。对儿童文学总体情况心中有数，才能准确地判断哪部作品该推荐，哪部作品不该介绍；哪种思潮、倾向该倡导，哪种思潮、倾向该批评。这样，对稿件的取舍，也就可以避免可能产生的某种随意性、盲目性。也只有了解掌握创作现状，才有可能组织力量撰写出从宏观考察的、具有针对性、指导性的好文章，有说服力地回答作者普遍关注、或是在创作实践中感到困惑的问题，加强对创作思想的导引。

二是希望这块专版更好地树立和发扬健康的、实事求是的文学批评风气。对作家、作品的评论，真正做到好处说好，坏处说坏，好在哪里，坏在哪里，进行科学的、全面的分析。要全面理解文学批评的功能和作用，既要为儿童文学园地上的新现象、新事物、新作品、新作家鸣锣开道，擂鼓助威；也要及时指出创作中出现的失误、缺陷和问题，剔除那些不利于儿童文学发展、繁荣的消极或不健康的东西。对优秀的儿童文学作家、作品，要热情鼓励、赞扬；对存有错误倾向、不好的作品，要敢于批评。对基本倾向好，但有缺点和不足的作品，则要采取与人为善的态度给予恰如其分的评析。据我的印象，《儿童文学评论》专版上还是有一些一味赞扬、充斥溢美之词、言过其实的文章，却缺少对作品的成败得失予以实事求是、入情入理批评的文章。儿童文学作家都有一颗纯真的童心，我想，他们是会具有听取批评意见的胸襟和雅量的。重要的是编者要努力倡导一种良好的批评风气。上海出版的《儿童文学研究》丛刊近年来旗帜鲜明地倡导批评，在这方面已经走在前头了，希望《儿童文学评论》专版迎头赶上。

三是希望这块专版鼓励理论上的探索，提倡不同学术观点、艺术观点的讨论和争鸣。儿童文学理论批评要考察、探索、解决儿童文学创作实践中的新情况、新问题，探求儿童文学发展的经验与规律。既然是学术个性、审美情趣各异的理论批评工作者从不同的角度、不同的层面来探讨，那自然就会仁者见仁，智者见智。要因势利导，发展各种意见之间的相互争论和相互批评。通过平等的争鸣和说理的、同志式的讨论，来判断学术上的是非和艺术上的优劣高下，以求得儿童文学理论和创作实践上一些问题的解决。多年来，《儿童文学评论》版面上似乎过于冷清、沉闷了，几乎听不到不同的声音。这不禁使我想起自己上小学时，期终拿回的成绩单上，总有那么一句评语："安静，欠活泼。"10岁的孩童理应天真烂漫，活泼开朗，不该那么斯文、腼腆、循规蹈矩。热切地期望《儿童文学评论》开展生动活泼的自由讨论和争鸣，开展民主的、说理的批评和反批评。愿这个平静的港湾顺应时代大潮，日益喧闹欢腾起来。

1997年3月

迎接儿童文学新纪元

——2000年全国儿童文学创作会议开幕词

在即将迎来六一国际儿童节之际，中国作家协会、宋庆龄基金会联合召开的全国儿童文学创作会议开幕了。首先，我代表主办单位对出席这次会议的儿童文学作家、理论批评家、编辑、出版工作者和各位嘉宾，表示热烈的欢迎！向一切用自己的心血和汗水浇灌儿童文学小百花园的园丁们，表示由衷的敬意！向十多年来先后谢世的儿童文学老前辈叶圣陶、冰心、陈伯吹、高士其、叶君健及优秀儿童文学作家贺宜、包蕾、金近、何公超、韩作黎、袁静、颜一烟、任大霖、任德耀、刘厚明、胡景芳、刘饶民、张有德、童恩正等，表示深切的怀念！

这次会议是在世纪之交、千年之交的历史时刻召开的，是我国儿童文学界的一次跨世纪盛会。来自东西南北中的 140 多位儿童文学工作者欢聚一堂，回顾新时期以来，特别是 20 世纪 90 年代以来我国儿童文学的发展历程，展望 21 世纪儿童文学发展趋势，共议繁荣新世纪儿童文学的大计，这是一件富有前瞻性、意义深远的事情。

从 1986 年 5 月中国作家协会和文化部在烟台联合召开全国儿童文学创作会议到现在，已过去 14 个年头。十多年来，特别是贯彻落实江泽民总书记关于繁荣少年儿童文艺的指示精神以来，我国的儿童文学呈平稳、从容而又自由、活泼的发展态势，已经显露出走向新的繁荣的征兆。

我们有了一批引人瞩目的，思想、艺术俱佳的创作成果，特别是长篇儿童小说的兴旺，成了儿童文苑一道亮丽的风景线。第五届宋庆龄儿童文学奖和中国作家协会第三、四届全国优秀儿童文学奖的获奖作品，集中展示了我国90年代儿童文学创作的成就和水平。各种体裁、样式的优秀作品在贴近当代儿童的生活和心灵、塑造儿童典型形象、讲究美学品格、追求创作个性等方面，都取得了可喜的、明显的进展。

我们有了一支新旧交替、相对稳定、充满朝气和活力的创作队伍。不少富有经验的老作家，依然宝刀不老，笔耕不辍。新时期之初崛起的、如今已步入中年的作家，在艺术上逐步走向成熟，当之无愧地成为当代中国儿童文学的中坚力量。90年代以来崭露头角的新生代作家生气勃勃，富有潜力，消除了人们“青黄不接,后继乏人”的忧虑,而成人文学作家的加盟和“自画青春”少年作者的介入，进一步扩大了儿童文学创作队伍。

我们有了一个有利于儿童文学发展的良好环境。从中央到地方，宣传部门、文学团体、出版单位通心协力抓原创性作品，花色品种之多，前所未有。实施精品战略，强化品牌意识，健全激励机制，改善创作条件，大大鼓舞了作家的创作热情，激活了儿童文学的生产力。

然而，毋庸讳言，我国的儿童文学在迈向新世纪的征程中，同样是挑战与机遇并存，困难与希望同在。在中、小学生没有走出应试教育阴影，又是多种媒体并存、文化消费多元选择的情况下，要改变小读者淡薄、疏离文学读物的状况，不是一件轻而易举的事情。而从当前创作的总体情况来看，思想性与艺术性完美统一、富有强烈感染力、为孩子们所喜闻乐见的文学精品力作也还太少。作家队伍的思想、业务素质、学识素养、艺术功力，有待进一步提高。理论批评方面，对儿童文学现状的研究，尤其是对少年儿童文学接受状况的研究，仍显得十分薄弱。所有这些，都是发展、繁荣跨世纪儿童文学面临的挑战和困难。

我们这次会议的主题是：迈向新世纪的儿童文学。这是一个严肃的、饶有兴味的话题。我们要站在新旧世纪的交会点上，回顾既往，总结经验，展望未来，认清我们今天所处的时代，明确世纪之交儿童文学的历史任务和作家的光荣职责，满怀信心地迎接儿童文学的新纪元。

21世纪是实现中华民族伟大复兴的新世纪。在21世纪里，将把我国建设成为一个富强、民主、文明的社会主义现代化国家。而建设四化、振兴中华的历史责任落在跨世纪一代少年儿童身上。

跨世纪的一代新人应当具有综合素质，努力做到德、智、体、美全面发展。人才素质的高低，关系到社会主义现代化事业的成败，关系到国运兴衰、民族复兴。而文学艺术在素质教育、美育中具有独特的、无可替代的作用，它对于铸造意志品格，陶冶道德情操，塑造新世纪的民族魂，可以产生润物细无声的、潜移默化的影响。作为儿童灵魂工程师的儿童文学作家，肩负着崇高的使命和神圣的职责，理应通过自己的创造性劳动，塑造以情动人、以美感人的艺术形象，帮助少年儿童培养高尚的理想信念，优美的道德情操，丰富的想象力、创造力和健康的审美情趣，为培育一代有理想、有道德、有文化、有纪律的社会主义新人做出自己的贡献。

思考、探索新世纪儿童文学的走向、格局，既不能离开我们所处的时代及时代赋予儿童文学的任务；也不能离开儿童文学的本质、特征及未来一代的审美需求、欣赏习惯。张扬爱国主义、理想主义、英雄主义的旗帜；弘扬人文关怀、热爱科学、崇尚大自然的精神；贴近未来一代的生存状态、内心世界、审美情趣；发掘艺术幻想、幽默品格、游戏精神等美学特质；强化面向网络时代、面向文化市场、面向世界的意识……这一切，既反映了我国 20 世纪 90 年代儿童文学观念的变化和创作态势的调整，也预示着世纪之交儿童文学的发展方向、趋势。这些话题是探讨迈向 21 世纪的儿童文学题中应有之义。我们这次会议采取论坛的方式，深切地期盼大家围绕主题，各抒己见，畅所欲言，自由讨论，广泛对话，力求在生动活泼的讨论和争鸣中得到有益的启迪。

小读者呼唤儿童文学精品，新世纪呼唤儿童文学大家。我们要有更多的与伟大时代相称、让亿万少年儿童爱不释手的精品名篇；要有新世纪的冰心、中国自己的安徒生。让我们加强学习，提高素养，热爱生活，熟悉孩子，潜心写作，勇于创新，同心同德，团结奋进，向着新世纪儿童文学的巅峰攀登！

预祝这次创作会议圆满成功！

2000 年 5 月 28 日

回望与期待

在这秋高气爽的季节，这么多来自北京和安徽各地的儿童文学界的朋友相聚在合肥，共商繁荣新世纪儿童文学创作、培养儿童文学新人的大计，确是一件令人十分兴奋的事情。这次会议是一次立足当代、展望未来的会，一次立足安徽、面向全国的会。我代表中国作家协会及作协儿童文学委员会对会议的召开，表示由衷的祝贺！

在我的印象中，安徽省的领导一向关注、重视儿童文学的发展，可说是对儿童文学情有独钟。十多年前，中秋前夕在历史文化名城歙县召开沪皖儿童文学笔会，省人大、省委宣传部负责同志都到会讲话，对那次会议和儿童文学工作给予了热情支持。这次会议又由省委宣传部牵头，多位关心儿童文学的领导同志莅临指导。这对从事儿童文学工作的朋友，是很大的激励和鼓舞。

安徽省有一个令人羡慕的儿童文艺家协会，一个联系、团结全省儿童文学作家、评论家、编辑和儿童文学工作者的专业性群众性团体，这在全国各省、市、自治区中，也许是独一份。我只知道香港有个儿童文艺协会。各省、市作家协会有的设立了儿童文学委员会，有的设有儿童文学组，似乎还没有哪个省像安徽这样单独建立儿童文艺家协会的。这真是独一无二！

再一点，我注意到安徽儿童文学界十分重视向兄弟省、市的同行学习，想方设法加强同外界的联系、交流。不是把自己封闭、隔绝起来，而是打开窗户，呼吸来自海内外的新鲜空气。走出去，请进来，多渠道、多方式地对话、交流、切磋、探讨，无疑对开阔视野，增长知识，提高自身素养和创作水平，是大有益处的。

新时期以来，安徽省的儿童文学创作和儿童文学工作卓有成就。至今我还清晰地记得，20世纪80年代安徽儿童文学界的几件引人注目的事情：

一是诗人严阵的长篇小说《荒漠奇踪》荣登中国作家协会首届全国优秀儿童文学奖榜首；作品刻画的小红军战士司马真美的生动形象令人难以忘怀。

二是刘先平的《云海探奇》《呦呦鹿鸣》等四部长篇小说，开我国大自然探险文学的先河，作者可说是用长篇系列描写野生动物世界的“国中第一人”。

三是以林焕彰为首的七位台湾儿童文学作家1989年夏季祖国大陆之旅，第一站就是安徽合肥，由此打开了海峡两岸儿童文学交流的大门。

四是倡导儿童文学作家与评论家对话、交流、沟通，较早从美学角度研究儿童文学，探讨儿童文学中的审美关系，寻求美学与儿童文学的契合点。

在上述几个方面，安徽省都走在全国儿童文学队伍的前列。

进入90年代，特别是贯彻落实江泽民总书记关于繁荣少儿文艺的指示精神以来，安徽省儿童文学创作、出版也呈现活跃、蓬勃向上的发展势头。

我们高兴地看到，安徽作家创作的或安徽出版社出版的儿童文学作品，在“五个一工程”奖、国家图书奖、宋庆龄儿童文学奖、作协儿童文学奖等全国性大奖中频频得奖，如《刘先平大自然探险长篇》系列、《青春风景创作》丛书、《秦文君文集》、《小树叶童话》、《鸽子树的传说》、《中华三德歌》等。安徽少年儿童出版社、安徽教育出版社近几年抓原创作品也取得了可喜的成果，已经问世的《科幻新作》系列、《中国当代童话新作》丛书、《名家幼儿新童话》、《精灵鸭》、《中华鲟儿童文学新作》丛书等，都获得不同程度的好评。

安徽的儿童文学创作队伍也在以老带新、新旧交替中逐步发展壮大，显示了相当的规模和实力。一批老作家和中年作家，如刘先平、戎林、边子正、奚立华、薛贤荣、徐瑛、海涛、祁小林、潘仲龄等，依然在儿童文苑辛勤笔耕，不断有新作问世。而一批生气勃勃的青年作者已悄然崛起，如杨老黑，就是其中的佼佼者；还有雪涅、伍美珍、李志伟、王蜀、王国刚、李秀英、陈曙光、方志平等，在少年小说、校园小说、童话、科幻、儿歌、散文方面，均有不俗的表现。在儿童文学史、作家作品研究、评论方面，巢扬、韩进等也都有新的成果。

在充分肯定已经取得的成绩和经验的同时，也不能不清醒地看到，安徽省自己的、在全国范围打得响、为广大小读者津津乐道的精品力作还不多；也还没有形成一支像京、沪、苏、湘那样实力雄厚的集团军，或像云南的“太阳鸟”、辽宁的“棒槌鸟”那样富有地域特色的作者群。对当代儿童文学状况，特别是本省作家作品的研究和评论，还显得较为薄弱。在我看来，安徽如果要成为一个儿童文学大省，似还有一定的差距。我深切地希望以这次会议和研讨班为契机，推动安徽省儿童文学创作更上一层楼，在儿童文学队伍建设方面也上一个新台阶。

我作为一个儿童文学组织工作者，一个已从文学战线退役的老兵，提出几点老生常谈的想法和建议：

一是要牢固树立精品意识，以一当十，以质取胜，力求推出富有时代特色和艺术魅力、为广大少年儿童所喜闻乐见的优秀之作。

从事儿童文学创作的作者既要有充沛的创作激情和不断探索的创新精神，又要有潜心创作、耐得住寂寞、十年磨一剑、精雕细刻的精神。在创作题材、样式上，扬长避短，充分发挥自己的优势和特长，探求、选择与自己的经历、个性、气质、兴趣相适应的创作路子及艺术手法。北京申办奥运提出了“绿色奥运、人文奥运、科技奥运”的三大主题。我以为，这对思考新世纪儿童文学的走向不无启迪意义。热爱大自然、歌颂大自然，高扬人文精神、注重人文内涵，崇尚科学，驰骋想象，面向未来，都是迈向新世纪的儿童文学应当关注和倡导的重要主题。安徽儿童文学作家在大自然探险、科学幻想、革命历史题材创作方面有着自己的优势和创作实绩，是否可以在这方面多下些功夫，为小读者奉献出有益又有趣、具有长久艺术生命力的力作精品来。

二是提高儿童文学新人的思想素质、业务素质，为培养和造就一支充满活力、富有特色的儿童文学皖军而不懈努力。

21 世纪儿童文学繁荣的希望在于青年一代作家。要把培养、造就儿童文学新人提到战略的高度来考虑。要从热爱孩子、热爱文学的中小学和幼儿园教师，钟情于儿童文学事业的少儿报刊和出版社编辑，乐于“自画青春”的大、中学生中发现儿童文学新人。少儿报刊、出版社在发现、培养新人上负有重要的、不可推卸的责任。热切企盼宣传、教育、新闻、出版、文联、作协、科协、共青团等有关部门形成合力，积极扶植、支持文学新人，为他们深入生活、学习进修、潜心创作创造更好的条件，提供更多的机会。像这次举办的研讨班，或举办青年作者讲习班、作品研讨会等，都是帮助文学新人开阔眼界、增长知识、提高思想和业务水平的行之有效的方式。要组织力量加强对本省儿童文学现状，特别是青年作者作品的研究，适时召开讨论会，展开健康的、说理的、实事求是、与人为善的批评和争鸣，帮助青年作者探讨、总结创作的成败得失，促进创作思想、艺术质量的提高。

三是更加关注当代少年儿童的接受心理、审美情趣、欣赏习惯；同时要进一步调查了解儿童读物市场的需求，摸清行情。

儿童文学的对象是少年儿童。我们写的作品首先要让孩子们喜欢。让他们觉得好看、好玩、有趣、有意思。如果同时又为成人所接受和喜爱，老少咸宜，那当然是上品。在不久前召开的全国儿童文学创作会议上，孙云晓做了题为《倾听天使的声音——儿童状况调查启示录》的发言。这是一份有观点、有材料、有分析的调查报告，对少年儿童的阅读状况和他们喜欢什么样的作品，喜欢哪些作家，以及父母对儿童课外阅读的看法和对读物的选择，都做了具体、清晰的回答。从事儿童文学创作、出版的朋友应当细心倾听一下这些来自小读者的声音。如有可能，最好也亲自做一些调查，以便对孩子们的阅读兴趣、理解能力、鉴赏水平力求有一个透彻的了解和准确的把握。这样，我们创作、出版的作品，才有可能真正走向小读者，深入亿万少年儿童的心灵。当代小读者疏离儿童文学，固然有社会环境方面的原因，诸如课业负担过重、多种媒体的介入、出版发行渠道不畅等等，但我以为，更多地还应当从儿童文学自身找原因。我们的生活积累是不是扎实，学识素养是不是丰厚，艺术技巧是不是娴熟？一个作者倘若与少年儿童的生活有隔膜，那就无从谈起写出贴近孩子生活、贴近孩子心灵的作品。没有思想理论武装，没有学问，没有广采博取多方面的知识，对生活的洞察力、穿透力和提炼力也就不够。没有从中外古今一切优秀的文学艺术成果中吸取养分，也就不会有熟练的艺术表现技巧和能力。

有远见、有作为的儿童文学作家奋力追求的目标应当是：高品位、高格调、情趣盎然、雅俗共赏。高雅与畅销不是水火不相容的。摸清市场行情，不是迎合，也不是媚俗，而是为了切合小读者的精神需求，扩大好书的市场覆盖面。

我们相信，贴近生活、贴近孩子、思想艺术俱佳的上乘之作，一定会占领市场，赢得众多的小读者。

请允许我重复本人不久前在《全国儿童文学创作会议开幕词》中的一段话来结束这篇老调重弹的发言：

“小读者呼唤儿童文学精品，新世纪呼唤儿童文学大家。我们要有更多的与伟大时代相称、让亿万少年儿童爱不释手的精品名篇；要有新世纪的冰心、中国自己的安徒生。让我们加强学习，提高素养，热爱生活，熟悉孩子，潜心写作，勇于创新，同心同德，团结奋进，向着新世纪儿童文学的巅峰攀登！”

预祝大会圆满成功！

2000 年 10 月 15 日

（本文系在安徽省儿童文学创作会议上的发言。）

更多关注儿童文学

纪念毛泽东同志《在延安文艺座谈会上的讲话》发表 60 周年、庆祝六一国际儿童节之际，中国作家协会第五届（1998—2000）全国优秀儿童文学奖颁奖活动在京隆重举行。这不仅是有利于鼓舞、激励儿童文学工作者的一件好事，也是有助于为亿万少年儿童提供优质精神食粮的一件实事。

每三年举行一次全国性的评奖活动，是对儿童文学创作和儿童文学工作的一次检阅。这次评奖共有 20 部（篇）各种体裁、样式的作品获奖，展示了我国儿童文学创作的新收获、新成就。从获奖作品中可以看出，小说创作依然保持领先地位，散文、纪实文学有了新的开拓和进展，寓言、科学文艺则打破了连续三届评选均付阙如的局面。在获奖的 21 位作者中，有耳熟能详的知名作者，也有潜质优秀的文学新人，其中有 11 人第一次摘取作协儿童文学奖的桂冠。面对一张张生气勃勃的新面孔，不能不为我国儿童文学队伍后继有人而高兴。

然而，我们又不能不清醒地看到，思想性、艺术性、可读性完美结合，真正让广大小读者拍手叫好、难以忘怀的文学精品还是太少；已问世的一些好作品还没能进入小读者的视野，少年儿童疏离文学读物的状况也还没有得到根本改变。文学界、出版界、家长、教师、少儿工作者对于儿童文学的创作、出版和少年儿童的文学阅读应当给予更多的关注。

少年儿童是祖国的花朵，中华民族的希望和未来。他们是新世纪的主人，建设四化、振兴中华的历史重任，最终将落在他们身上。努力提高少年儿童一代的综合素质，培养、造就一代德、智、体、美全面发展的“四有”新人，是关系到国家和民族命运、前途的千秋大业。儿童文学对少年儿童的素质教育，特别是在陶冶意志性格、塑造心灵世界、培养道德品质方面，可以发挥润物细无声、潜移默化的独特作用。儿童文学作家和儿童文学工作者学习、实践“三个代表”重要思想，坚持先进文化的前进方向，首先要意识到自己肩负的责任，那就是要创作、出版更多能鼓舞少年儿童奋发向上、富有艺术魅力、为他们喜闻乐见的好作品，满足他们日益增长的、多样化的精神文化需求，为下一代的健康成长做出自己的贡献。

我国的儿童文学面对3亿多庞大的读者群，潜在的市场需求是喜人的。呼唤素质教育，又提升了儿童文学读物的地位与影响。而文学是各门艺术的基础；儿童文学创作活跃了，质量提高了，儿童电影、电视剧、戏剧、音乐、动画卡通类图书等，也会随之活跃和提高。因此，必须坚持不懈地紧紧抓住文学创作这个环节。

热切期望儿童文学作家以科学的思想理论武装自己，进一步学习邓小平理论和江泽民“三个代表”重要思想，提高自己的思想理论素养和知识文化素养，更透彻、准确地了解、把握当代少年儿童的生存状态、心理状态和审美情趣、欣赏习惯。要在学习、借鉴中外优秀儿童文学成果和总结已有创作经验的基础上，研究、探讨如何使自己的作品更好地赢得小读者，征服小读者。理想色彩，爱心诗意，故事性，想象力，幽默感，独创性……这些要素都是优秀的儿童文学作品之所以能打动孩子的奥秘所在，值得从事儿童文学创作的朋友深长思之。

热切期望文学界、出版界把近几年来已经形成的重视抓原创性儿童文学作品的势头持续下去，下大力气组织、吸引更多的作家为少年儿童写作，为他们的学习、创作、生活提供更好的条件和服务。树立精品意识，追求品牌效应，不断提高儿童文学读物的质量、品位、格调，寻求文学品位与市场效应的最佳结合，力争推出更多少年儿童爱不释手的文学精品、雅俗共赏的畅销书，把好书真正送到城乡亿万小读者手中去。

热切期望家长、教师、少年儿童工作者更加关注少年儿童的文学阅读。由应试教育到素质教育的转变，为人师者、为人父母者应当越来越关注孩子品德的养成，精神的成长。要鼓励、引导作为视听一代、读图一代的孩子多读一点优秀的文学读物。尊重他们的天性、趣味、爱好，尊重他们喜欢科幻、惊险、传奇、幽默一类图书的需求。按照儿童的阅读心理和既有益又有趣的要求，不断引导和提升孩子的审美情趣、鉴赏水平。

热切期望各级各类媒体进一步关注、加强对儿童文学读物的宣传、评介。中国作协先后于1986年、2001年做出的两个关于加强儿童文学工作的决议中都提出：各有关报刊，首先是中国作家协会和各地作协主办的报刊，要经常选登一些儿童文学作品、评论文章。这一点如能落到实处，不仅将给作者提供更多的发表园地，为读者提供一些适于亲子共读的作品；同时也将促使上上下下、方方面面更加重视儿童文学。一本好的儿童文学读物，要真正为广大家长、教师所认同和接受，走进千百万少年儿童中去，也离不开媒体的推荐、评介。当然，我们需要的不是一味吹捧、炒作，而是需要一种健康的、说理的、实事求是的批评。

为了孩子，为了未来，都来关注儿童文学吧!

2002年5月19日

儿童文学大有可为

学了十六大文件，感到越发心明眼亮了。

目标正前方，清晰又明确，那就是要抓住新世纪头20年这个重要战略机遇期，全面建设惠及十几亿人口的更高水平的小康社会，为到本世纪中叶基本实现现代化、实现中华民族的伟大复兴，打下坚实的基础。

我们为之奋斗的小康，是政治、经济、文化和人的全面发展的小康，是社会主义物质文明、政治文明和精神文明协调发展、全面进步的小康。小康，不仅看人均国民生产总值、经济增长率、人均收入，还要看民主、法制、教育、文化、健康、生态保护等一切与促进人的全面发展有关的状况和指数。简而言之，即物质生活上达到小康，精神文化生活上也要达到小康，物质和精神都较为富有。正因为如此，全面建设小康社会，在把发展经济作为首要任务的同时，必须大力发展社会主义文化，建设社会主义精神文明。

学习十六大文件，使我们更加深刻地认识到文化建设的战略意义。一个国家综合国力的强弱，不仅看它的经济实力、科技实力、国防实力，还要看它的民族精神、民族凝聚力。“文化的力量，深深熔铸在民族的生命力、创造力和凝聚力之中。”加强文化建设，是增强综合国力、应对国际竞争的一件大事，也是全面建设小康社会、满足人民精神文化需求的一个基本任务。儿童文学工作者作为文化建设、精神文明建设大军中的一个小分队，应当自觉地，清醒地意识到自己在全面建设小康社会、实现中华民族伟大复兴的征程中所肩负的历史使命和光荣职责。

今日之少年儿童，10年、15年之后将加入全面建设小康社会的行列；在本世纪中叶基本实现现代化的历史重任将落在当今少年儿童一代身上。新世纪的社会主义建设者和接班人应当具有综合素质，要求做到德、智、体、美全面发展。而发展先进文化、加强社会主义精神文明建设的根本任务，就是要培养一代又一代有理想、有道德、有文化、有纪律的社会主义新人。儿童文学对于熔铸意志性格、陶冶道德情操、培养审美观念和审美能力、提高精神素质，可以发挥润物细无声、潜移默化的独特作用。

十六大强调“把弘扬和培育民族精神作为文化建设极为重要的任务”。培育民族精神要从娃娃抓起，贯穿于从幼儿园到小学、中学教书育人的全过程。在这方面，儿童文学大有可为。借助生动鲜明的艺术形象、少年儿童喜闻乐见的艺术形式，唱响爱国主义的主旋律，弘扬团结统一、爱好和平、勤劳勇敢、自强不息的民族精神，鼓舞少年儿童奋发向上。民族精神是与时俱进的，要把中华民族的优秀传统与新的时代精神水乳交融地结合在一起，赋予民族精神以新的时代光泽。“五爱”（爱祖国、爱人民、爱劳动、爱科学、爱社会主义）、“五自”（自学、自理、自护、自强、自律），正是富有鲜明时代特征和少年儿童特点的基本道德规范和行为准则。我们的儿童文学应当大力倡导、张扬这种精神，让爱、善、美、坚韧、自强滋润孩子的心灵，为熔铸未来一代的性格、塑造新世纪的民族魂，承担一份不可推卸的责任。

“三个代表”重要思想是十六大报告的灵魂。贯彻“三个代表”重要思想，要求把发展先进生产力和先进文化作为执政兴国的第一要务。儿童文学界同样要把解放和发展生产力，创造出更多更好的作品，满足广大少年儿童日益增长的、多层次的精神文化需求，当作自己的第一位工作。关注婴幼儿，关注儿童，关注少年，关注人生的各个发展阶段，实现人的全面发展，是全面建设小康社会的一个重要目标和任务。发展繁荣儿童文学，也要更好地兼顾幼儿文学、儿童文学、少年文学三个层次，更深入地了解、把握它们各自不同的服务对象、审美需求、艺术特征。我们还要注意城市与乡村、经济富裕地区与贫困地区的少年儿童不同的阅读需求、欣赏习惯和接受能力，更多地关注农村、山区、老区、少数民族地区、边远地区的小读者，为他们提供更多优质、适合于普及的文学读物。这也是全面建设小康社会、让亿万城乡孩子都享有丰富精神食粮的题中应有之义。

与时俱进，开拓创新，是十六大精神的精髓。建设中国特色社会主义，必须坚持创新、创新再创新。发展、繁荣社会主义文学，包括儿童文学，同样必须坚持创新、创新再创新。创新是文学艺术的生命，是文学事业与时俱进、把握前进方向的不竭动力。没有创新，文学艺术就不能发展，就不能适应时代的需要、人民的需要。儿童文学不创新，也就停滞不前，不能适应当代小读者的需求。创新，既要在思想内容、题材上创新，也要在艺术形式、风格、表现手法上创新。创新的源泉在实践。只有在不断的生活实践、创作实践过程中，才能拓宽创新的路子，提高创新的本领。儿童文学理论也要创新，要对当代儿童文学的新现象、新经验做出新的理论概括，更好地发挥理论先导的作用。儿童文学的编辑出版、组织联络、人才培养、对外交流等方面的工作，也都要有新思路、新举措。

用“三个代表”重要思想武装头脑，统领我们的工作，立足中国，放眼世界，面向大时代，心系小读者，坚持与时俱进，开拓创新，一定会迎来新世纪儿童文学的一春又一春。

2002 年 12 月

坚守与开拓

20 世纪 60 年代初呱呱坠地的《儿童文学》，转眼之间，迎来了自己的不惑之年。在 40 年风风雨雨的摇曳中，它成为中国少年儿童文学之林中一株枝繁叶茂的参天大树。《儿童文学》名副其实地成了展示中国当代儿童文学风貌的一个窗口、凝聚儿童文学力量的一个阵地。

追求思想与艺术的完美统一，坚守文学品格，是有 40 年历史《儿童文学》的优良传统。20 世纪 90 年代，在市场经济大潮的冲击下，诸多纯文学报刊面临读者流失、生存岌岌可危，纷纷改弦易辙。《儿童文学》不改初衷，忠诚、顽强地守望儿童文学这块阵地，毫不动摇地走纯文学之路，保持稳定的文学品质。在竞争激烈的读者市场，它找准了自己的位置，站稳了脚跟，这确实难能可贵。

对纯文学的守望、坚持，是一种品格和操守，一种使命和责任。如果《儿童文学》同人没有对文学理想的执着追求，没有为未来一代铸造美好心灵、建设精神家园的自觉意识，那是很难在困境中坚持下来的。守望、坚持，不是停滞不前、一成不变。随着时代大潮的涌动和读者审美情趣的变化，刊物的变革势在必行。《儿童文学》较好地把握了守望与开拓、稳定与变革、坚持与创新的关系，力求做到稳中有变、变中求新，逐步形成自己的稳健又活泼、雅致又亲切、丰富又精粹的风格和特色。刊物历来注重发表鼓舞少年儿童奋发向上、贴近当代少年儿童生活的作品；同时又为题材、体裁、样式、风格的多样化发展提供了广阔的天地。近些年被冷落的诗歌、寓言和不甚景气的童话，在《儿童文学》上始终占有一席之地。随着少年喜爱的网络文学的发展，

“网络传真”已经成为刊物的又一道风景。多年来，刊物的栏目、版式不断有所变化，但万变不离其宗，始终不离开文学的轨道。变是为了求新颖、求情趣、求美感，为了提高刊物的文学品位和魅力。

作者和读者是刊物的最亲密的朋友、最重要的支撑者，也是刊物赖以生存的根基。离开作者和读者，办好刊物，增强刊物的活力生机，也就无从谈起。《儿童文学》一向把广泛团结老中青作家，发挥他们的积极性、创造性，当作自己不容推卸的职责。刊物尤其注重推举儿童文学新人。我们高兴地看到一批批充满朝气、极具潜质的青年作家从版面上脱颖而出，这是刊物的希望所在，也是中国儿童文学的希望所在。

“本刊适合 9 至 99 岁公民阅读”——印在每期刊物封底上的这句广告词，表明《儿童文学》同人追求老少咸宜的儿童文学精品的志向和决心。同时，他们经过深入调查和多年摸索，又明确地将主体读者群定位在中学生和少年文学爱好者。只有树立读者意识，瞄准市场定位，改进刊物工作，提高刊物质量，才能有的放矢，落实到位。

步入不惑之年，意味着更加清醒，更加坚定，更加成熟。深切企盼《儿童文学》感应时代脉搏，与时俱进，不断开拓创新，精心打造出为广大读者认可的一流作品、一流刊物，以自己的鲜明特色挺立于华夏少儿报刊之林，巩固和发展自己的老牌、名牌地位，为铸造新世纪儿童文学的辉煌做出自己的贡献。

2003 年 6 月 1 日

童诗现状漫议

面对当前我国儿童诗苑，我的心情可说是又喜又忧，喜忧参半。喜的是在困境中仍有一批痴情的、有造诣、有经验的中老年诗人在执着地、苦苦地探索、追求诗艺、诗美，支撑着诗坛；一向关注儿童诗的《儿童文学》、两种《少年文艺》（上海、南京）、《儿童诗》丛刊及《诗刊》、《少年月刊》、《东方少年》等刊物至今热情不减，慷慨大度地经常为儿童诗提供发表园地，并不时见到一些有才华的年轻诗人从版面上脱颖而出；在全国性的儿童文学评奖和儿童文学年度选中，儿童诗仍占有一席之地，没有成为缺席者。尤为可喜的是，随着语文教学的改革，儿童诗越来越多地进入中、小学课本。忧的是儿童诗还没有赢得更多的小读者。一份问卷调查表明，在一所重点小学的学生中，爱读童话、故事的占 80%，爱读小说的占 20%，爱读诗的则为零。这个结果未免令人沮丧。

究竟是小读者抛弃了儿童诗，还是儿童诗抛弃了小读者？喋喋不休地争论于事无补，需要的是冷静而深入地从主、客观方面来加以分析。市场经济的冲击，应试教育的捆绑，现代媒体的挑战……大环境、大背景造成少年儿童疏离文学（包括诗）的现状，是一个不争的事实。这需要有关方面从方针政策、规章制度、思想观念上，采取得力的措施，做艰苦细致的工作，才能逐步有所改变。但愿随着精神文明建设的加强，素质教育的深化，人们对文学阅读的关注，情况会一天一天地好起来。现在我们能做的，只能是从儿童诗本身包括它的内容与形式、创作主体——诗人自身的素质、才识、生活功底来找原因，力求扬长避短，使儿童诗更加贴近当代少年儿童的生活、心理，让儿童诗更好地走进广大少年儿童中去。

从当前发表的部分儿童诗来看，不少作者确实存在一个如何更好地深入生活、深入儿童，更好地熟悉、了解当代少年儿童的生存状态、内心世界的问题。不下功夫去观察、研究当今孩子丰富多彩的生活，体会、理解他们的喜怒哀乐，不做好了解人熟悉人这个第一位的工作，就难以写出洋溢着新鲜、浓郁的生活气息，为孩子们亲近、喜爱的诗篇。诗人要扩大生活天地，迈开双腿，走进孩子中去。拘囿于家庭或亲友的小圈子里，单凭含饴弄孙、望子成龙那么一点狭窄的生活体验、感悟，哪能写出反映当代孩子心声的优秀诗篇来呢?!

儿童诗有广阔的题材、主题范围，可说是宇宙万物，无所不包。不少诗人珍视童年生活对自己的馈赠，从难以忘怀的童年经历中寻觅诗意，这当然无可厚非。但从儿童诗坛总的格局来说，若是唯有此花怒放，那就嫌太单调了。向往、赞美大自然，春夏秋冬、花鸟虫鱼，可以一次又一次地反复被诗人吟唱，但不能没有独特的发现、新颖的意蕴和时代的光泽。儿童诗作家还应该开阔眼界，拓展诗路，进一步扩大题材范围，国际题材、星际旅行、科学探险等等，都应当进入诗人的视野。儿童文学作家，包括儿童诗作家，同样需要投身沸腾的改革开放、四化建设的热潮。三峡工程、青藏铁路、西部开发，也都应当留下儿童诗作家的脚印;并努力寻找、选择合适的角度来表现创业者、建设者及其子女的生活、心灵，因为儿童的小世界与成人的大世界有着千丝万缕的联系，是息息相关、脉脉相通的。当然，不论是表现儿童世界还是成人世界，都要用儿童的眼光来观照生活、观照世界，尽情抒发那些能与少年儿童相沟通、交流的诗情，切忌用成人的感情、想象来代替儿童的感情、想象。儿童诗作家表现自我，张扬自己的个性，要力求在思想、感情上与儿童融为一体，这样，才有可能写出拨动孩子心弦的诗。

在儿童诗的品种、样式上，也要力求多样化。目前抒情诗较多，叙事诗、童话诗、讽刺诗、科学诗的创作都不够活跃，有待进一步提倡和鼓励。我以为，从不同年龄段的少年儿童的欣赏习惯、审美情趣，从更好地满足他们的精神、文化生活需求来考虑，诗人应更多地为儿童、少年写朗诵诗，为幼儿写新的儿歌。而歌词善于将诗与音乐水乳交融地结合在一起，是能歌的诗，能充分表现诗的音乐美，而且歌词谱曲后能在少年儿童中广为流传，像《让我们荡起双桨》《听妈妈讲那过去的事情》等，富有强大的生命力，就是最好的例证。

愿儿童诗插上翅膀，飞到孩子中间去，润物细无声地滋润他们的心田。

2003 年 10 月 20 日

让儿童文学走进小读者

这次全国儿童文学创作会议是在举国上下深入贯彻落实《中共中央、国务院关于进一步加强和改进未成年人思想道德建设的若干意见》的大背景下召开的。党中央重视、关注未成年人的思想道德建设，是从全面建设小康社会、实现中华民族伟大复兴的战略高度提出来的，是具有伟大战略眼光的重大决策；同时，又是针对当代未成年人的思想实际、生活实际提出来的，是具有迫切现实意义的民心工程。

我们这次会议的主题是儿童文学的创作、出版与提高未成年人的精神道德素质。3.67 亿未成年人是文学的接受对象，是一个庞大的读者群。创作、出版更多思想与艺术完美统一的优秀作品，满足未成年人日益提升的精神需求，帮助他们健康地成长，快乐地成长，是儿童文学工作者义不容辞的责任。无论是通过举办儿童文学评奖，鼓励、奖掖优秀创作，还是通过开展读书活动，把优秀作品推广到小读者中去，目的都是为了给未成年人提供更多更好的精神食粮，促进新一代精神道德素质的提高。在这里，我想就少年儿童的文学阅读和儿童文学的推广，讲一点粗浅的看法和意见。

少年儿童在成长过程中读一点文学作品，对他们开阔视野、领悟人生、陶冶情操、丰富想象、愉悦身心、培育美感是大有好处的。文学的基本特征之一是以情感人，它的功能主要在于影响人的心灵、人的感情，起"润物细无声"、潜移默化的熏陶感染作用。坚持读一点文学经典、名著、精品力作，能陶冶少年儿童的感情、气质，提升他们的精神素质，使他们的心灵变得更加美好。正像世纪老人、文学大师巴金说的："我们有一个丰富的文学宝库，那就是多少代作家留下的杰作。它们教育我们、鼓励我们，要我们变得更好、更纯洁、更善良，对别人更有用。文学的目的就是要人变得更好。”但是，长时间以来，由于应试教育的捆绑，对课外阅读的排斥，童年期的文学阅读没有得到教师、家长和全社会上下应有的关注和重视。随着精神文明建设的加强，素质教育的深化，特别是《语文新课程标准》的颁布，中、小学生课外阅读总量的规定，忽视文学阅读的状况有了初步的、可喜的转变。近年来，教育部发布了《语文新课程标准》推荐书目；新闻出版总署决定从今年起，每年“六一”前夕向社会公布百种适合青少年阅读的优秀图书书目；共青团中央、教育部、新闻出版总署主办的首届中国青少年读书周在济南正式启动，所有这些举措都有利于激发少年儿童文学阅读的兴趣，有助于加强教师、家长、少年儿童工作者对儿童文学阅读的导引。然而，这仅仅是开始。众多少年儿童过度迷恋电视机、游戏机、网络等电子媒体，疏离纸介图书——文学读物的状况也还没有根本改变。我们自己创作、出版的优秀文学图书，包括获奖图书，大多还未能进入广大少年儿童的阅读视野。同3.67亿这个庞大的数字相比，我们原创文学图书的印数除了少数畅销书外，可以说是少得可怜，以中国作协第六届（2001—2003）全国优秀儿童文学奖的获奖图书为例。除《漂亮老师和坏小子》印数达218000册，《长翅膀的绵羊》达125000册，《阿笨猫全传》（上、下）达68000册外，其余获奖图书的印数大多在一两万册之间。全国有2000多个县、市，46万所小学，印数10000册的图书，平均每四五个县(市)、四五万所小学才摊上一本,这又怎么可能送到亿万小读者手中呢?!

推广优秀儿童文学读物，改进儿童文学图书阅读的状况，是加强和改进未成年人思想道德建设的一个组成部分；同样是一个系统工程，需要学校、家庭和社会各界的关心和支持，上上下下，方方面面，形成合力，齐抓共管，才能一步一步落到实处。

一、加大宣传、评介力度，让书评走进小读者

优秀儿童文学读物要赢得更多的小读者，离不开各类媒体的宣传、推荐、评介。现在的情况是为数不多的评介文章大多发表在成人报刊上，局限在业

内人士的小圈子里，小读者根本看不到。书评也有一个走进小读者中去的问题。要写出小读者看得懂、喜欢看的书评，同样需要熟悉、了解小读者，需要贴近他们的生活实际和思想实际，把握他们的阅读心理、审美情趣和欣赏习惯。评介文字要力求生动活泼，深入浅出。书评对小读者起导读的作用，可以帮助他们提高鉴赏水平。面向中、小学生的综合类、语文类报刊应当提供版面，开辟专栏，经常刊登介绍优秀文学读物的书评。电台、电视台、网络也都应当发挥自身的优势，办好读书栏目，及时提供新书信息。少年儿童报刊要把门打开，欢迎书评作者光临；而书评作者则应以极大的热情来写这类文章，把自己能够直接与小读者沟通、交流看作是一件光荣、快乐的事。

二、定期推荐课外阅读书目，让读好书蔚然成风

定期向中、小学生提供一份课外阅读推荐书目，对少年儿童的文学阅读可以起导引作用。新闻出版总署今年公布的百种推荐图书中，包括文学类图书 36 种，其中就有这次获奖的《长翅膀的绵羊》、《阿笨猫全传》（上、下）。今后中国作家协会及其儿童文学委员会将加强同新闻出版总署、教育部、共青团中央等有关部门的联系，参与推荐书目的拟定，力求使适合少年儿童阅读的优秀文学图书能及时列入书目。各省市有关部门也可以根据自身的具体情况，每季度、每学期推荐一定的书目。

拟定推荐书目，既要遵循党和政府积极发展先进文化、加强青少年思想道德建设的要求，也要充分考虑不同层次小读者的审美需求和阅读兴趣。要大力推荐弘扬爱国主义、民族精神，有利于鼓舞少年儿童奋发向上的文学读物；也要顺应当代少年的阅读潮流，适当推荐新锐、时尚而又健康向上的文学读物。不同年龄、地域、知识结构、审美情趣、鉴赏水平的小读者，对课外文学读物的选择，必然也不一样。不能强求一致，要给他们自由选择读物的余地。

推荐课外阅读书目，要持之以恒地做下去，使之经常化、制度化。让小读者逐渐养成一种良好的读书习惯，每年都怀着极大的热情、兴趣，期待着推荐书目的发布。久而久之，多读书、读好书就会蔚然成风。

三、推广组织班级读书会的经验，让读书活动深入、持久地开展下去

近些年来，多种多样、丰富多彩的读书活动已在全国各地开展起来。各地各部门举办的读书周、读书月接踵而至。刚启动的深圳读书月已是第五届。苏州大学博士生导师朱永新倡议把每年 9 月 25 日鲁迅诞辰日作为我国的阅读节。为了推动阅读节的设立，在朱永新倡导的“新教育实验”的 200 多所实验学校内，已经把 9 月 25 日定为“校园阅读节”，营造书香校园的活动正在这些学校展开。我认为这个倡议很好，它有利于激发广大群众，特别是青少年的阅读兴趣和热情，逐步形成浓郁的读书风气。

当然，开展读书活动要讲求实效，不能做表面文章，只图一时的红火热闹，而是要想方设法使之深入、持久地开展下去。江苏海门、扬州等地组织班级读书会的经验说明，班级读书会便于学校有计划地开展读书活动，进行多种形式的阅读、讨论和交流，也便于教师对课外阅读的组织、管理和指导，它是激发少儿阅读兴趣，加强对少儿阅读指导，提高少儿阅读能力的有效途径。从海门市实验小学教师周益民、扬州市维扬实验小学教师岳乃红通过班级读书会分别组织孩子阅读黄蓓佳的《我要做好孩子》、曹文轩的《草房子》的活动中，可以深切地感受到文学阅读给孩子带来的快乐与温馨，领略到好书的力量与价值；同时，从中也清晰地看到，班级读书会是推广儿童文学的一种生动活泼、相当成功的形式。

四、采取孩子们喜闻乐见、乐于参与的形式，让他们快乐而自由地与文学结伴

培养少年儿童的文学阅读兴趣，使他们逐步养成爱读文学图书的习惯，要采取生动活泼、灵活有趣的形式、方式。特别是要充分发挥孩子们的积极性、主动性，让他们自觉自愿地参与多种多样与文学阅读有关的活动。各地区、各部门在这方面已经找到一些行之有效的方法，深得孩子们喜爱。

一是吸引少年儿童参与优秀图书的评选。比如，共青团中央等部门组织

的“全国青少年喜爱的优秀图书”评选活动，有103万多名青少年参与网上投票评选，共推选出100套优秀图书，其中包括儿童文学作品《草房子》等。儿童文学评奖也应当充分倾听小读者的意见。“儿童喜欢不喜欢”，虽不是“判断儿童文学优劣的唯一标准”，但却是一个重要的、不可忽视的尺度。评奖中初评出来的备选作品，可以通过班级读书会组织孩子们阅读讨论，然后把他们的意见集中起来，作为复评、终审的重要参考。

二是加强作家与小读者的联系。今年9月，江苏省委宣传部、作家协会等部门成功地组织了一次“江苏作家校园行”，儿童文学作家海笑、黄蓓佳、金曾豪、刘健屏、祁智、王一梅、饶雪漫等到北京、南京、扬州、淮安等地的小学签名赠书，与学生座谈交流，收到较好的效果。上海市作家协会也举办了“文学百校行”活动，向中小学生进行文学启蒙知识教育，传播文学经典名著的精神。深得孩子们喜爱的女作家杨红樱带着《淘气包马小跳系列》，走遍了近40个城市，举办了60多场活动，同小读者直接面对面交流，使马小跳真正走进孩子的心灵。

三是举办读书讲座、诗文朗诵活动和征文比赛。首届中国青少年读书周期间，同时启动了全国青少年百场读书讲座活动，著名专家学者和青年楷模在全国各主要城市的读书讲座上主讲，让青少年进一步认识课外阅读的重要性，提高阅读能力和鉴赏水平。诗歌、美文朗诵会、讲故事比赛、写读书心得的征文大赛、排练、演出课本剧等，也都是孩子们喜闻乐见的鉴赏文学的形式，是促进小读者参与阅读的良好的互动手段。举办这些活动，已有很多成功的经验，结合自己的实际情况，因时制宜地加以推广，一定会收到较好的效果。

除此之外，面向家长、中小学语文教师、少先队辅导员、少年宫和儿童图书馆工作人员，做好指导儿童文学阅读的培训工作；改进和加强儿童文学读物的出版、发行工作，加大原创优秀作品的宣传、营销力度，也都是做好儿童文学推广工作的重要环节。

让我们满怀热忱，千方百计，把优秀儿童文学读物推广到亿万小读者中去！

2004年10月24日

（本文系2004年10月31日在全国儿童文学创作会议上的发言。）

让文学伴随少年快乐成长

中国少年作家班在新旧世纪之交走过了十年不平凡的路。我们高兴地看到，如今它已成为一所成功进行文学启蒙教育的学校。成千上万的少年文学爱好者在这里尽情享受阅读的快乐、写作的快乐，充分领略文学特有的魅力。

小小心灵非常需要诗的乳汁、文学乳汁的润泽、滋养。一个孩子从小爱听儿歌，爱听故事，爱看图画书，长期保持对文学的爱，长大以后，就可能成为一个心地善良、情操高尚、感情细腻、想象丰富的人。

从少年作家班走出来的数以万计的学员，其中也许只有千分之一、万分之一将来以写作为终身职业，而绝大多数将从事作家之外的其他职业。他们也许会成为工程师、技术员、企业家、营业员、医生、教师、公务员、工人、农民、军人。不管你长大了做什么，从小接受文学的熏陶将使你终身受益，使你成为具有良好素质的文明人。

从学习写作来说，我深深体会到以下几点至关重要，真诚希望少年朋友们细细品味，铭记在心：

一是勤奋比天赋更重要

大科学家爱因斯坦说："在天才和勤奋之间，我毫不迟疑地选择勤奋，它几乎是世界上一切成就的催生婆。"创作需要天分，需要才能。一个人的天赋或高或低，那是与生俱来的；而才能是可以通过勤学苦练逐渐培养提高的。只要我们勤于观察、勤于思考、勤于读书、勤于练笔，相信勤能补拙，熟能生巧，功夫不负有心人。

二是真挚比技巧更重要

著名画家黄永玉说："真挚比技巧更重要，所以鸟总比人唱得好。"写作需要技巧，需要不断提高表现力，但首先需要激情，需要真情实感。只有出自肺腑的真情，首先打动自己，才能打动别人。如果无动于衷，无病呻吟，那是写不出真挚、深沉、动人心弦的诗文的。

三是想象比知识更重要

下面的话也是爱因斯坦说的："想象力比知识更重要，因为知识是有限的，而想象力概括着世界上的一切，推动着进步，是知识进化的源泉。"想象是构成文学的第一要素，对作家来说，最杰出的艺术本领就是想象。要从小注意培养、提高自己的想象力，脚踏现实的泥土，张开想象的翅膀，海阔天空，自由驰骋想象。

愿文学少年珍惜诗意的童年，珍惜充满幻想的童年，让文学伴随少年朋友快乐成长！

2006年8月29日于北戴河

一切为了孩子的心灵成长

——回顾改革开放30年来中国作家协会的儿童文学工作

少年儿童是祖国未来的建设者，是具有中国特色的社会主义事业的接班人。把少年儿童一代培养成为德、智、体、美全面发展，有理想、有道德、有文化、有纪律的社会主义新人，是关系着提高中华民族的素质和祖国前途、命运的大事。党和国家历来十分重视少年儿童工作，始终把它放在战略地位，号召全社会都来关心少年儿童的健康成长。

少年儿童文学对于未成年人熔铸意志性格、陶冶道德情操、提升审美能力、提高精神素质，有润物细无声、潜移默化的独特作用。它是少年儿童精神成长、心灵成长不可或缺的维生素。正因为如此，中国作家协会一向把发展、繁荣少年儿童文学当作自己的一项重要任务，努力为孩子们提供丰富、优质的精神食粮。

改革开放 30 年来，在党和国家的高度重视、亲切关怀和全体作家的共同努力下，少年儿童文学蓬勃发展，欣欣向荣，在创作、评论、出版和队伍建设等方面都取得了可喜的、引人瞩目的成绩。中国作家协会作为党领导下的一个以繁荣文学事业为己任的专业性人民团体，为促进少年儿童文学的发展也做了不少实事，采取了若干重要举措。我作为一个文学组织工作者，自始至终亲历并参与了这些工作、活动的策划、操作与运转。

三次创作会议　两个重要决议

为了贯彻落实中央关于加强社会主义精神文明建设、培养一代“四有”

新人、繁荣少儿文艺的指示精神，推动我国儿童文学发展，改革开放30年来，中国作家协会先后在烟台、北京、深圳开过三次全国儿童文学创作会议，中国作协主席团曾审议通过了两个关于改进和加强儿童文学工作的决议。

1986年5月，中国作协与文化部在山东烟台联合召开的全国儿童文学创作会议，是建国以来儿童文学界前所未有的一次盛会。叶圣陶、冰心、严文井等前辈为会议题写了贺词。陈伯吹、叶君健、金近、任溶溶、黄庆云、徐光耀等近200位作家出席会议，可说是进入历史新时期后儿童文学队伍的一次大会师、大检阅。这次会议是在党和国家要求广大思想文化工作者为人民提供更多更好的精神产品，在建设精神文明中担负特别重要的历史使命的背景下召开的。会议围绕如何进一步提高儿童文学创作质量这个主题，着重讨论了儿童文学如何更好地体现时代精神，如何塑造更多闪耀时代光彩、能鼓舞少年儿童奋发向上的人物形象，如何在思想、艺术上创新，如何提高儿童文学队伍的思想、业务素质等问题。文化部部长、中国作协常务副主席王蒙在会上做了长篇讲话，讲了儿童文学与我们的未来、为儿童提供一个理想的精神境界、专心致志地创造新的作品等三个问题。我在题为《为创造更多的儿童文学精品开拓前进》的开幕词中，对新时期儿童文学的成绩和不足，以及儿童文学作家面临的提高创作思想、艺术质量的任务做了估计和分析。这些看法和意见，得到与会者的广泛赞同。

在烟台会议前，内蒙古、北京等地的作协会员曾先后写信给中国作协，要求切实加强对儿童文学的领导，并提出了若干建议。烟台会议期间，又集中听取了与会者关于改进儿童文学工作的意见和建议。中国作协第四届主席团第八次会议在听取作协书记处关于烟台会议的情况汇报后，于1986年6月14日讨论通过了《中国作家协会关于改进和加强少年儿童文学工作的决议》(以下简称《决议》)。这个《决议》在扼要分析了儿童文学发展现状之后，提出了改进工作的八项措施，比如：要求作协和各地分会真正把儿童文学工作列入议事日程，建立、加强儿童文学工作机构，设立中国作家协会儿童文学奖，进一步加强儿童文学的理论研究和作品评论工作等。儿童文学界企盼已久的创作评奖终于落到了实处，《文艺报》创办了《儿童文学评论》专版，可说是1986年作协主席团《决议》的主要成果。

2000年5月中国作家协会与宋庆龄基金会在北京联合召开的全国儿童文学创作会议，是在世纪之交的历史时刻举行的，是我国儿童文学界的一次跨世纪盛会。来自全国各地的140多位儿童文学作家、评论家、编辑、出版人参加了会议。本次会议的主题是：迈向新世纪的儿童文学。代表们围绕“90年代儿童文学创作的回望与思考”“迈向新世纪的儿童文学发展趋势”“理论批评、编辑出版与繁荣迈向新世纪的儿童文学创作”三个方面，做了比较深入的讨论。我在会上致题为《迎接儿童文学新纪元》的开幕词。作协党组书记、副主席翟泰丰在会上讲话，强调21世纪儿童文学必须面向现代化、面向世界、面向未来，是以崭新面貌陶冶21世纪接班人的现代化的儿童文学。

根据作协儿童文学委员会1999年会上提出的改进儿童文学工作的初步设想和陈昌本在2000年全国儿童文学创作会议小结中提出的作协拟尽快办好的十件实事，中国作协第五届主席团第八次会议于2001年1月13日审议通过了《中国作家协会关于进一步加强儿童文学工作的决议》。在该《决议》中提出了促进新世纪儿童文学发展、繁荣的十项举措，包括：中国作家协会拟每五年召开一次全国儿童文学创作会议，编辑出版儿童文学年度佳作选，增设儿童文学理论批评奖、新人奖，鲁迅文学院不定期地举办儿童文学作家讲习班，把优秀儿童文学作品推广到小读者中去，促进科学文艺创作的发展等。从2001年初通过《决议》至今，上述这些举措已逐步一一落实。

2004年10月底、11月初在广东深圳召开的全国儿童文学创作会议，是继1986年烟台会议、2000年北京会议之后全国儿童文学界的第三次大聚会。出席会议的有120多位儿童文学作家、评论家、儿童文学工作者。这次会议是在举国上下深入贯彻落实《中共中央、国务院关于进一步加强和改进未成年人思想道德建设的若干意见》的大背景下召开的。会议的主题是儿童文学的创作、出版与提高未成年人的精神道德素质。中共中央宣传部副部长李从军给会议写来贺信。作协党组书记、副主席金炳华在会上做了题为《为未成年人健康成长营造良好文学环境，进一步发展繁荣儿童文学事业》的讲话。这个讲话要求儿童文学工作者站在全局的高度，深刻认识加强文化建设的战略意义，自觉地承担起繁荣少儿创作，建设先进文化的光荣任务。与会代表围绕会议主题，分为三个论坛，就儿童文学与提高未成年人的精神素质，儿童文学创作、出版的现状、发展趋势及前景，如何做好优秀儿童文学作品的阅读推广工作等问题进行了认真的讨论和交流。

上述三次会议、两个决议，贯彻落实了中央关于思想、宣传、文艺工作和少年儿童工作的指示精神，紧密结合实际，探讨儿童文学的现状、走向和前景，总结了提高儿童文学创作质量的经验，制定了改进和加强儿童文学工作的规划和措施，对我国儿童文学的发展历程产生了积极的、重要的影响，在当代儿童史，尤其是新时期儿童文学史上，毋庸置疑应当记上一笔。

七届全国评奖　佳作新人迭出

全国优秀儿童文学奖是中国作家协会主办的全国性重要文学奖项之一。它创设于1987年，是根据1986年5月中国作协主席团《关于改进和加强儿童文学工作的决议》设立的。

设立这个奖项，是为了鼓励优秀儿童文学创作，推动我国儿童文学的发展，为少年儿童提供更多更好的精神食粮，促进新一代综合素质的提高。

中国作协设立的这个全国优秀儿童文学奖，迄今为止已举办过七届。在评选范围、时间上，它是与中国人民保卫儿童全国委员会、共青团中央、中国作协等单位举办的首届（1949—1953）、第二届（1954—1979）全国少年儿童文艺创作评奖相衔接的。中国作协首届（1980—1985）、第二届（1986—1991）全国优秀儿童文学奖评选的时间跨度均为六年。从第三届开始改为每三年评选一次。从第一届到第七届，作协儿童文学奖的评选范围覆盖了27年间（1980—2006）在中国大陆公开发表出版的作品，可说是基本上与改革开放30年同步。

每一届评奖都是对我国当前儿童文学面貌、水平和作者队伍的一次检阅和展示。评选标准坚持主旋律与多样化的统一，思想性、艺术性、可读性的统一，力求推出能鼓舞少年儿童奋发向上、艺术精湛、为广大少年儿童喜闻乐见的作品。纵观七届评选结果，获奖的作品都是该奖评选时段内的上乘之作、优秀之作，基本上体现了我国当前儿童文学的发展态势、特色和在思想上、艺术上所达到的水准。在题材内容上，城市或乡村，校园或大自然，动物世界或科幻天地，现实生活或革命历史，……在表现手法、风格上，写实的或幻想的，艺术的或大众的，优雅的或幽默的，抒情的或热闹的，……可说是应有尽有，异彩纷呈。力求更加贴近当代少年儿童的生活和心灵，富有时代色泽、生活气息，是获奖作品的一个鲜明特色。而在表现形式、艺术手法、语言、文体上，则显示出作者探索、追求、创新的勇气和智慧。曹文轩的《草房子》、秦文君的《男生贾里全传》，被中宣部、文化部、国家新闻出版署、中国作协等单位联合推荐，选入向中华人民共和国成立50周年献礼的10部长篇小说之中，标志着获奖的儿童文学作品，与当前优秀的成人文学相比，完全可以平起平坐，毫不逊色。

作协的儿童文学奖是一个门类齐全、涵盖儿童文学各种体裁、样式的奖项，它包括：小说、诗歌（含散文诗）、童话、寓言、散文、报告文学（含纪实文学、传记文学）、科学文艺、幼儿文学等。从第五届起，又增设了理论批评奖和鼓励文学新人的青年作者短篇佳作奖（参评作者年龄限在40周岁以内）。七届评奖共评选出105位作家的156部（篇）作品。获奖作品中以小说为最多，共69部（篇），占总数的44%，其中长篇小说45部；其次为童话29部（篇），占18%；再次为散文17部（篇）、诗歌15部（篇），分别占10%左右。科学文艺、寓言、理论批评等体裁获奖的相对较少。

从获奖作者的年龄结构来看，老、中、青作家都有，而以中青年作者为主。获奖的老作家有郭风、鲁兵、田地、宗璞、柯岩、洪汛涛等。主要从事成人文学兼写儿童文学的作家如颜一烟、从维熙、严阵、苏叔阳、刘心武等等也榜上有名。每一届获奖的作者绝大多数为年富力强的中青年。如第二届获奖的29位作者中，年龄在55岁以下的有23位，占获奖作者总数的80%，其中又有9位为40岁以下的青年作者，占总数的31%。第三届19位获奖作者中，中青年作者占68%。又如，第六届获奖的16位作者中，40岁以下的青年作者有8位，占50%，第七届获奖的13位作者中，青年作者有8位，占61%。郑春华第一次获奖时29岁，郁秀获奖时25岁，徐鲁获奖时31岁，庞敏获奖时29岁。他们生气勃勃，富有创作激情和潜力。

评奖讲究作品质量。只要符合评奖标准，达到相应的思想、艺术水平，一个参评作者可以连续或多次获奖。在这方面，没有做什么限制。因此，多年来出现了不少“三连冠”“四连冠”的作者。五次获奖的有：金波、张之路、曹文轩，四次获奖的有孙幼军、秦文君、金曾豪、沈石溪、郑春华，三次获奖的有：葛翠琳、常新港、董宏猷、周锐、冰波，两次获奖的有：邱勋、张秋生、刘先平、高洪波、程玮、刘健屏、罗辰生、吴然、关登瀛、郑允钦、薛卫民、张品成、汤素兰、王一梅、三三。这充分说明这批作者长期执着地坚持为少年儿童写作，富有创作实力，思想上、艺术上逐步走向成熟，他们已成为当前我国儿童文学创作的中坚力量。

作协的儿童文学奖，从 1987 年创设到现在，已历时 20 多年。在评选工作中积累了一些经验，并制定了《中国作家协会全国优秀儿童文学奖评奖试行条例》。在这个《试行条例》中，对评奖的指导思想、评选标准、评选机构、评奖程序、评奖纪律等都做了明确规定。七届评奖，我主持了其中一、二、三、五、六、七届评委会的工作。我深切地体会到，严格按照《试行条例》办事，就能保证评奖工作顺利、圆满地完成。

把握导向性

评奖工作要鲜明地体现提倡什么，鼓励什么，促进儿童文学沿着有利于培养一代“四有”新人，有利于提高新一代道德品格、文化素质、审美情趣的方向发展，力求健康向上的思想内容与尽可能完美的艺术形式的统一，为广大少年儿童所喜闻乐见。既要按照儿童文学的特点坚持主旋律与多样化的统一，防止在创作思想上、审美情趣上误导；又要在保证质量的前提下，兼顾儿童文学中幼儿、儿童、少年三个层次，防止在服务对象上误导，即过于向某个年龄段倾斜。

坚持少而精

评奖工作一定要坚持少而精、宁缺毋滥的原则，完全按照作品的思想、艺术质量来评估，选精拔萃，不受作者的知名度、所在地区、出版单位等因素的影响，不搞平衡，力戒照顾，真正做到在作品质量面前一视同仁。评奖《试行条例》规定：“一般情况下，获奖作品不应超过 20 部（篇）”。第六届获奖作品为 16 部（篇），第七届则只有 13 部（篇），这充分表明评委会坚持评奖标准，讲究质量，以质取胜，力求评出的作品在思想艺术的总体水平上不低于历届获奖作品。某种体裁、样式，确实评不出符合评奖标准的作品，宁可空缺，也不滥竽充数。严格遵守《试行条例》规定的："参评作品获得不少于评委总数三分之二票数者，方可当选"，也是保证获奖作品质量的一个不可或缺的规则。

认真读与议

无论是承担初选的审读小组还是负责终评的评委会，都要保证他们有足够的阅读参评作品或列入备选篇目作品的时间。认真阅读文本，是搞好评奖工作的前提和基础。在认真阅读参评作品的基础上，初选审读小组和评委会，还要展开认真的、深入的讨论。力求做到各抒己见，相互切磋，实事求是，与人为善，使不同的看法和意见得到沟通、交流，营造一种学术探讨的气氛和民主协商的精神，以便对一些较为重要的问题逐步达成共识，为最后无记名投票产生获奖作品打好基础。

关注创作现状　组织作品研讨

关注儿童文学现状，积极组织有关儿童文学创作、理论问题和有代表性的作品研讨，加强对优秀作品的评论、推介，是中国作家协会及其儿童文学委员会常抓不懈的重要工作之一。研讨作品，座谈创作问题，既是作协会员、儿童文学同行相互学习、交流的一种社会活动方式，也是富有经验的作家帮助青年作者学习、提高的一种有效途径。

改革开放30年来，中国作家协会除了召开过三次全国儿童文学创作会议外，还以中国作协及所属儿童文学委员会、报刊、出版社的名义，或与有关省市作家协会、党委宣传部、报刊、出版单位和高等院校，单独或联合召开过上百次创作座谈会、作品研讨会和纪念大师名家的会议。这些会议大体上可分为三类。

第一类是从宏观上考察、研究、分析创作现状或某种体裁样式、门类的总体状况的会议。

从宏观上考察儿童文学现状的研讨会，较为重要的有：(1) 1988年10月作协儿委会在烟台召开的儿童文学发展趋势研讨会。参加会议的有来自14个省、市、自治区的70多位作家、评论家、编辑。会上就新时期以来儿童文学的成就、特色做了分析、评价，并对儿童文学在我国整个文学多元化、多样化发展的大趋势下的走向、前景做了探讨。我在会上做了题为《更贴近大时代，更贴近小读者》的开幕词。(2) 1995 年 8 月中国作协儿委会、文艺报社在北戴河联合召开的儿童文学座谈会，研究如何贯彻落实江泽民总书记关于繁荣少儿文艺的指示精神。与会者就如何为新一代创作更多的儿童文学精品深入交换了意见。(3) 2002 年 8 月宋庆龄基金会和中国作协在大连联合主办、辽宁省儿童文学学会承办的第六届亚洲儿童文学大会。来自亚洲 13 个国家和地区的 200 多名儿童文学作家、儿童文学工作者参加了会议。会议的主题是：和平、发展与新世纪的儿童文学。围绕这个主题，与会代表就本国、本地区儿童文学的发展现状，儿童生存现状与儿童文学，战争、和平与儿童文学，生态环境与儿童文学，传媒出版与儿童文学以及各国儿童文学交流等问题，做了较为深入的探讨。(4) 2005 年 5 月文艺报社和中国海洋大学文学院共同举办的中国原创儿童文学现状及发展趋势研讨会。到会的有作家、评论家 50 多人。会上就中国原创儿童文学现状，商业化写作，原创儿童文学与出版、推广的关系等热点话题做了探讨。(5) 2007 年“六一”前夕中宣部文艺局和中国作协儿委会联合召开的儿童文学创作座谈会。出席会议的有作家、评论家 40 多人。会上学习贯彻胡锦涛总书记在八次文代会、七次作代会上的重要讲话，回顾近五年儿童文学创作的成就，深入分析儿童文学工作面临的新形势、新问题，共商解决的对策。

按照文学体裁、样式分门别类召开的儿童文学创作座谈会、研讨会，有关儿童小说的有：京津地区部分儿童小说作者座谈会（1983.11）、华东地区儿童革命历史小说创作座谈会（1984.9）、当代儿童小说研讨会（2004.8）等。有关儿童诗的有：儿童诗现状座谈会（1988.12）、大港油田儿童诗会（1999.10）、太行山儿童诗会（2000.10）、当代儿童诗歌研讨会（2003.10）等。有关科学文艺的有：科学文艺创作座谈会（2000.3）、全国科普创作研讨会（2000.6）等。另外，还开过部分儿童文学报刊编辑座谈会（1982.2），外国儿童文学翻译座谈会（1990.5），少年儿童电影观摩、研讨会（1998.5），全国首届校园文学论坛（2005.11），中国原创图画书论坛（2008.5）等。这类会议的参与者大多是与探讨主题有关的作家、评论家、编辑，他们熟悉、了解情况，感受、体会深刻，讨论的话题又集中，因此往往收效较好。

第二类是研讨某个作家的作品或一个作家群体的作品的会议。

作品研讨会的研讨对象大多是正处于创作旺盛期、活跃于当代儿童文苑的中青年作家。有些当今知名作家的作品不止研讨过一次。如秦文君的《男生贾里》《女生贾梅》《天棠街 3 号》及《秦文君文集》，曹文轩的《草房子》《青铜葵花》及《曹文轩文集》，黄蓓佳的《我要做好孩子》《中国童话》《黄蓓佳倾情小说系列》，张之路的《第三军团》《非法智慧》，刘先平的《大自然探险长篇系列》《大自然探险系列》等，都曾一次又一次地召开过研讨会。此外，郁秀的《花季·雨季》、董宏猷的《一百个中国孩子的梦》、谷应的《中国孩子的梦》、金曾豪的少年小说、邱勋的儿童文学创作、张品成的革命历史题材小说、束沛德的《岁月风铃》等，也都在近十年间列为研讨会的主题。

选辑多位作家作品的儿童文学创作丛书或一个地区、一个创作群体的作品系列，先后研讨过的有：《棒槌鸟儿童文学丛书》《中国当代儿童诗丛》《花季小说》丛书、《少年教育纪实文学》丛书、《中国幽默儿童文学创作丛书》《金太阳丛书》《小霞客游记》丛书、《生命状态文学》丛书、江苏省儿童文学获奖作品、《小虎队儿童文学丛书》等。研讨的作品涵盖小说、诗歌、童话、纪实文学、散文、游记、科学文艺等多种体裁、样式，其中也以小说为最多。改革开放 30 年来，小说尤其是长篇小说，一直是儿童文学中的强项。从事儿童小说创作的作家多，出版的品种也多。在获奖作品篇目和被研讨的作家名单上，小说一直居于首位，这成为新时期儿童文苑的一道亮丽的风景。

第三类是纪念儿童文学大师、前辈、著名作家的座谈会、研讨会。

为了缅怀儿童文学大师、名家的人格风范、文学业绩，中国作家协会于 2005 年 4 月召开过纪念安徒生诞辰 200 周年座谈会。同年 12 月，作协儿委会还与北京师范大学儿童文学研究中心、和平出版社联合召开过“安徒生童话的当代价值”学术研讨会。2004 年 7 月、8 月，作协儿委会与上海宝山区人民政府、少年儿童出版社等单位先后共同举办过陈伯吹诞辰 100 周年纪念座谈会、纪念陈伯吹的系列活动。2006 年 9 月，作协儿委会与北师大儿童文学研究中心联合召开了张天翼诞辰 100 周年纪念座谈会。在这之前，1986 年 9 月曾举行过纪念张天翼逝世一周年的学术讨论会。1990 年 10 月，金近逝世一周年之际，也曾在杭州召开过金近作品研讨会。

儿童文学老前辈冰心、严文井等逝世之后，《文艺报》《人民文学》等刊物都发表过多篇回忆与怀念的文章。

上述三类会议，无论是创作座谈会还是作品研讨会，都是学术讨论会、信息交流会，也是以文会友的同行联谊会。要开好这些会议，收到预期的效果，一是要选好题目，要选择有代表性的作家作品和大家关注的儿童文学重要现象、热门话题来探讨。认真阅读作品，是开好研讨会的关键。要组织有准备的重点发言，尽量避免即兴式的、不着边际的泛泛而谈。二是提倡、发扬科学的、实事求是而又自由、生动活泼的批评风气。对作品进行具体中肯的分析，深入探讨它的成败得失，帮助作家总结创作经验，帮助读者提高鉴赏能力。三是要从总体上了解、掌握当前儿童文学创作的状况、走向、思潮，把对一部具体作品的讨论置于当下儿童文学发展的大潮流之下，力求对创作思想予以正确的导引。

培养新生力量　加强队伍建设

发现、培养文学新人，发展、壮大文学队伍，努力提高文学队伍的思想素质、业务素质，是中国作家协会的重要任务之一。改革开放以来，我国的文学队伍有了很大的发展。1978 年作协恢复工作时，会员总数为 865 人；到 2007 年 6 月底，已发展为 8129 人。儿童文学队伍也有了相应的发展。1978 年，从事儿童文学的中国作协会员仅为五六十人，现在已发展到近 600 人。30 年间增长了十倍，真可说是与日俱增，人才辈出。

从目前儿童文学队伍的构成看，如按加入中国作协的时间来划分，大体上可分为五个时段。

一是 1966 年“文革”前入会、如今仍笔耕不辍或继续关注儿童文学的有：郭风、任溶溶、黄庆云、袁鹰、宗璞、柯岩、徐光耀、任大星、萧平、陈子君、邱勋、沈虎根、谢璞等。

二是新时期之初，即在 1979、1980 年入会的有：陈模、杲向真、圣野、于之、孙毅、叶永烈、葛翠琳、海笑、李心田、赵燕翼、吴梦起、张继楼、孙幼军、金波、杨啸、王一地、聪聪、蒋风、束沛德、樊发稼、肖育轩、童恩正、金振林等。

三是20世纪80年代（1981—1990）先后入会的有：罗辰生、金涛、肖建亨、刘先平、夏有志、李凤杰、刘兴诗、谷应、张秋生、黄蓓佳、程玮、金江、张微、尹世霖、庄之明、高洪波、曹文轩、陈丽、张之路、郑渊洁、刘健屏、沈石溪、乔传藻、吴然、汪习麟、浦漫汀、张锦贻、周晓、白冰、关登瀛、郑春华、韦苇、王宜振、孙云晓、董天柚、陈丹燕、秦文君、董宏猷、周锐、金燕玉、王泉根、葛冰、刘保法、梅子涵等。

四是20世纪90年代（1991—2000）先后入会的有：薛卫民、李建树、金曾豪、刘海栖、饶远、徐康、刘丙钧、常新港、郑允钦、刘绪源、徐鲁、汤锐、徐德霞、巢扬、冰波、谢华、吴其南、孙建江、方卫平、滕毓旭、朱效文、班马、彭懿、吴岩、车培晶、庞敏、邱易东、保冬妮、杨鹏、祁智、杨红樱、张品成、殷健灵、星河、常星儿、薛涛、张洁、彭学军、曾小春、韩辉光、汤素兰、葛竞、周基亭、韦伶、左泓等。

五是进入新世纪，2001年至2007年入会的有：张玉清、伍美珍、谭旭东、朱自强、安武林、王一梅、王巨成、孙卫卫、林彦、刘东、萧萍、韩青辰、李东华、于立极、李学斌、谢倩霓、周晴、郝月梅、郁雨君、王立春、三三等。

从上面开列的挂一漏万的名单中不难看出，中国作家协会自20世纪80年代以来一直坚持把有成就的儿童文学作家，特别是生气勃勃、有才华的新生力量及时吸收到会员行列中来，为文学队伍不断增添新鲜血液。如今，80年代、90年代加入作协的作家，已经成为儿童文学队伍的中坚群、主力军。而新世纪以来入会的青年作家，起点高，文化素质高，对文学执着追求，创作准备充分，思想、艺术上成长都比较快。他们是我国新世纪儿童文学发展繁荣的希望所在。

提高儿童文学队伍的思想业务素质，要抓好加强学习和深入生活这两个重要环节。多年来，中国作协通过举办讲习班、研讨班等具体举措，帮助青年作家学习理论、学习各方面的知识，不断提高文化素养和艺术功力。1997、1998年，中国作协鲁迅文学院、儿童文学委员会与《儿童文学》杂志社联合举办了两期儿童文学青年作家讲习班。2005年春，作协儿委会推荐两位青年作家参加鲁迅文学院中青年文学理论评论家高级研讨班学习。2007 年 5 月鲁迅文学院又举办了一届以中青年儿童文学作家为对象的高级研讨班。来自全国 27 个省、市、自治区 53 位作者中，40 岁以下的有 44 名，其中 14 人出生于 20 世纪 80 年代。为期三个月的研讨班，课程密切联系当前形势和创作实际，适合学员特点，注重创作导向，受到学员的普遍欢迎，收效较好。研讨班除组织大型的创作问题研讨外，还开设儿童文学论坛，由学员自己主讲。通过对儿童文学特点、创作规律和当前儿童文学热门话题的探讨，起到了开阔视野、活跃思路、交流经验、取长补短的积极作用。

引导儿童文学作家坚持贴近实际，贴近生活，贴近群众，贴近少年儿童，也是加强队伍建设的重要途径。多年来，中国作协采取多种方式组织儿童文学作家到改革开放和现代化建设第一线体验生活，采访采风，积累创作素材。主管儿童文学工作的作协副主席高洪波曾三次带领作家团队奔赴抗击“非典”、抗击冰雪灾害、抗震救灾第一线深入采访，体验生活。作协儿童文学委员会 2006 年、2007 年先后在云南昆明和西双版纳、江苏昆山等地建立儿童文学创作基地，为儿童文学作家读书、采风、联系小读者创造了条件。近几年来，中国作协的重点作品扶持工程把儿童文学创作纳入范围之中，帮助作家落实创作资金、体验生活、联系出版单位、宣传推介等。作协组织的各种采风活动以及在各地建立的生活基地都注意吸收儿童文学作家参加。儿委会宣传、推广优秀儿童文学读物的工作中，也有计划地组织作家走进校园，加强与小读者的联系。

精心选优拔萃　展示创作成果

努力办好少年儿童文学报刊，编选优秀儿童文学作品，也是中国作家协会及其所属部门、单位的一项重要工作。

为了集中介绍文学短篇创作的新成果，以便更好地把它们推广到广大读者群众中去，并便于文学工作者的研究，中国作家协会在 20 世纪 50 年代就按文学体裁编选年度作品选，儿童文学也在编选之列。改革开放以来，继承了这个传统。80 年代中国作协编选过一本《1980—1985 全国优秀儿童文学评选获奖作品集》。从2000年起，作协儿委会与漓江出版社合作，每年编选一本儿童文学佳作选、一本童话佳作选。迄今为止，已连续编选出版达8年之久。收入年度选的作品是从全国主要儿童文学刊物当年发表的作品中精心遴选出来的。编选的原则是：力求思想性、艺术性俱佳，题材丰富，风格多样，少年儿童特点鲜明，并能反映当前我国儿童文学所达到的思想艺术高度和最新的艺术探索。入选作者既有富有经验的知名作家，但更多是崭露头角的文学新秀。漓江出版社还出版了近几届全国优秀儿童文学奖获奖作品选《叶子是树的羽毛》等。从2005年起，作协儿委会还与接力出版社合作，负责审定推荐每年出版的中国幼儿文学精品彩绘版《快乐童话》《快乐儿歌》《快乐故事》各一本。这也是从当年发表在幼儿报刊的作品中精选出来的。它既是一套精粹的幼儿文学年度选本，也是一套适合亲子共读的优秀图书。

中国作家协会在国庆50周年之际，为了集中展示中国作家半个世纪的创作成就和新中国文学的发展历程，由作家出版社出版了一套《中华人民共和国五十年文学名作文库》，儿童文学也是其中的一卷，由严文井任主编，束沛德任副主编。这本选集收入两万字以内的诗歌、童话、寓言、小说、散文120多篇，大体反映了建国50年儿童文学短篇创作的成果。近年来，中国作协儿委会负责人和部分成员还参与编选湖北少年儿童出版社的《百年百部儿童文学经典书系》、新世纪出版社的《改革开放30年中国儿童文学代表作30部金库》等大型书系。这些书系不仅为广大未成年人提供了优秀的原创儿童文学读物，而且为研究我国儿童文学留下了系统、完整、弥足珍贵的史料，可说是存史价值很高的文化积累的传承工程。

出版一本中国儿童文学年鉴，是文学界、学术界，特别是从事儿童文学创作、理论研究、编辑出版的朋友企盼已久的一个心愿。在新世纪之初，这件事终于落到实处。作协儿委会与江苏少年儿童出版社合作，从2001年起编选《中国儿童文学年鉴》，迄今已出版了6本。年鉴尽可能全面汇集当年有关我国儿童文学创作、评论、研究、编辑、出版、译介等方面的情况、信息、资料，力求使之成为一本于儿童文学工作者、爱好者均有所助益的参考书、工具书。年鉴的内容分为：《文件·报告·会议》《创作·评论·出版概况》《论文选辑》《论著简介》《年度纪事》《资料》等板块，从中可大致了解当年我国儿童文学的概貌。

为了加强儿童文学的理论研究和作品评论工作，《文艺报》从1987年1月起创办了《儿童文学评论》专版。该专刊从问世至今，20年间已出版了200期。它已逐步成为观察、了解当前儿童文学发展趋势的窗口，联结、沟通作者与读者心灵的桥梁，培育、扶植儿童文学评论幼芽的苗圃。为专版撰写文章的作者，老、中、青结合，以中青年为主。所发文章，既有对儿童文学创作、评论现状的宏观扫描和考察，对名家佳作、新人新作的微观研究和评析，也有对儿童文苑热点问题、重要现象的讨论、争鸣。它对活跃评论、树立科学说理的批评风气，起到了积极的推动作用。

《儿童文学》杂志1963年创刊时，原系共青团中央与中国作协合办。进入新时期后，该刊改由共青团中央主管。但作协及儿委会一如既往地关注这本刊物的编辑方针、发展状况。该刊编委会成员13人中，有5位是编制在作协的作家、评论家、编辑家。上海出版的《中国儿童文学》从2000年10月起由中国作协儿委会和少年儿童出版社联合主办。该刊编委会成员18人中，有11位是作协儿委会成员。中国作家协会主管的，面向中、小学生的《中国校园文学》，近年来也加强了与儿委会的联系。《人民文学》《诗刊》等刊物都不定期地选发一些儿童文学作品。《文艺报》于2005年4月至2006年7月还出过28期《少儿文艺》专刊。作家出版社也注重出版儿童文学读物。获全国优秀儿童文学奖的，如秦文君的《小鬼鲁智深》《属于少年刘格诗的自白》，杨红樱的《漂亮老师和坏小子》等均为该社出版。所有这些报刊、出版社，对促进儿童文学创作、为未成年人提供精神食粮，都贡献了自己的一份力量。

汇聚团队力量　齐心办好实事

儿童文学委员会是中国作家协会下设的由作家、评论家组成的专门委员会之一。它既是作协主席团在儿童文学方面的参谋、咨询机构，又是协助作协书记处开展儿童文学创作、评论、评奖、学习、采风、联谊等活动的工作机构。

1978年作协恢复工作以后，于1979年12月建立了儿童文学委员会。第一任主任委员是严文井，副主任委员是金近、贺宜。从1979年至今，儿委会成员几经调整，束沛德、高洪波、樊发稼曾长期担任主任委员或副主任委员。现任主任委员为高洪波，副主任委员为张之路、王泉根、曹文轩。儿委会的成员大多年富力强，活跃在创作、理论研究、编辑出版第一线，在儿童文学界有一定声望和影响。

30年来，作协儿委会在开展作品和创作、理论问题的研讨，组织创作评奖，举办青年作者讲习班，组织作家参观访问、采风，编选优秀作品和理论批评文章，加强作家与小读者的联系，推荐新会员，提出改进和加强作协儿童文学工作的意见和建议等方面，都做了不少切实有效的工作。

20世纪90年代中期后，作协儿委会的工作逐步走向规范化、制度化。从1997年起，10年来坚持每年开一次年会。年会的议题开头侧重于对当年儿委会工作的回顾、小结和对下个年度的展望，制订工作计划要点。近些年，对年会的内容、开法逐步做了改进，力求围绕儿童文学创作、评论、出版现状，每年选择一两个热门话题或重要现象，做有准备的、深入的讨论，尽可能做到每年年会有一个主题、一个中心。比如，2002北京年会着重研究如何深入贯彻落实党的十六大精神，用“三个代表”重要思想统领儿童文学，坚持创新，大力推动原创儿童文学的问题。又如，2003浙江青田年会着重讨论儿童文学如何在加强青少年的道德教育、为他们的健康成长营造绿色的文化空间上发挥独特作用的问题。会议发出《全社会关注儿童文学学科建设与素质教育的呼吁书》。再如，2005南京、扬州年会着重探讨了儿童文学的阅读、推广问题，介绍、观摩了扬州举办班级读书会的经验。

回顾30年来中国作协及其儿委会的工作，之所以能办成一些实事，取得一些成绩，有下列几点是值得重视和记取的：

一是要有大局意识

儿童文学是社会主义文学的一个重要组成部分，儿童文学队伍是社会主义精神文明建设大军中不可或缺的一个分队。开展儿童文学工作，也要用“三个代表”重要思想武装头脑，贯彻落实科学发展观，胸怀全面建设小康社会、实现中华民族伟大复兴的全局和大目标。中国作家协会的主要任务是团结作家、繁荣创作。儿委会的工作也要按照儿童文学自身的特点，紧紧围绕多出精品、多出人才来下功夫。广泛团结老、中、青作家，充分调动、发挥他们的积极性、创造性，为未来一代提供更多更好的精神食粮。

二是要有团队精神

儿委会的成员分布在创作、编辑、出版、研究、教学等岗位上，各自都有一份本职工作。参与儿委会的工作，对委员个人来说，是业余的社会工作，可说是当义工。如果没有关心下一代健康成长的爱心、责任心，就不会有当义工的满腔热忱和持之以恒的实干精神。儿委会的成员都热爱儿童文学，乐于为发展儿童文学事业奉献自己的聪明才智。儿委会能办成几件实事，主要是依靠凝聚力很强的团队力量，集中大家的智慧和经验，发挥各人的优势和特长。做组织领导工作的，遇事同大家商量，既分工又合作，相互支持和配合。

三是要有务实作风

作协领导班子和儿委会的成员都有一个共同的愿望，那就是从实际出发，根据我国儿童文学创作、评论、队伍现状，力求每年扎扎实实地做一两件或两三件有利于儿童文学发展、繁荣的实事、好事。制订计划一般都量力而为，切实可行，不好高骛远，不放空炮，力求落到实处。中央的指示精神和作协主席团、书记处通过的关于儿童文学工作的决议、条例，使作协儿童文学工作有了规章和准绳。按照这些指示、决议、条例精神，结合发展、变化的新情况，适时提出改进工作的具体举措，努力把实事办好，好事办实。

从上面叙述的中国作家协会儿童文学工作概况中，可以清晰地看出，30年来的所作所为，归根结底，都是为给下一代建构美好的精神家园添砖加瓦，为点燃孩子心底希望的明灯充电加油。一切为了孩子的精神成长、心灵成长。

2008年6月20日

改革开放30年儿童文苑十二景

改革开放的30年，是我国儿童文学界解放思想、更新观念的30年，敢于探索、勇于创新的30年，创作兴旺、多元共存的30年，新陈代谢、新人辈出的30年。回望30年来儿童文学发展历程中的重要现象、重大成果、热门话题，我欣喜地看到，儿童文苑出现了一道道亮丽、独特的风景线。在我的心目中，至少有以下令人赏心悦目或眼花缭乱的十二景观。

一、全面认识儿童文学的功能

周晓的《儿童文学札记二题》、刘厚明的《导思·染情·益智·添趣——试谈儿童文学的功能》，在20世纪80年代初最早提出对儿童文学的教育功能不能理解得太狭隘、太机械，要充分认识其在陶冶孩子性格、愉悦孩子身心、提高孩子欣赏趣味等方面的作用。随后又展开关于儿童文学与教育的关系问题的讨论，从而突破“教育工具论”的束缚，使儿童文学工作者对儿童文学的教育作用、认识作用、审美作用、娱乐作用等多方面的功能，有了更为全面、完整的了解。

二、迎来儿童文学的第二个春天

如果说20世纪50年代是我国儿童文学的第一个春天，那么，改革开放之初的80年代，则可说是迎来儿童文学的第二个春天。十年浩劫过去，老作家青春焕发，壮心不已；中年作家思想、艺术日趋成熟，笔力更健。而一大批生气勃勃的文学新人崛起，如王安忆、罗辰生、夏有志、程玮、郑渊洁、刘健屏等就是其中的佼佼者。老、中、青作家富有新意、锐气的优秀之作，给荒芜了十年之久的儿童文苑带来了一片生意盎然的新绿。

三、长篇少年小说热

长篇少年小说的崛起，始于20世纪80年代末、90年代初，领头羊是江苏少年儿童出版社。该社推出的《中华当代少年文学丛书》，作者阵容强大，几乎囊括了当今中国儿童文苑最活跃的一批中青年儿童小说家。收入这套丛书的不少作品，在全国性评奖中频频获奖。紧随其后的是《巨人丛书》《青春口哨文学丛书》等。曹文轩的《草房子》、秦文君的《男生贾里全传》入选中宣部、文化部、国家新闻出版署、中国作协等部门联合推出的向国庆50周年献礼的10部长篇小说之中，充分显示了儿童文学在思想、艺术上所达到的高度、在当代中国文学中所占有的地位及其在社会上的辐射力、影响力。

四、《花季·雨季》引爆自画青春

20世纪90年代中期，年轻作者郁秀反映中学生生活的长篇小说《花季·雨季》问世后一炮打响，被誉为“90年代青春之歌”“跨世纪新人的心灵之歌”。该书受到广大青少年读者的欢迎，发行量逾百万册。时隔不久，北京少年儿童出版社“举‘自画青春’旗帜，树青春文学品牌”，推出《自画青春》丛书，入选作者都是在校的大、中学生。年轻人怀着真情自写花季，自画青春，给儿童文苑带来一阵清新之风。随后各地少年作家不断涌现，“低龄化写作”现象引起文学界和社会关注和讨论，普遍认为对低龄写作要引导不要炒作。

五、高扬三面美学旗帜

儿童文学界一向高举爱和美的旗帜、以善为美的旗帜。20世纪90年代中后期，中国儿童文学领域的上空又先后高扬起三面鲜明夺目的美学旗帜：大幻想文学的旗帜，是 1997 年 10 月二十一世纪出版社举办的跨世纪中国少年小说创作研讨会上首先举起的；幽默文学的旗帜，是 1998 年 9 月浙江少年儿童出版社集中推出《中国幽默儿童文学创作丛书》时举起的；大自然文学的旗帜，则是 2000 年 10 月举办的安徽儿童文学创作会上打出的。各式各样、五彩缤纷的旗帜，反映出儿童文学界、出版界顺应改革开放大潮、创作发展趋势、读者审美需求，努力探索、开拓、创新的精神；也标示着作家的创作路子、题材、手法、风格更趋多样化。

六、“杨红樱现象”成了热门话题

女作家杨红樱 2000 年以来先后创作出版的校园小说《女生日记》、《漂亮老师和坏小子》、《淘气包马小跳系列》、童话《笑猫日记》等，深受小读者的喜爱。据出版方称，其累计发行量达 3000 万册，成为儿童读物中首屈一指的畅销书。对杨红樱作品的评价一直存在争议，一种意见认为：“杨红樱是中国儿童文学三个层次中童年文学创作的杰出代表”，“她所创造的‘马小跳’与‘笑猫’已成为新世纪中国儿童文学的品牌”，“具有使人一读难忘的艺术魅力”。另一种意见则认为：“杨红樱，成了商业童书的领跑者”，“商业童书也并非全无艺术性可言，甚至，它也未必没有一点教育性，但在它们身上，艺术性和教育性，都成了商业的工具”。由此引发出关于艺术的儿童文学与大众的、通俗的儿童文学的特征、价值、评判尺度之异同以及市场化与儿童文学等问题的讨论。“杨红樱现象”成了当今儿童文苑的热门话题。

七、两岸交流日益频繁深入

1989 年 8 月，台湾作家林焕彰等一行七人首次组团访问大陆，堪称海峡两岸儿童文学交流的破冰之旅。1994 年 5 月，大陆儿童文学作家蒋风、洪汛涛等一行十四人首次组团赴台访问，从而揭开两岸儿童文学交流、互动新的一页。此后，两岸作家互访、考察，参加学术讨论会、作品研讨会等交流活动日益频繁。大陆很多知名儿童文学作家都有作品在台湾发表、出版。入选《百年百部中国儿童文学经典书系》的也有六位台湾作家，他们是林海音、子敏、林焕彰、桂文亚、谢武彰、李潼。其中有几位还曾分获宋庆龄儿童文学奖、陈伯吹儿童文学奖。大陆也有十多位作家、评论家先后获得过台湾的“杨唤儿童文学奖”。两岸儿童文学交流的频繁深入，必将促进中华民族儿童文学的发展、繁荣。

八、《哈利·波特》风靡一时

著名英国女作家罗琳的《哈利·波特》系列前三集于2000年9月由人民文学出版社出版后，立即在我国掀起“哈利·波特”热。该书首印500万册，依然供不应求，连续27个月居全国销售排行榜榜首，成为图书出版界前所未有的奇迹。《哈利·波特》的轰动也引起我国儿童文学界的关注和思考。《中国儿童文学》2001年第3期发表题为《走近〈哈利·波特〉》的座谈纪要，对它畅销、成功的原因及其对我国儿童文学创作、出版的启示做了分析、论述。多数论者肯定它的故事的幻想性、游戏性，源自生活的现代感，富有儿童生活的根底，独特的通俗小说手法；同时也有些论者指出，这本书的文学价值不是第一位，商业价值才是最重要的。

九、经典书系、名作荟萃蔚为大观

1988年希望出版社出版的《中国儿童文学大系》七卷十五册、2006年湖北少年儿童出版社出版的《百年百部中国儿童文学经典书系》，系统、完整地展示了自五四运动至今中国儿童文学的创作成就和基本脉络，全方位勾勒了小百花园百年的全景画卷，存史价值极高。2008年7月新世纪出版社出版的《改革开放30年中国儿童文学金品30部》、同年10月少年儿童出版社出版的《改革开放三十年的中国儿童文学》，集中展示了改革开放30年来我国儿童文学的优秀创作成果，并选编了若干回顾、总结、记录30年儿童文学发展历程的论文、资料。上述鸿篇巨制，兼具阅读价值和史料价值，是一笔弥足珍贵的精神财富，也是一项文化积累的传承工程。

在外国儿童文学的译介方面，除了20世纪80年代出版的《外国儿童文学丛书》（少儿版）、《世界儿童文学丛书》（人文版）外，在世纪之交先后出版的又有《纽伯瑞儿童文学奖丛书》（中少版）、《国际安徒生奖获奖作家书系》（河北少儿版）、《世界经典童话全集》（明天版）、《外国儿童文学获奖作家作品丛书》（人文版）、《译林外国儿童文学名著丛书》（译林版）等。外国经典、名著的引进，不仅开阔了广大文学爱好者和小读者的视野，而且有利于儿童文学工作者学习和借鉴世界各国优秀儿童文学成果。

十、文学期刊“一刊两版”成了时尚

进入新世纪以来，少年儿童文学期刊为了适应不同层次小读者的审美需求,也为了取得市场激烈竞争下的生存权,锐意改革,相继走上“一刊两版”“一刊多版”的办刊之路。少儿文学期刊之林中的老字号驰名品牌《儿童文学》《少年文艺》率先大胆地走出这一步。《儿童文学》已由原来的每月一本扩展为目前的每月三本：《儿童文学》《儿童文学 · 选萃》《儿童文学 · 下》。《少年文艺》则改为上半月刊、下半月刊（阅读前线）。其他刊物，如江苏的《少年文艺》分为《上旬版》《写作版》；《小溪流》分为《A版·故事作文》《B版·成长校园》。创刊不久的少年文学半月刊《读友》也分为《清雅版》和《炫动版》。刊物的改版，万变不离其宗，基本上都是在倡导经典阅读、主流阅读、时尚阅读和辅导写作上做文章。

十一、新陈代谢的“五世同堂”

从儿童文学队伍的构成看，改革开放之初的“五世同堂”，随着儿童文学老前辈叶圣陶、谢冰心、陈伯吹、张天翼的谢世，当时的第一代，即“五四”至抗战前的，已渐行渐远，不复存在。但随着世纪之交一代文学新人的涌现，如今又形成新的“五世同堂”：第一代，即建国前、战争年代开始写作的如郭风、任溶溶、圣野、黄庆云等；第二代，即建国后五六十年代涉足儿童文学的如任大星、柯岩、葛翠琳、孙幼军、金波、张秋生等；第三代，即20世纪80年代涌现的如张之路、曹文轩、秦文君、黄蓓佳、冰波、郑春华等；第四代，即90年代成长起来的如彭学军、张品成、汤素兰、杨红樱、张洁、殷健灵、薛涛等；第五代，即进入新世纪崭露头角的如黑鹤、三三、林彦、王一梅、王立春、张晓楠等。第三、四代作家是当代儿童文学的主力军、中坚力量；第五代作家则是我国儿童文学的生力军和未来发展的希望所在。30年来，几代作家精心创作的各种题材、样式和风格的作品，滋养、丰富了一代又一代小读者的心灵。他们着力塑造的盐丁儿、男生贾里、桑桑、金铃、大头儿子、皮皮鲁、黑猫警长、怪老头儿、乌丢丢等艺术形象，组成了儿童文苑一个长长的人物画廊。这些文学形象深深镌刻在小读者的心坎上。

十二、儿童阅读的点灯人闪亮登场

2004年中国作协召开的全国儿童文学创作会议和中国作协儿童文学委员会2005年会，都把儿童文学的阅读、推广列为会议议程。新闻出版总署从2004年起，每年六一节前夕公布100种适合青少年阅读的优秀图书书目，其中也包括儿童文学。2004年9月，江苏扬州举办了“首届中国儿童阅读教育论坛”。2005年，张之路在获得中国安徒生奖的同时，被任命为中国推广儿童阅读大使。2007年10月，二十一世纪出版社牵头建立的“中国儿童阅读推广人论坛”，在南昌举行，发表了《南昌宣言》。这个论坛每年举行一次，并评选年度“中国儿童阅读推广人优秀人物奖”,公布“年度文学童书推荐榜”。2008年4月，上海成立了少儿读物促进会。同年10月，苏州市成立了少儿文学阅读指导站。童年的文学阅读，开始引起全社会的共同关注。有了一批热心的、被誉为“点灯人”的儿童阅读推广人，这是近年来儿童文苑可喜的闪光点。

2008年12月

发出自己的声音
——略谈儿童文学批评

这一届全国优秀儿童文学奖，在诸多奖项中，理论批评没有空缺，榜上有名，得主是长期致力于少数民族儿童文学研究的张锦贻。作为一个评论工作者，对此，我感到十分欣慰，并表示由衷的祝贺。

不久前，谭旭东的论著《童年再现与儿童文学重构：电子媒介时代的童年与儿童文学》荣获第五届鲁迅文学奖文学理论批评奖。我以为，张锦贻、谭旭东的获奖，不仅是对他们个人研究成果的鼓励和表彰，而更重要的是对儿童文学理论批评的关注、重视，和对整个儿童文学评论队伍的激励、鼓舞。

创作、评论是儿童文学的两翼。重视原创、发展原创，是繁荣儿童文学的重中之重，这是毋庸置疑的；但关注评论，加强评论，也是繁荣儿童文学不可或缺的根本一环。只有同时抓好创作与评论，儿童文学才能展翅高飞。从当下儿童文学状况来看，相对于创作，评论需要更多的关注和扶持。近些年来，儿童文学评论领域也有一些可喜的、引人注目的景象，长期被边缘化的儿童文学论著进入鲁迅奖、全国优秀儿童文学奖评委的视野，得到认同和鼓励，这是一大喜讯。除此以外，我还高兴地看到，一批富有热情、才气的理论批评新人崛起，活跃于当今儿童文苑。今年初安徽少年儿童出版社推出的《第六代儿童文学批评家论丛》（包括陈恩黎、李学斌、杨佃青、张国龙、钱淑英、赵霞六人的著作）及几年前湖北少年儿童出版社推出的《儿童文学新论丛书》（包括唐兵、唐池子、杨鹏、谢芳群四人的著作），集中展示了新生代批评家出手不凡的实绩。同时，我们也不时看到李红叶、徐妍、李东华、安武林、萧萍、李利芳等行进在文学批评道路上的矫健身影。

企盼已久的全国儿童文学理论研讨会2009年春天终于在桂林召开了。在中国作协的历史上，除了1988年在烟台召开过一次儿童文学发展趋势研讨会外，就没有开过这样全国范围的理论研讨会。桂林会议梳理、探讨了当代儿童文学中的一些重要现象、热门话题，共商加强理论建设、促进创作繁荣的大计，对促进理论批评与创作的良性互动，凝聚评论队伍的力量，必将产生积极深远的影响。

我还不无欣喜地注意到，浙江师范大学文化研究院、儿童文学研究所倡导的独立、严谨、坦诚、纯粹的批评精神，试图建立一种纯粹的、相对超脱的学院学术研讨体制的努力。近两年，他们先后讨论了彭学军的《腰门》、张之路的《小猪大侠莫跑跑》。会上对这两部作品有赞扬有批评，有争论有交锋，有质疑有建议，力求做到有好说好，有坏说坏，各抒己见，直言不讳，让我们从中深切感受到久已向往的那种与人为善、坦诚相见、入情入理、实事求是的批评风气。

令人难以忘怀的还有：继新蕾出版社于2000、2007年采取即席互动的对谈形式先后举办《中国儿童文学5人谈》《中国儿童阅读6人谈》之后，上海作协、少年儿童出版社于今年初举办了题为《传承与超越》的上海儿童文学新十家创作论坛。被称为"九凤一龙"的十位上海优秀新生代作家与应邀与会的八位有成就和影响的专家采取一对一对谈的方式，进行了一场关于文学的对话与碰撞。这是真正意义上面对面的讨论和心灵的交流，彻底摒弃了空对空、不着边际的泛泛而谈。这种新鲜、生动、贴近文本、直抵心灵的批评方式，体现了作家与批评家之间亲切、平等、相互切磋、共同提高的新型关系，有利于深入探讨作品的成败得失，帮助作家总结创作经验，提高创作思想、艺术质量。

然而，上述这些成果和亮点，掩盖不了儿童文学理论批评相对滞后、依然处于尴尬困境的总体状况。我们的理论批评队伍很小，势单力薄，没能发出响亮、清晰的声音，在儿童文苑内外收效甚微。对儿童文学中的重要现象、热门话题，缺乏深入的探讨，没有更好地展开争鸣和论辩。有见地、有新意、有深度的批评文章不多，富有真知灼见的学术专著更是凤毛麟角。在市场化、商业文化语境之下，一味赞扬、充斥溢美之词、言不由衷的"炒作文字""人情批评”俯拾皆是。评论特别是书评如何写得生动活泼，深入浅出，走进自己的服务对象小读者中间去，似至今还没有引起书评人、评论作者的注意和兴趣。所有这些问题应当引起我们的高度关注。

为了推动儿童文学的发展、繁荣，促进儿童文学创作思想、艺术质量的提高，也为了提高读者的鉴赏水平、审美能力，必须进一步加强儿童文学理论建设，积极开展儿童文学评论，鼓励理论上的开拓、创新，努力提高文学批评的水平。而理论批评要能真正发出自己独立的、充满睿智的声音，评论工作者就面临一个提高自身素养和功力的任务。

我涉足儿童文学评论已有 50 多年，也算是个老园丁了。虽然我一向把自己定位为儿童文学评论队伍里的散兵游勇，但说实话，我对理论批评确是情有独钟。这可能与我的个性、气质、兴趣有关。根据我多年从事儿童文学评论的经历，深切体会到，这是一项寂寞而艰辛的事业，必须潜下心来，下苦功夫，从学养、胆识、生活积累、文本阅览诸方面不断充实和提高自己，才能在评论上取得一点收获和成果。

要丰富学养。我初涉评论，是从大学时代选修许杰先生的“文艺批评”这门课，向唐弢先生主编的《文汇报 · 磁力》（《笔会》的前身）投稿开始的。年轻时涉猎过“车、别、杜”（车尔尼雪夫斯基、别林斯基、杜勃罗留波夫），在相当长一段时间里，与《苏联文艺理论小译丛》为伴，可说是略知文学批评的 ABC，但缺乏多方面深厚的学术底蕴。哲学、美学、经济学、历史学、社会学、教育学、心理学、文化学等，我都只接触到一些皮毛，没有系统、深入地做过学习、研究。根基浅，底蕴薄，对作品的解读、评析，往往难免停留在表层印象上，浅尝辄止，不能深入文本的核心，揭示问题的本质。学养不够，这对从事评论的人来说，是个致命的弱点。

要厚积薄发。从事当代儿童文学评论，必须认真、仔细地阅读大量文本，经常系统地了解、掌握儿童文学现状和发展趋势。同时，还要关注世界儿童文学发展思潮、走向，了解、熟悉外国最新创作成果。如果对中外儿童文学历史、现状和经典作家、作品不甚了了，不能从宏观上把握儿童文学全局，又不能从横向上与世界儿童文学名著、精品参照比较，孤立地来谈一部作品或一个作家的成败得失，就很难做出科学的、富有真知灼见的美学判断。对现实生活，对少年儿童的生存状态、内心世界以及他们的阅读兴趣、鉴赏水平，也要不断地观察、体验、熟悉、了解。唯其如此，你评价一部作品的思想、艺术水平、审美价值，评述一种创作现象的是非长短，才能抓住要害，切中肯綮。对创作状况、社会现实、儿童世界的熟悉了解，都是一个长期的、日积月累的过程，必须持之以恒。积累越丰厚，就越能在评论园地里自由驰骋笔墨。

要有胆有识。对儿童文学领域的优秀作品、文学新人、新鲜事物的发现，需要有敏锐的、睿智的目光，也需要有支持探索、创新的勇气。创作需要激情，批评同样需要激情。当你真正被作品所抒发的感情或主人公的遭际命运所打动，有话要说，有感而发，你写出的评论文章，由于表达的是自己真实的艺术感受，因而往往会文情并茂。如果自己面对文本，无动于衷，仅仅是碍于情面，为媒体炒作而勉强为之，写出的文章很可能是毫无激情、了无新意的评论八股。评析作品的成败得失，支持新生事物，批评不良现象，敢于思考、提出重要的或值得探讨的创作、理论问题，都需要敢想敢说、敢作敢为的胆量。一味唱赞歌、喷香水，或是隔靴搔痒，温吞水，该尖锐的不尖锐，都不是一个正直的、有作为的批评家应有的品格和风范。

在以上几个方面，我都缺乏必要的、足够的修炼和准备，因而在评论上没有多大作为。我之所以不嫌絮叨地重复这些老生常谈，无非是希望我的这点心得能对有志于从事儿童文学评论的年轻人有所启迪。这是一个年近八旬、逐渐淡出儿童文苑的老兵的心愿和企盼。

2010 年 11 月

老生常谈的真心话

我以《儿童文学》的一个老读者、长期守望小百花园的一个老园丁的双重身份，说几句祝贺、鼓励和期望的话。

首届《儿童文学》十大青年金作家得主，最年轻的才20岁，平均年龄是36—37岁，这正是风华正茂、才思敏捷、勇于创新、创作旺盛的最佳时期，我很羡慕你们，赶上这个大变革时代、网络时代、信息时代，也是创作相对自由的时代，有着施展自己才华的广阔天地。回望40年前，我处在你们这个年龄段时，那是动乱岁月，白天黑夜，没完没了地斗私批修，我被看作“大红人、小爬虫”，“划不清与文艺黑线的界限”，怎么也过不了关，迟迟不能恢复组织生活。35—45岁，一生中最好的、大有可为的宝贵岁月，就这样被“文革”吞噬干净，我怎能不感慨系之！

此时此刻，我情不自禁地赞叹“年轻真好！”“青春万岁！”真挚而又热切地希望你们一定珍惜年富力强的大好时光，在人格上修炼自己，在阅历上丰富自己，在学识上充实自己，在才艺上提高自己。“莫白了少年头，空悲切”，可不要像我这样啊！

关于创作，包括长篇创作，我想三言两语，提纲式地说几点想法：

一、始终不渝地坚守文学的高尚品质，为少年儿童的纯净阅读呕心沥血，奉献精品力作

无论是艺术的儿童文学、大众的儿童文学，还是雅俗共赏的儿童文学，

都要坚持文学创作的基本规律，不能脱离文学的特征，要以艺术形象反映生活，在陶冶、影响少儿的情感世界、心灵世界上做文章，一刻也不要忘了儿童文学是文学。

二、着力于儿童心灵的发现与塑造

文学是人学，要关注人的命运、人的心灵。儿童文学要关注儿童的心灵成长、精神成长，要下功夫刻画出有血有肉、栩栩如生、令人难忘的人物形象（儿童形象、童话形象），为儿童文学画廊增光添彩。

故事是儿童文学的基础，是儿童小说、童话的基本面。有优美、精致、引人入胜的故事，才可能让今天的小读者感动；情节是人物性格发展的历史，贴着人物写，故事情节自会随人物性格的发展往前推进。要重视故事性，在提炼情节、编织故事上下功夫。

三、要有更加丰沛的想象力

马尔克斯说过，对于一个用全部身心的小说家来说，他笔下的人物都带有自传体成分。这是一方面，另一方面，“小说家是说谎家、虚构家”，同样是颠扑不破的至理名言。在我看来，当前的儿童小说、童话创作，想象力还不够丰沛，虚构的本领还不够高明，如何更好地做到以虚带实、虚实兼备，使诗与真紧紧相依、巧妙结合，还有很大的创造空间，儿童小说，要有悬念，有时还要有猎奇成分，这样才能更好地吸引小读者。

四、保持、发扬艺术的多样性、独创性

儿童文学创作在题材、体裁、形式、表现手法、风格上都要多样化。这次获奖的十位金作家，涵盖了从事小说、童话、诗、散文、报告文学等多种题材的作者，可说是应有尽有，仅就小说创作而言，又包括了校园小说、动物小说、幻想小说、侦探小说、历史小说，真是八仙过海，各显神通。

文学艺术贵在独创，要有自己鲜明的独特的艺术个性，获奖作家正处在艺术上逐步走向稳定、成熟的阶段，要有更加自觉的艺术追求、语言追求，人物语言与叙述语言要有区别，每个人物的语言都要力求有鲜明的个性，希望年轻的作家按照自己的经历、经验、性格、气质、教养、美学趣味，发展自己的创作个性，逐步形成独特的、独树一帜的艺术风格。

五、潜下心来，写得更从容些

创作是以质取胜的，一本优秀的、精致的作品，它的意义和价值、作用和影响，远远超出十本、百本平庸的书。在刊物、出版社纷至沓来的约稿信面前，要坚持一种严谨的写作态度，实事求是，量力而行，坚持按自己的写作习惯、节奏行事，不能被牵着鼻子走，不能有求必应，来者不拒，“宁肯少些，但要好些”，细细打磨，精雕细刻，精益求精，一丝不苟，尽最大的可能保证作品的思想艺术质量，严格地要求自己，坚定地守望自己的精神家园。

我不避再次扮演“言论老生”角色之嫌，说了一些老生常谈、了无新意的话。朋友们，请相信我的真诚，这是一个已经落在队伍后面的老人发自肺腑的真心话。

2011 年 4 月 7 日

从交流中汲取养料

——我看两岸儿童文学交流活动

我是第一次来到富有南国风情、魅力的厦门，有机会与自己的同行，特别是久违了的台湾朋友就海峡两岸儿童文学交流这个主题对话、交流，心里感到格外亲切、高兴。

我不是儿童文学作家，从来没有写过童话、童诗和小说，也不是专业的儿童文学研究者，而是一个儿童文学组织工作者。多年来，我从事的主要是有关儿童文学工作、活动的策划、组织、联络、运转。因此，我一直把自己称作在儿童文学舞台上跑龙套的。

下面，我从自己写下的《小百花园打杂手记》中摘抄有关参与海峡两岸交流的片段。

1989 年 8 月 21 日，参加在北京召开的台湾北京儿童文学交流会。

1992 年 5 月 4 日至 5 日，参加在北京召开的海峡两岸童话研讨会。

1992 年 5 月 6 日，参加在北京召开的林焕彰儿童诗研讨会，在会上做题为《真善美的孩子天地》的发言。

1993 年 8 月 11 日至 13 日，参加在四川温江召开的海峡两岸童话、童诗研讨会，在会上做《共同的探索与追求——试谈海峡两岸童话理论和创作之异同》的发言。

1993 年 12 月 24 日，参加在北京召开的《银线星星——台湾趣童话选》出版座谈会，在会上做《人性美的深情礼赞——林良童话赏析》的发言。

1999 年 9 月 1 日，参加北京师范大学中文系召开的首届海峡两岸儿童文学教学研讨会。

2001 年 11 月 1 日，在台北参加由国语日报社、海峡两岸儿童文学研究会等单位联合举办的 2001 年两岸儿童文学交流会，主题是：两岸少儿阅读取向之比较。

2001 年 11 月 2 日至 4 日，在台东参加台东师院举办的华文世界儿童文学学术研讨会，在会上发表题为《新景观　大趋势——世纪之交中国大陆儿童文学扫描》的论文。

2004 年 10 月 17 日，在北京参加北京师范大学儿童文学研究中心举办的 2004 海峡两岸儿童文学研讨会。

2011 年 10 月 9 日，在武汉参加林海音《城南旧事》出版 50 周年学术研讨会，在会上做《征服读者的奥秘——〈城南旧事〉给我们的启示》的发言。

我之所以要不厌其烦地向大家汇报这一笔笔流水账，是为了从一个侧面反映 20 多年来海峡两岸儿童文学交流日益频繁、密切的轮廓和趋势。连我这样一个既不是作家，也不是出版人的儿童文学工作者，也多次有机会置身两岸交流的行列，参加研讨、访问、考察等活动，这足以说明交流覆盖面之广、力度之大。多年的接触、交流，我结识了不少台湾儿童文学界的朋友，约略了解到台湾儿童文学创作、出版的现状，并多少学到一点台湾开展儿童文学工作、活动的做法和经验。加强交流确实是大势所趋、人心所向，是两岸儿童文学工作者的共同愿望和需求，也是相互学习、取长补短、共同提高、互利双赢的好事。

三句不离本行。我既是个儿童文学工作者，多年来在参与两岸交流中，更多关注的是台湾开展儿童文学活动、工作的一些做法和经验。以下几个方面特别令人瞩目，给我留下难忘的印象。

其一，对两岸交流有构想，有规划，有总结。

两岸儿童文学交流能开辟出当今如此富有生气、活力的局面，固然是两岸儿童文学界朋友共同努力的结果，同时也与领跑者、带路人的胆识分不开。林焕彰先生确实功不可没，他对两岸交流在起步时就有较为完整的构想和规划。从成立组织、组团互访，到开展创作研讨、创办刊物、建立资料馆，做了一系列扎扎实实的开拓性的工作。1988 年 9 月他与谢武彰等发起成立大陆儿童文学研究会（1992 年 6 月改组为海峡两岸儿童文学研究会）。1989 年 8

月，林焕彰等一行 7 人来大陆访问，参加皖台儿童文学交流会，勇敢地完成两岸交流破冰之旅。1991 年林焕彰创办并主编《儿童文学家》季刊，成为两岸儿童文学交流的重要窗口。1992 年 5 月，台湾林海音、林良、林焕彰等 15 位儿童文学作家访问大陆；1994 年 5 月，海峡两岸儿童文学研究会首度邀请 14 位大陆儿童文学作家、评论家赴台访问，从而揭开两岸组团互访的新篇章。1994 年 9 月，世界华文儿童文学资料馆成立，林焕彰被推举为馆长。海峡两岸儿童文学研究会继 1991 年 5 月举办两岸儿童文学交流座谈会后，于 1998 年 6 月又举办了两岸儿童文学交流回顾与展望座谈会，并出版了《回顾与展望专辑》，对两岸交流做了全面、细致的总结，留下了翔实、完整的史料。海峡两岸儿童文学研究会的主要负责人（理事长、秘书长），每三年更换一次，由有成就和能力的作家轮流担任，每人干一届，按时换届，充分发挥大家的积极性，这也是一个可圈可点的好办法。20 年来两岸交流之所以能做到有板有眼、有声有色、持续不断，正是因为有林焕彰、谢武彰、桂文亚、林文宝等这些富有激情、责任感和实干精神的排头兵、领军人走在队伍的前面，积极而又艰辛地搭桥铺路，一步一个脚印地向前行。

其二，图书出版走自己的路，发挥优势，做出特色。

台湾的出版单位很多，它们各自发挥自己的优势，挖掘资源，改善经营，走自己的路。20 世纪 70 年代末，大陆儿童文学作家的作品开始在台湾与读者见面。富春文化公司、信谊基金出版社、民生报社、九歌出版社、国际少年村出版社、天卫文化图书公司等出版机构是走在前面的。这里仅举桂文亚所在的民生报社为例：当 1983 年桂文亚转到《民生报》，主编该报儿童版和《儿童文学丛书》后，在报社的大力支持下，凭借她对儿童文学的满腔热情和与大陆作者广泛、密切的联系，致力于两岸儿童文学出版的交流，集中推介、出版大陆儿童文学作家的优秀作品，从而使之成为民生报社耀人眼目的一大特色。在她编辑的《中学生书房系列》《童话小屋系列》《儿童散文系列》中，都有大陆作家的作品。被称作少年小说“四大天王”中的曹文轩、张之路、沈石溪，以及孙幼军、金波、樊发稼、张秋生、秦文君、班马、周锐、冰波、葛冰、吴然、葛竞等，这些驰名大陆儿童文苑的作家，都被吸引、凝聚到《民生报》的周围。同时，桂文亚还与大陆出版单位合作出版《银线星星——台湾趣味童话选》《吃童话果果——台湾童话选》《台湾童诗选》《台湾儿童小说选》等，向大陆读者有计划地推介台湾作家的作品。桂文亚是个散文好手，懂得创作甘苦，又是个资深编辑，善于团结、联系作者，因此她驰骋于海峡两岸，成为作家信得过的出版人，《民生报丛书》也成为颇有名气的图书品牌。桂文亚只是台湾优秀出版人中的一例，但从她身上可以清晰地看出，一个人的能量充分发掘出来，能做多少有益于两岸交流的实事好事啊！

其三，表彰、奖励大陆作家，推进两岸交流。

同大陆一样，为了鼓励儿童文学创作，扶持、奖掖儿童文学新人，台湾也设置了名目繁多的儿童文学奖。按这些奖项设置的年代先后为序，迄今为止，共有台湾儿童文学创作奖、信谊幼儿文学奖、中华儿童文学奖、杨唤儿童文学奖、九歌现代儿童文学奖、陈国政儿童文学奖、师院生儿童文学创作奖、国语日报儿童文学牧笛奖等。从 20 世纪 80 年代末以来，大陆儿童文学作家曾先后得过杨唤、信谊、九歌、牧笛等奖。我在这里不说各个奖项的作用和影响（如九歌奖对儿童小说，牧笛奖对童话、图画故事创作的发展，都卓有成效），而是要特别说一说杨唤儿童文学奖。这个奖项是为纪念台湾现代儿童诗先驱杨唤，推进世界华文儿童文学的发展，于 1988 年由林焕彰、谢武彰、陈木城、杜荣琛等发起设立的。1989 年颁发的首届杨唤儿童文学奖特殊贡献奖，大陆作家就榜上有名，得主是著名童话作家、理论家、两岸交流大陆的先行者洪汛涛。从第二届至第十一届先后荣获特殊贡献奖的大陆作家有：王泉根、金波、樊发稼、韦苇、郭风、任溶溶、孙幼军、蒋风。这些作家、评论家在儿童文学创作、评论、研究上都有出色成就和广泛影响，并大多有著作在台湾发表出版。他们获此殊荣可说是实至名归。我以为，在某种意义上，这也是对促进两岸儿童文学交流做出特殊贡献者的表彰和鼓励。不能不说，主持与参与此项评奖的朋友真是有眼光、有识见，值得赞扬。

其四，学术研讨、交流日趋经常化、制度化、规范化。

两岸交流重在思想交流、创作交流、学术交流。自 1989 年海峡两岸打开交流之门以来，关于儿童文学创作和理论问题的研究、探讨越来越频繁、活跃。话题既有对创作现状、走向和童书阅读推广的宏观扫描，也有对各种体裁、样式（童诗、童话、少年小说、散文、图画书等）和个别作家作品的分析、评论。在研讨方式上，自 20 世纪 90 年代初以来，大陆参照台湾的经验，也多半采取论坛的形式。会前准备论文，研讨会有主持人、主讲人、提问人，发言时间限 10 至 15 分钟。会上有问有答，有论有辩，相互交锋，自由讨论，生动活泼，充满学术空气。我也有过这样的亲身经历。2001 年 11 月在台东师院儿童文学所参加华文世界儿童文学学术研讨会，有幸担任过主讲人、主持人。当我宣读论文之后，马景贤先生评说我的论文并提问，另外还有多位朋友提问，各抒己见，交换看法，我觉得获益匪浅。2001 年这次访问台东师院（现台东大学）儿童文学研究所，给我留下美好的印象。该所成立于 1996 年，从 2000 年起每年举办大型儿童文学学术研讨会，所有论文都结集出版。创刊于 1998 年 3 月的《儿童文学学刊》，至今已出版了 10 多本，成为一本很有分量、特色、权威的理论刊物。林文宝先生前些年先后邀请大陆学者王泉根、班马、方卫平等到台东大学讲学；他每年寒假都带领研究生到大陆研习儿童文学，进行学术交流，在加强两岸儿童文学教学交流上，毫无疑问台东大学是走在最前列的。我还注意到，林文宝先生和台东大学儿童文学研究所一向十分重视史料、资讯的搜集、整理。1987 年林文宝与洪文珍等编选、出版台湾《儿童文学选集（1949—1987)》，前些年又编选、出版《儿童文学选集（1988—1998)》，从中可以大致了解台湾儿童文学的发展脉络。林文宝主编的《儿童文学工作者访问稿》，是他组织研究生对 18 位台湾儿童文学指标人物的访谈记录，这是难得的、弥足珍贵的口述历史。翻阅我手边的台东大学儿文所编选、出版的《儿文所儿童文学丛书》，如《一所研究所的成立》《台湾·儿童·文学》等，也都汇集了有助于学术研究、交流的资料。历经十五载，台东大学儿文所已成为名副其实的台湾儿童文学研究的重镇。它在改进和加强儿童文学研究、教学、学术交流等方面的一些举措和经验，值得我们学习和借鉴。

其五，阅读推广扎实、深入，贴近孩子。

如何使儿童读物，包括儿童文学，更好地走进广大小读者中去，已经成为近年来出版界、儿童文学界和教师、家长们的一个热门话题。最近几年，大陆在推荐课外阅读书目、组织班级读书会、开展亲子阅读活动、加强儿童文学阅读师资培训等方面，做了一些探索和尝试，初见成效，但儿童阅读的总体状况仍不容乐观。台湾开展儿童阅读活动起步较早，积累了不少经验，有些活动方式、做法值得借鉴。这里仅举我印象最为深刻的两件事：一是“故事妈妈”活动。据介绍，台湾各市、县已成立 7 个“故事妈妈协会”，乡镇、小区组成了“故事妈妈团”；9 大县、市有计划地培训“故事妈妈”，参与培训的妈妈多达千人。在座的林文宝先生和被昵称为“花婆婆”的方素珍女士都是推动“故事妈妈”活动的热心人。方素珍穿梭于两岸之间，走遍东西南北中，举办巡回讲座多达一千多场。经验证明，“故事妈妈”是贴近孩子、便于普及、很受欢迎的一种阅读推广形式，也是一种生动活泼的亲子共读形式。二是“好书大家读”活动。这是台湾儿童文学学会、民生报社等单位于 1991 年开始主办的一项推广优秀儿童读物的活动，至今已有 20 年之久的历史。评选委员们每年按季度或分三个梯次（4 月、8 月、12 月）推介好书；在各梯次选出好书的基础上，再选出年度最佳儿童读物。参加评选的推荐人都是熟悉儿童读物出版现状，具有相当鉴赏水平的专家、学者。评选规则、程序严谨、审慎，在阅读、讨论的基础上投票产生。对入选的图书认真负责地写下评语，并撰文在报刊上予以介绍。正因为如此，“好书大家读”已成为家长、教师和读者信得过的驰名品牌，被当作为孩子们选购读物的重要依据。

从上面叙述的情况中可以看出，改进和加强海峡两岸的儿童文学交流，要更好地把握以下几点：

一是既要有勇于带头的领跑者，也要有同心协力的团队。

无论是作家、作品交流、学术交流、出版交流，还是阅读推广的交流，都需要有热心、实干、身先士卒的领跑者，像林焕彰、桂文亚、林文宝、方素珍等就是这样的代表性人物。同时还需要一个爱儿童、爱文学、志同道合、群策群力的团队紧紧跟上。“众人拾柴火焰高”，加强交流是个艰巨、持久的系统工程，绝非两三个人可以胜任，必须依靠集体的智慧和力量。大陆也是如此，需要一批热心人、实干家投身到加强交流的行列中来。

二是要建立并加固交流平台，扩大交流空间，创新交流模式。

经过多年苦心经营，我们已经有了海峡两岸儿童文学研究会、台东大学儿童文学研究所、民生报社、北师大儿童文学研究中心、浙师大儿童文学研究所、福建少年儿童出版社等一批相对稳定、牢靠的交流平台。今后，还要逐步开辟更多新的平台。要丰富交流内容，选择共同关注的主题，在深层次的创作、学术交流上下功夫。创新交流模式，把创作交流、学术探讨、阅读推广、人才培训很好地结合起来。深切期盼福建少年儿童出版社把两年一届的海峡两岸儿童文学论坛坚持办下去，并在有计划地编选、出版、推介台湾儿童文学作家的作品上挑起更重的担子，有更大的作为，做出自己的特色。

三是要着眼于未来，更多地关注两岸青年作家、学子之间的交流。

两岸有志于儿童文学的青年作者、学子的素质、涵养，预示着中华民族儿童文学的明天。应该千方百计地创造条件，开阔他们的眼界，丰富他们的学养。目前，两岸儿童文学界的互访、考察，似乎还局限于在创作、研究、出版、教学上卓有成就和建树的名人。要逐步扩大圈子，吸引、组织更多青年作者、学子们加入到交流行列中来。组织师范院校在读儿童文学研究生互访、考察是个好办法，台东大学儿文所在这方面已蹚出一条路子。今年初，大陆出版的《儿童文学》评选出十大青年金作家，奖励办法中有一项，就是组织他们出国访问。我想，如果组织两岸年轻的儿童文学奖得主、征文比赛优胜者相互访问、考察，不仅游山玩水，还可访问著名高等学府、观摩文艺演出、品赏书法美术。特别是安排组织文学业务上的对口交流。同文同源，使用共同的母语，没有语言上的障碍，对话、交流极其方便。有朝一日如能把旅游与文学艺术交流结合起来，那该多么美好啊！

总而言之，我们在交流中要勤于学习、勤于思考，善于吸纳，善于借鉴，相互学习，取长补短，促进海峡两岸儿童文学共同繁荣。

2011 年 10 月 30 日

为文学新苗叫好

——《中国小作家优秀作品选评》序

打开《中国小作家优秀作品选评》，一股清新、馥郁的气息迎面扑来，令人心中顿时充满了喜悦之情。

收入这本集子的300篇诗歌、散文、小说、童话、寓言，出自爱好文学的少年儿童之手。这些小作者来自祖国四面八方，从南方都市到北方小镇，从东海之滨到西部边陲。他们的年龄，最大的十六七岁，最小的只有8岁。这些作品呈现出单纯、天真、清新、自然的特色，写出了新时代孩子们的欢乐与苦恼，思索与追求，展示了他们纯真而美丽的心灵世界。内容健康向上，基调昂扬明快，富有童真童趣。而在形式和写法上，可说是顺其自然，很少矫揉造作、刻意雕琢的痕迹。我们为文学园林里这些破土而出、生意盎然的新苗拍手叫好，但愿他们茁壮成长，欣欣向荣。可以预期，这些小作家、小诗人，若干年后将成为开创21世纪大业生力军中的一员。他们中的大多数未必把写作当作终生职业，可能是把文学当作业余爱好，但对文学的爱好有助于他们成为具有健康审美情趣的工程师、企业家、公务员、教师、医生等各条战线的普通劳动者。当然，我们也期待着：他们中间也有执着追求文学的，有朝一日加入作家行列，成为跨世纪的文学接班人。

这本集子还有一个引人注目的特色，即每篇作品后面都附有一位作家写的言简意赅的点评。评点的文字，虽说只有两三百字，但都坚持从作品实际出发，言之有物，而且实事求是，既满腔热情地赞扬其长处和优点，也直率中肯地指出其短处和不足，充分显示了广大作家培育文学幼苗的拳拳之忱。兴师动众地组织300位作家参与点评，可说是当今文坛一大盛事。50年代中期，中国作家协会曾号召每一位作家为少年儿童写一篇东西。当年作协会员纷纷响应，因而迎来中国当代儿童文学发展史上的第一个黄金时期。这次如此众多的作协会员积极认真地投入评点工作，不仅有助于提高少年儿童的文学阅读、鉴赏水平，帮助他们在文学艺术的熏陶下健康地成长；而且有助于提高小作者做人、作文的品格和能力，为发现、培养跨世纪的文学生力军搭桥、铺路。

21世纪已在向我们招手。跨世纪的宏伟蓝图展开在我们面前。中华民族在21世纪全面振兴的希望寄托在具有综合素质的跨世纪人才上。文学艺术对于塑造民族性格、陶冶道德情操、培养审美情趣和能力、全面提高少年儿童的综合素质，具有不可低估的、潜移默化的作用。让我们齐心协力，为提高未来一代的综合素质，为培养造就跨世纪的文学接班人，扎扎实实地做一点打基础的工作。托起21世纪的太阳，必将迎来新世纪中国文学更大的繁荣和辉煌。

1995年12月9日

勇敢的探索者

——《人与自然的颂歌——刘先平大自然探险文学评论集》代序

在新时期儿童文苑里，从事大自然探险题材的长篇创作，刘先平是个勇敢的探索者。不久前中国青年出版社出版的《刘先平大自然探险长篇》系列，一套5卷，洋洋130多万言，装帧精美，蔚为大观。在书的封面、扉页上分别标明：《云海探奇》是“中国第一部描写在猿猴世界探险的长篇小说”；《呦呦鹿鸣》是“中国第一部描写在梅花鹿世界探险的长篇小说”；《千鸟谷追踪》是“中国第一部描写在鸟类王国探险的长篇小说”；《大熊猫传奇》是“中国第一部描写在大熊猫世界探险的长篇小说”。刘先平拥有这么四个“第一部”，在大自然探险文学领域也许算是国中第一人了。《云海探奇》脱稿于1978年10月，出版于1980年1月，那还是新时期文学的发轫时期、开创时期。

刘先平这几部长篇小说，探索人与自然的主题，揭示动物世界的奥秘，在儿童文学领域里开拓了一片新的天地，在审美视角、审美意识上进入一个新的层次。

大自然是人类的母亲，她以甜美丰富的乳汁哺育了人类。人类应当由衷地感谢大自然对自己的慷慨馈赠。然而，现代工业、科学技术的发展，世界人口的急遽膨胀和城市化的加快，人类对大自然贪得无厌的索取，自然环境已经遭到了无情的破坏。保护自然环境，关注生态平衡，已经成为全球普遍关注的时代课题。

我们的儿童文学理应按照自己的艺术特征，通过生动鲜明的艺术形象来引导少年儿童热爱自然、保护自然。有的作家说：“儿童文学，恐怕是最接近大自然的文学。”有的评论家说，儿童文学表现了“对于自然母亲的一往情深的钟爱”。我以为，这些看法是颇有见地的。描写大自然的文学作品，对于少年儿童心灵的陶冶、性格的熔铸，具有不可忽视的潜移默化的作用。而探险小说这种体裁样式，适应了少年儿童生性好动好奇、渴望探险历险、追求不平凡事物、求知欲旺盛的心理特征，符合他们的审美需求，因而为他们所喜闻乐见。刘先平从小喜爱在故乡的荒山野岭参与种种探险活动；走出校门后，从事过多年中学教学工作，当过班主任、少先队辅导员。他爱好生物学，研读过不少关于生物方面的科学著作。后来，又有机会跟随野生动物科学考察队做过多次考察，有了厚实的生活积累，刘先平致力于大自然探险长篇系列创作，并认定少年、中学生为主要读者对象，正是从自己的生活经历、兴趣特长审美个性出发所做出的一种最佳选择。这种选择既顺乎世界潮流——儿童文学的发展趋向，又合乎赤子之心——少年儿童的审美情趣，可说是具有远见卓识的。

读了刘先平的一些作品，我脑海里留下了这么几点清晰的印象：一是炽热的爱国主义情感渗透在作品对祖国的壮丽河山、自然风光、珍禽异兽的描述和人们不畏困难、历尽艰险、自觉保护自然的行动里。作者曾谈到写这些作品的初衷：热切地期望青少年“热爱祖国的每一片绿叶，每一座山峰，每一条小溪”，由此“升华为对祖国的热爱”。从作品的艺术效果来看，作者的愿望、意图基本上实现了。小读者随着小说故事情节的发展，不仅领略到大自然的美好景色，并同作品中的主人公一起去参与保护珍禽异兽、保护自然环境的斗争，从而在心底点燃起对祖国锦绣河山的热爱之情；进而启迪他们去思索，去追求，去立志，为实现四化、振兴中华奉献自己的力量。

二是把描写自然世界与表现现实人生、揭示动物王国的奥秘与探索孩子心灵的奥秘巧妙地融合在一起。作品里写了冰山、雪原、险谷、密林、奇松、怪石、云海、温泉，写了短尾猴、梅花鹿、相思鸟、大熊猫等珍禽异兽；同时以饱含深情的笔墨抒写了科学工作者、中学教师、护林员等人物的遭际、命运和孩子的成长。如《云海探奇》描述护林人罗大爷和他的两个孙子望春、黑河如何历尽艰难协助大学教师王陵阳及其考察组揭开了野人之谜——新型短尾猴的奥秘。作者将人和大自然作为一个整体来观照，既让你窥视到动物世界新奇、神秘的生活形态和弱肉强食的生存竞争，也让你领悟到人与大自然紧密的、不可分割的依存关系，由此启迪、引导小读者去追求人与大自然和谐统一的理想境界。

三是广泛、丰富的科学知识与引人入胜的故事情节交织在一起，有益又有趣。书中描述的大熊猫在箭竹开花后的逃难经历，短尾猴的社群组织结构和雄猴争王的悲惨结局，梅花鹿奇特的步链和破译粪的密码等等，既能给小读者以有益的科学知识，又能激发他们的想象和思考。看来，作者在自己的创作中紧紧地把握住两点：一是既然反映的是自然保护、科学探险生活，那就力求通过文学的描写使小读者“多识于鸟兽草木之名”，亲近自然，认识自然，获得更多的自然科学知识，开阔他们的视野，启迪他们的智慧。二是既然选择的是探险小说体裁，那就力求把故事讲得生动有趣，娓娓动听，起伏跌宕，引人入胜，通过曲折惊险的故事情节和富有个性的人物形象，给小读者以情操、性格上的陶冶。作者在艺术上追求的是科学性、知识性与文学性、趣味性的完美契合点，力求把有关动物的形状、习性、特征、生活环境的知识融会、渗透于生动的、激荡人心的故事情节之中。

儿童文学负有塑造未来民族性格的天职。儿童文学中“自然的母题”，包括表现保护自然、大自然探险的作品，在塑造新世纪的民族魂，培养新一代开拓进取、百折不挠的性格这一巨大的社会系统工程中，具有它的不可代替的、特殊的作用。热切地期望有更多的儿童文学作家、成人文学作家，加入到描绘自然、表现人类与大自然这个题材和主题的行列中来，和刘先平一起，更充分地展示大自然的丰富、神奇、美妙，让跨世纪的一代新人更加热爱大自然，向往大自然，并用自己的热情、智慧去为争取人与大自然的和谐而建功立业！

1996 年 11 月 1 日

繁荣迈向新世纪的幼儿文学

——《中国新时期幼儿文学大系》序

新时期的儿童文学走过了20年光辉灿烂、很不寻常的路程。作为儿童文学中最具特色的一个组成部分的幼儿文学，也沐浴着改革开放的阳光雨露欣欣向荣，蓬勃发展。

摆在我们面前的6卷《中国新时期幼儿文学大系》（以下简称《大系》），很有说服力地展示了我国新时期以来幼儿文学创作、理论上取得的出色成就及其清晰可辨的发展脉络。

我们欣喜地看到，20年来，幼儿文学的各种体裁、样式，包括童话、故事、散文、儿歌、诗歌等，都有了长足的进展；一批力作佳作以其丰富多彩的题材内容、表现手法、艺术风格而引人注目。小蛋壳、雪孩子、黑猫警长、围裙妈、花背小乌龟、岩石上的小蝌蚪这样一些为孩子们所熟悉、喜爱的艺术形象，丰富了幼儿文学画廊。我们还高兴地看到，一支关心祖国未来、富有社会责任感、勇于探索追求的幼儿文学创作队伍已经初步形成。陈伯吹、严文井及已先后谢世的贺宜、金近、包蕾、沈百英等儿童文学前辈，都为奠定我国幼儿文学的坚实基础做了出色的工作。黄衣青、方轶群、郭风、黄庆云、向真、嵇鸿、圣野、任溶溶、鲁兵、张继楼、葛翠琳等这样一些富有经验的老作家仍然坚持不懈地在幼儿文学园地里深耕细耘。孙幼军、金波、望安、张秋生、冰子、程逸汝、朱庆坪、李少白、陈秋影、常瑞、葛冰、谢华、陆弘、谭小乔、武玉桂、周锐、王晓晴、冰波、郑春华、薛卫民、任霞苓等一大批生气勃勃、创作旺盛的中、青年作家已经成为幼儿文学创作的中坚群。无论是老作家还是中、青年作家，创作思想、文学观念都比过去更为开阔、活跃了。他们力图通过自己的创作实践更好地发挥幼儿文学启迪智慧、陶冶情操、增长知识、培育美感、训练语言等多方面的功能。我们也不无惊喜地看到，幼儿文学理论园地里青枝绿叶，蓓蕾初绽，并且拥有鲁兵、汪习麟、樊发稼、张美妮、黄云生、郑光中、巢扬、周晓波这样一些钟情于幼儿文学研究、默默耕耘的园丁。

新时期幼儿文学的成绩煞是喜人，然而同社会的迅猛发展、娃娃的大量需求相比，新创作的幼儿文学作品，无论在数量上或质量上，都还显得不相适应，特别是缺乏贴近幼儿生活和心理、内涵丰富、艺术品位高、富有艺术魅力的精品。

我国学龄前的婴幼儿总数达 1 亿 5000 万之多，这是一个庞大的文学读者群。由于计划生育基本国策的有力贯彻，我国已进入独生子女社会。伴随着改革开放、社会进步、人民生活水平的逐步提高，当代年轻父母越来越重视“优生优育”及对孩子的智力投资。民族素质的提高，人的现代化素质的提高，要从娃娃抓起，已逐步成为一切富有远见和社会责任感的包括年轻父母在内的成年人的共识。而文学对陶冶幼儿心灵，培育幼儿美感，提高综合素质，具有独特的、潜移默化的作用。正因为如此，呼唤幼儿文学精品的声音越来越强烈。这就要求创作、出版界把进一步繁荣幼儿文学，提高幼儿文学创作质量，提到更为紧迫的工作日程上来。

如何提高创作质量，增强艺术魅力，繁荣迈向新世纪的幼儿文学，是一个需要通过总结作家的生活、创作实践经验，逐步求得解决的重要课题。新时期以来发表、出版的优秀幼儿文学作品，包括选入这部《大系》的作品，已经在这方面提供了一些可以借鉴的经验。我以为，其中有几点是从事各种体裁、样式的幼儿文学创作的作家，都应当予以关注和思索的。

一、进一步拓宽幼儿文学的观念、路子

幼儿文学的天地极其广阔。它担负着以艺术形象在德、智、体、美诸方面给娃娃们以启蒙、陶冶、熏染的任务。一些论者把幼儿文学称之为“启蒙的文学”“快乐的文学”“浸透爱和美的文学”“深入浅出的口语文学”等等。

这些论断都是言之有理的，从不同的角度、不同的侧面揭示了幼儿文学的本质、功能和艺术特征。我们应当在文学观念、创作路子上进一步开拓、解放，更加自觉地充分发挥幼儿文学多方面的功能。凡是有利于灵性启蒙、智慧启迪的，有利于情操陶冶、美感熏陶的，有利于增长知识、开阔眼界的，有利于发展语言、丰富词汇的，都可以在幼儿文学花圃里竞相开放，争奇斗艳。

在创作题材上，固然要重视反映幼儿自己的生活和内心世界，但又不能拘囿于幼儿生活。凡是娃娃们感兴趣并能体味和接受的，日月星辰、山河湖海、草木虫鱼……都可以进入幼儿文学创作的题材范围。作家除了要进一步了解、熟悉幼儿的家庭生活、幼儿园生活外，还要到大自然、大社会中去汲取题材，寻觅诗情画意。只要坚持尊重自己的生活阅历、创作擅长、艺术个性，坚持写自己熟悉的、感兴趣并富有创作激情的东西，就有可能写出打动娃娃心灵、为他们所喜爱的好作品。

在体裁、样式上，除了继续提倡和鼓励创作为幼儿所喜闻乐见的童话、故事、散文、儿歌、诗、戏剧外，似有必要强调写好图画书的文本。文字与图画、文学与美术巧妙契合，相映成趣，是幼儿文学的艺术魅力之所在。努力把图画书中的故事、儿歌、童话写得诗意洋溢，趣味盎然，有情有味，就会更好地给娃娃们以爱的教育、美的熏陶。

在创作格调上，按照幼儿的年龄特征、心理特征和接受能力，应以健康、明朗、乐观、向上为基调。但甜味的、咸味的，甚至多少带点酸味、苦味、辣味的，都可以让娃娃们尝一尝，这对他们的健康成长有好处。

二、更深入地探索、揭示幼儿的内心世界

处在世纪之交的少年儿童，包括幼儿在内，都是 21 世纪的主人。他们的整体素质如何，将影响、决定中华民族在新世纪的面貌和命运。我们的儿童文学包括幼儿文学在内，应当面向现代化，面向世界，面向未来，把着眼点放在提高少年儿童的素质，塑造未来一代的性格，培育一代有理想、有道德、有文化、有纪律的社会主义新人上。

要充分发挥幼儿文学在塑造未来一代心灵、性格上的独特作用，就得更

深入地体验、探索、发现、揭示幼儿的内心世界，了解、研究幼儿的身心特点和审美心理特征。坚持从幼儿的生活出发，充分尊重并熟悉幼儿对事物独特的感受、认知和想象，艺术地表现幼儿世界乃至大千世界的真、善、美，揭示幼儿纯真的情感世界和奇妙的想象世界，这样的作品就会具有打动幼儿心灵、引起幼儿共鸣的艺术感染力。

伟大、壮丽的社会主义现代化事业需要一大批视野开阔、情操高尚、勇于创造、锐意进取的现代文明人。幼儿文学既要生动形象地、循序渐进地给娃娃们一些现代文明、科学知识，更要着力启迪和培育幼儿的想象力、创造力。爱因斯坦说过："想象力比知识重要得多，因为知识是有限的，但是想象可以遨游世界。"应当按照幼儿好奇、爱幻想、想象与现实脱节的心理特点，帮助、引导他们从小插上美丽动人的想象翅膀，伴随年龄的增长，得以在知识的海洋、艺术的天地自由翱翔。

三、更自觉地张扬情趣盎然的游戏精神

喜爱游戏是少年儿童的天性。特别是幼儿，游戏几乎成了他们日常生活中最重要的、不可或缺的一部分。少年儿童文学尤其是幼儿文学浸透童趣纯真的游戏精神，既是孩子们天真烂漫、丰富多彩生活的反映，也是孩子们审美心理特征和欣赏趣味的体现。

优秀的幼儿文学作品善于营造游戏的情境、氛围，编织充溢童趣的、游戏化的情节，刻画富有稚拙美、幽默感的人物形象，在娃娃面前展开一个有声有色、有情有趣的游戏世界。特别注重情趣和幽默，是幼儿文学的鲜明特色，也是它的艺术魅力之所在。这种情趣和幽默不是作家随意附加上去的调味品，而是从幼儿生活、游戏活动中开掘出来，经过精心提炼、艺术构思而得来的。

根据孩子的年龄、心理特征和接受能力，幼儿文学尤为讲究"寓教于乐"。一些有关思想道德行为的ABC，有关自然、社会、生活知识的ABC，往往蕴含在富有游戏色彩的情节和人物形象之中，使娃娃们在嘻嘻哈哈、手舞足蹈中接受文学潜移默化的熏陶。正如儿童游戏中有赢有输、有喜有忧一样，体现在幼儿文学中的游戏精神也是多色调的，它以快活、欢乐的旋律为主，同

时也包含来自幼儿生活、需要让幼儿体验的丰富多样的情感色调。

四、更加讲究幼儿文学的浅语艺术

文学是语言的艺术。儿童文学被称作“浅语的艺术”。幼儿文学则是适合于成年人诵读、讲述给幼儿听的，更讲究“浅语的艺术”。

成年人（父母、幼儿园老师等）娓娓动情地讲，娃娃聚精会神地听，幼儿文学通过一讲一听这种独特的传播、接受方式，在大人与孩子之间架起一座情感、语言交流的桥梁，从而使至真至善至美的亲子之情、师生之情更加浓郁、更加融洽，这正是幼儿文学奇妙的艺术魅力之所在。

为了便于讲述给幼儿听赏，幼儿文学的语言要求浅近易懂，句子短小，韵脚完整，音节鲜明。浅显、简洁、准确、形象，富有音乐性、节奏感，念起来朗朗上口，听起来明白晓畅，是幼儿文学作家在锤炼语言上力求达到的境地。

对幼儿文学语言口语化、规范化的要求，并不排斥作家语言风格的多样化。或质朴生动，或细腻活泼，或优美抒情，或风趣诙谐，每个作家的个性化语言的美学追求，正显示出他们在艺术风格上逐步走向成熟。

要提高幼儿文学的语言功力，不仅要熟悉、掌握幼儿的语言特点、习惯，更要认真地、不断地学习人民群众丰富、生动的语言。既要从古典文学、民间文学的语言瑰宝中汲取养料，也要借鉴中外儿童文学大家的语言艺术。学一点音乐，对增强幼儿文学语言的音韵美、节奏感，也是必不可少的。

毋庸置疑，该把锤炼语言、提高语言功力、讲究浅语艺术，放到关乎提高幼儿文学创作质量、增强它的艺术魅力的首要位置上来。

拉拉杂杂地写下这么一些粗浅的、无甚新意的话，姑且当作这部具有一定史料价值、鉴赏价值的《大系》的卷首语，用以表示我对在幼儿文学园地里辛勤耕耘的园丁们的敬意；同时，也寄托着我对发展、繁荣迈向新世纪的幼儿文学的一点希冀。

1997 年 6 月 19 日

让儿童诗走进孩子中间去

——《中国当代儿童诗丛》序

儿童诗是一种优美精致的、善于抒发儿童情感的文学样式。它对于少年儿童陶冶情操、净化心灵、丰富想象力、培育美感，对于塑造新世纪的民族魂，提高未来一代的思想道德素质，具有独特的、潜移默化的作用。然而，近几年儿童诗的状况、境遇，同新时期之初相比，同儿童小说、童话等文学样式相比，确实显得相当冷清、沉寂。发表儿童诗的园地不多，出版诗集难而印数又少，对儿童诗的评论更为薄弱，小读者与儿童诗的距离日益拉大。这都是不容忽视和回避的事实。如何振兴儿童诗，提高儿童诗的地位？如何使儿童诗真正走进当代少年儿童的心灵世界？这些问题不仅值得儿童文学界认真探讨，也应当引起文学团体、出版部门、现代传播媒体及广大家长、中小学教师、少年儿童工作者的共同关注。

我以为，儿童诗要走出困境，再创佳绩，深入童心，固然与社会大环境、大背景有关，需要方方面面扎扎实实地做许多营造氛围、铺路搭桥的工作；但是，最根本、最重要的还得通过创作主体——诗人自身创造性的劳动，提高诗的品、素质，拿出更多反映当代儿童心声、富有时代光泽和艺术魅力、为儿童喜闻乐见的作品来。湖北少年儿童出版社编辑、出版这套《中国当代儿童诗丛》，正是想在激活相对冷清的儿童诗坛、鼓舞儿童诗人的创作热情、致力于提高创作质量、吸引小读者阅读鉴赏儿童诗等方面，起一点摇旗呐喊、擂鼓助威的作用。

严寒季节，窗外雪花纷飞。我伏案细读收入这套丛书的8本诗集，似有一股热流涌上心头。我为诗人们不甘寂寞、默默耕耘的精神所感动，也为他们尽心竭力、精耕细作的收获而高兴。

这套《中国当代儿童诗丛》可说是当今儿童诗苑的缩影，大致反映了我国 20 世纪 90 年代以来儿童诗创作的面貌、业绩和水平。

从作者阵容来看，从 30 多岁的姜华、徐鲁、薛卫民到 40 多岁的邱易东、高洪波，从五六十岁的聪聪、金波到年逾古稀的老诗人曾卓，形成一个老中青结合、以中青年为主的梯形结构。八位诗人都是在儿童诗苑具有相当知名度和代表性的佼佼者，他们大多在全国性的儿童文学评奖中捧过奖杯。生气勃勃、创作旺盛的中青年诗人已成为儿童诗创作的中坚群，这恰好反映了我国儿童诗坛的现状。

从题材内容来看，八本诗集充分展示了色彩缤纷的大自然、大时代和充满欢乐、忧伤、梦幻、秘密的儿童感情世界。在诗人的笔下，有对祖国母亲的歌颂，故乡故土的眷恋，亲情友谊的赞美，美好未来的憧憬；也有对春夏秋冬的钟爱，花鸟虫鱼的咏唱，生态平衡的关注，外星孩子的问候。打开诗集，一个个新鲜生动的形象迎面而来，长大了想飞出去亲眼看看多彩世界的蒲公英，冬雪呼啸依然专注地拥抱着干枯枝条迎接春天的蝴蝶，没读过一本书、写过一首诗却自吹自擂的螳螂大诗人，请求老师别让自己在班上做检讨的淘气包，从没见过海、立志当一名光荣水兵的孩子，日夜思念故乡月亮地、老磨坊、冬米糖、贴身袄的少年……令人读来感到诗意盎然，感情真挚。不少诗篇在题材的开拓、角度的选择、内涵的开掘、意境的营构上，都给人以新鲜奇妙的印象和感受。

在艺术风格上，八位诗人或热情奔放或委婉含蓄，或气势恢宏或意境优雅，真可说是八仙过海，各显其能。曾卓的自然，金波的清丽隽永，聪聪的真挚明快，高洪波的幽默诙谐，邱易东的开阔深沉，薛卫民的清新流畅，姜华的精巧细腻，徐鲁的激情多思……可以清晰地看出，诗人们都在探索、追求艺术个性化的道路上一步一个脚印地向前迈进。以高洪波和邱易东做一比较：一向主张"儿童文学应是快乐文学"的高洪波，在他的笔下，无论是机智的狐狸、没有那么坏的大灰狼、快活舒服的小袋鼠，还是丢失了自己的退休爷爷、当"克格勃"的好外婆、重男轻女的好爸爸，都涉笔成趣，令人忍俊不禁；而隐含于幽默诙谐之中的意蕴又启人心智，引人思索。而另一位着力于激发少年想象力、创造力的邱易东，他笔下城市、山村的孩子，地球、外星的孩子和漫游神话的孩子，则令人感到角度新颖，视野开阔，穿越历史，面向未来，引导少年们咀嚼人生，奋发向上。读他俩的诗篇，你是决不会把高洪波和邱易东混淆起来的。

通览这八位诗人的作品，我掩卷思索：这些优秀或比较优秀的儿童诗成功的奥秘何在？儿童诗的艺术魅力从何而来？儿童诗如何才能真正走进当代儿童的心灵世界？我以为，这些诗人和其他一些有成就的儿童诗人创作实践的经验，至少为我们提供了以下这些值得深入思考、研究和探讨的话题。

一、珍视童年时代的生活对自己的馈赠

每个诗人都有自己的或幸福温馨、或苦涩忧伤的童年。童年生活的回忆给诗人以天真、稚气、灵感、诗情。保持天真，保持童心，才能与当今孩子的心灵相通，像孩子一样设身处地、细致入微地去观察、体验他们的生活、心态、感情、趣味，从他们感兴趣的一切生活领域发现、捕捉真、善、美和诗情画意。

二、把握儿童诗贵在抒情的特质

抒情是诗的特质、诗的生命。儿童诗尤为注重抒发少年儿童的真情实感，倾吐他们的心声。抒儿童之情，言儿童之志，把心交给小读者，这样的儿童诗才能走进少年儿童的心灵，拨动少年儿童的心弦。写儿童诗，需要艺术激情。激情来自沸腾的人民生活和七彩的儿童世界。用生花妙笔尽情抒发心中那些能与儿童相沟通、交流的激情，用真情去感染、熏陶小读者，这样的作品才真正具有诗的素质。

三、体会当代儿童的喜怒哀乐

当今的少年儿童生活在改革开放的年代，站在迎接新世纪的门槛上。他

们的所思所想，所恨所爱，他们的渴望和追求，有着鲜明的时代烙印。要深入了解、准确把握当代少年儿童的思想感情、心理特点，努力捕捉他们在当代生活中关注的热点、焦点和感情世界的闪光点。用当代意识观照生活，观照世界，观照孩子天地，力求写出富有更鲜明、浓郁的时代色泽、芳香的儿童诗篇。

四、扩大驰骋艺术想象的空间

诗歌是最适于自由驰骋艺术想象的一种文体。可以说，没有想象，也就没有诗歌。爱好幻想又是少年儿童的天性。孩子的各色各样的瑰丽的想象、奇异的梦幻，往往反映他们的渴望和憧憬，从中可以倾听到他们心灵深处的声音。儿童诗里充满孩子所特有的、天真烂漫的奇思妙想，而这种想象、幻想又是植根于我们时代的生活厚土的，孩子们读来就会感到情趣盎然，十分亲切，从而产生激发他们想象力、创造力的艺术魅力。

五、发扬个人的艺术独创性

每个诗人都有自己的生活经历、个性特点、艺术气质、创作擅长。儿童诗思想内涵、艺术形式上的探索、创新，要坚定地走自己的路，扬长避短，各自发挥独特的创造力，充分表现自己的艺术个性。儿童诗题材、形式、风格、表现手法更加多样化，才能更好地满足小读者多样化的审美需求。主题、构思、手法、语言等陈旧、浮浅、单调、刻板，就必然在小读者中间受到冷落。

归纳上述几点，是不是可以做如是观：童心、真情、想象的交汇，当代意识与艺术个性的融合，是儿童诗乃至整个儿童文学的艺术魅力之所在。

愿有更多的好诗走进孩子中间去，在他们心中生根、开花！

1997 年 12 月 1 日

开拓·探索·创新·嬗变

——《共和国儿童文学金奖文库》序

伟大的中华人民共和国即将迎来成立60周年的盛大节日。摆在我们面前的这套《共和国儿童文学金奖文库》(30部)，集中展示了新中国成立60年来儿童文学的创作成就和概貌，是儿童文学界、出版界对新中国60华诞的一份厚重的献礼。

与共和国一起成长、前进的中国当代儿童文学，走过一条光荣的荆棘路，一条光辉灿烂而又曲折崎岖的路。60个春秋，中国儿童文学经历的风雨历程，大体上可分为：新中国成立后的前17年、“文化大革命”10年、改革开放30年三个阶段。《金奖文库》入选的30部作品，是新中国成立60年来儿童文学创作成就、实绩的缩影，大致勾勒出我国当代儿童文学发展的基本脉络。

新中国成立后的前17年(1949—1966),是中国当代儿童文学努力开拓、初步繁荣的时期

人民共和国的诞生，为儿童文学的发展开辟了宽广的道路。广大作家沉浸在开国的喜悦、幸福中，政治热情、创作热情高涨。党和政府十分关心少年儿童的健康成长，要求大力改变儿童读物奇缺的状况。1955年9月16日，《人民日报》发表题为《大量创作、出版、发行少年儿童读物》的社论，中国作家协会和广大作家积极响应，倡议每人每年为少年儿童写一篇作品。富有经验的老作家，生气勃勃的中、青年作家，无论是从事儿童文学创作还是成人文学创作的，都满怀激情拿起笔来为孩子写作。作家们遵循党的培养教育少年儿童一代的指示精神，学习、借鉴苏联儿童文学的经验，极其重视以爱国主义思想、共产主义精神教育年轻一代，作品题材内容侧重于反映学校、少先队生活和革命历史斗争两个方向。1956年，党的“百花齐放、百家争鸣”方针的提出，又进一步激发了作家的创作热情，在创作实践中着力探求题材、样式的多样和作品的时代特色、民族特色，从而迎来20世纪50年代我国当代儿童文学初步繁荣的第一个黄金时期。

尽管50年代末和60年代初、中期，由于“左”倾思想的干扰，开展对所谓“童心论”“儿童文学特殊论”“资产阶级人性论”的批判，儿童文学被诸多条条框框所束缚，出现了如茅盾先生所尖锐指出的“政治挂了帅，艺术脱了班，故事公式化，人物概念化，文字干巴巴”的毛病。但从总体上看，儿童文学还是迂回前进、缓步发展的。应当说，新中国成立后的前17年，儿童文学创作在思想上、艺术上都取得了长足的进步，出现了一批为孩子所喜闻乐见的好作品。收入本文库的《宝葫芦的秘密》《骆驼寻宝记》《小溪流的歌》《神笔马良》《野葡萄》和金近、包蕾、孙幼军的童话，任大星、任大霖的小说，任溶溶、柯岩的儿童诗，以及未能收入的徐光耀的《小兵张嘎》等，都是这个时期优秀的代表作。

“文化大革命”10年（1966—1976），是中国当代儿童文学百花凋零、一片荒芜的时期

在这一时期，包括儿童文学在内的整个人民文学事业受到极其严重的摧残和破坏，儿童文学作家受到诬陷和迫害，大批优秀的儿童文学作品遭到禁锢和扼杀。“三突出”“高大全”之类的谬论也严重侵蚀、污染了原本纯净的儿童文学园地。然而，也还有一些作者从夹缝中求生存，凭着社会良知，坚持写自己熟悉的生活，努力按文学规律潜心写作，写出了相当出色的作品，如李心田的《闪闪的红星》就是一例。它可说是满目疮痍的儿童文学园地上罕见的一点收获。

改革开放30年（1978—2008），是中国当代儿童文学不断探索、进取、创新的时期，也是创作空前繁荣、成绩最为辉煌的时期

粉碎“四人帮”后，批判了“文艺黑线专政”论及其他种种谬论，拨乱反正，落实政策；党的十一届三中全会精神和关于真理标准问题的讨论，大大推动了文艺界的思想解放。1978年10月，在江西庐山召开的全国少年儿童读物出版工作座谈会，以及随后《人民日报》发表的题为《努力做好少年儿童读物的创作和出版工作》的社论，进一步打破了“四人帮”强加在儿童文学工作者身上的重重枷锁，冲破了他们设置的诸多禁区。儿童文学作家心情舒畅，激情洋溢，重新拿起笔来抒写自己久埋心底的深切感受，满怀义愤地控诉“四人帮”对少年儿童心灵的戕害。这个时期短篇小说的成就，尤为引人注目。随后，经过对批“童心论”的拨乱反正和关于儿童文学与教育的关系、儿童文学的特点等问题的讨论，作家们的儿童观、儿童文学观得到更新，艺术上探索、创新的勇气得到鼓舞，不同题材、形式、风格的作品层出不穷。这样，20 世纪 80 年代儿童文苑就出现了前所未有的繁花似锦的崭新气象，写下了异彩纷呈的新篇章，迎来了人们所说的我国当代儿童文学发展史上第二个黄金时期。收入本文库的张之路、陈丹燕、常新港、沈石溪等的小说，金波、樊发稼、高洪波、王宜振等的诗，张秋生、周锐、冰波的童话，郭风的散文，郑文光的科幻小说，鲁兵的低幼文学等，就是这个时期收获的优秀之作。

20 世纪 80 年代末、90 年代初，儿童文学创作曾一度略显徘徊、沉寂，创作队伍也显露出青黄不接。90 年代中期，中央领导同志把长篇小说、少儿文艺、影视文学列为重点扶持的“三大件”，要求创作出我们自己的、为少年儿童所喜闻乐见、富有艺术魅力的儿童文艺作品，从而给儿童文学的发展带来了新的活力和生机。80 年代成长起来的一批中、青年作家，在积累了相当的生活经验、艺术经验之后，思想、艺术上日趋成熟，已能较为自如地驾驭长篇小说这种容量大、结构更为复杂的文学体裁，从而掀起长篇少年小说创作热、出版热。收入本文库的秦文君的《贾梅的故事》和未收入的曹文轩的《草房子》等，都是这个时段问世的、具有广泛影响的精粹之作。长篇少年小说的兴旺，成了 90 年代儿童文苑的一道靓丽的风景。

进入新世纪，党中央对社会主义文化建设提出了新的目标，要求更加自觉、更加主动地推动文化大繁荣、大发展。《中共中央国务院关于进一步加强和改进未成年人思想道德建设的若干意见》，又对繁荣少儿文艺创作，为未成年人提供更多更好的精神食粮提出了明确要求。这就又一次给儿童文学带来良好的发展机遇。但是，面对市场化浪潮和外来畅销书引进的冲击，面对多种媒体并存、文化消费多元选择的现状，作家的价值取向、创作观念、艺术追求和读者的精神需求、审美情趣、欣赏习惯出现了越来越明显的“分化”。

世纪之交的儿童文学呈现多元并存、活跃多样的发展态势：艺术的儿童文学，大众的儿童文学，雅俗共赏的儿童文学兼容并包，齐头并进。坚守文学品质、在艺术上不懈追求的，大有人在。如收入本文库的曹文轩的《青铜葵花》、黄蓓佳的《亲亲我的妈妈》等，就是例证。勇于尝试、积极投入类型化写作的也不乏其人。艺术的儿童文学和大众的儿童文学中的佳作一起受到广大小读者青睐，并成了当今儿童文苑的热门话题，从一个侧面反映了多元发展、共存共荣的创作新格局。这可说是中国当代儿童文学走向更加丰富、成熟的征兆。

从上面对新中国成立60年来儿童文学发展历程的简要描述中，可以清晰地看出：入选这套《金奖文库》的作品，都是在一定的时代背景、社会氛围中产生的，是各个历史阶段的代表作。它们都闪耀着鲜明的时代光泽，烙上了清晰的历史印记。

编选《共和国儿童文学金奖文库》的目的，是为了集中介绍新中国成立60年来儿童文学创作的优秀成果，把它们更好地推广到少年儿童读者中去；同时，也是为了留下较为系统、完整、弥足珍贵的资料，便于儿童文学工作者借鉴、研究。《金奖文库》所收作品，力求思想性、艺术性与儿童性的完美统一，具有较为久远的艺术生命力；并为少年儿童所喜闻乐见，在小读者中产生较为广泛的影响。编选作品强调质量第一，选精拔萃，努力选编代表新中国儿童文学主潮的优秀之作；同时顾及作家代表性的广泛和不同的艺术风格、特色。

1949—2009，60年间发表出版的儿童文学力作佳构浩如烟海，不胜枚举。入选《金奖文库》的30部作品，只是众多具有成就、特色的优秀之作中的一部分。还有一些具有代表性、理应选入的优秀之作，由于版权归属和本文库容量所限未能收录，这不能不说是一个不小的缺憾。下面以入选《金奖文库》的作家作品为主要依据，对60年来儿童文学创作的收获、成就、特色做一概略的评述。

第一，文学观念的变革、更新

通过多年的理论探讨和创作实践，我国作家的儿童文学观念有了巨大的变化和进步。儿童文学的接受对象、服务对象是少年儿童，作家更加牢固地树立起“儿童本位”“以儿童为主体”“以儿童为中心”的观念。在创作思想上，改变了长期以来存在的只重视文学的教育作用和对教育作用的狭隘化理解，对儿童文学功能的认识更完整、更准确了，越来越重视全面发挥儿童文学的教育、认识、审美、娱乐等多方面的功能。而且深切地认识到，文学的教育、认识、审美、娱乐作用都要通过生动的艺术形象和审美愉悦来实现，在创作上更加自觉地把握文学“以情感人”“以美育人”的特征。同时，进一步明确了儿童文学的服务对象，分为幼儿、儿童、少年三个层次，在创作实践上更加自觉地按照不同年龄段孩子的心理特点、审美需求、欣赏习惯来写作。

第二，题材、形式、风格的多姿多彩

我们时代的生活五彩缤纷，日新月异，少年儿童读者的精神需求多种多样，与时俱进。这就要求作家不断探索、创新，在题材、主题、人物性格、艺术风格、表现手法、文学语言上不断出新。新中国成立以来，特别是改革开放以来，作家的艺术个性日益解放，艺术视野不断开阔，创新意识不断增强，逐渐形成一个生动活泼、多姿多彩的创作新格局。

在题材选择上，突破学校、家庭生活相对狭窄的天地，都市、乡村，历史、自然，各个领域、各个方面，凡是有孩子的地方或者孩子向往的世界，几乎都进入作家的视野。举小说为例，就有校园情感小说、成长小说、动物小说、探险小说、幻想小说、科幻小说、历史题材小说等等。在童话世界里，古今中外、天上人间、宇宙万物、妖魔神仙，广阔的天地任凭作家的笔墨自由驰骋。在有益于孩子健康、快乐成长的前提下，在创作题材上，几乎是“百无禁忌”。作家在开拓题材上的新进展，还表现在：着力刻画孩子生活的同时，力求把孩子的小世界、小社会同成人生活的大世界、大社会联结、交融起来描写。在广阔的、色彩斑斓的社会背景下描写少年儿童的生活，或从少年儿童的视角来展现丰富多彩的社会生活。张之路的《第三军团》、黄蓓佳的《亲亲我的妈妈》等，都有着这样的内涵和特色。

在主题开掘上，讴歌、弘扬社会主义、爱国主义、集体主义、革命英雄主义，历来是儿童文学作家的共同追求。进入新时期，儿童文学疆域的上空，又高高飘扬起爱的旗帜，以善为美的旗帜，人道主义的旗帜，大自然文学的旗帜。很多作家在创作中着力弘扬生活中的真、善、美，弘扬人文关怀、悲天悯人、天人合一的精神，在孩子心田里播撒坚韧、善良、友爱、同情的种子。无论是从取材革命历史斗争的《闪闪的红星》，还是描写当代北国少年命运的《独船》中，我们都能强烈地感受到那种面对困难、勇往直前、不屈不挠的精神，也能捕捉到蕴含其中的至纯至美的人性、人情光辉。

在艺术形式、风格、表现手法上，很多作家都有一以贯之的审美选择、艺术追求，努力探求同自己的经历、气质、个性、擅长、兴趣相适应的创作路子，寻觅符合少年儿童审美情趣、欣赏习惯的样式、文体。张天翼的奇特幻想、幽默夸张，严文井的诗情与哲理水乳交融，洪汛涛、葛翠琳的民族风格、民间色彩，这些老作家的童话创作各具鲜明的艺术特色。中青年童话作家更是敢于标新立异，大胆开拓。冰波的抒情型童话与周锐的热闹型童话自由竞赛，各显神通。张秋生独创的“小巴掌童话”，则是别树一帜的诗体故事样式。在诗歌创作上，任溶溶的奇妙风趣，柯岩的富于情趣，金波的清丽隽永，高洪波的幽默诙谐，他们各自在探索、追求艺术个性化的道路上，迈着坚实的步伐。

第三，努力贴近少年儿童的生活和心灵

儿童文学是为少年儿童服务的文学。60 年来新中国的儿童文学，十分重视理顺儿童文学与小读者的关系，尽可能多层次、多功能地满足小读者的精神需求和审美情趣。20 世纪 90 年代，由于少年文学的崛起和家长关注独生子女的早期文学熏陶，曾一度出现少年文学、幼儿文学创作活跃而冷落童年文学的现象。进入新世纪，“两头大、中间小”的状况有了改变，三个年龄段的儿童文学开始呈现均衡发展的态势。随着素质教育的深入，儿童文学进一步走向中、小学语文教育，以及文学阅读推广活动的开展，小读者疏离文学读物的状况也逐步有了改变。儿童文学与小读者在思想感情上、精神生活上的联系大大加强了。

少年儿童文学作品，特别是叙事体的小说和被称作诗体故事的童话，也是要写人物、写性格，着力揭示主人公的内心世界、感情世界，力求贴近孩子的生活、贴近孩子的心灵。优秀的小说、童话之所以能吸引读者、征服读者，总是同它成功地刻画出具有丰富内涵和艺术魅力的人物形象紧紧联系在一起的。少年王葆、神笔马良、小布头、红军小战士潘冬子、女生贾梅，以及未收入本文库作品中的小兵张嘎、黑猫警长、皮皮鲁、霹雳贝贝、大头儿子、桑桑、乌丢丢、马小跳等一系列活灵活现、个性鲜明的人物形象，组成了儿童文苑里一条长长的人物画廊。这些艺术形象深深地镌刻在小读者的心坎上，成了他们的知心朋友或游戏伙伴。

第四，不断新陈代谢的创作队伍

一支怀着强烈的社会责任感和纯真童心、同少年儿童生活保持紧密联系、具有较高的思想、业务素质的创作队伍，是我国儿童文学不断发展、繁荣的保证。新中国成立之初，我国就有一支老、中、青相结合、生气勃勃的儿童文学创作队伍，但规模较小，实力不够强大。进入新时期，随着党的知识分子政策、文艺政策的贯彻落实和改革开放巨人潮流的推动，逐渐形成了一支具有相当规模和实力、富有朝气和活力的“五世同堂”的创作队伍。这套《金奖文库》就充分展示了“五世同堂”的强大阵容，大体包括了第一代至第四代具有代表性、成就卓著的作家，如第一代的张天翼、陈伯吹；第二代的严文井、金近、郭凤、包蕾；第三代的任大星、任大霖、洪汛涛、葛翠琳、柯岩、郑文光、孙幼军、金波；第四代的张之路、常新港、高洪波、曹文轩、秦文君、黄蓓佳等。随着一些前辈作家叶圣陶、冰心、张天翼、陈伯吹等的谢世和世纪之交一代文学新人的涌现，如今儿童文苑又形成新的“五世同堂”。队伍的不断新陈代谢、新旧交替，使文学生产力犹如一潭活水，永不枯竭。20 世纪八九十年代崭露头角的作家，思想、艺术上日趋成熟，如今已成为当代儿童文学创作的主力军、中坚力量。新世纪崛起的一代新人，起点高，文化素质高，创作潜力大，是我国儿童文学发展的希望所在。

综上所述，新中国诞生 60 年来，我国的儿童文学创作取得了丰硕的、令人瞩目的成果，并形成了多元发展、共存共荣的新格局。之所以能取得如此骄人的成绩，除了党和政府的大力提倡、扶持，改革开放政策带来的社会经济迅猛发展这样一些根本条件外，就文学思潮、创作观念、队伍素质来看，归根到底，我以为，主要是正确处理了以下四个方面的关系：

一是儿童文学与少年儿童读者的关系。要坚定不移地为少年儿童服务，满腔热忱、千方百计走进小读者中去，深入小读者的心灵深处，尽可能满足他们多方面的精神需求。

二是儿童文学与教育的关系。明确认识儿童文学的教育功能是包涵着净化心灵、陶冶情操、启迪智慧、培养审美能力的，坚持“寓教于乐”，始终不离审美愉悦。

三是继承、借鉴与创新的关系。创新是艺术生命的活力之本。没有创新，文学艺术就不能发展，不能前进。继承中华民族优秀文学传统，借鉴世界各国优秀文化成果，都是为了出新，创造出富有时代特色、民族特色的中国儿童文学，立足中华，走向世界。

四是儿童文学作家与少年儿童生活的关系。生活是创作的唯一源泉。了解、熟悉少年儿童，是儿童文学作家的第一位工作。只有投身时代生活的激流，了解、把握当代少年儿童的生存状态、心理状态，了解他们的精神需求、审美情趣，才可能写出为他们所喜闻乐见的作品。

回顾、总结60年儿童文学创作的发展历程、成绩、经验，是为了从新的历史起点上迈开坚实的步伐继续开拓前进。我相信，肩负塑造少儿心灵重任的儿童文学作家，将满怀激情和爱心，向着新世纪儿童文学的巅峰登攀，创作更多鼓舞少年儿童奋发向上、艺术精湛完美的精品力作，为培育一代“四有”新人、提高中华民族的整体精神素质，做出自己的新贡献！

2009年4月初稿，6月1日改定

让儿童散文世界更宽广更精彩

——《遥远的歌溪》序

散文是一种最为自由、灵活的文学体裁，它是各种文体写作的基础。

散文在我国有着几千年的悠久传统。在我国文学史册上，成就卓著的散文大家、名篇佳构，犹如湛蓝夜空灿烂的群星，光彩熠熠，令人目不暇接。

现代儿童散文相对于成人散文，历史较为短暂，从“五四”至今，还不到 100 年。涉足儿童散文写作的作家为数不算少，也不乏小读者喜爱的优秀之作、精粹之作，但称得上儿童散文大家的屈指可数，寥若晨星。

人民共和国成立以来，由于各方面的提倡，时代大潮的推动，小读者的需求，少年儿童散文有了较大的发展，取得了可喜的成果。收入《遥远的歌溪——中国儿童文学六十周年典藏·散文卷》的 66 篇作品，包括了儿童散文近 60 年发展史上具有代表性的老中青作家，集中展示了当代散文创作的成就和实绩。这些作品风格各异，特色鲜明，其中不少篇章脍炙人口，分别被收入各种中小学教材和课外读物选本。

少年儿童散文同成人散文一样，可以记人叙事，可以状物写景，也可以抒情议论，是题材极其广泛、形式十分活泼、没有多少拘束的文学样式。两者的区别在于：少年儿童散文要以儿童的眼睛去观察、发现生活中的美，以儿童的心灵去感受、领悟生活中的美；要契合少年儿童的欣赏水平、审美能力。儿童散文着重表现儿童生活，也可以表现为儿童关注、感兴趣的各种事物。

阅读、欣赏儿童散文，要善于把握这种文体的灵魂和精髓。巴金老人说：“讲真话，把心交给读者。”冰心老人说：“没有真情实感时，不要为写作而写作。”两位文学前辈的忠告，对散文写作尤为重要。散文是最率真、最适于自由抒发真情实感的文体。讲真话，抒真情，把心交给孩子，同孩子进行亲切平等的心灵对话、精神对话，这是儿童散文的优势和特长。富于童心童趣、出自肺腑的真情是儿童散文的灵魂、血脉。真实、自然地表达少年儿童的思想、感情，引起少年儿童的感情共鸣，真、善、美的种子就会在孩子心田里生根、发芽、开花。

儿童散文具有“以小见大”、富于诗情画意的艺术特征。儿童散文大多篇幅短小，善于透过平凡的、细小的事情发现、揭示其中蕴含的非同寻常而又易于为孩子理解和接受的内涵、意蕴。一个儿童散文作家，往往是生活中的有心人，美的执着追求者。他们珍惜诗意的童年、充满幻想的童年，重视童年生活对自己的馈赠。他们敏于从生活海洋中捕捉、采撷那些美好的、闪光的、富有诗情画意的事物，同时又善于用自己对生活的独特感悟这根红线，穿起从生活海洋中打捞出来的闪光的珍珠，穿缀成美丽的项链。阅读、欣赏儿童散文，要善于透过作品所描绘的栩栩如生的人，如诗如画的景，捕捉其思想的闪光点，细细体味、咀嚼贯穿其中的作者对人生、对自然的发现和感悟，对现实、对理想的思索和追求。从文情并茂的散文中，我们不难寻觅到作家的身影，隐约窥见他心灵的奥秘。巴金说：“我的任何散文里都有我自己。”散文是最能显示作家人格、最富个性化的文字。

阅读、欣赏儿童散文，还要用心领略作品的风格、语言特色。从收入《遥远的歌溪》这本散文选的作品中，我们可以清晰地看到儿童散文的多种色彩，多种格调，多种笔法：有的质朴而又隽永，有的严谨而又细致，有的亲切而又活泼，有的幽默而又风趣。无论是富有诗情画意、儿童情趣，还是充满时代气息、乡土风味，不同的风格特色，是与作家的生活阅历、精神气质、艺术追求分不开的。儿童散文的语言要求精粹、简洁、活泼、优美。辞藻华丽、文采飞扬，固然是一种美；若能以平实、素朴的文字表现出丰富多彩的生活，同样能显出真正的文采。词汇丰富，不刻意雕琢，语言纯正，不矫揉造作，记人叙事，状物写景，栩栩传神，恰到好处，这应该是儿童散文在语言文字上努力登攀的一个标杆。

选入《遥远的歌溪》的有十多篇报告文学。这里要约略谈一下报告文学的艺术特征和价值功能。

报告文学是记叙型散文的一个类别。它和散文可说是“本是同根生”的姐妹文体。少年报告文学与散文一样，也是文学的轻骑兵，便于迅速反映当代少年儿童的生存状态、精神状态。它以聚焦少年儿童关注的新闻人物、重要现象、热门话题见长，以十分贴近少年儿童的生活和心灵取胜。少年报告文学把新闻的真实性、时效性与文学的形象性、抒情性水乳交融地结合在一起。坚持真人真事原则，富有时代色彩、现实教育意义与文学感染力、震撼力，是它赢得众多少年读者的优势和魅力所在。

散文、报告文学都是深受小读者关注、喜爱的文体。同大时代波澜壮阔的激流相比，同小读者日益提升的精神需求相比，散文、报告文学在题材内容、表现手法、风格特色、作者阵容等方面，都还有进一步丰富、扩充的很大空间。

大时代、小读者呼唤花团锦簇、芬芳扑面的儿童散文新格局。

大时代、小读者呼唤更多有口皆碑的散文精品名篇，呼唤更多的妙笔生花的儿童散文好手、儿童散文大家。

大时代、小读者呼唤作家、评论家、教师、家长加强对少年儿童阅读、欣赏散文的指导，引领他们更好地走进绚丽多彩、百花争妍的散文天地。

让儿童散文世界更宽广、更精彩!

2009 年 4 月 28 日

为提高少年胆识呕心沥血

——《中国原创冒险文学书系》总序

在儿童文学的上空，继前些年先后举起大幻想文学、幽默文学、大自然文学等旗帜之后，近年来，中国轻工业出版社又举起了冒险文学的大旗，从而使儿童文苑的花色品种更加丰富多彩、鲜艳夺目。

我不无欣喜地注意到，中国轻工业出版社推出《中国原创冒险文学书系》有几个引人注目的关键词：一是发展原创冒险文学，汇聚冒险、惊险、魔幻、探险、侦探、推理、悬疑、科幻诸多品种；二是倡导刚性阅读，引领当代少年儿童阅读新潮；三是打造冒险文学基地，确立领军地位。应当说，轻工业出版社在创作、出版上孜孜以求的这些目标，是很有意义和价值的。

在我看来，冒险文学是少年儿童文学中不可或缺的组成部分，是大众化、类型化儿童文学的一个重要分支。在当今少年儿童文学多元发展的背景下，冒险文学理应占一席之地。

儿童文学具有教育、认识、审美、娱乐多方面的功能。描写冒险经历，宣扬冒险精神，以险取胜、情趣盎然的少年冒险文学，对于少年读者砥砺意志品质，培养勇于进取、不向困难低头的顽强精神，对于丰富、提升孩子的想象力、创造力、判断力，有着潜移默化的独特作用。儿童文学在以情感人、以美育人、以趣动人上，既要用爱、同情、善良、和谐等美好品质滋润孩子的心田，也要让勇敢、无畏、刚强、坚韧的种子在孩子心灵深处生根、发芽、开花。正因为如此，轻工业出版社倡导刚性阅读，是有鲜明的针对性和积极的现实意义的。刚性阅读或诗意阅读，刚强也好，柔美也好，同样是为了给少年读者打好人性的底子，在精神上、心理上补钙。

孩子的天性好奇、求新、爱幻想，冒险文学正好能满足小读者渴望漫游、历险、探索大自然奥秘的阅读心理和审美情趣。我自己的阅读经历也充分说明这一点。我记得，在上小学四五年级的时候，一本连环画《鲁滨孙漂流记》让我爱不释手，读得津津有味，如痴似醉。鲁滨孙流落在渺无人烟的荒岛上，离群索居。为了生存，他自己动手盖房子、造船、打猎，他所遭遇的异乎寻常的冒险故事引人入胜；他不畏艰险、勤劳实干的精神令人啧啧称赞。将近70年过去了，鲁滨孙的形象和未开化的土人“星期五”的形象，至今还清晰地浮现在我的眼前。这确实是一部冒险文学的经典之作。从这里也不难看出，冒险文学对于少年儿童读者有着多么强烈的吸引力、感染力。

我相信，小读者读一点冒险文学作品，对他们形成坚强刚毅的意志品质，培养勇于进取、敢于开拓、临危不惧、处惊不乱的精神，是大有裨益的。

深切期盼有更多的儿童文学作家为创造冒险文学、提高少年的胆识呕心沥血。真诚祝愿《中国原创冒险文学书系》成为赢得广大读者青睐的驰名品牌。

2010 年 1 月

激情似火　胆识过人

——《樊发稼三十年儿童文学评论选》序

2005 年初夏时节，樊发稼创作五十周年座谈会在安徽合肥举行之际，我正在加拿大蒙特利尔探亲，未能赴会，至今引以为憾。当时我曾向座谈会发去一封贺信。信中写道：

> 发稼同志是长期在我国儿童文苑辛勤耕耘的一名出色的老园丁，也是新时期儿童文学理论队伍的排头兵。他在儿童文学评论、创作（兼及诗、散文、寓言、小小说等）和文学组织工作诸方面，都取得了令人瞩目的优异成绩，为我国当代儿童文学事业的发展、繁荣，做出了独特的贡献。他视野之开阔，思路之清晰，感情之炽热，文字之优美，素为文友和读者所称道。我与他在中国作协儿委会共事多年，他办事之认真，作风之严谨，联系文友之广泛，扶持新秀之热忱，真是难能可贵，永远是我学习的榜样。深情地祝愿发稼同志一如既往、精力充沛地驰骋于儿童文苑，身笔双健，青春永驻！

这短短的两三百字，简要地描述了我对当代著名儿童文学家发稼的总体印象和评估，也表达了我对这位能推心置腹、促膝长谈的老友的深情祝福。

值此《樊发稼三十年儿童文学评论选》即将付梓之际，作为同行同道，我愿就他在儿童文学评论方面的成就和特色，概略地谈一谈我的看法。

发稼在 20 世纪 50 年代十七八岁时开始写作，但涉足儿童文学评论，已进入不惑之年，正值新时期文学发轫期。从 1980 年到现在，整整三十年，他乐此不疲地始终活跃在儿童文学研究、评论战线上。在相当长一段时间里，他是中国社会科学院唯一的儿童文学研究者，也是我国寥寥无几的专业儿童文学研究者之一。

三十年间，他已出版儿童文学评论集 11 本。他的研究、评论涉及宏观研究、文体分类研究、作家作品研究、儿童文学史研究、台港儿童文学研究等。他既关注当代创作思潮、最新创作现象的考察和研究，也重视对儿童文学发展史的描述和勾勒，而把研究、评论的重点放在当代作家作品上。他的评论涵盖小说、童话、寓言、诗歌、散文、纪实文学、科学文艺、幼儿文学、剧本各种体裁、样式。在我的印象中，他是儿童文学界阅读作品最多、联系作家最广、跟踪发展趋势最紧、恪守本职岗位最好的评论家之一。可以这么说，新时期以来，几乎每一部儿童文学精品佳构的问世，每一个儿童文学新秀的涌现，都在这位视野开阔、目光如炬的评论家关注范围之内，其中不少作家的作品得到他热情、中肯的评说。通览他的全部评论文字，犹如读了半部当代儿童文学简史或半部新时期儿童文学史。

樊发稼儿童文学评论的特色，我以为可用激情、胆识、慧眼、率真八个字来概括。

发稼是个热情澎湃的诗人。文如其人。他的评论文字也富有火样的激情。这种激情来自他对少年儿童一代的一片热忱和赤诚，来自他对儿童文学事业的敬畏和痴迷。他曾这样表白："儿童文学是一项高尚的事业。我始终以一种近乎宗教徒般的虔诚，兢兢业业地工作着。"发稼几十年如一日，热情关注儿童文苑的林林总总，每发现佳作、新人就喜不自胜，情不自禁地倾情倾力加以推介。他以富有感情色彩的笔墨描述自己的阅读感受，"好高兴""好激动""心动不已""十分惬意""嘤嘤低泣"，喜悦、感动之情往往流溢于字里行间。他又以"我保证""我敢负责地说"这样坚定的、斩钉截铁的口吻来判断某部作品在儿童文苑"实属罕见""屈指可数""当下重要的新收获""当下文学的一件盛事"，表现了一个评论家的十足自信。这份自信建构在对大量文本的仔细阅读、比较，对创作现状的充分了解、把握之上。正因为对全局了然于胸，才能对一部作品在当前儿童文学创作或文学史上的地位、意义、价值做出正确评估。

一个文学批评家应当有胆有识，既要勇于支持创作中的新事物，鼓励作家在思想艺术上探索和创新；也要敢于发表自己独特的、富有新意的见地。发稼从事儿童文学评论，尽管是半路出家，但他善于学习，勤于思考，修养有素，在儿童文学研究上不乏真知灼见。比如，近些年业内人士对儿童文学呈现“多元共存，兼容并包”格局逐渐形成共识。其实早在1986年发稼就期待儿童文学在题材、内容、艺术表现手法上“百花争艳，多元并存，各具姿彩”。这是多么富有前瞻性的预见，不能不令人叹服。此外，发稼表述的“儿童文学是爱的文学”“发展原创是繁荣儿童文学之根本”“文学是幼儿读物的灵魂”“以幼儿童话为中心，促进新世纪幼儿文学的全面繁荣”等观点、理念，也都新颖、富有创意，对儿童文学创作、工作具有指导意义。

慧眼识英才，识新秀。一个出色的文学批评家总是目光四射，怀着识才、爱才、惜才的拳拳之心，用敏锐的、审美的眼光从文海书林中探宝求珠，选精拔萃，及时推出力作佳构，新人新作。发稼作为一个“以发现、支持和促进文学新人为己任的评论工作者”，更是热情满怀，不遗余力地培植新苗，浇灌新花，心甘情愿做培育新人的泥土。20世纪80年代涌现的夏有志、秦文君、曹文轩、董宏猷、金曾豪、程玮等，90年代与世纪之交脱颖而出的郁秀、牧铃、葛竞、刘东、王一梅、伍美珍等儿童文坛新秀，还有更陌生的、崭露头角的年轻作者，都在他的笔下得到亲切而生动的评述。发稼是作家兼评论家，深知创作的甘苦，又十分注重文本的阅读，坚持理论联系创作实际，因此他对作品的思想内涵、艺术特色了如指掌，对每一篇作品的成败得失烂熟于心，评论往往能切中肯綮，不会隔靴搔痒。尤为可贵的是，他既熟悉作家的“文”，又了解他们的“人”，能够在思想、感情、心灵上与作家沟通、交流。

儿童文学评论同整个文学评论一样，必须坚持公正、健康、科学、说理的批评品格，真正做到求真务实，长处说长，短处说短，而不是一味赞扬，盲目喝彩。发稼是个正直、率真的评论家，他主张“大力提倡讲真话。绝对不要人云亦云，不说违心话，不写违心文字”，“要以良知写评论文章”。我记得，发稼在评论文章或研讨会上不止一次地表示“恕我直言”“不敢苟同”“有可商榷之处”。他对力作佳构的赞扬往往热情洋溢，浓墨重彩，而对作品的弱点、不足或值得注意的创作现象、思潮，则能直率地、不讲情面而又与人为善地提出批评或不同意见。比如，对有些评论家“言必称希腊”的批评姿态，对当下中国儿童文学“处于最低谷状态”的评估，关于幻想文学是对童话“一次彻底的颠覆和超越”的立论以及对《岩石上的小蝌蚪》的非议等，他都及时地、鲜明地提出了自己不同的看法和意见。对这些创作现象、问题的看法，可以仁者见仁，智者见智，并非发稼一锤定音，但重要的、可贵的、值得赞扬的是发稼这种独立思考、敢于批评、敢于争论的品格和勇气。

文学评论是一项艰辛而又寂寞的事业。发稼不畏艰辛，甘于寂寞，长期跋涉在这个领域，为儿童文学的发展默默地、踏实地做着铺路石般的工作。摆在我们面前的这本《樊发稼三十年儿童文学评论选》，是他呕心沥血、艰辛劳动的结晶。作为他的挚友，我表示由衷的敬意。真诚祝愿儿童文学评论园林中这棵常青树，永远挺拔苍郁，生意盎然！

2010 年 4 月 21 日

以品质与特色取胜
——《中国原创童书》序

当代少年儿童生理和心理的健康成长，引起家长、教师和社会方方面面越来越广泛、密切的关注。儿童文学是少年儿童心灵成长、精神成长不可或缺的维生素。儿童的身体成长，需要补钙、补铁、补锌、补硒等；小小心灵的成长也需要多种补养，而儿童文学正好可以提供爱心、诗意、美感、想象力、道义感等多种最佳营养素。一个孩子如果从小爱听儿歌、爱听故事、爱看图画书，整个童年、少年期始终有优秀的文学作品为伴，那么，长大以后就可能成为一个心地善良、意志坚强、情操优美、想象丰富的人。

我们有一个丰富的文学宝库，历代中外作家已经为孩子们留下许多富有纯正文学品质和巨大艺术魅力的杰作。提倡、导引孩子读一点经典名著，对陶冶他们的情感品格，提升他们的精神素质大有好处。然而，仅止于此还不够。为了培养德智体美全面发展的社会主义建设者和接班人，也为了更好地满足当代少年儿童日益提升的精神需求和审美情趣，我们创作、出版界有义务也有责任为孩子们奉献更多更好的新作品。发展儿童文学原创，是新时代的需要、小读者的需要，是繁荣我国儿童文学的重中之重；也是创造富有中华民族特色的儿童文学、为世界儿童文学文库增光添彩的第一要务。

近些年来，中央关于着力抓好长篇小说、少儿文艺、影视文学“三大件”和“支持原创尊重原创”的指示精神，激励了作家、编辑、出版人的创造性、积极性，各出版社竞相花大力气抓儿童文学原创新作的出版。我们不无欣喜地看到，图书市场已陆续出现一批引人注目的原创新作和原创系列，新蕾出版社的《中国原创童书》是其中的一种。这套原创童书，吸引了梅子涵、冰波、徐鲁、汤素兰、王一梅等一批富有才华和实力的中青年作家加盟，呈现出注重创新精神、注重扶持新人、注重民族文化传承、锁定主要读者对象等诸多特色，在创作出版界和读者中间已博得好评，其中有的作品获得了全国性的文学奖、图书奖，收效甚好。

为了把《中国原创童书》打造成读者真正信得过、有口皆碑的知名品牌，我以为，它必须在保持、发扬自己的品质和特色上进一步下功夫。

坚持精品意识，坚守文学品质

一个成功的童书出版品牌，是以它的文学品质为基本前提，以作品本身的文学品位和艺术魅力来赢得读者。如果一本书或一套书在思想艺术质量上不是上乘之作、精粹之作，那么，即使你费尽心机利用各种现代手段宣传推广，加强市场运作营销，它也不可能在浩如烟海的图书出版物中脱颖而出，赢得广大读者的认同和青睐。

以小学中高年级学生为主要对象的《中国原创童书》，要坚持儿童文学的核心价值观，坚持讴歌、弘扬真善美，坚持奋发向上、阳光、明朗的基调，坚守文学的人文关怀，把为童年期的孩子打下良好的人性基础、精神底子放在首位。

要充分发挥文学以情感人、以美育人的功能和优势。优秀的、出色的儿童文学作品总是借助鲜明的艺术形象，以真挚的情感拨动小读者的心弦，让他们深深感动；同时具有永恒的艺术生命力和审美价值。我们要努力让这样的作品进入小学生的阅读视野。

鼓励艺术创新，追求风格多样

文学艺术贵在创新。没有创新，文学艺术就不能发展繁荣，儿童文学也是如此。随着时代的变迁、社会的发展和读者心理的变化，儿童文学在思想内容、艺术形式、表现手法、文体、风格上，都要勇于推陈出新，敢于标新立异。

思想内容上的创新，要以人为本，真心实意地关注少年儿童的成长，在主题和题材内容上努力贴近时代、贴近生活、贴近儿童。“三贴近”并不意味着要排斥历史题材、幻想题材、动物题材等作品。只要作家具有与时俱进的创新思维，熟稔并把握当代少年儿童的心理、愿望，非现实题材的作品同样可以闪耀着时代的光泽。

在体裁样式、表现手法、形式、风格上，要鼓励在借鉴中外儿童文学优秀成果、从人民生活中吸取养料的基础上，大胆地创作出新颖独特的、多样化的，为广大小读者所喜闻乐见的新作品来。只要有益于提升孩子的精神素质，各种风格、流派的作品，现实主义或浪漫主义，忠于写实或善于幻想，昂扬明快或适度忧郁，诗意抒情或幽默谐趣……《中国原创童书》都会为有志于加盟的作家提供施展才华的平台。唯有拿出富有时代光泽、民族特色的儿童文学精品，我们才有可能为民族文化积累和丰富世界儿童文学宝库做出自己应有的一份贡献。

吸引名家新人，尊重亿万读者

积极开发作家资源，从而拥有一支相对稳定而又不断新陈代谢的作者队伍，是出版社得以不断推出精品力作的基本保证。新蕾出版社既重视组织、展示名家新作，更关注发现、扶持富有才华和潜力的新生代作家，着力推出新人新作。除此而外，还要吸引热爱孩子、关注祖国未来一代、又有丰富生活积累和创作经验的成人文学作家，拿起笔来为少年儿童写作。作者资源丰富，文学生产就会似一潭活水，永不枯竭。

坚持“读者本位”的编辑理念，就要充分尊重亿万小读者的审美需求、阅读兴趣、欣赏能力。新蕾出版社这套原创系列，既然锁定中、高年级的小学生为核心读者，那么，从内容到形式，从选题到装帧设计，都要充分考虑如何使这套书更易于为他们所接受和喜爱。当然，对读者口味不是一味迎合。对少年儿童的文学阅读还有个引领和指导的问题，要不断提高他们的鉴赏水平和审美能力。

热切期盼《中国原创童书》成为响当当的知名品牌，成为当今小学生主流阅读、深度阅读中爱不释手的文学读物。

2010 年 9 月 3 日于北戴河

儿童文苑百年精品大展
——略谈《百年百部中国儿童文学经典书系》的特色和价值

《百年百部中国儿童文学经典书系》（以下简称《经典书系》）问世了。这是我国儿童文学界乃至出版界、文化界一大盛事，值得庆贺。

《经典书系》洋洋百卷，堪称鸿篇巨制。它力图系统、完整地展示自五四新文化运动至今中国儿童文学的创作成就和基本脉络，全方位勾勒小百花园百年的全景画卷。这套书系所收作品时间跨度之大，包罗作家之多、题材内容之广、品种样式之全，在儿童文学出版史上实属罕见，引人瞩目。

百年百部，是从近百年来浩如烟海的作品中披沙拣金、选精拔萃而来。在我看来，选家的眼光和识见，关系到这套书系能否成为传之久远、有口皆碑的中国儿童文学精品库。何谓“经典”？入选作家、作品的标准是什么？这套书系有什么特色和价值？这些问题可能是不少读者和业内人士所关注的。我忝为该书选编委员会之一员，愿不避王婆卖瓜之嫌，谈一谈个人粗浅的看法。

如何理解和界定“经典”，是儿童文学界颇有争议的一个话题，也是策划、编选此书首先遇到的一个问题。《辞海》对“经典”的解说是：“一定的时代、一定的阶级认为最重要的、具有指导作用的著作。”《现代汉语词典》上则说是：“指传统的具有权威性的著作。”按照这个解释，儿童文学经典，顾名思义，应当是儿童文学领域里最有成就、地位和影响力并具有典范性的著作。我认为，称之为经典的著作应当经过时间的检验、历史的沉淀和选择。因此，推荐入选《经典书系》的作品，大凡都是经受住时间考验的、在一代又一代小读者中产生广泛影响并具有较为久远的思想价值和艺术生命力的精品力作。其中有的是经典之作、传世之作，有的也许还算不上严格意义上的经典，但至少也是具有典范性、代表性的名作佳构。而从整体上说，把这部展现了儿童文学历史长河的旖旎风光、汇总了百颗璀璨明珠的大书称之为“经典书系”，我看还是名实相符、当之无愧的。我认为，对我国现当代儿童文学创作取得的骄人成就，应当给予实事求是的估计，既不该妄自尊大，故步自封，也不要妄自菲薄，不屑一顾。

衡量、选拔作品的标准、尺度，离不开上述对“经典”的理解和界定。我们在拟定入选书目时，紧紧把握这么几点：

弘扬真善美　要求入选作品具有积极、明朗的思想内涵和人文关怀精神，有利于少年儿童生命、心灵的健康成长。鼓舞少年儿童奋发向上，弘扬生活中的真善美，在孩子心田中播撒爱、善良、坚韧、同情的种子。即使描写战争或反映苦难，揭露黑暗或鞭挞丑恶，抒述悲悯情怀或忧郁情调，也闪烁着理想的光芒，给孩子以希望、勇气、信心和力量。

讲究独创性　坚持健康向上的思想内涵与精湛完美的艺术形式的统一，文学品位与艺术魅力的统一，讲究作品的思想艺术，这样才能保证精心打造的《经典书系》这个品牌的典藏品质。艺术贵在独创。收入这套书系的作品，展现了几代儿童文学作家各具特色的艺术个性和文学风格。追随永恒或感动当下，贴近时代或崇尚自然，恢宏庄重或幽默诙谐，浓墨重彩或清丽淡雅，……色彩缤纷，各有千秋。同时，尽可能展示作家在文体上、语言上和艺术手法、表现手段上的不懈探索和追求，让读者充分领略这些作品至今依然保持着的鲜活的艺术生命力。

关注影响力　儿童文学是以少年儿童为接受对象、服务对象的文学。为广大少年儿童所喜闻乐见，并具有广泛、经久不衰的影响力，是衡量、判断一部儿童文学作品是否具有经典性的一个重要标尺。重视儿童特点，讲究趣味性、可读性，从内容到形式，从结构到语言，都适合少年儿童的接受能力、审美情趣和欣赏习惯，能激发他们的阅读兴趣，在思想感情上引起共鸣，真正体现儿童文学的本质和艺术特征，这样的作品才能赢得小读者，征服小读者。

严格按照上述原则、标准精选、拔萃，因而使《经典书系》具有以下鲜明的特色和相应的价值：

精粹性强　“千淘万漉虽辛苦，吹尽狂沙始见金。”由熟悉我国儿童文学历史和现状的专家、学者组成的高端选编委员会对难以计数、卷帙浩繁的作品，经过认真、反复的梳理、鉴别、论证、比较、筛选，优中选优，精益求精；坚持质量第一，力求使每一部入选作品都内容精彩、艺术精湛、出类拔萃。

涵盖面广　这套书系囊括了从“五四”至今五代儿童文学作家的代表作，从叶圣陶、冰心、陈伯吹、张天翼到严文井、金近、郭风、任溶溶，从任氏兄弟、孙幼军、金波到曹文轩、秦文君、张之路，以至年轻作家徐鲁、汤素兰、彭学军，他们光彩熠熠的名作尽收其中。同时还展示了香港、台湾儿童文学名家的创作成果。而从文体、样式来看，除儿童剧、影视文学外，小说、童话、诗歌、散文、科学文艺、寓言，应有尽有，相当齐全。

存史价值高　百年百部蕴含着深厚的文化积淀和相当的学术价值，为研究我国儿童文学的发展规律、艺术特征、历史经验，留下了系统、完整、弥足珍贵的资料。作为一项文化积累的传承工程，几代儿童文学家呕心沥血创造的这笔重要精神财富，也将珍藏于我国文学宝库，代代相传。

赏览功用大　当今，儿童文学的阅读推广，不仅是儿童文学界的一个热门话题，而且已经逐步提到工作日程上来。阅读文学名著，阅读经典，以陶冶少年儿童的性情，提升他们的精神素质和审美能力，也为越来越多的有识之士所重视和认同。收入《经典书系》的作品，对新世纪的少年儿童来说，是最具阅读价值的原创文学图书，是奉献给他们最丰富、精美的精神食粮。对儿童文学爱好者、习作者来说，则为他们提供了学习、借鉴的优秀文本，会成为他们的良师益友。

2005 年 12 月 24 日

兼具学术性、文献性的大书

——略评《中国儿童文学六十年（1949—2009）》

从20世纪50年代初，参与起草中国作家协会关于发展少年儿童文学的指示，编选1954—1955儿童文学年度选，撰写评论欧阳山童话《慧眼》、柯岩儿童诗的文章，到2009年参与编选三种向人民共和国60华诞献礼的儿童文学文库、典藏、文献资料，我伴随着新中国儿童文学，走过了六十年光荣的荆棘路。我算是当代中国儿童文学历史发展的亲历者、见证人之一。面对新问世的这部红艳艳、沉甸甸、散发着芬芳书香的皇皇大著——《中国儿童文学六十年（1949—2009）》（湖北少年儿童出版社出版），心中不禁升起一缕特别亲切、喜悦的感情。

这是一部兼具学术研究价值和文献史料价值的大型儿童文学图书，是献给人民共和国60华诞的一份精美、厚重、珍贵的礼物。它全方位、多侧面、多角度地梳理、勾勒了建国60年来儿童文学的发展轨迹、光辉成就和主要经验，记录、评述了60年来儿童文学的重大事件，重要现象，创作、理论的主要成果，文体建设、队伍建设的概貌。我相信，这样一部反映人民共和国成立以来中国儿童文学创作、理论研究成果及其发展历程的拔萃本总集，对于继承和发扬我国儿童文学的优良传统，研究、总结我国当代儿童文学发展、衍变的规律和历史经验，激励广大儿童文学作家、儿童文学工作者向新的艺术峰峦登攀，促进新世纪我国儿童文学的发展繁荣，必将发挥积极作用。我也深切期盼这本书的问世，能引起文学界、出版界、学术界更多地关注、扶持儿童文学。

文学创作与文学评论是文学事业展翅高飞的两翼，儿童文学也是如此。

为了全面、系统地反映中国儿童文学六十年的发展历程和基本面貌，不仅要选编优秀的、有代表性的作品，也要选编有分量、有见地的理论批评文章。共和国60华诞前后，中国少年儿童出版社、少年儿童出版社、外语教学与研究出版社出版的《共和国儿童文学金奖文库》《六十年中国儿童文学精粹》《中国儿童文学六十年典藏》，都是作家作品（包括各种体裁的长、中、短篇）的选本。唯有湖北少年出版社出版的这部《中国儿童文学六十年（1949—2009)》，是建国六十年来的儿童文学理论批评文选和相关文献史料的汇总。该书内容分为两个大类、八个板块，无论是理论批评文章还是文献资料，都是着眼于从理论层面来探讨六十年中国儿童文学的。我以为，这本书具有以下优点和特色：

一是史论兼顾，脉络清晰

在六十年儿童文学“发展思潮”“理论观念”这两个板块中，《人民日报》的两篇社论和一篇评论员文章，中国作家协会关于儿童文学工作的三个指示、决议，三次全国儿童文学创作会议的主旨发言尽收其中，这就使我们清晰地看到儿童文学发展的两个黄金期和当今“多元共存”新格局出现的历史背景和时代要求。从张天翼提出的为孩子写作品的“两个标准”(有益处,喜欢看)、陈伯吹被批判的所谓“童心论”，到“未来民族性格的塑造者”“为儿童打下良好的人性基础”，从一味、片面强调儿童文学教育作用到全面认识儿童文学多方面的功能，让我们欣喜地看到60年来儿童文学价值观念、评判尺度的变革、更新。亦史亦论、史论交织，犹如读到一本简明的当代儿童文学思潮史。

二是既重理论，又重实际

本书六十年儿童文学“理论观念”“作家原创”“文体建设”“系统工程”等板块，涵盖了儿童文学理论研究的基本问题、儿童文学学科建设的重要内容，涉及对上百位作家作品的评论，反映了各个历史阶段诸多文学现象、理论思考和审美感悟。书中挑选了97位有成就、有影响、有代表性的作家，对他们的创作实绩、艺术追求、风格特色，做了深入、中肯的分析、论评。注重理论与创作实践的结合，这样就使我们同时看到活跃在儿童文苑的作家、批评家前行的姿影、足迹，听到他们发出的响亮、独特的声音。敏锐的理论思维与鲜明的实践品格，显示了儿童文学理论研究、批评的活跃和进步。

尤为难能可贵的，本书对儿童文学领域里编辑出版、翻译介绍、对外交流、教学研究、阅读推广、组织领导等方面的话题都给予足够的关注。肯定成绩，总结经验，回顾以往，展望未来，显示了儿童文学系统工程建设的坚实基础和宏大规模。

三是尊重历史，材料翔实

本书内容的第二大类，包括“历史进程”“图书辑目”“国家大奖”三个板块，忠实而详尽地记录了六十年来我国儿童文学界的重大事件、重要现象、会议和活动，重要作品、论著的发表、出版和传播，创作和理论问题的讨论、争鸣，两岸交流、对外交流活动的开展，重要文学奖项的获奖作品篇目，……所记录的人与事，力求准确无误，从中我们可以真切、具体地了解儿童文学的现状、走向和前进的步伐。其中有些资料，如六十年“历史进程”“图书辑目”，是首次完整地与读者见面，可说是本书独家所有。弥足珍贵的历史资料性，给本书增了光、添了彩。

这部鸿篇巨制的问世，充分显示了出版家的目光、胆识和气魄。这是湖北长江出版集团、湖北少年儿童出版社继《百年百部中国儿童文学经典书系》之后，为我国儿童文学基本建设、为我国文化积累的传承工程，做出的又一大贡献。同时，还要对这本书的编辑团队表现出不畏艰难、不辞辛劳的责任心、敬业精神，和认真、细致、严谨、一丝不苟的编辑作风，表示由衷的敬意。坚持图书质量高于一切，图书品质高于一切，这种出版理念、职业道德、专业追求，是值得称道和发扬的。

2010 年 1 月 6 日

爱心连着童心
——怀念冰心老人

一代文学宗师、世纪老人冰心先生走了！她告别心爱的红玫瑰、白猫咪、蓝海洋，告别深深挚爱的亲人、文友、小读者，依依不舍而又平静从容地走了！

冰心先生走完一个世纪风风雨雨的人生旅程，跨越了几个“朝代”，阅尽了人间沧桑。她用自己的生花妙笔写下了许多脍炙人口的名篇精品，在一代又一代读者心田里撒下了爱的种子，真、善、美的种子。她那善良、宽容而又率真、刚毅的精神品格，她那同情心、正义感，代表着时代的良知、文人的良心，是留给子孙后代的一笔价值无比的宝贵财富。冰心这面旗帜永远飘扬在知识分子和广大读者的心中。

我有幸在20世纪50年代初同冰心先生相识。那时，我在中国作协创作委员会工作。冰心先生从日本归来后，同张天翼、严文井、陈伯吹、叶君健、贺宜、金近、袁鹰等一起，积极参加了作协儿童文学组的活动。我记得，1955年9月《人民日报》发表《大量创作、出版、发行少年儿童读物》的社论后不久，冰心在一次儿童文学作家会议上，做了题为《应该是赶紧动手的时候了》的发言；接着又在《人民文学》上发表题为《“一人一篇”》的文章，热烈响应为少年儿童写作的号召。她说干就干，精神抖擞地投入紧张的创作劳动，在一年多的时间里，先后发表出版了小说《陶奇的暑期日记》、通讯《还乡杂记》、小说《小桔灯》等深受孩子们喜爱的作品。1957年初，她又为《1956儿童文学选》写了序言，对入选作品及儿童文学现状做了中肯的、实事求是的评析。我还记得，儿童文学组根据冰心的建议，邀约在京部分老作家和青年作者在一个阳光灿烂的日子泛舟于昆明湖上，午间在颐和园聚餐，于海阔天空、无拘无束的闲聊漫谈中，交流了创作经验，增进了同行情谊。那时，冰心先生在我这个年轻人的心目中，是一个和蔼慈祥、具有大家风范的文学前辈，令人肃然起敬。

有较多机会当面聆听冰心老人的教诲，是 80 年代中期作协书记处分工我联系儿童文学工作之后。我恭恭敬敬地给她老人家写去一封信，表达了登门求教的心愿。我在信中自报家门，提及自己 50 年代曾在作协创委会工作，询问她老人家是否还记得我。她很快回复一信，说是："我当然记得您，至少是您的名字，面庞也许记不清了。因为我多年没有出门了，行动不便，欢迎您来谈谈！"她在信中还谦逊地表示，"儿童文学，我也是外行，没写过戏剧、寓言、童话，说来惭愧。"

隆冬时节，一个天色阴沉的下午，我应约前往中央民族学院教工宿舍拜访冰心老人。进入她的书房兼卧室，只见她端坐在写字台前，精神矍铄，目光炯炯，衣着素雅。她放下手中正在阅读的一本《当代》杂志，让我坐到她跟前。她面带微笑地对我说："噢，你长大了，真还认不出来了，在东总布胡同 22 号（作协旧址——笔者注），你还是个年轻小伙子哩！"一句亲切温馨的话语，一下子就打破了后生晚辈拜见老前辈的局促拘谨，话匣子像闸门一样打开了。

"我从小就读您的《寄小读者》，您对母爱、童真的歌颂，对海上风光、日月星辰的描绘，至今深深地刻在我的脑海里。《寄小读者》和《爱的教育》是少年时代对我影响最深的两本书。"

"《寄小读者》是我出国留学时写给我的三个弟弟和他们的小朋友的信。我为儿童只写过这么几十封信，没有写过孩子们喜爱的童话、儿童剧，所以称我为儿童文学作家是很勉强的。"

当我插话说到自己"只是因为 50 年代写过几篇儿童文学评论，如今让我抓儿童文学工作，倒真是打鸭子上架、滥竽充数"时，她幽默地说："不是外行可以领导内行嘛！那我们两个外行凑成半个内行，都来为儿童文学摇旗呐喊，出一把力！"我岂敢辜负她老人家的期望和嘱托，当即毫不犹豫地表示："您扛大旗，我打杂跑腿吧！"

冰心老人一向热爱儿童，关注儿童文学，那天的话题就从当代少年儿童和儿童文学的状况说开了。冰心成竹在胸，颇为感慨地说："现在的孩子理解能力、接受能力都很强。有些儿童文学作品太浅，没意思，孩子们不爱看"，"对少年儿童，要热爱他们，尊重他们，理解和同情他们。一定要把他们当作朋友，平起平坐，同他们谈心，不要摆起架子教训他们。为儿童写作，不能带着创作计划到孩子中搜集素材，应当生活在他们中间，有了真切的感受再写。没有真情实感时，不要为写作而写作。否则，写出的作品，就难免虚情假意，矫揉造作"。她谈起自己写《寄小读者》，是旅居异国他乡时，想祖国，想故乡，想亲人，也想少年朋友，就情不自禁地拿起笔来给小朋友写信，同他们谈天说地。我饶有兴味地听了冰心老人这一席话，深深地意识到，作协的儿童文学工作，首先还得在帮助作者了解、熟悉孩子上多下功夫。

新时期以来，冰心老人为包括儿童文学在内的各种体裁、样式的文学新人大批涌现，特别是女作家人才辈出而欢欣鼓舞。有一次，我对她谈起作协第二届全国优秀儿童文学奖的获奖作者中，中青年作者占 80%，其中又有九位是 40 岁以下的青年作者，最年轻的才 31 岁；并有三位女作者获奖。老人得知这些信息，显得特别兴奋，连声说："好，好，评奖就是要多鼓励青年作者、女作者。儿童文学发展的前途和希望就寄托在青年作者身上。"她详细询问了秦文君、程玮、谢华三位得奖女作者的创作经历、工作岗位等具体情况。然后，掰着指头一一点到王蒙、刘心武、叶文玲、张抗抗、王安忆、铁凝这些名字，说是他们过去也都写过儿童文学作品，应鼓励他们继续为孩子们写些作品。

冰心老人是作协历届儿童文学奖评委会的顾问。这位年届耄耋的顾问，可不是光挂个名，她还挺认真地出谋划策哩。她不止一次地说："评奖一定要尊重小读者的意见，作品是写给孩子们看的，写得好不好，孩子们最有发言权；他们的眼睛是雪亮的，往往是最好的评论家。"她还具体建议，请几所重点和非重点的中小学老师，把列入备选篇目的作品当作作业布置给学生看，然后召开座谈会，听取他们的意见。你看，她老人家考虑得多么细致周到！以《寄小读者》驰名文坛的冰心，心中永远装着小读者，她深情关注城市与农村、边远山区与少数民族小读者群不同的阅读能力、欣赏趣味、语言习惯，真正把小读者的需求和利益放在第一位。

"给世界爱和美"，是冰心老人遵循的创作原则，也是她信奉的人生哲学。

她把毕生的心血和爱倾注在下一代的健康成长上。老人不仅用自己充满爱心的、富有艺术魅力的作品哺育了几代小读者，而且言传身教，鼓励孩子们做一个正直的人，一个道德高尚、情操优美的人。同老人的多年交往中，我从她质朴的谈吐、一点一滴的小事上，为她特有的玉洁冰清的人格魅力所打动。

近10年来，冰心老人由于腿疾，行动不便，不能像五六十年代那样深入到孩子中去。但她依然通过书信往来，同孩子们保持着密切的联系，感应他们的脉搏，倾听他们的心声。她告诉我："小朋友常给我来信，我年轻时，他们称呼我为冰心女士，后来称我为妈妈，现在叫我奶奶了。小朋友的来信，我不能一一答复。我给他们复信，一是要他们不要写错别字，不会写的字查查字典；二是让他们不要用公家的信纸信封。"她回忆小时候总见到父亲的办公桌上放着两摞信：一摞是处理公事的；另一摞是私人信件。公私分得清清楚楚，不占公家便宜。"做父母的要从这些小事上注意教育孩子。贪污、腐败、不正之风，不正是从这里打开缺口的嘛！"老人这番语重心长的话，不是很值得为人父母的，包括我自己深长思之的吗？

我还清晰地记得，初春时节，一天清晨，冰心老人给我打来电话，说是四川将举办巴金创作活动60周年展览，让我请作协有关同志代她送一只红玫瑰扎成的花篮，飘带上写"巴金老弟"，而不要写"巴金同志"。接着，她斩钉截铁、毫不含糊地表示：事情请你们包办，但所花的钱，不要你们包，由我自己付。正是在这样一些看来琐细的事情上，显示出冰心超凡脱俗、卓立鸡群的品德修养。

有一次，当我谈起培养独生子女的健康人格成了当今社会的热门话题时，冰心兴致勃勃、娓娓而谈她教育子女的体会："在我们家里，我从来不拆阅子女的信件。有些事，他们倒是主动征求我的意见，甚至把他们的朋友领回家来让我看。我从不干预他们的事，让他们自己做主。"老人对子女的教育，既不是娇生惯养，也不是强制压服，而是晓之以理，同他们商量，让他们独立自由地发展。她教育子女从小热爱自己的祖国，长大成人，要热爱自己的事业，敢于讲真话，不信邪，不怕压。她告诉我："我的三个儿女都懂得自爱，没有一个变成懒汉、流氓。他们虽然不是共产党员，但都热爱自己的本职工作。一个儿子、一个女儿通过差额选举，还被选为北京市人民代表。小女儿在人代会上，曾投过唯一的弃权票和反对票，说明她是敢于独立思考，做出自己的抉择的。”说到这里，老人脸上露出欣慰的笑容。我也打心眼里赞佩她老人家培养出这么三个爱国敬业、有作为、有出息的好儿女。

冰心老人很重友情，讲信义，对朋友的关怀真可说是无微不至。她同巴金、萧乾等老友亲如手足的友谊，已传为文坛佳话。她还拥有一批从三四十岁到六七十岁的情投意合、过从甚密的“小友”。同时，她还联系着一批天真可爱的小读者和少年文学爱好者。她长年生活在温情脉脉、妙趣横生的友情氛围里。当一位小友称颂她 90 高龄依然思维敏捷、照样写作，是创造了吉尼斯纪录时，她干脆利落地回答：“我就是靠大家的友谊。”

庆贺冰心老人 92 岁寿辰之际，有位朋友为她特制了一张创意新颖、富有喜庆色彩的名片，粉红颜色，香味扑鼻，正面用烫金钩出一个醒目的寿字，背面印有冰心题签的“有了爱便有了一切”，共印了 92 张，象征 92 岁。老人把这数量有限的名片分送给自己喜欢的新朋老友，我也有幸得到编号为“43”的一张，上面老人一笔不苟地写着：“沛德留念　冰心”。我接过这张名片，顿时觉得一股爱的暖流涌上心头。在辞别归来的路上，我反复咀嚼着冰心老人不止一次对我讲过的那些朴素而又蕴含人生哲理的话语：

“我虽不是共产党员，但我深深地爱祖国，爱人民。”

“我有许多好朋友，有党员，也有非党员，有老友，也有小友，我喜欢讲真话、爱憎分明、不争名争利的人。”

“我能活到九十多，脑子还清楚，就是因为乐观，从不和别人争什么。”

“世界是属于年轻人的，要教育他们从小爱祖国，爱人民，爱大自然，爱亲人朋友……”

“我已这么一大把年纪，还有什么可怕的，我是真正的‘五不怕’。”

冰心老人这些闪光的、掷地有声的话语，永远激励我们做一个堂堂正正、清清白白的人。这也是老人赠予孩子们的一份珍贵的、沉甸甸的礼物。当此为她老人家送行之际，我要和小朋友一起，真诚地道一声：谢谢冰心奶奶！

1999 年 3 月 8 日

默默耕耘七十三春秋

——怀念陈伯老

在儿童文苑不知疲倦地耕耘了73个春秋的老园丁陈伯吹同志，告别他情有独钟、毕生为之奋斗的儿童文学事业，悄悄地走了。十多年前，在他年近八旬时曾郑重宣示："尽我余年，全力以赴，全速前进，跑毕全程。"现在他犹如一个优秀的马拉松运动员，终于如愿地胜利到达终点。尽管他在从事儿童文学工作时间之长、涉猎儿童文学领域门类之广（兼及创作、理论研究、编辑、翻译、教学、组织工作诸方面，而创作又包括诗歌、童话、小说、散文、报告文学、寓言、剧本等多种体裁样式）上，都创造了前所未有的纪录，然而他一点也不愿炫耀自己的成绩。我们仿佛看到他一如既往地面露慈祥和蔼的笑容，十分谦逊地说："我是当代中国文学大军中的一个小兵丁，做得还很不够，要向同志们学习！"这就是陈伯吹老人的本色，怎能不令我们这些后生晚辈肃然起敬！

我少年时代就读过北新书局出版的童话《阿丽思小姐》《波罗乔少爷》，但当时并不在意作者陈伯吹的名字。50年代中期，我在中国作家协会创作委员会参与《儿童文学选》的初选工作，读到陈伯老的童话《一只想飞的猫》，曾情不自禁地为之拍手叫好。陈伯老出版于50年代末的《儿童文学简论》，更是我涉足儿童文学论坛之初细读过的一本好书。进入新时期，当陈伯老得知1957年发表于《文艺报》的《情趣从何而来？——谈谈柯岩的儿童诗》一文的作者舒霈就是我时，显得特别高兴、亲切，一种同行、同志的情谊很快地把我们联结到一起。在80年代中期，作协书记处分工我联系儿童文学界之后，我同陈伯老的交往就多了起来，经常有机会当面聆听他的教诲，并时有书信往来。

陈伯老为中国作协理事、顾问、儿童文学评奖顾问，一向热情关注、支持作协儿童文学工作，不时给以指点和引导。前些年，他不止一次地谈到，新时期儿童文学已经起步了，但真要腾飞起来，关键在于领导。他对文联、作协、新闻出版部门没有使足应有的力气来推动儿童文学的发展深以为憾，大声疾呼："这张有力的一翼该好好地鼓一鼓了吧！"他屡次给我写信，满怀热情地鼓动："20世纪90年代快过去了，新的世纪即来，我们应努力向前，多跨进几步才是"，"世界各国、各个地区都在动，我们也得加一把劲！""奋发有为，才能赶上形势"。他老人家寄希望于我和我兼职的作协儿童文学委员会。可是，我人微言轻，力薄势单，加上一些说不清、道不明的原因，始终没能干成几件有利于推动儿童文学发展繁荣的实事。至今我抱愧不已，深感辜负了陈伯老的热切期望。好在近些年在江泽民总书记繁荣少儿文艺等"三大件"指示的鼓舞下，儿童文学创作、出版呈现活跃向上的态势，作家创作热情饱满，不少文学新人崭露头角，预示着儿童文学又一春的到来。我想，陈伯老与世长辞前，得知这些喜讯，当会感到无限欣慰的。

在陈伯老的创作实践和理论研究中，我们可以清晰地看出，他既强调对孩子思想品德的教育、性格情操的陶冶；又注重传播科学知识，培养科学兴趣，提高审美能力。我记得，1988年之夏我和陈伯老同在北戴河创作之家小住。一天傍晚在海滨边散步边漫谈，他不无忧虑地向我谈起，现在有些少年小说描写少男少女所谓的"朦胧爱情"，尽管它可以占有一席之地，但热衷于此，搞过了头，未必有益于少年儿童的身心健康。他以极其鲜明的态度，斩钉截铁地说："儿童文学虽是派生于文学的一个组成部分，但儿童文学又不能不受制于教育。"从这里我深切地意识到一个儿童文学老前辈关怀未来一代健康成长的社会责任感和历史使命感。

年届耄耋的陈伯老，他的思想观念与时代同步，紧跟科技迅猛发展的新时代。他在儿童文学界，是科学文艺热情的倡导者、鼓吹者。早在1984年底中国作协第四次会员代表大会期间，他先在上海代表团的分组讨论会上就发展科学文艺做了发言；然后又连续两天清晨三点半起床，赶写出题为《在儿童文学阵地上，高举起科学文艺的旗帜》的书面发言，让我转交大会简报组。

他说，历史大变革时代，应当重视智力开发和智力投资，使少年儿童在获得文学欣赏的美的享受的同时，又能不太费力地记取有用的科学知识和技术，使之从小就对科技有感情，有兴趣，日长月久，自然而然地爱科学、钻研科学、运用科学，成为四化建设的勇士和闯将。我还记得，在80年代后期，陈伯老曾为一篇科学文艺作品在中国作协首届儿童文学奖中落选而仗义执言。他尖锐地批评作协那次评奖忽视了科学文艺的教育价值、认识价值，没有把它提到战略高度来认识、估量。一向谦虚平和的陈伯老，为了宣扬发展科学文艺的重要意义，捍卫优秀创作成果，直言不讳，毫不含糊。他那种顽强执拗的精神实在可敬可爱。

中国老一代知识分子都是安于清贫、严于律己的，陈伯老就是一个典型的代表。他平常省吃俭用，过着极其简朴的生活。但他在80年代初却毫不犹豫地把近60年来积蓄的稿费收入55000元拿出来，作为儿童文学园丁奖的基金，后来，由于货币贬值，利息有限，这项评奖几乎难以为继。他在1989年给我的一封信中说："我的捐款，受通货膨胀的影响，愈来愈贬值……1980年我的捐款几乎可购三幢房子，如今则半幢也买不到了，令人气短！徒呼奈何。"当时我读着这封信，不禁潸然泪下。陈伯老为了鼓励优秀创作，奖掖文学新人，真是愁白了头、操碎了心啊！所幸的是这项评奖——陈伯吹儿童文学奖在有关部门的帮助支持下一直正常运转、如期举行，至今已举办了16届。陈伯老企盼的通过评奖促进作者写出高质量、具有国际水平作品的愿望，在不远的将来一定会实现。内容健康向上、富有艺术魅力的儿童文学精品一定会在亿万小读者心中生根、开花。陈伯老，您安心地、慢慢地走吧！

1997年11月7日

新中国儿童文学奠基人
——忆念张天翼

张天翼，是一个在我国现当代儿童文学史册上光彩熠熠的名字。他是20世纪30年代崛起、成就卓著的童话大家，是新中国儿童文学的奠基人之一，也是20世纪50年代我国儿童文学的领军人物。

开国之初，天翼同志就满怀激情、不遗余力地为少年儿童文学鼓与呼。50多年过去了，至今我的耳边依然萦绕着他在第二次文代会上发出的“为孩子们写一点东西”的深情呼吁。他那篇题为《我要为孩子们讲一句话》的文章在《北京日报》《光明日报》《人民文学》杂志相继发表，引起文学同行和社会各界的广泛关注。1955年9月16日，《人民日报》发表题为《大量创作、出版、发行少年儿童读物》的社论后，中国作协主席团采纳天翼、金近同志的建议，向全国会员发出呼吁，要求每一位作家在一二年内为少年儿童读者至少写一篇作品。天翼同志身先士卒，率先订立创作计划，如期为孩子们奉献出堪称童话杰作的《宝葫芦的秘密》。由于众多作家加入为少年儿童写作的行列，从而迎来我国当代儿童文学第一个黄金时期。面对50年代我国儿童文学的累累硕果，我们不能不想起天翼同志为之倾注的热情和心血。

20世纪50年代初，天翼同志从香港回到北京，住在东总布胡同22号全国文协主楼侧院的一座小楼里。那时，我在文协创委会工作。每当在办公室听到欢声笑语，抬起头来，总会看到一拨系着鲜艳红领巾的孩子连蹦带跳地通过回廊，走向天翼同志住的那座小楼。孩子们亲热地称呼天翼同志为“老天叔叔”，把自己的喜悦、苦恼、心里的秘密无保留地向他倾诉。天翼同志也经常到学校参加他们的队日活动和家长会，有时还和孩子们一起到北海公园、颐和园去玩；并认真听取孩子们对自己作品的意见。共青团中央少年部、《中国少年报》和老师、辅导员也常向他介绍孩子们的思想、生活、学习情况。这样，鲍家街小学红领巾班、北师大女附中天翼文学小组，就先后成了天翼了解、熟悉孩子、从事儿童文学创作的生活基地。

天翼同志历来重视深入生活。他在一次儿童文学座谈会上说：从事少年儿童文学创作，不仅要了解一般的生活，还要了解孩子们的生活，了解他们的兴趣、习惯，他们看问题的角度和深度，他们的语言。只有这样，写出的作品孩子们才看得懂、愿意看。他还深有体会地提出：作家和孩子们接触应该具备三重资格——像他们的父母一样，像教师和辅导员一样，像知心朋友一样。正因为长期同孩子交朋友，以平等的态度对待他们，真心实意地关心他们，对孩子的生活、心理和语言了然于胸，所以，他在短短的几年（1951—1956）时间里，接连发表了小说《去看电影》《罗文应的故事》《他们和我们》、童话《不动脑筋的故事》《宝葫芦的秘密》、剧本《蓉生在家里》《大灰狼》等一批让孩子们受益又爱看的作品。这些作品成功塑造了贪玩、管不住自己的罗文应、想借助宝葫芦要什么有什么的王葆、不动脑筋的王大化这样一些个性鲜明的生动形象，丰富了我国当代儿童文学的人物画廊。如果说在30年代写出《大林和小林》《秃秃大王》，是天翼同志儿童文学创作的第一个高潮的话，那么，50年代写出《罗文应的故事》《宝葫芦的秘密》，则是他的第二个创作高潮。张天翼以其贴近孩子生活、人物形象生动、表现手法夸张、语言流畅风趣的作品，赢得了小读者、大读者和同行们的赞扬和爱戴，很自然地也当之无愧地成为新中国儿童文学的领军人物之一。

作为50年代儿童文学领军人物的张天翼，他的作用和影响，还表现在对当年儿童文学工作的组织和推动上。1953年，全国文协设立创作委员会，作为具体指导文学创作活动的机构，创作委员会按照会员从事的文学体裁，分别设立小说、散文、诗歌、剧本、电影文学、儿童文学、通俗文学等创作组，作为作家进行创作和学习活动、互相联系和帮助的一种方式。天翼同志是创委会委员、儿童文学组干事会成员和组长。当年天翼身体欠佳，但在干事会另一成员、副组长金近的大力协助下，儿童文学组还是生气勃勃而卓有成效地开展了不少活动和工作。我记得，曾研讨过《鹿走的路》《金斧头》等作品，讨论过童话、民间故事、儿童读物的创作、出版等方面的情况和问题；还举办小型讲座，请叶圣陶等前辈来讲课。儿童文学组成员较少，总共只有十多位，其中还有一些不能经常参加活动。因此，吸收非会员中有写作才能的青年文学工作者参加，更多地着重于对青年作者的培养、教育和提高，就成了儿童文学组活动的一大特色。50 年代成长起来的一些儿童文学作家、评论家，如今已年届耄耋的杲向真、葛翠琳、陈子君、赵镇南等，当年都是参加儿童文学组活动的积极分子。他们有机会向有经验的老作家学习，逐渐提高自己的水平，后来相继成为中国作协会员。如今这些作家谈起这段经历，对天翼同志等前辈给予的帮助、指教，都还感念不已哩。

天翼同志对青年作者的培养，十分注意把作文与做人、文品与人品统一起来，女作家李惠薪的成长，就是一个生动的、具有说服力的例子。李惠薪是北师大女附中天翼文学小组的一员。她在中学时代就开始创作，1950 年读初一时写了第一部长篇小说《春天的花朵》。她带着这部长篇草稿向老天叔叔请教。在老天叔叔的帮助指导下，这部小说的第四章《枣》得以先行发表。李惠薪将所得全部稿费，捐献给正在进行抗美战争的朝鲜儿童。对此，金日成将军来信赞扬她，她写了散文《金日成元帅来信了》登在《北京日报》上，成了当时引人瞩目的一则新闻。天翼同志一直关心她，帮助她，同她保持联系。当李惠薪把中学时代陆续发表的《鱼和菊花》《小队的秘密》等作品结集为《枣》出版后，天翼同志给她写了一封情真意切的信。在信中谆谆告诫她："你写的东西也许有一天会给送到什么选本里面去。我预先提醒你，切不要因此骄傲自满，以'作家'自命。发表的文章愈多，读者愈多，就愈要警惕自己的自满情绪，愈要感到自己对读者的责任，应当具体体会到：一切工作（写作在内）都是为了替群众做事。"李惠薪没有辜负老天叔叔的期望，在创作道路上一步一个脚印、踏踏实实地向前行，1956 年参加了全国青年创作者会议，1965 年又参加全国青年业余文学创作积极分子大会，后来还被选为北京市政协委员、北京市作协理事。她是内科大夫、教授，一直坚持业余创作，出版了多部长篇小说。其中《澜沧江畔》是天翼同志"文革"后期被宣布"解放"后帮助其修订、出版的。

加强对儿童文学作品和创作问题的研究，关注青少年的文学阅读，也是天翼同志一直萦绕于怀的一件大事。我记得，1955年冬去春来之际，我所在的创委会秘书室收到《中国青年》杂志社转来的一封青年读者来信。读者在信中要求作家为孩子们写作，要求有关方面注意黄色书刊怎样毒害孩子们的问题。创委会秘书室回复后将此信转天翼同志参考。天翼同志在《文艺报》发表的《"作家们不要再沉默了"》一文谈及这件事。他直率地指出，仅仅复一封信是不解决问题的，"重要的是，我们怎样用实际行动来答复他们。"他"希望我们大家都能对这方面稍为注意一下。尤其希望像创作委员会秘书室这样的机构和《文艺报》这样的刊物能对这方面稍为注意一下"。在天翼同志的提醒和督促下，创作委员会把了解、研究儿童文学创作情况和问题列入自己的工作日程。50年代中期，我写了《幻想也要以真实为基础——评欧阳山的童话〈慧眼〉》《情趣从何而来——谈谈柯岩的儿童诗》，正是在创委会期间分工阅读作品、有感而发之作。可以说，我涉足儿童文学评论，固然与赵景深、严文井等前辈的启蒙、教诲分不开，也与张天翼对创委会秘书室提出的关注儿童文学的要求分不开。

回望过去我国当代儿童文学走过的一条光荣的荆棘路，喜见今日儿童文苑生机盎然的景象，我们越发深切地体会到，作为开拓者、奠基人的张天翼功不可没。

2006年8月26日于北戴河

水仙花开怀郭风

辞旧迎新的春节假期，面对着窗台上亭亭玉立、婀娜多姿、散发着缕缕清香的水仙花，我情不自禁地想起了不久前与世长辞的郭风先生。前些年，每逢寒冬腊月，我总会收到郭风从福州邮寄或托人捎来的又大又壮的水仙球茎，一次又一次真切感受他寄寓的那份诚挚、温馨的情谊。如今，他老人家驾鹤远行，从此再也无缘与他鱼雁往还或促膝谈心，怎能不让我感到怅惘与哀伤呢！

20 世纪 50 年代，我在中国作家协会创作委员会工作期间，分工阅读各地出版的文学书刊。当时，就曾读到郭风发表于 1957 年 3 月《人民文学》上的《散文五题》和散文集《搭船的鸟》《洗澡的虎》、童话散文诗集《蒲公英和虹》等。他以饱蘸深情的笔触描绘大自然的鸟兽草木，赞美祖国、故乡的风土人情，意境之隽永优美，语言之简洁清新，确实令人叹服。我接触郭风的作品虽然较早，但是有缘“识荆”已是在改革开放之后的 80 年代初。

我记得，1981 年春，中国作协创联部为了调查了解青年作者的思想、创作、生活状况，派我去福州参加福建青年文学作者座谈会。在我下榻的一所简陋的干部招待所里，我第一次见到时任作协福建分会主席的郭风。他衣着朴素，仪表端庄。由于他知道我在 50 年代写过评论柯岩的儿童诗等文章，同儿童文学有缘，因此一见如故，亲切地、无拘无束地交谈起来。他不无欣喜地告诉我：最近福建省委对文艺工作提出了“放异彩，出人才”的要求；主要负责同志还谈到三个“刚刚”，即文艺界思想刚刚解放，百花刚刚萌芽，大地刚刚复苏，要爱护作家、艺术家，珍惜来之不易的大好形势，用和风细雨、批评与自我批评的方法来解决文学艺术上的问题。郭风按照这个精神主持召开了青年作者会,并做了会议小结。他把发现、培养文学新人看作一项战略性的任务,关注青年作者的健康成长。他鼓励青年作者深入到生活中去，不仅建立自己的生活基地，还要想方设法到外县、外省走走、看看，以开阔眼界。他还希望青年作者对写社会主义新人不要理解得过于狭窄，不只是写雷锋、张志新、乔厂长式的英雄、先进人物，还要写各式各样默默无闻、无私奉献的普通劳动者和知识分子，使社会主义新人形象、性格更加多样化。首次与郭风相识相知，我发现他不仅是驰名当代文坛的散文家、儿童文学家，同时还是一位很有见地、经验的文学组织工作者。回到北京后，我把福建培养业余青年作者的做法和经验写成情况简报，引起作协领导的重视，当即让创联部向作协各地分会介绍、推广。

同年冬天，郭风作为中国作家代表团的一员，与于黑丁、李纳、唐达成、晓雪、金哲、叶文玲等一起访问了菲律宾。代表团返国后，我到翠明庄中组部招待所看望郭风。郭风真是虔诚的大自然之子，对自然万物、花卉草木情有独钟。他兴致勃勃地向我谈起在菲律宾随处可见的紫花盛开的睡莲、五彩缤纷的热带兰花、鸡蛋花树，还有总统府前草坪上那棵青苍、魁梧的榕树。他说，旅馆大厅池中的彩色鲤鱼、公园里的人造鸟窝、博物馆里的热带蝴蝶标本，都引发了他童话般的想象。他还告诉我，他参加了两次菲律宾人的婚礼：一次是菲三军参谋总长儿子极为隆重、豪华的婚礼；另一次是普通人家简朴却喜气洋洋的婚礼，使他从一个侧面真切了解到菲律宾的风俗人情。聆听郭风这次谈话，结合平时阅读他作品的印象，我清晰地领略到：热爱大自然、拥抱大自然的仁慈胸怀，一双锐敏的、善于捕捉自然界鲜活生命的慧眼，还有那孩子般特有的情趣和幻想，正是郭风的散文、散文诗具有艺术魅力的奥秘所在。

从80年代初中国作协书记处安排我联系儿童文学工作后，与郭风的交往就更密切了。每次他来北京参加作协代表大会、理事会、创作座谈会或工作会议，我们总有机会见面叙谈。虽然那时我还在工作第一线，常常由于繁杂的会务缠身而不能更从容、深入地和他谈心。但“心有灵犀一点通”，只要一谈起儿童文学就滔滔不绝，关不住闸门了。他热情支持我做儿童文学的组织工作，热切希望我为鼓励儿童文学创作、发现儿童文学新人，多做些扎扎实实的工作，多写些“既富引导性，更具创见”的文章。他在赠我《郭风散文选》一书时，特别叮嘱我看一看这本书“前言”中的一段话：“我想流露一点隐秘于心底的衷情：我，要是听见有同志称我为儿童文学作家，或赞我有志于儿童文学创作之道时，往往深感宠幸；心中正或生出一种儿时受母亲称赞一般的欢喜之情。真的有这种心情。我自己勉励自己，不要小视儿童文学作品，要多多为孩子们认真写出作品。我亦视温柔敦厚为美德。但凡有意贬损儿童文学者，我欲投以轻蔑。”他那对儿童文学钟爱、尊崇之情溢于言表，多么令人感到亲切、可敬可爱呵！郭风还特别赞赏施蛰存先生为《巨人》丛刊题词时写的一句话：“儿童是赤子，希望儿童文学作家笔下留神，不要损伤了赤子之心。”他说自己几十年来就是本着这种认识和精神来为孩子们写作的。从他的谈话和文章中，我越发深切地感悟到：对儿童文学重视还是轻视，爱护还是贬损，可说是衡量一个作家、一个领导者是否关爱下一代心灵成长的一把尺子，也是衡量一个民族、一个国家文明发展程度的一个标志。郭风的言传身教，使我在儿童文学工作中不敢稍有懈怠，该说的话一定直率地说，该做的事一定努力去做，力求不辜负郭风和同道、同行们对自己的厚望。

郭风是一位久负盛名的散文大家。他的《郭风散文选集》，曾与冰心、季羡林等前辈的作品一起，荣获首届鲁迅文学奖全国优秀散文杂文荣誉奖。我在工作之余，特别是退休前后，除了写点儿童文学评论外，也多少写一点散文。在散文写作上，曾不止一次地得到郭风的鼓励和指点。90 年代初，我出了一本文学评论集。在这本书的“后记”中，我表达了自己投身文学战线 40 年，在创作上、理论上均毫无建树，不能不自惭形秽。同时抒述了自己年近花甲，即将“到站下车”，却又遭癌症无情袭击，重病初愈后不能随心所欲地读书、做事而涌出的一丝悲凉情绪。郭风收到我题赠的拙著后，在回复我的信中写道：“拜读了‘后记’，既感到亲切、真挚，以为这是一篇好散文，也（让我）百感交集。”“其实，你的文学成就是很高的，只是你一贯谦逊，一直对自己有严格要求。”隔了一段时间，我又寄去拙作散文《相见时难别亦难》《两岸同窗情》《花不完的六十万》《怀念冯牧》等，向他求教。他在回信中再次给以肯定和鼓励：“我以为，您的散文，写得十分真切：真情、真感受，极朴实、朴素。此等作品，与若干散文作品中出现的浮躁之气，是一种‘挑战’，十分钦佩。”当他读到我写的《我当秘书的遭遇》一文后，又来信称赞：“大作一口气拜读了，引人深思。就文风而言，写得朴实、真挚，一如您的为人，更是感人。”我在这里之所以不避“王婆卖瓜”和似有借重名人抬举自己之嫌，一而再、再而三地引录郭风的来信，主要是为了说明郭风对拙作散文言简意赅的点评，不仅激励了我学习写散文的热情，而且坚定了我在散文写作上讲真话、抒真情，力求写得平实、朴素的信心。世纪之交，我陆续写了若干篇记述个人经历、师友风采、异域游踪的散文，都是向着力求感情真挚、文笔朴实这样一个标杆跨越的。这些文章后来汇集成我的第一本散文集《龙套情缘》。这本小书简要记述了我人生历程的若干片断，并约略勾勒了文坛风雨的某些侧影。此书问世后，得到了文友、读者的好评。此时，郭风又写来一封情真意切、备加赞扬的信，读后实在让我汗颜：

沛德同志：

您好。大札到后，过许多天才收到大著。用两天时间，拜读您的这部新著。觉得此书朴实、真切、亲切，自成散文之一格，自成一种难得可贵的个人风格，甚是钦佩。如说读《龙套情缘》，似读半部当代（中国）文学史，也许“过份”，但我以为治中国当代文学史者，不可不读此书，文学界人士不可不读此书。谢谢。

握手

郭风

二〇〇一年九月二十四日

多年来，承蒙郭风垂爱，不仅在散文写作上不吝多次赐教，而且经常以新出大著相赠。在我的书柜上，如今整齐地排列着郭风题赠的散文、散文诗、儿童文学集子、选本，不下十五六册，从早期的《英雄与花朵》《你是普通的花》到进入耄耋之年所著《汗颜斋文札》《八旬斋文札》，一应俱全。郭风在散文、儿童文学天地里苦心经营了七十个春秋，在文体、表现形式、表现手法上坚持不懈地探索、创新，取得了引人瞩目的成果。富于抒情性、乡土气息的散文诗《叶笛集》，颇具哲理性的随笔《晴窗小札》，把童话、散文、散文诗糅合在一起的童话体散文《松坊村纪事》《孙悟空在我们村里》等，都是有口皆碑、具有较为恒久的艺术生命力的精品力作。可以看出，无论他在体裁、形式、表现手法上怎么发展变化，"万变不离其宗"，他始终把"思想欲求其深刻、新鲜。情感欲求其真切，出于自然流露。语言能准确表情意"，"具有时代特色、民族特色（中国气派）、乡土特色以及作家个人的艺术特色"，作为自己毕生追求的艺术目标。

读郭风的散文，我读出了它的新鲜、真切、自然、平易，这是郭风的文品，也是郭风的人品。这也正是我在为人、为文上应当学习、追求的品质。

郭风不止一次称我为"我国儿童文学界重要的领导人之一，更是儿童文学理论建设的功臣""众所景仰的儿童文学评论家和有力的组织者"。这显然是过誉了，未免让我脸红。我与这些称谓、头衔、评价相距甚远，只能把它看作一个长者、前辈对后来者的鞭策和期许。我深知自己这么些年仅仅是在力所能及的情况下，为儿童文学的生存、发展呼喊呼喊而已。

我一向敬重的郭风先生走了。此时此刻，作为后生晚辈和忘年交的我，由衷感谢他馈赠我的冰肌玉骨、飘散淡淡清香的水仙；感谢他启迪我以从事儿童文学为荣，不要损伤赤子之心；感谢他鼓励我坚持真挚、朴实的为文之道；感谢他导引我始终关注青年作者的成长。永别了，郭风先生，您慢走！

2010 年 3 月 9 日

可亲可敬的任溶溶老兄

任溶溶是驰名文坛、成就卓著的儿童文学作家、诗人、翻译家。我和他相识相交已达三十个春秋。他比我大七八岁，在我的心目中，他是一位可亲可敬、名副其实的老兄。

二十多年前，在南京秦淮河畔，我和任溶溶一起参加《未来》儿童文学丛刊编委会，同住一间房。我俩曾不止一次推心置腹地彻夜长谈，各自诉说个人的经历、遭遇、兴趣爱好，顿然感到我们的心灵是相通的。我为结识这么一位胸怀坦荡、生性幽默的好友而深感荣幸。从那以后，尽管见面不多，但一直保持联系，或通信、赠书，或一起参加会议。尤其难以忘怀的是：从秦淮河畔那次长谈后，他按期给我寄赠自己参与编辑的《外国文艺》，一直到他退休为止。每当我想起一位七八十岁的老人，二十多年如一日，亲自写名签，装信封，为我邮寄这本刊物，占用了他那么多宝贵的时间，我就会感动而又不安。

十几年前，他赠我大著代表作选集《给我的巨人朋友》，在签名、赠书日期之后，特地在扉页上写了一行："我已七十岁了！"在一篇随笔中我曾写到这件事，并期盼在他八十岁、九十岁时还能得到他题签的赠书。真是有幸，一年前，我的梦想成真了。我在上海探亲期间，去他寓所拜望，如愿得到他面赠的译作诗集《什么叫做好，什么叫做不好？》。这次他在扉页上写的是："束沛德老兄留念　任溶溶 2011.4.27　时年八十八"。年届耄耋的任溶溶依然思维清晰，精神矍铄。如今我又衷心期盼当他成了百岁寿星之际的赠书了。当然，这还要看我能不能等到那一天、有没有这个福分了。

任溶溶对儿童文学情有独钟，一辈子把自己的心血、精力奉献给了为小孩子写大文学的事业。改革开放之初，他年近花甲之时，就有一种时不待我的紧迫感，情真意切地表示：“人老了，时间少了，该为孩子和儿童文学事业多干点活”。近三十多年来，他又创作和翻译了多少为孩子们喜爱的优秀作品啊！步入望九之年，他仍“天天想写”。从《文汇报》《新民晚报》《文学报》等报刊上不时能看到他写的儿童诗和忆旧怀人的散文随笔。他不仅自己坚持笔耕不辍，而且继续以深挚的感情密切关注着儿童文学事业的发展。去年初冬时节，在给我的一封信中写道：“我如今关心的也只有儿童文学，希望大作品出世，好像也不容易。我只希望年轻的儿童文学工作者修养越来越高。儿童文学也是文学，文学修养不能降低。但是又怕把成人文学的一套照搬到儿童文学中，失去儿童文学的特点。您看我是不是在折腾自己啊？”从这里可以清晰地看出，任溶溶老兄期盼的是富有文学品质、艺术魅力的儿童文学经典之作、传世之作的问世，关注的是年轻作者思想、学识、艺术素养的提高。他确实是无时无刻不在为儿童文学的发展、提高殚精竭虑啊！

我长期从事儿童文学的组织工作，由于年龄关系，几年前从中国作家协会儿童文学委员会的岗位上退了下来。在一些场合，我曾向一些同事、朋友表示：今后将逐渐淡出儿童文苑。当任溶溶得知我这一想法时，当即写信诚挚地鼓励我：您可不该“淡出”，应当继续为儿童文学鼓与呼。他向来重视儿童文学的组织工作。他对我说：“儿童文学界光有冲锋陷阵的虎将、猛将、大将不行，还要有摇羽毛扇的、诸葛亮式的人物。出主意，提建议，登高一呼，带领队伍前进。”“做组织工作的，要懂行。如今一些文学团体的领导，往往只讲政治，很少谈文学。”他称赞胡德华、任大霖等自己能写，又热心地做了不少组织工作，不无感慨地说：“现在愿意牺牲自己创作的人太少，往往忙于写自己的东西，不愿做组织工作。”

去年五月，我赠以拙著《束沛德谈儿童文学》，他在回信中写道：“您一直指导并领导这一工作，是位内行，成绩有目共睹。但您总说自己‘跑龙套’，‘打杂’，实在太谦虚，也可以说是太书生气。不管怎么说，我是真心尊敬您，感谢您的。我真高兴儿童文学有这样的好领导！更希望您继续关心儿童文学，出好主意，多提挈新人。”在这里我之所以不避借重名人抬高自己之嫌，倒不是真以为自己是什么“领军人物”，做出了多大成绩，只是为了说明文学组织工作不可或缺，而且越来越得到作家的认同、理解和尊重。为了儿童文学的发展繁荣，需要有人心甘情愿来挑这个担子。

任溶溶多次谈起，上海理应为发展儿童文学多做点贡献，他希望我多关心上海的儿童文学工作。他还说起，您20世纪50年代，就写文章评论、推荐柯岩的儿童诗；对当今新出现的优秀儿童诗，也应该及时评介，为儿童诗的发展鼓鼓劲。是啊，尽管我不愿辜负任溶溶老兄的期望，但毕竟年届八旬，未免力不从心了。我是多么热切地期盼有更多年轻的有志者投身往往被冷落的儿童文学组织工作和评论工作啊！

2012年6月13日

兼具童心诗心爱心的洪波

高洪波是新时期之初涌现出来的一个生气勃勃、富有鲜明艺术个性的诗人、散文家、儿童文学家。我与高洪波相识相知已三十多年了。在我的印象中，他是个敏锐而机智、活泼而幽默、勤奋而坚持的人。

他在文学创作上是个多面手，能娴熟自如地运用多种文体写作，诗、散文、随笔、儿童文学、评论，他都拿得起、放得下。而在儿童文学这一领域里，他又涉猎诗、散文、童话、小说多种体裁。他驰骋于成人世界与儿童世界之间，左右逢源，得心应手，确实难能可贵。

洪波从事创作40年，收获颇丰。摆在我面前的《高洪波文集》八卷，充分展示了他的创作实绩，可说是枝繁叶茂，繁花似锦。

洪波在创作上之所以取得如此丰硕的成果，与他相对丰富的阅历、相当广泛的爱好分不开，也与他腿勤、手勤，勤于采风、勤于挥毫分不开。

洪波是老三届，当过兵，当过记者、编辑，又做过多年文学组织工作。记者、编辑生涯，养成他嘴勤、腿勤、手勤、脑勤的好习惯。爱好足球，喜欢打乒乓球，爱养猫养狗，钟爱古玩收藏，这丰富了他的业余生活。他是生活中的有心人，善于捕捉那些闪光的、有趣的事物，有所发现，有所感悟，随即诉诸笔墨。从他的文集中可以清晰地看出，他每到一个地方，或参加某项活动，几乎都留下了记录见闻、抒发感受的诗文。

去年初冬时节，在人民大会堂聆听胡锦涛总书记在九次文代会、八次作代会上的讲话，其中讲到："特别是这些年来，在党和国家举办的一系列大事喜事、应对一系列难事急事的过程中，总有文艺工作者辛勤奔忙的身影，总有文艺工作者创新前进的足迹，总有文艺工作者倾心奏响的时代的乐章。”当时，我脑海里立即浮现出高洪波的身影。这些年来，在抗“非典”、抗击冰雪灾害、抗击汶川地震第一线，在作家走军营、走长征路、走进红色岁月的采风创作活动中，高洪波都没有缺席，总是身先士卒，走在队伍的最前列，表现了很高的贴近实际、贴近生活、贴近群众的自觉性。对此我是十分感佩的。我想，正是他想方设法同人民生活保持着紧密联系，他的创作灵感、激情才源远流长，永不枯竭。

在从事繁重忙碌的文学组织工作的同时，依然紧握手中的笔，坚持写作，不断发表新作。这不是每个人都能做到的，我们往往会顾此失彼，为会议、公文日常事务所缠，不得不暂时搁下笔来。而洪波在这方面做得相当好，既完成了自己承担的那份工作，又始终笔耕不辍，发扬自己的优势和长处，不间断地写一些散文随笔、诗、低幼童话等。在他看来，“坚持是一种美丽”，“文学创作不仅需要热爱，也不仅凭天才和才气，有时需要的是坚持和固守。”多少年来，他正是按照自己的信念，坚持不懈地边工作边写作。他现身说法，工作与写作并非不可得兼，而是可以两全其美。这不能不让我由衷地赞赏。

洪波是一个有自己的创作主张，并富有独特文学风采的诗人、作家。他一直主张儿童文学应当是“快乐文学”，并努力把这一主张贯彻到自己的创作实践中去。“我希望自己的作品能愉悦孩子们的性灵，能启迪他们热爱大自然、小动物的爱心，能让他们幽默些、机智些、有情趣而不古板，能让他们生活得自由些、快乐些。”（高洪波：《发现儿童》）他的儿童诗《鹅鹅鹅》《我喜欢你，狐狸》《大灰狼，别怕》《懒的辩护》《爷爷丢了》以及幼儿童话中的不不兔、板凳狗形象，都写得幽默诙谐，情趣盎然，表达的确是作者“发自内心的智慧、机敏和幽默传达出来的快乐信息”，是他的性格、气质的自然呈现。

尽管洪波也年届花甲，但在年届耄耋的老人面前他还是一个小弟弟。不久前他从作协领导岗位上退下来，今后可以有更多的精力、时间读书、写作。我祝愿也相信兼具童心、诗心、爱心的洪波在创作上一定会更充分地施展自己的才华，登上一个新的艺术高地。

2011 年 12 月 1 日

第二辑　书海浅涉

中学生心灵之歌

——推荐《花季 · 雨季》

海天出版社出版的长篇小说《花季 · 雨季》问世后，即被誉为“90 年代的青春之歌”，在全国第七届书市上成为第一畅销书。短短半年，已累计印行 15 万册，似仍呈供不应求之势。

这是一本反映 20 世纪 90 年代深圳特区中学生生活的小说。作者郁秀是个初露才华的文学新秀。开始写这本书时，她年方十八，修改定稿时也才二十出头。作者生活在她的作品主人公中间，创作素材是从鲜活、沸腾、色彩缤纷的特区校园生活中采撷来的。她以真挚的感情、质朴的笔触叙述同龄人的故事，读来令人感到格外真实、自然、亲切、流畅，没有一点矫揉造作、虚情假意的痕迹，给当代文苑带来一股令人心旷神怡的清新之风。这部 30 多万字的小说谱写了一曲跨世纪新人的心灵之歌、希望之歌，格调明快，催人奋进，是当代少年儿童文学、校园文学中的上乘之作、优秀之作，也是近年来长篇小说创作的一个新的、可喜的收获。

“16 岁是花季，17 岁是雨季，是最美好、最活泼、最灿烂的时光。”小说写的就是一群风华正茂的少男少女的学习与生活、理想与追求、欢乐与苦恼。作者把中学生的生活天地、情感世界置于改革开放的时代背景、商品经济的汹涌大潮、经济特区的特殊环境之中来描写，用“少年一代在时代大潮涌动下茁壮成长”这根主线，把考试、秋游、知识大赛、课堂讨论、出板报、篮球赛、同窗情、师生恋这些色彩缤纷的校园生活与 90 年代初都市中学生亲历的移民、打工、炒股、出国、代沟、父母离异这些光怪陆离的社会生活交织在一起，抒写特区少年人在成长道路上不同的经历和遭遇，不同的追求和心态。校园内外的生活水乳交融地融合在一起，虽不能说是天衣无缝、无懈可击，但确是相当巧妙、妥帖的。

作品充满浓郁的生活气息和鲜明的地域特色。作者根据自己在深圳这片热土上的感受和体验，把社会转型期色彩斑驳的生活现象、矛盾冲突提炼、编织为生动的作品情节；并用一种新的观念、开放的眼光来认识、描述中学生遇到的那些新的、令人困惑或感到棘手的问题，给同龄人乃至父辈们以有益的启迪。书中描写高一（4）班文艺委员刘夏面对父母不幸婚姻的破裂，在男同学、好友王笑天的启发帮助下，冲破了没有爱情也要厮守一辈子的传统观念，冷静地接受了父母离异带来的冲击和考验。当爸爸妈妈让她做出今后究竟跟着谁的选择时，她的回答是："不要让我选择""属于我的，我都要"。她爱爸爸也爱妈妈，于是做出了在爸爸妈妈两个家分别住住的决定。这是多么理智、又是多么富有浓郁亲情的抉择！没有10多年的改革开放，没有10多年特区的两个文明建设，大概少年一代在家庭伦理道德观念上也不会出现如此明显的变化吧。

出国也是改革开放以来城市青少年中间的一个中心话题。书中描写面对出国潮的高一（4）班班长萧遥毅然放弃了在国外工作的父母为其提供的出国机会，明确地表示：只有凭自己的本事出去，才是唯一可接受的方式。他要在自己拥有那份财力、精力、智力、魄力时，才投入"洋插队"的潮流。小说清晰地勾勒了萧遥这个有抱负、有主见的少年的情怀，也对年轻人如何对待出国热这个热门话题做出了颇有见地、耐人寻味的回答。

年纪轻轻的郁秀，她那童稚而又敏锐的眼光也没有放过社会急遽变动中形形色色的人情世态。她根据所见所闻、所感所悟，在小说中对生活中消极、负面的东西做了适度的描写。这对帮助少年读者咀嚼人生、认识生活的复杂性也是很有好处的。"勤工俭学不容易"这一节描述高一（4）班同学萧遥、王笑天寒假参加勤工俭学，联手摆小摊出售旅游公司的处理品，没想到却被工商所当作非法经营而扣留，并要罚款千元。正在相持不下时，机灵的王笑天假装打了个电话到公安局，找他的爸爸王局长，工商所的"上司"以为真是局长秘书接电话，态度立即来了个180度大转弯，表示是一场误会，马上就放人了。当你读到这里，不免摇头叹息，一股苦涩之情油然而生；同时又不能不叹服作者真切地表现了严峻的现实。

《花季·雨季》刻画了一组家庭境遇、志趣爱好、性格气质各异的中学生群像。除了前面提到的萧遥、王笑天、刘夏外，还有以“吃得苦中苦，方为人上人”为座右铭的“英才生”陈明，信奉“没有钱万万不能”、绰号“活宝”的余发，事事缺乏自信的林晓旭，自称为“孤独的小鸟”的柳清。这同一班级的男生女生，对学业、打工、出国的不同态度，对友情、早恋、未来的不同追求，显示了各自的思维方式和个性色彩。在这组中学生群像中，我以为谢欣然这个品学兼优的女孩，给人留下更加难以忘怀的印象。为了家里解决进深圳的户口，谢欣然勉强跟着她那安分守己、讷于言辞的爸爸，带着一瓶XO人头马和几盒美国鹰牌花旗参茶去看望公安局王局长，恰好在那里遇见同班同学王笑天，没想到王笑天正是王局长的儿子。那一幕，把欣然的尴尬和她那即使“刀架在脖子上也不去”求情的心理揭示得淋漓尽致。在“被提升为拉长”这一节中，通过欣然假期到独资企业打工，接触日本老板、车间总管、打工妹所尝到的酸甜苦辣，很有艺术说服力地表现了她的成长过程。写她对英语老师上公开课要花招儿这件事，由反感到学会包容、豁达，则准确地表现出她在待人接物处世上的发展变化，使我们越发感到这个女孩感情世界真挚丰富，一天一天走向成熟。

郁秀熟悉了解中学生的阅读心理、审美情趣、欣赏习惯。她在艺术表现手法上做了一些尝试，比如用流行歌曲的歌词来表现主人公的心理、情绪，用一些外来语、方言来丰富作品的叙述语言和人物对白，这些都是少年读者喜闻乐见的。同时，这又是一本老少咸宜的书。它打开了一扇通向当代少年心灵的窗扉，做父母的、当爷爷奶奶的以及教师、少年儿童工作者可以从中更好地了解90年代中学生，特别是都市中学生的所思所想、所喜所忧，了解他们的向往、追求和独特的思维方式、行为准则。从而可以真正同他们进行平等的对话、心灵的沟通、感情的交流，在两代人之间架起一座相互理解、相互尊重的桥梁。有的论者把这本小说看作形象化的少年心理学，我看是不无道理的。

1997年3月23日

打开孩子的心扉

——喜读《我要做好孩子》

20世纪70年代末、80年代初活跃于儿童文苑的黄蓓佳，为孩子们写了《小船，小船》《阿兔》《心声》《芦花飘飞的时候》等中、短篇小说，这些作品以擅长于发掘、刻画孩子的美好心灵、富有抒情色彩而赢得好评。时隔10年多，黄蓓佳在从事多年成人文学创作、积累了相当的创作经验，并对少年儿童生活有了新的感受和体验之后，又一次拿起笔来为孩子们写作，奉献出一部洋溢新鲜时代气息、格调明朗的长篇小说《我要做好孩子》（江苏少年儿童出版社出版）。这表明黄蓓佳对儿童文学情有独钟，对未来一代怀有炽热的挚爱之情。

《我要做好孩子》这部小说取材于日常的学校、家庭生活，写的是一个六年级小学生和同学、老师、家长之间的一些普普通通、平平常常的事情，好像是信手拈来，全不费工夫。其实是厚积薄发，是作者多年来对儿童生活有了新的积累、真切体验后有感而发。在10多年前，黄蓓佳在《我寻找一支桨》一文中，极其清醒地意识到："我的生活是小船借以航行的河流。这河流太浅了，小船行驶过一段之后，似乎有了快要搁浅的危险，必须注入更多的水。"水的源头是儿童生活。这些年黄蓓佳往河道里注入了足够的水，现在她又划着自己的文学小船继续向孩子们心灵深处行驶了。

我读这部作品，深切地感到，作者是把孩子当作朋友，以一种亲切的、完全平等的态度来同他们对话。这样，她就能打开孩子的心扉，走进他们的内心世界。小说通过娓娓道来的生活故事，艺术地表现了十一二岁孩子们的追求和渴望、喜悦和苦恼，真实地反映了当代儿童的心声及其企盼得到成年人理解、信任的愿望。抒写小学生的真情实感，十分贴近90年代孩子的生活和心灵，正是这部小说的艺术吸引力、感染力之所在。

作品着力刻画的六年级小学生金铃，是我们似曾相识而又很有个性特点的一个普通女孩，她像是生活在我们周围的那群系着红领巾、背着沉重书包的高小生中的一个。金铃面对着做不完的作业，没完没了的考试，过于看重分数和名次的老师、家长，以及被逼着进强化训练班、学钢琴、减肥等等，所有这些，似是当代小学生共同的遭际和命运。她体能上、精神上承受的负担、压力，可说是烙有鲜明的时代印记。小说作者紧紧抓住金铃那大大咧咧、天真烂漫的性格与一味追求高分、升学率的教育环境之间的矛盾，和她那比上不足、比下有余的平平表现与家长、老师过高的期望之间的矛盾来编织故事情节。从这些矛盾冲突中展现主人公事与愿违的苦恼和不被大人理解、看重的委屈，揭示出她那单纯而又色彩斑驳的内心世界。当我们听到不堪重负的金铃发出“老鼠太可怜了，没有人喜欢的动物太委屈了！……我就是可怜的老鼠”，“做人有什么意思啊？除了学习还是学习，一点点快乐都没有，一点点自由都没有，还不如做一条蚕宝宝呢”这撼人心魄的呼唤时，越发深切地感到，沉重的书包不仅压弯了孩子稚嫩的肩膀，而且严重地压迫着他们整个的心灵。小读者读到这里，会为主人公倾吐出他们想说的心里话，宣泄了积淀在他们内心深处的苦涩、愤懑的感情而得到满足。而成人读者则不能不引起深沉的思索，回应孩子们真诚的、出自肺腑的期待理解和信任的呼唤。

黄蓓佳笔下的金铃，是一个善良、正直、机灵、有头脑的孩子，她可不是“窝窝囊囊”“烂泥巴扶不上墙”。作者用饱含深情的笔触，通过一些富有个性色彩、不同寻常的思想行为，如：自作主张地把一个没家的小女孩领回家；用自己仅有的一块两毛零花钱买了一支康乃馨送给病中的邢老师；为挨饿的蚕宝宝找桑叶而东奔西跑、翻墙越栏……揭示出她那重感情、富有同情心、纯真美好的心灵。尤为精彩、动人的是，作者从90年代孩子的生活、思想实际出发，努力挖掘他们性格中那些闪光的、积极向上的、最可贵的东西。书中描写金铃在“扔垫子”事件上受了冤枉、委屈后的心理和讨回公道的过程，生动地表现了她的机灵、正直和是非分明、爱憎分明的品质。这件事不仅激发了她要争取做一个好孩子的上进心，而且在她幼小的心灵里竖立起一根标杆，一个与传统的、流行的观念不同的好孩子的标准，即：不把分数、成绩看作衡量一切的标准，而诚实，不自私，不怯懦，品学兼优，心智健全发展才是最重要的。金铃在长辈的理解、帮助、引导下，克服自身的弱点，越过成长道路上的障碍，一步一步接近她努力追求的那个让老师、家长都满意的好孩子的目标。作品所提出的应当做一个什么样的好孩子的严肃课题，对小读者、大读者都是有启迪意义的。正如一位论者所说的，光有品性没有知识是脆弱的，但没有品性光有知识是危险的，是对社会的潜在威胁。

一本优秀的儿童文学作品，总是深入浅出、老少咸宜的，《我要做好孩子》与不久前受到广泛好评的长篇小说《花季·雨季》一样，深入儿童内心世界，内涵丰富，而语言浅显流畅，是孩子们和成年人都会饶有兴味阅读的书。孩子们从这本书里可以倾听到自己的声音，寻觅到自己的面影。成年人则可以从书中感受到孩子们的呼吸、脉搏，了解、把握90年代儿童的心灵轨迹，从而引发出关于如何教育孩子做人、如何塑造孩子的性格，乃至我们应当把一支什么样的四化后备军、生力军带入21世纪等诸多问题的思索，得到有益的启迪。

1997年4月1日

短暂而闪光的一生

——读《小萝卜头》

凡是读过小说《红岩》、看过电影《烈火中永生》或参观过血迹斑斑的“中美合作所”展览的，都牢牢记住了小萝卜头这个光彩熠熠、可亲可爱的名字，并为他的苦难命运和可爱性格深深地打动。广大读者、观众特别是少年儿童，希望更多地了解小萝卜头的身世、遭际、成长过程以及他的感情世界，从他身上汲取奋发向上、勇往直前的精神力量。长篇儿童小说《小萝卜头》，满足了小读者的愿望和精神需求。

这本小说的两位作者都是生气勃勃、勤于笔耕的年轻人。他们不辞辛劳，跋山涉水，足迹遍及大江南北，深入访问考察，广泛搜集素材，做了比较充分的创作准备。小说以宋振中烈士为原型进行艺术加工，着力塑造了有血有肉的小萝卜头的可爱形象，生动地展现了他短暂而闪光的一生。

小萝卜头从出生之日起就生活在布满脚镣手铐、刺刀电网的特殊环境里。在他不足九年的生命历程中，从苏州监狱到西安小雁塔牢房，从贵州息烽监狱到重庆白公馆集中营，留下了他那一长串清晰可辨的小小的脚印。正是革命的、战斗的岁月，暗无天日的铁窗生活，铸就了小萝卜头稚嫩而早熟、纯真而顽强的性格。作品真实生动、令人信服地揭示了小萝卜头在成年人的启迪、影响下迅速拔节成长的过程。革命者、爱国志士对小萝卜头的关心爱护、帮助引导，写得亲切真挚，很有艺术感染力。

书中描写共产党人罗世光在小萝卜头三岁生日那天，用白纸给他折了一只小飞机，又替他起了宋振中这个寄予热望的名字，在他幼小的心灵里撒下了振兴中华的火种。尤为动人心魄的是，担任启蒙老师的爱国将军黄显声发现小萝卜头没有按自己的要求，把课文中“我是一个好孩子”“我爱中国共产党”两句话抄写完10遍，就去玩小花猫后，十分动情地告诉他：这本用毛边草纸做的、还没有编完的手写课本，是几天前被反动派杀害的罗世光亲自编的。这件事极大地震撼了小萝卜头，成了鞭策他快快成长的强大动力。他“眼眶里噙满了泪花，一双小拳头攥得紧紧的：‘黄伯伯，我再也不贪玩了，一定学好本领，长大了替罗伯伯报仇！’”读到这里，我们真切地感受到小萝卜头一下子长大了。他那真诚的、发自肺腑的誓言，正是罗世光这样的革命烈士用自己的行动乃至鲜血、生命熏陶、感染的结果。

小萝卜头这株在特殊土壤里生长出来的嫩苗，尽管先天不足，后天失调，但他又得天独厚，得到众多革命者、爱国者的关怀和抚育，从他们身上汲取了丰富的营养，逐渐成长为一个机灵、懂事的好孩子。我们从作品中了解到，由于坚持抗日而被蒋介石关进监狱的黄将军，不仅教小萝卜头识了一两千个字，学会讲一些俄语，还教他通过背诵报纸上的新闻给难友们源源不断地提供情报、消息。当同一囚室的川东特委妇女委员芬姐想方设法把解放军淮海战役大捷的喜讯告诉难友，并准备在春节组织一次欢庆会时，小萝卜头自告奋勇到各个牢房去传递消息。小小年纪，稚嫩的肩膀，本还不该让他挑这样的担子。但特殊斗争环境的特殊工作需要，加上小萝卜头有一点自由的特殊身份，芬姐就毫不犹豫、充分信任地让他担当通风报信的任务。正是通过这一次又一次的锤打锻炼，小萝卜头变得越发聪明机智，练出了急中生智、随机应变地对付敌人的本领。作者恰如其分地表现了有觉悟、有经验的成年人作为孩子的引路人所起的教育、启迪作用，饱含深情地描写了孩子在革命的暴风雨中锻炼成长，读来真实可信，富有艺术说服力。

敌人的穷凶极恶、残酷无情，也从反面教育了小萝卜头，使他疾恶如仇，爱憎愈加分明。作品展开这么一幅黑白分明的画面：小萝卜头听妈妈的话，放飞了自己捉住的美丽的小蜻蜓，竟又被特务杨进兴抓去残忍地掐断翅膀，拔掉小腿，撕掉脑袋，还把那蠕动着的尸体举到小萝卜头面前。小说通过对待小昆虫的两种态度的对比描写，既充分揭示了小萝卜头爱护一切生命、向往自由的善良心灵，也淋漓尽致地揭露了狗特务嗜血成性、毫无人性的丑恶嘴脸。面对自己心爱的、活生生的小蜻蜓被残杀的惨不忍睹的情景，小萝卜头怎么能不感到无限痛苦，以致心中升起愤怒、仇恨的火焰呢！从这里，小读者很自然地会获得善与恶、爱与恨、美与丑的启迪。

这本小说的成功之处还在于它对小主人公内心世界的揭示，既富有暴风骤雨的时代色泽，又合乎儿童的年龄特征、心理特征。小萝卜头前后坐了八年牢，接触了不同寻常的人和事，品尝了人生的酸甜苦辣，有着与他那年龄不相称的生活阅历。然而，他毕竟是个孩子，是个在人世间仅仅活了八九个年头的孩子。他和同龄的孩子一样，有着纯真的童情童趣，充满多彩的梦幻和期待。只是他长年生活在黑暗险恶的监牢里，铁栅电网封闭了他的童年天地，因而他的生活、学习、游戏以至梦境无不笼罩着白色恐怖的阴影。小说作者在这方面是花了工夫的，以清新简洁的笔触相当真实地展示了小萝卜头在特殊环境下纯真的、充满遐思幻想的感情世界。作品描写小萝卜头在墙角、地板上寻找各种小昆虫，一看就是几小时；捡到一只毛茸茸的叫天子，成了狱中三个小伙伴爱不释手的宝贝；一副小小的扑克牌玩得津津有味……可是，无情的特务连一只叫天子、一副扑克牌也要抢走，不让孩子们尽情地痛快地玩。被剥夺了快乐童年的孩子，幼小的心灵受到多么严重的摧残，读来真是令人心酸！小萝卜头长到七岁，在特务的押送下，随生命垂危的妈妈进城看病时，才从轿子的小小透气孔第一次看见外面的世界。令人心灵震颤的是，小萝卜头憧憬外面奇妙世界的梦，也摆脱不了人间地狱的魔影。他那充满绿草、野花、小溪、森林、梅花鹿、仙鹤的五彩缤纷的美梦，竟突然变为满眼都是面目狰狞的特务、红舌头冒着热腥气的狼狗、闪着寒光的刺刀的令人恐怖的噩梦。作者通过这个梦境的描写，既展示了一个天真烂漫的孩子憧憬、向往自由美好生活的内心世界，又表现了敌人的长期迫害、折磨在孩子心灵上投下的阴影。书中对身体瘦弱的小萝卜头执拗地、毫不气馁地练习拿大顶的描写，也很精彩、动人。当难友们正忙碌着帮小萝卜头父母收拾东西，送他们随杨虎城将军转移贵州时，小萝卜头居然跑到墙角去练拿大顶，对大家兴奋地叫着："成功啦，我成功啦！""真好玩，妈妈，我看到的一切全变了，一切为什么都是倒着的啊！"这完全是孩子的语言、动作、心理、情趣，也只有孩子才会在如此紧张的时刻去做这样的事。作者把一个天真无邪而又顽强执着的孩子写得可爱极了！

这本儿童小说对于白色恐怖下的难友情、师生情、母子情描写，富有浓烈的时代气息和温馨的感情色彩。黄显声将军送给小萝卜头一瓶鱼肝油作为生日礼物，小萝卜头立即送给刚被严刑拷打、遍体鳞伤的芬姐喝。两人让来让去，谁也不肯喝。最后拉了钩，同意你喝一口我喝一口。可轮流喝了好一会儿，碗里却一点也没见少。读到这里，小读者又怎能不为那同甘苦、共患难、心中只有他人、唯独没有自己的高尚情操所打动呢。小萝卜头对新入狱的寻真姐姐说的几句话，也令人久久难以忘怀："寻真姐姐，我可是这里的老政治犯了，这里的人我都认识，牢房里的每一只小虫虫都认识我哩。你要是有什么事情，我可以帮助你。"在黑暗笼罩的日子里，难友之间心心相通，息息相关，相互关心，相互帮助，这是人世间多么纯洁、优美的感情啊！当今的孩子要提高自身的素质，学会生存，学会关心他人，可以从小萝卜头身上汲取多少丰富的营养啊！它的价值是乐百氏 AD 钙奶、果冻布丁喜之郎等无法比拟也不可代替的。

忘记血写的历史就意味着背叛。革命历史题材的儿童文学作品，为当代少年儿童的爱国主义、革命英雄主义、革命传统教育，提供了生动的、形象化的教材。当代儿童文学的人物画廊里，已经有了海娃、雨来、小荣、张嘎、潘冬子等栩栩如生的小英雄、小战士形象，如今又增添了小萝卜头这个独具魅力的可爱形象。我相信，《小萝卜头》这本小说对于当代少年儿童抚今思昔，忆苦思甜，了解黎明前的黑暗，体会幸福生活的来之不易，品尝生活的酸甜苦辣，增强战胜困难、建设新生活的勇气和信心，是会起潜移默化的启迪、激励作用的。

愿小萝卜头的形象深深地镌刻在跨世纪一代新人的心坎上！

1997 年 12 月 26 日

喜看新人亮相

——读《花季小说》丛书

三年前，我在一篇题为《儿童文苑的三喜三忧》的文章中曾经谈到：“忧的是儿童文学创作队伍青黄不接，近几年涌现的有才华、有潜力的文学新人相对而言数量不多。”近些年来，由于认真贯彻、落实江泽民总书记关于繁荣少儿文艺等“三大件”的指示，儿童文学创作队伍后继乏人的状况有了明显的改变。《花季小说》丛书的八位作者都是在儿童文苑初露才华、生气勃勃的年轻人。他们的年龄大多在 30 岁左右，不少是大学或研究生科班出身，有一定的文学素养，起点较高，在从事长篇创作之前，都写过不少散文、短篇或中篇小说，已做了相当充分的创作准备。其中有几位还是天天同文字打交道的报刊编辑。福建少年儿童出版社以丛书的形式郑重推出这八位作者的长篇处女作，表现了他们大力扶持儿童文学新生代的热情和勇气。这是一个富有眼光和魄力的举措，值得赞扬和鼓励。

八本小说的作者有着各具特色的生活经历，他们之中有的从小在山区放牛、砍柴，有的在钢城度过童年和少年，有的曾在大西北落户三年，有的当过教师、工人和经理。丰富的社会生活给他们以创作的灵感、激情和素材。小说讲述的都是他们亲身经历的或自己熟悉的同龄人在我国色彩斑驳的现实土壤上扎根成长的故事。作品着重刻画了当代少男少女跨进青春门槛的心灵历程，生动细致地诉说他们的欢乐和激动，困惑和苦闷。作者用清新的笔触抒写自己真切的心灵感受，富有浓郁的青春气息。八本作品的基调都是健康明朗的。即使写生活中的严峻、艰辛，写主人公的孤独、沮丧，仍能给人以战胜困难、勇往直前的信心和力量。

《花季小说》丛书题材广泛多样，从江边小城到大都市，从僻远山村到钢铁基地；主人公的理想、性格、遭遇、命运也千差万别；八位作者的叙事方式、表现手法则各有所长。所有这些，对帮助少年读者开阔视野、领悟人生、陶冶性情、培育美感，都是大有益处的。

这套丛书展现了儿童文学新生代的整体水平，它预示着我国儿童文学的希望和未来。

1998 年 3 月

一部不同凡响的力作
——读《一百个中国孩子的梦》

董宏猷的《一百个中国孩子的梦》（二十一世纪出版社出版）是一部独具匠心、不同凡响的儿童文学力作。在儿童小说的文体探索上，宏猷可说是一个走在前面的闯将。他把童话的幻想、夸张、变形、荒诞巧妙地引入小说这种体裁之中，又从善于抒情的诗和散文、蕴含哲理的寓言等体裁中吸取了养分，从而找到了一种得以更自由地驰骋想象、更充分地揭示孩子内心世界的文体——梦幻体儿童小说。从《奇妙的“作业机”》《克隆娃》《洋蛐蛐》《透明人》等篇所展现的孩子的梦幻世界中，我们清晰地谛听到当代儿童发自内心的歌唱和呐喊，真切地感受到他们的脉搏和呼吸。作者对不同年龄段、民族地域、家庭境遇的孩子生活可说是烂熟于心。他对童心童情至真至善的寻觅和思考，对少年儿童所思所想、所爱所恨的透彻了解和准确把握，不能不令人折服。诚然，对一个作家，尤其是儿童文学作家来说，“保持天真比保持才华更难，而丧失天真则比丧失才华更致命”。董宏猷的难能可贵，正在于他依然保持着儿童的天真，保持着孩子般自由而活泼的天性，因而他洞察儿童心灵世界的奥秘，并挥洒自如地加以表现。

孩子的梦境也是现实人生的一种折光。富有拥抱现实热情和直面人生勇气的董宏猷，不回避“人之初”旅程中的风雨雷电，不粉饰现实人生的严峻、艰辛，而是从广阔的人间万象的背景上，全方位、多侧面地扫描了各种生存状态下孩子的精神世界。《希望》《救救爸爸》《一封刚刚开头的信》《山不转水转》等篇，折射出打工、赌博、吸毒、犯罪等社会问题在儿童心灵上留下的阴影。在这里，梦幻与现实交织在一起，既让孩子们从严峻的现实中品味到人生的酸甜苦辣；又让孩子们通过梦幻这个五光十色的万花筒看到伟大变革时代的闪光点，从而得到勇气和力量，对美好的未来满怀希望。

我以为，这部40万字的梦幻体儿童小说，是以饱含深情的笔触写下的当代中国儿童心灵面面观。小读者可以从这个镜子中找到自己熟悉的面影。作为家长、老师的成人读者，则可以从中看到跨世纪的新一代在时代激流涌动下的成长过程和心灵轨迹。

1998年3月16日

充满爱心的教育诗

——读《都市少年》三部曲

当过多年音乐教师、报纸编辑，业余从事文学创作的金叶，初次涉足少年儿童文学领域，就推出了一部近60万字的长篇小说《都市少年》三部曲：《太阳桥》《月亮船》《星星河》。认识和关心金叶的朋友都以惊喜的目光注视着她在文学创作上迈出的新步伐，已取得的可喜的成果。儿童文学界同人则为自己的队伍里增添了这么一位富有朝气和才华的女兵而感到由衷的高兴。

金叶用诗意的、审美的眼光来观察大变革时代都市少年的生活和心灵。这部长篇小说从学校、家庭、社会三个角度，全景式地、相当开阔地展现了当代都市少年的成长环境、成长过程，特别是他们纯真美丽而又丰富多样的心灵历程。整个作品贯穿着一条热爱孩子、关心祖国未来一代的红线，感情真挚、炽热，是一首从心灵深处流淌出来的、赞美青春少年茁壮成长的歌。

《都市少年》三部曲可说是富有时代光泽、中国特色的教育诗。它把爱是最好的教育方法，孩子成长最需要的是情感、心灵的关怀和对他们的尊重，家庭教育的首要任务是人格教育，孩子成长的环境主要取决于大人的文化修养和对于教育的认识水平，孩子要面对困难、学会坚强，要融入社会的大环境，懂得爱别人等一系列富有革新精神的教育思想、原则，寓于娓娓道来的故事和生动的艺术形象之中，努力追求教育学与爱心诗意的渗透、融合。从林苗苗、刘力、杨蓓灵、李大力、严小刚、方圆圆的遭际和感情历程以及王大辉、严言、乐斌、奶奶等成人的思想行为里，我们深切地领略到爱的力量、人格的美和教育孩子的艺术。

在文体上，这部教育诗式的长篇小说，融合随笔、札记、日记、书简、通讯、议论等多种不同的文学体裁于一体。在结构上也独出心裁，不乏新意。《太阳桥》把有关学校教育的生活素材浓缩于初三（3）班九个日日夜夜的生活故事之中；《月亮船》则把有关家庭教育的内涵集中于严厉、严言、严明姐弟仨的家庭之中，读来令人感到十分真切、紧凑。金叶的文笔清新、流畅，这也许正得益于她的音乐科班出身，我们从不少篇章的字里行间感受到一种声音美、节奏美、旋律美。

1998 年 3 月 22 日

内蕴丰厚　艺术精致

——读《草房子》

曹文轩在儿童文学领域里，是一个具有鲜明的创作主张和自觉的美学追求的作家。他在20世纪80年代中期提出的“儿童文学作家是未来民族性格的塑造者”，曾深深地影响了新时期以来的儿童文苑。他的长篇少年小说《山羊不吃天堂草》以及《弓》《第十一根红布条》《古堡》《再见了，我的小星星》《红葫芦》等短篇小说，都在小百花园里闪耀着夺目的光彩。

江苏少年儿童出版社新近推出的《草房子》，是曹文轩又一部令人荡气回肠、富有艺术魅力的力作。在我看来，它给少年儿童小说带来了新鲜的气息、独特的韵味，是我国儿童文学创作一个新的、重大的收获。与当前成人文学的诸多长篇小说相比，它在文学品位、艺术质量上也是一部毫不逊色的上乘之作。

曹文轩深谙文学艺术的特征是借着生动的艺术形象以情感人。正如他自己说的，小说包括儿童小说万不能离开情这个轴心。《草房子》这部20万字的小说，没有刻意去编织一个起伏跌宕、曲折动人的故事，而是以优美细腻的抒情笔触回叙了农村少年桑桑已逝去的六年小学岁月，生动地描述了他在那段时间里所接触的平平常常而又色彩斑斓的、曾对他的成长产生过潜移默化影响的那些人和事。

读完这部小说，清晰地浮现在我眼前的是与小说主人公桑桑朝夕相处、息息相关的那些老师、同学、亲人、邻居的鲜活形象。宁死也不肯离开自己用几十年心血和汗水换来的一片土地的秦大奶奶，家境一落千丈、过早咀嚼生活艰辛的杜小康，相互爱慕而又终不能如愿的蒋一轮和雀月，讲奶奶的故事、唱无词歌的温幼菊，随浸月寺和尚出走的纸月……这些人物的遭遇和命运，在桑桑幼小的心灵里烙下了深深的、刻骨铭心的印记，帮助他懂得善良，懂得同情，学会坚忍，学会面对，从而逐步领悟到："所有的人，都是在这一串串轻松与沉重、欢乐与苦涩、希望与失落相伴的遭遇中长大的。"当桑桑告别油麻地的草房子时，我们深切地感觉到，这个原本特别淘气的男孩已成长为一个多少体味到人生况味的少年了。

《草房子》的艺术魅力来自它对普通人的人性美、人情美的揭示和对人间美好感情的呼唤。比如，书中描写历经磨难、遭受厄运的杜小康从人芦荡回村时，还特意给桑桑带回5只双黄大鸭蛋；而桑桑毫不犹豫地卖掉自己心爱的10只鸽子，把所得的20元钱支持杜小康摆小摊以度过艰难的日子。作者写得质朴自然，不加雕饰，于平常中透出人性至真至善的闪光点，那种真挚纯洁的友情和善良的同情心，深深撼动读者的心灵。桑桑对秦大奶奶的同情、理解，纸月对病中桑桑的特别关注，桑乔对儿子桑桑充满怜悯与负疚的骨肉之情，也都写得温情脉脉，动人心弦。

这是一部艺术上相当精致的小说。作者善于营造充满诗情画意的艺术氛围，整个作品读来像叙事诗，像抒情散文，格调优美高雅，给小读者和大读者一种恬淡、宁静而又内蕴丰厚的美感享受。

我想，深入研究、探讨《草房子》这部作品，对我国儿童文学创作进一步拓宽题材范围，提高文学品位，增强艺术魅力，都有启迪、借鉴的意义。

1998年3月28日

题材·人物·艺术特色

——读黄同甫儿童小说随想

一

黄同甫的儿童小说姊妹篇《拳师和他的孙子》（中篇）、《盲童的笛声》（长篇）写作、发表于20世纪80年代。从作品问世到现在，10多年过去了。今天重读这两部以抗日战争为背景、描写豫北沙区枣林一带军民战斗生活的作品，依然为作者笔下张小夯、李三扔这些孩子的苦难命运和他们在抗日烽火中成长的人生历程所震撼。我深深地感觉到，身处世纪之交的少年儿童，非常需要读一点这类革命历史题材、战争题材的文学作品。这对帮助孩子们了解我们中华民族经受的深重灾难、中国人民及其军队反抗侵略、争取解放的斗争业绩，从而对于激励、鼓舞他们奋发向上，从小树立起为建设四化、振兴中华而建功立业的远大志向，一定会起潜移默化的作用。由此想到，发展、繁荣少年儿童文学创作，固然要鼓励、提倡作家关注现实题材、当代儿童生活题材；但也不能忽略、冷落历史题材，尤其是革命历史题材。孩子们既需要《男生贾里》《花季·雨季》《我要做好孩子》《草房子》这样贴近当代生活的作品；也需要《荒漠奇踪》《盐丁儿》《赤色小子》《盲童的笛声》这类描绘往昔岁月的作品。从事儿童文学创作、出版的朋友要重视并充分估计后一类作品在培养广大少年儿童的民族自尊心、自信心、爱国主义感情和英雄主义精神上，所具有的其他题材作品不可替代的教育作用和审美价值。

二

读完《拳师和他的孙子》和《盲童的笛声》这两部小说，深深镌刻在我脑际的是张老拳、张铁锤、张老二、老王头这些个性鲜明、感人至深的成人形象和张小夯、李三扔及其小伙伴这些活泼可爱、有血有肉的儿童形象。作者以饱含深情的笔触，富有艺术说服力地表现了张小夯、李三扔在硝烟弥漫的战火中锻炼成长的过程。盲童李三扔本是个普普通通的苦孩子，一个从小爱扔坷垃、攀缘城墙、下潭摸鱼、上树偷枣的“捣蛋包”。只是由于童年饱尝人世间的痛苦和辛酸，目睹日寇的烧杀抢掠，尤其是父老兄弟惨遭鬼子的杀害，在他幼小的心灵里，埋下了仇恨的种子。小说着力描写李三扔在女抗联的教诲、指引下，意识到唱歌、吹笛也能为国家“出点小力”，于是自觉投身抗战剧团，成为一名小文艺战士。作者不是孤立地、静止地刻画主人公的内心世界，而是从日常行动中、对敌斗争中揭示其顽强学习、积极进取、勇挑重担、爱憎分明等新品质、性格的形成、发展。当我们从作品中看到李三扔站在高高的城楼上，以自己奔放、昂扬的笛声，作为接应我军进城歼敌的联络信号，直到生命最后一刻的场景，一个抗日小英雄的形象清晰地浮现在我们眼前，他那性格的光辉，产生了撼人心魄的力量。

在《拳师和他的孙子》中，写张小夯的成长，由一个卖碱的穷孩子成长为我军白马团的侦察员，也是紧紧抓住小主人公在战争环境里所经历的悲欢离合，抓住足以显示其性格发展变化的举止行为，把人物命运与抗日战争的描绘融会在一起，着力表现了成年人——劳动人民、革命战士对孩子的影响。作品成功地描写了张小夯由报私仇到报国仇的精神升华，塑造出一个有觉悟、有纪律的小战士的可爱形象。

党和人民期望儿童文学作家塑造出能成为广大少年儿童的楷模和朋友的典型形象。黄同甫的儿童小说给予我们这样的启示：无论是现实题材还是革命历史题材，坚持从实际生活出发，善于从普通、平凡的孩子身上发掘新的、美的品质和独特的性格，注意从矛盾冲突中表现他们成长与发展的过程，表现他们与时代和社会环境的关系，就有可能写出闪耀着时代光泽、足以成为孩子们的楷模和朋友的、血肉丰满的儿童形象来。

三

传奇的故事情节，浓郁的地方色彩，鲜活的群众语言，构成了黄同甫儿童小说雅俗共赏的艺术特色。

《拳师和他的孙子》《盲童的笛声》的故事情节都具有传奇色彩。作者从纷繁的矛盾冲突中提炼出生动的情节，曲折惊险，起伏跌宕，悬念迭出，引人入胜。张老拳、张铁锤、张小夯祖孙三代是拳术世家，一个个都是武林高手。他们的经历、遭遇，他们与鬼子、伪军、汉奸、恶霸的矛盾、斗争，演绎出一个又一个富有传奇性、惊险性、令人惊心动魄的故事。“缺乏戏剧性的长篇小说，是生气索然而沉闷的。”（别林斯基语）黄同甫擅长于戏剧创作，又从章回体小说、评书中汲取了艺术养料，因而使他的儿童小说具有较强的吸引力和可读性。

读黄同甫的儿童小说，一股浓郁的乡土气息迎面扑来。作者长于描写农村的民风民俗民情。在《盲童的笛声》中，对正月十五传统庙会的描写，热烈欢腾，有声有色，展现了一幅色彩鲜丽的豫北乡镇的风俗画。这部小说中关于蔡家班给日伪军在戏楼唱《南阳关》、在关帝庙前唱堂会的细致描写，也都富有地方特色，并由此表现了劳动人民在对敌斗争中的机智、勇敢。

儿童文学作品的语言要求准确、鲜明、生动、形象，要符合不同年龄段小读者的理解能力和接受能力。黄同甫作品的语言既丰富鲜活，又通俗易懂。他善于向人民群众的语言学习，从民间流传的成语、俗话、谚语、歇后语中提炼出大量生动活泼、形象化的语汇、词汇，丰富了作品的叙述语言和人物对话。“要饭的卖葡萄——穷酸一嘟噜”“牤牛掉井里——有力使不上”“一屁股蹾锣上——响当当的了”，还有“说起吹笛子的事，竟是大盆里面摞小盆，一套一套哩”“正痒痒哩，恰好搔到了痒处；正瞌睡哩，偏偏塞给个枕头，他张老二心里能不高兴吗！”诸如此类生动、朗朗上口的语言，在黄同甫的小说中俯拾皆是。我想，多读一点这样的作品，对改变少年儿童的“娃娃腔”、“学生腔”、“大人腔”、语言贫乏无味的状况，是大有裨益的。

少年儿童读者的审美需求是多层次的，阅读兴趣、欣赏习惯也是多样化的。正像他们既喜欢肯德基、麦当劳、喜之郎，又喜欢烤白薯、煮玉米、爆米花一样，作为精神食粮的文学作品也应当丰富多彩。继承民族化、大众化的文学传统，借鉴、汲取通俗文学的优秀成果，创作出雅俗共赏、为孩子喜闻乐见的作品，也是儿童文学在艺术上探索、创新的一条路子。

1999 年 6 月 27 日

新的气息　新的活力

——简评《金太阳丛书》

提倡、鼓励成人文学作家为少年儿童写作，可说是我国当代儿童文学发展史上的一个优良传统。远在1955年9月《人民日报》发表题为《大量创作、出版、发行少年儿童读物》的社论之后，郭沫若、冰心等著名作家就响亮地发出“一人一篇”的号召。进入新时期，1986年中国作家协会主席团再次要求“作协总会会员及各地分会会员，首先是理事会和主席团的成员，从现在起到明年年底这一年半内，每人为少年儿童写作或翻译一篇作品或评论文章”。到了20世纪90年代中期，江泽民总书记做了关于繁荣少儿文艺的指示，儿童文学与长篇小说、影视文学一起，被列入要重点抓的“三大件”之一。《人民日报》评论员文章《让儿童文学繁花似锦》又一次提出：“要吸引更多的成人文学作家和有条件的科学家、老红军、老战士为少年儿童写作、讲故事。”

正是在这样一种背景下，近几年来，各地文学团体、宣传出版部门都极其重视组织成人文学作家为少年儿童写作，并取得了一批引人注目的可喜成果。如明天出版社的《金犀牛丛书》《猎豹丛书》，湖北少年儿童出版社的《鸽子树丛书》等，都是成人文学作家奉献给孩子们的新作品。最近河北少年儿童出版社又推出精心策划、编选的《金太阳丛书》，一套9种，大多是当前创作活跃、年龄在50岁上下的成人文学作家所写的长篇儿童小说。

读了收入《金太阳丛书》的《问女何所思》《流血的太阳》《高高的河堤》等作品，以及《金犀牛丛书》《猎豹丛书》《鸽子树丛书》中的部分作品，我深深地感觉到，成人文学作家加盟儿童文学，给儿童文苑带来了一股新鲜的气息，注入了新的活力，使儿童文学这个小百花园更加丰富多彩了。成人文学作家的这些儿童文学新作，在如何以更加开阔的视野开拓题材范围，如何以新的、独特的视角切入儿童生活和成人生活，如何更加充分、深入地揭示儿童的心灵世界，如何博采众长，丰富儿童文学的表现手法、叙事方式等方面，都给了我们不少有益的启迪。

从当代社会矛盾、冲突中，从社会转型期的家庭、学校环境中，真实而深刻地表现少年儿童的生存状态和成长过程，是从事儿童小说创作的作家苦苦探索并力求有所突破的一个课题。王小鹰的《问女何所思》在这方面做了有意义的尝试。小说把一个 14 岁的普通女孩，置于父母离异、应试教育的旋涡之中，从家庭、校园、社会多侧面，充分地揭示了她所经历和体验的苦恼、委屈、痛楚、磨难。作家王小鹰以主人公邻居、阿姨的身份进入作品的情节，把主人公当作朋友，亲切平等地、推心置腹地同她谈心、对话，一步步、一层层地打开女孩的心扉，让读者真真切切地感受到小小心灵所承受的过重的负载和压力。作者对当今孩子面临的严峻现实和心灵历程，没有轻描淡写，没有避重就轻，而是尽可能地深入开掘，把它写足写透。让小读者从主人公艰难的成长历程中领悟到如何正确对待困难、挫折、失败，在不断的摸索、磨炼中坚强、成熟起来。

儿童文学中如何表现人性、人情，也是一个值得探讨的题目。竹林的《流血的太阳》，从人性、人情的视角切入抗日战争的传统题材，用一种新的审美眼光重新审视战争、表现战争，着力描绘了阿毛、阿雪这些普通农家孩子在血与火的斗争中的遭际、命运，揭示了劳动人民儿子的人性美、人情美。特别是小说刻画的阿狗形象，颇有新意。他对身为保长的汉奸爸爸又爱又恨、对爸爸被日本飞机炸死既悲哀又宽慰的描写，有深度、力度又有分寸，能引起小读者的感情共鸣。作者坚持从生活真实出发，从特定环境的儿童心理出发，没有把孩子的感情世界简单化，较好地把握了人的阶级性和共性的统一。

在艺术样式、风格、表现手法上创新，寻求新的为少年儿童喜闻乐见的文体，也是为儿童写作的作家执着追求的一个目标。刘庆祁的《高高的河堤》在这方面给我们提供了一些可资参考、借鉴的经验。小说作者有着难以忘怀的童年情结，极为重视童年生活对自己的馈赠。这本小说用儿童眼光记叙了小主人公童年时代的见闻、经历、遭遇，以饱蘸深情的笔墨抒写了乡情、亲情、友情、童情。在作者笔下，山川树木、花鸟虫鱼、亲朋邻里、乡俚民俗都亲切温馨，活泼可爱，字里行间充溢着对优美大自然的歌颂，对淳朴乡下人的礼赞。全书分为46节，每一节都可独立成篇，是一篇一篇情趣盎然的叙事散文；所有章节连贯起来，则是一部富有童情童趣和乡土气息的儿童小说。

企盼更多的成人文学作家加盟儿童文学。企盼儿童文学作家和成人文学作家彼此学习，优势互补，扬长避短，共同提高，为创作出孩子们喜爱的儿童文学精品携手并进！

1999年7月13日

心中唯有小读者
——漫评秦文君

新时期之初涌现的一批年轻的儿童文学作家，如今已成为儿童文苑的中坚力量，秦文君乃是其中的佼佼者。安徽少年儿童出版社出版的五卷《秦文君文集》，集中展示了她近 20 年勤耕细耘的创作成果，也从一个侧面反映了新时期以来儿童文学创作不断探索、创新所取得的成就和业绩。

秦文君是一个在创作上有远大抱负、在艺术上不懈追求的女作家。她对儿童文学情有独钟，矢志不渝地为少年儿童写作。10 年前她就雄心勃勃地宣称：要力争为孩子们写 50 本书。由于她的生活积累和在思想、艺术上不断充电，加上超常的勤奋，她已日益接近这个目标。当然，创作高产固然可喜，而更重要的还在于质量，要以质取胜。从五卷《秦文君文集》中，我们高兴地看到她在创作手法、风格上的成功嬗变及其在思想、艺术上的日趋成熟。

“理想主义、游戏精神、幻想，这些是儿童文学最基本的法宝”，“以走入少儿心灵为本”，“以单纯有趣的形式讲述人类的道义、情感”。这是秦文君的儿童文学观和创作主张，是她在创作实践中遵循的基本原则。

这里，我简略地谈谈秦文君的代表作《男生贾里》系列的成就和特色，及其对当代儿童文学（尤其是少年小说）的发展所具有的独特的、开拓性的意义和价值。

精心为当代中学生塑像，丰富了我国当代儿童文学的人物画廊。作者以饱蘸深情的笔触，刻画了贾里、贾梅、鲁智胜、林晓梅等富有当代特征、性格各异、栩栩如生的中学生艺术群像。这些人物形象之所以能赢得少年读者的喜爱，在于作者真正贴近 20 世纪 90 年代中学生的生活、心理，准确把握了他们所特有的思维方式、行为方式。书中描写的选举风波、生日派对、假期打工、歌星效应、荧屏小姐、礼仪大赛、父子热线、家教老邹、家庭小报、女子同盟等等，无不带有 20 世纪 90 年代大都市中学生活的鲜明印记，充溢着一股浓郁的时代气息。作品正是通过这些富于时代特征的故事情节、生活细节，深入开掘、刻画主人公的内心世界、感情世界。贾里的聪明机智、正直侠义、自命不凡、争胜好强，贾梅的善良憨厚、随和大度、善于模仿、崇尚时髦，鲁智胜的讲义气、愿为朋友两肋插刀、自作聪明而又有点自知之明，林晓梅的才情过人、超凡脱俗、敢于冒尖、咄咄逼人，这一个个优点鲜明、缺点也突出的普普通通、平平常常的少年形象，来自色彩缤纷的校园生活，顺畅无阻地走进中学生的心灵。

把富于轻喜剧色彩的幽默品格、游戏精神注入《男生贾里》系列，增强了作品的艺术魅力，提升了少年小说的审美品质。秦文君是一个具有幽默气质和禀赋的作家。读她早期的长篇少年小说《十六岁少女》，就不禁赞赏她用不乏诙谐的语言表现一个少女充满艰辛的人生历程，把幽默与磨难、痛楚搅和在一起，撼人心魄。《男生贾里》系列体现了作者艺术风格的嬗变、发展，她对幽默精神品格的把握和体现，显得更加从容、老到、圆熟了。秦文君的幽默诙谐，可说是贯串在系列故事的每一个情节、细节、场面、对话之中，浸透到主人公的性格和心灵里。作者把有关亲情、友谊、理想、道德、人际关系的丰富而深刻的思想内涵寓于生动有趣的故事里，读来令人感到亲切、活泼、轻松、愉悦。

找到一种少年儿童喜闻乐见的叙事结构和方式——“糖葫芦串式”的系列故事，切合大多数小读者的审美趣味、欣赏习惯。秦文君一向把“为小读者”当作自己的创作准则。在她看来，所有艺术上的探索，都要围绕少儿的视角、情调、喜怒哀乐、审美、接受文学的规律这个根本，“忘了本，所有的努力都变得微不足道”。“糖葫芦串式”的系列故事，在篇章结构上尽管情节、场次不连贯，但主要人物具有连贯性，贯穿全书。因此，这种体裁兼具短篇小说和长篇小说的特征和优势，既可以撷取中学生生活的一个片段或侧面，独立成篇，以小见大；又有一定的规模和容量，得以比较广阔地反映中学生的生活面貌，比较充分地展示人物性格的丰富性。秦文君紧紧把握以少儿为本，得心应手地运用这种叙事结构和方式，自由地驰骋艺术想象，巧妙地编织故事情节，生动地刻画少年人熟悉、喜爱的同龄人形象，因而使她的少年小说风靡校园，受到广大小读者的青睐。

我们需要更多像秦文君这样同当代孩子心连心、勇于以少儿为本在文体上探索创新，力求让自己的作品走进小读者心灵的作家。

1999 年 8 月

打开一片新天地

——读《生命状态文学》丛书

继近些年儿童文苑先后打出“大幻想文学”“幽默文学”“大自然文学”等五光十色的旗帜之后，湖南少年儿童出版社以“关注生命，了解生命，珍惜生命”为主旨，倡导“生命状态文学”，推出一套包括金曾豪的《鹤唳》、陈自仁的《猴徙》、薛屹峰的《鳄踪》、方敏的《大绝唱》、王树槐的《命运之角》五部长篇小说的丛书。在我看来，这对拓宽儿童文学创作、出版的视野、思路，是别出心裁、富有创意的，是一次具有开拓意义的探索。

从文体上说，生命状态文学不是童话、寓言故事，也不是动物小说。它是文学与科学联姻的一个新生儿。从题材和主题上说，它以大自然中的生命群体作为表现对象，呼唤强化生命意识，呼唤人与自然的和谐发展，这正是大自然文学极力张扬的一个命题。不管怎么说，生命状态文学首先是文学，它仍然是按照文学艺术的形象思维、以情感人的审美特征来创作的。正因为如此，这些作品不只是增长了我们对所描写的那些动物的形态、生活习性等方面的知识，更重要的是通过对它们的生命历程、命运遭际的描写，使作品具有强烈的艺术感染力和震撼力，引发我们对生命的本质、意义和价值的思考。

生命状态文学不把人类、社会人生作为主要表现对象，而是“把目光投向人类以外更广阔的生命领域”，以非人类的生命物种作为描写对象。这套丛书已问世的五部作品都是以珍稀动物、国家一级保护动物丹顶鹤、金丝猴、扬子鳄、羚牛、河狸为主角的。堪称“国宝”的珍稀动物濒临灭绝的险境，它们的命运尤为人们所关注；同时，它们又往往具有美学价值、科学价值和经济价值。让它们在作品中扮演主角，观赏它们在大自然这个舞台上演绎故事，自然会引起儿童读者浓郁的兴趣。

这五本小说的作者一方面依据动物学、生态学、地理学等方面的科学知识，从容、客观地描述某一动物群体的生存状态、繁衍历程、生活习性、行为规则；另一方面，又遵循文学重在塑造“这一个”的原则，饱蘸笔墨着力刻画几个具有不同个性、命运的动物个体形象。如《鹤唳》中的大个儿、环环，《大绝唱》中的香团子、白爪子、蘑菇头，《鳄踪》中的残尾、黑背，《猴徙》中的红头发、大犬牙，《命运之角》中的长胡子、蓝鼻子、大角，我们不仅记住了它们的名字、形态，而且为它们艰辛、悲惨的命运遭际所打动和震撼。一出壳就和人类生活在一起、有幸被生物学教授在足上戴了金属环而放归自然的公鹤环环，经历了漫长而艰难的生命历程，才逐渐适应鹤群生活，找到伴侣斑斑，真正回到鹤的世界。环环为了找回被人类捕捉的斑斑和小斑儿，在芦苇荡上声嘶力竭地悲鸣，直至口角流血，昏厥过去。它奋不顾身地为白鹳、天鹅充当警鹤，最后没能逃脱被枪弹击中而丧生的厄运。面对坠落在地的环环足上那编号 CS004 的环志，我们不能不为它交织着喜与忧、血与泪的可悲可泣的一生而摇头叹息。

《生命状态文学》丛书的作者在艺术的追求上，也有一些引人注目的特色：一是语言生动，文笔优美。由于描写对象所限，作品没有角色对话，没有心理描写，主要是借着张弛有致的叙述、生动简洁的白描，吸引读者饶有兴味地读下去。其中有的作品，对自然环境的描写，对动物形态、声音、动作的描写，像优美的散文诗，令人赏心悦目。二是追求诗情与哲理的融合。在抒情的、富于诗意的描写中，在充满悬念的故事中，激发探索生命奥秘的热情，启迪观照人类世界，了解生命的艰辛和壮丽，思索生命的意义和价值，追求理想的生命境界。三是尽可能满足少年儿童亲近大自然、钟爱大自然的精神需求和审美情趣。适应儿童好奇、喜欢探索的天性，引领他们去结识千姿百态的动物，领略变化万千的大自然之美，鲜活顽强的生命之美，从而让他们感到趣味盎然，浮想联翩，精神焕发。

我以为，生命状态文学尽管还是一种处于萌芽状态、尚不成熟的文学品种、样式，但它毕竟在我们面前打开了一片新的天地，这是值得肯定和赞许的。

2000 年 3 月 5 日

小舅舅角色　大自然视角
——略述金曾豪的少年小说观

金曾豪是一位具有创作实力和自己的创作主张的儿童文学作家，在我国当代儿童文苑里，称得上是一位重量级的作家。这不只是说他笔耕20年，在创作数量上，拥有各类作品近400万字，并有洋洋百万言的《金曾豪文集》四卷问世；更重要的在于创作质量，他的长篇小说《狼的故事》《青春口哨》《苍狼》连续荣获中国作家协会第二、三、四届全国优秀儿童文学奖，这足以说明他的创作达到了较高的思想艺术水准，其在儿童文学领域里具有不可小觑的地位和影响。

崛起于20世纪八九十年代之交的金曾豪，既是一位写动物小说的能手，又是一位善于为当代少年塑像的高手。两副笔墨，驾驭自如，这在当今儿童文苑，不能说是绝无仅有，却也不可多得。他选择这类题材、文体，是与其生活积累、文化积累、审美情趣分不开的。在不断积累生活、知识和不断创作实践过程中，金曾豪逐步形成自己的创作特色、风格，也有了自己的越来越清晰明确的创作观念、主张。

阅读他的作品及其谈创作的一些文章，我对他的下列创作经验、创作主张，特别感兴趣。我以为，这几点正是他的创作获得成功的奥秘所在，也是他的少年小说在思想、艺术上的主要特色。在这里，我愿意向同行们做一概略的介绍。从事儿童文学创作的朋友，也许能从中得到一点启迪。

一曰："把完整的社会展示给少年，把完整的少年展示给社会。"

在金曾豪看来，以少年读者为对象的小说应当展示社会生活的各个方面，既要展示生活中正面的、美好的一面，也要展示生活中反面的、丑陋的一面。

描写少年儿童，既要努力表现他们积极的、奋发向上的一面；也可以反映不利于儿童身心发展的小环境给他们带来的消极的、负面的影响。

现实生活是千姿百态、纷繁复杂的，假、恶、丑总是伴随真、善、美同时存在，新事物的成长也总要经历艰难曲折的历程。对于正在逐步走向成熟的少年读者，让他们通过文学作品多少懂得一点生活的复杂性、多样性，多少尝一尝人生的甜酸苦辣，学会直面现实、应对困难，是十分必要的。长篇小说《青春口哨》正是在一个宽阔的社会、历史、文化背景下，将城乡少年生活交叉起来描写，把主人公喜怒哀乐的“小感情”融入对时代、对人民、对未来的“大感情”之中，让我们清晰地听到了一种充满时代气息的青春旋律。长篇小说《魔树》也是力图在自然、社会、历史、人生交融的宏阔背景下，表现祖孙三代的人生悲剧，颂扬面对困难自强自立的精神。

二曰：“让自己充当‘小舅舅’的角色。”

金曾豪曾在一篇题为《三点随想》的短文中谈到：“对于小读者，我不当老师，更不当班主任、校长；不当爷爷婆婆，更不当爸爸妈妈。我总让自己充当‘小舅舅’的角色。”他还谈起，描写当代少年生活，取的是“小舅舅”视角。尽管在辈分上高一点，年龄也许大几岁，但在思想、感情、心理上同表侄、外甥没什么距离、隔阂，可以成为嬉戏追逐在一起的伙伴和无话不谈的知心朋友。小舅舅不是居高临下，板起面孔教训外甥们，而是在日常生活中凭借自己的小聪明，出点子，拿主意，逐步赢得孩子们的信任和尊重。金曾豪在《秘方　秘方　秘方》《书香门第》这样一些作品里，敞开心扉同少年朋友娓娓而谈，借着引人入胜的传奇故事和有血有肉的艺术形象动之以情，晓之以理，让孩子们领悟到为人、处世的人生之道。这些作品的特色贵在真实、真挚。真实、真挚才能使小读者产生亲切感，很自然地进入作者构建的小说世界里。在这里，我不禁想起著名画家、诗人黄永玉讲的：“真挚比技巧更重要，所以鸟总比人唱得好。”

三曰：“大自然视角”或“上帝视角”。

金曾豪认为，所有的生物都是自然之子。用大自然母亲的目光、“上帝”的目光来看，一切生命的权利都是平等的。写动物小说，应当放弃以人为中心的利害准则，也不把动物当作人类社会道德观念的符号或某类人物的化身。

动物与人共同享有地球这个生存家园。不应当把动物看成低人一等，不能用人类的伦理道德来评判动物的行为，也不能把人的思维方式强加于动物，而是应当按照动物自己的生活习性、行为方式和弱肉强食的丛林法则来表现。这样，才能更生动、真实地描绘出一个独特的、真正属于动物自己的世界。金曾豪的动物小说从《狼的故事》到《苍狼》，都是采取“动物看人”“动物看动物”这样一个新的视角，从而取得了引人生趣又耐人寻味的艺术效果。表现视角、审美视角的转换，不仅丰富了动物小说的人文内涵，而且充分显示了它粗犷、雄壮、神秘的美学品格。

四曰：“写的是‘这一个’，而不是‘这一类’。”

在金曾豪看来，动物有感情，有个性，有自己的精神世界，动物小说的笔触应当伸向动物本体，进入动物的内心。动物小说写真实的、自在的动物，不是“这一类”，而是“这一个”。

文学作品尤其是叙事文学，要求创造鲜明的典型形象，既具有更大概括性而又与众不同的“这一个”形象。金曾豪深深懂得文学创作这一基本原理。从他的动物小说中，可以清晰地看出，他满怀激情、千方百计地塑造动物的“这一个”形象，努力揭示动物的感情世界、内心世界，表现它们的喜怒哀乐、七情六欲和不同的遭际命运、个性特征。《狼的故事》塑造了一个在险恶境遇中顽强拼搏的独狼形象，唱出了一曲生命的赞歌，具有强烈的艺术感染力、震撼力。《苍狼》生动地讲述一个狼的家庭舍生忘死地冲破人为的樊篱，执着地寻找自己家园的故事。小说中的公狼、母狼、狼大哥各具个性特征的形象，给我们留下了难以忘怀的印象。在表现当代少年生活的小说中，金曾豪同样着力于塑造鲜明、独特的“这一个”形象。《青春口哨》刻画了江南小城里几个出身不同、性格各异的少年形象：知识分子家庭出身的天平英俊、潇洒而富有才气，个体户大款的儿子郑康儿开朗、幽默而又不失精明，农民的后代桑堤沉稳而有胆有略。这部小说充分展示了当代少年人的生存状态、理想追求和精神气质。

五曰：“想象是作家的权利。”

金曾豪不止一次地谈到，人类世界和动物世界的沟通非常困难，人很难真正进入动物的内心世界。要写好动物小说，表现动物的内心，除了得借助于动物学家的研究成果，还得靠作家展开想象的翅膀。

没有想象就没有文学艺术。决定一个作家才华高下的主要是想象力。不仅写动物小说需要想象，表现少年生活的小说也需要想象。对儿童文学作家来说，想象力显得尤为重要。正如别林斯基所说："生气勃勃的、富有诗意的想象力，是培养儿童文学作家的一系列必备条件中的不可或缺的条件。"

想象力固然有作家的禀赋、气质等因素，但更重要的还是源自厚实的生活经验、广博的知识积累和丰富的艺术素养。金曾豪说："想象的起飞是应当有一条足够长的'跑道'的。"我想，他那长长的"跑道"，正是建筑在具有丰厚文化积淀和鲜明时代色彩的现实生活土壤之上的，也是构建在悉心研究动物学家的研究成果、掌握科学知识的基础之上的。他的动物小说、少年小说，立足现实大地，自由驰骋想象，用自己的心灵去感受、体会，将现实人生与艺术想象水乳交融地结合在一起，努力创造出富有人文内涵和个性色彩的形象。

以上五点，是金曾豪多年创作经验的总结，也是他一以贯之遵循的创作准则，和在艺术上坚持不懈奋力追求的目标。我们相信，随着新世纪儿童文学的发展趋势、未来一代审美需求的变化和自己创作实践经验的积累，金曾豪还会不断调整、更新、丰富自己的创作观念、主张，创作出更多富有新意、激情和艺术魅力的好作品。热切期待金曾豪如愿完成《小男孩系列》《大自然系列》两大少年小说系列，为百花争妍的儿童文苑增光添彩！

2000 年 11 月 25 日

喜读《非法智慧》

我们处在一个信息时代、高科技时代、知识经济时代，以信息科技和生命科技为核心的现代科学技术突飞猛进、日新月异，“网络就是 21 世纪”。党中央提出了“科教兴国”的基本国策。伟大时代呼唤科学文艺、科幻文学。

肩负着建设四化、振兴中华历史重任的少年儿童一代，应当具有综合素质，精神道德素质、科学文化素质。要从小培养他们热爱科学、向往科学。科学文艺、科幻文学作品对丰富、启发少年儿童的想象力和创造力具有独特的作用。少年儿童喜欢、期待优秀的科学文艺、科幻作品。来自小读者的问卷调查清晰地表明：科幻、探险、宇宙奥秘这类题材的作品，都是孩子们最感兴趣的。优秀的科幻小说是最有希望进入畅销书行列的一种文学体裁、样式。

正因为如此，我们要大力促进科学文艺、科幻小说创作的发展、繁荣。去年中国作协与中国科协联合召开了全国科普创作会议。今年 1 月，中国作协主席团通过的《关于进一步加强儿童文学工作的决议》中又提出：“与中国科协密切合作，做好文学家与科学家优势互补的‘联姻’工作，共同促进科学文艺创作的发展。”作协与科协、新闻出版总署联合举办的科普创作评奖已正式启动；作协儿童文学委员会也把探讨、评介少儿科学文艺、科幻小说列入自己的工作日程。

张之路的长篇科幻小说《非法智慧》是当前日趋活跃的科幻创作的一个新的、可喜的收获。这是一本蕴含丰富的科学想象和浓烈的人文关怀精神的好书，也是一本构思新颖、饶有趣味、能引起少年阅读兴趣的、好看的书。

作者的两只脚，一脚踩在前沿科技上，一脚踩在现实生活土壤上，把现代科学技术与校园生活巧妙、自然地结合起来。张之路原来是学物理的，广泛涉猎各学科的新知识，关注生物医学、生命科学等现代科学技术的发展，善于从中捕捉、吸取新的信息、新的成果。他充分发挥自己的优势和擅长，以一定的科学依据为基础，展开幻想的翅膀，翱翔于校园生活与人世间。植入人体的“七星瓢虫”芯片，实际上是由微型计算机、数据库、无线上网接收器组成的，这都是已经市场化的技术，并不是处于科技前沿的新成果。作者的创新，是把它植入人体。围绕对植入陆羽身上的“七星瓢虫”芯片的控制、反控制的斗争，演绎出精彩纷呈、扣人心弦的故事。

以陆教授为代表的一方，要造就电脑与人脑结合、智慧非凡的机器与人的“混血儿”；而以陆教授的助手姜地及其背后的陌生人为一方，则企图控制各行各业、各个领域的“精英”，让全世界听命于他们。

小说按照文学的审美特征、创作规律刻画人物形象，编织故事情节。中学生陆羽、郭周、桑薇和陆教授（老袋鼠）及其助手姜地、段梦老师等人物形象，都以各不相同的思想、行为，给人留下难忘的印象。故事跌宕曲折，惊险紧张，可说是引人入胜，动人心魄。巧妙地设置悬念，也增强了小说吸引读者的艺术魅力。

科幻小说是曲折地反映社会现实的一面镜子。《非法智慧》融入了作者对生活的体验、感悟与思考。小说把科学人性化的问题摆到读者面前。科学技术的发展，究竟是给人类带来幸福还是带来痛苦、祸害，关键是掌握在什么人的手里。作品对科技发展的负面效应，提出了发人深省的警示。蕴含在故事中的人文精神，令人怦然心动。

读完这本小说，如果说还有什么不满足的地方，那就是感到幻想的色彩还不够浓烈，作者立足科技前沿、面向未来的想象力似乎还没有达到自由驰骋的地步。对环境、场景和人物内心世界的描写，似过分拘泥于现实。张之路是一位在儿童小说、电影诸方面卓有成就，思想、艺术上日趋成熟、创作正处于旺盛期的作家。我们有理由期待他在科幻创作方面为小读者奉献出艺术生命力更久远的精品力作。

2001 年 3 月 20 日

贵在不懈探索

——读《天棠街3号》

《天棠街 3 号》是新世纪之初我国儿童文苑的新收获、新成果。

文学艺术贵在创新。没有独创，没有革新，文学艺术就不能前进，也就失去了它特有的魅力。秦文君是一位富有爱心、责任感和不断探索、创新精神的作家。从《天棠街 3 号》我注意到，她依然执着地坚持“以走入少儿心灵为本”、“以单纯有趣的形式讲叙人类的道义、情感”、追求“艺术的和大众的（儿童化的）”的完美结合这样一些基本的创作理念、原则。同时，我高兴地看到，她又十分注重开拓艺术视野，寻求独特视角，丰富表现手法，从而使这部小说或多或少地突破一些论者所谓的“难以突破的‘男生贾里模式’”，有了一些新的质素：新的构思、新的意蕴、新的形象、新的色调。

秦文君是一位善于编织故事的高手，她的作品素来以故事、以趣味、以灵气取胜。在《天棠街 3 号》这部新作中，她依然保持、发扬了自己固有的特色。从一只高挂在家门前的“天棠街 3 号”信箱、一枚始终揣在郎郎裤袋里的镶嵌蓝宝石的戒指、一个整天挂在解伟脖颈上的俄罗斯军用望远镜、一瓶不知去向的洋酒……演绎出一串引人入胜、扣人心弦的故事。同秦文君以前的作品相比，这部小说更加注意开掘这些故事里面蕴含的浓浓的、割不断的亲情，少年间单纯、真挚、重信义的友情，成年人温馨、痛苦、期待交织在一起的恋情，笔墨酣畅地表述人类共有而又是少年心灵能够感受的那份情感，因而有了更为深沉的人文内涵。

力求走进少年儿童的内心世界、感情世界，是秦文君在刻画人物上奋力追求的目标。她对当代都市少年的生存状态、心理状态可说是烂熟于心，对他们的欢乐、苦恼、困惑、期待，有着细致准确的了解和把握。《天棠街 3 号》为秦文君立志塑造的“当代中学生艺术群像”又增添了几个崭新的、个性鲜明的、不同于贾里、贾梅、鲁智胜、林晓梅的少年形象，进一步丰富了我国当代儿童文学的人物画廊。单纯、善良而又有几分忧郁的郎郎，渴望父爱、由懦弱到坚韧、日渐成长起来的解伟，美丽、爽朗、泼辣、大胆的苏凤，流里流气、令人生厌而又令人忧心的尻，都给读者留下了深刻的、难以忘怀的印象。

秦文君对当代中学校园生活情有独钟，熟悉都市少年生活是她的优势和强项。从《天棠街 3 号》这部新作可以看出，这次她动用了自己生活库存中另外一份财富，即她从小耳濡目染、极其熟悉的上海里弄百姓人家的日常生活。她的笔触更多地伸入色彩斑驳的家庭生活，把校园生活与家庭生活、社会生活交叉起来描写。平吉里一幢三层小楼里外婆、小外婆、小小外婆和郎郎妈富小芙，以及那个柴伯伯的音容笑貌、饮食服饰、悲欢离合、生老病死，从八仙桌上的各式早点菜肴到亲朋之间的礼尚往来，从三个老太太的喋喋不休到小外婆的老姑娘脾气，都描绘得活灵活现，有声有色，洋溢着老上海特有的气韵、风情。而对这些家庭生活、成人生活的描写，又都与少年生存、成长的环境及其精神成长、心灵成长的历程紧紧相连，让我们清晰地看到少年成长过程中经历的艰辛、苦涩，品尝少年人生的酸甜苦辣。

在艺术格调上，秦文君的作品也是不断嬗变、发展、丰富的。从她早期作品的深沉凝重、质朴敦厚，到《男生贾里》系列的一改“戏路”，追求明朗轻松、幽默诙谐；而这次我们又从《天棠街 3 号》中读出了不乏诙谐的笔调中略带淡淡的忧伤。这种格调是同作品所表述的成长的主题、内涵和谐一致的，是会被广大小读者所接受和喜爱的。

我以为，秦文君的这些探索是成功的，因为她所有艺术上的探索，都没有忘记走入少儿心灵这个根本。

2001 年 6 月 15 日

倾情于孩子的精神成长

——读《亲亲我的妈妈》

思想、艺术上日益成熟的黄蓓佳，在儿童小说创作上，驾轻就熟地步入了快车道。近 10 年间，她持续不断地为孩子们奉献了 5 部堪称佳作的长篇。这样的创作实绩，不能不令人瞩目。综观收入《黄蓓佳倾情小说系列》的 6 部作品，包括长篇小说《我要做好孩子》《今天我是红旗手》《我飞了》《漂来的狗儿》《亲亲我的妈妈》和中短篇作品集《小船，小船》，似有这样几个共同特色：

其一，大多是为中高年级小学生画像，善于把孩子的小世界与成人的大世界融会贯通起来描绘，满怀深情地关注少年儿童的心灵成长、精神成长。

其二，具有明朗、昂扬向上的价值取向、美学取向，作品的字里行间闪耀着理想的、道义的、人性的光辉。

其三，力求把“感动当下”与“追随永恒”统一起来，不仅要让今天的读者喜闻乐见，在感情上引起共鸣；而且要使之具有较为久远的艺术生命力，在若干年后还能让人细细回味、思索。

其四，读者对象定位明确，面向童年期的孩子，即小学生，同时兼顾家长、老师等成人读者，力求老少咸宜，适合于亲子共读。

最近荣获第十届“五个一工程・入选作品奖”的《亲亲我的妈妈》，这部新作同样具有上述这些特色，只是在题材开掘、人物刻画、艺术表现上，作者又有一些新的探索、新的追求。

与《我要做好孩子》《今天我是升旗手》《我飞了》等作品一样，《亲亲我的妈妈》依然是写孩子的成长。但这次作者把关注的目光投向单亲家庭的孩子。

随着现代社会的发展，父母离异率的上升，单亲孩子成了当今社会中日益突显出来的一个特殊群体。他们面对的困难，背负的压力，尤其是精神、心理上的负载是超常的、非同一般、难以承受的。描写孩子勇敢面对单亲家庭的特殊环境，努力与单身妈妈搭起沟通的桥梁，突出重围，走出阴影，在成长的道路上向前迈进，是一个引人关切、富有人性内涵的题材。作者敏锐地抓住它，凭借自己厚实的生活积累和独特的感悟、思考，颇有艺术说服力、感染力地回答了这一困扰人们的沉重话题。

文学艺术贵在独创、创新，贵在千姿百态。无论是构思、结构、人物、情节，都切忌单一、类同、千篇一律，既不能重复别人，也不要重复自己。黄蓓佳在文学创作上是一个勇于超越自我，不断有新的追求的人。她总是同自己过不去，给自己出新题目，大胆地去作种种新的尝试、新的探索。在塑造人物形象上，她在《我要做好孩子》中，刻画了一个普普通通却努力向上的女孩金铃，而在《今天我是升旗手》中，又刻意塑造了一个充满阳刚之气、出类拔萃的男孩肖晓。在《我飞了》中，刻画了一个心地善良、重友情、富有同情心的单明明，而在《亲亲我的妈妈》中又塑造了一个善解人意、自强自立的小小男子汉赵安迪。小名弟弟的赵安迪和单明明，虽然同样是单亲家庭的孩子，都有沉默孤独的一面，但却是各具个性特征的“这一个”。弟弟之所以成为一个新的、独特的儿童形象，在于作者用温情脉脉的笔触刻画出他丰富、纯真的情感世界，层次分明地勾勒出他在特殊环境下铸就的沉稳、坚毅的品质。

文学艺术的基本特性是借助艺术形象以情感人。黄蓓佳深谙个中道理，她步入儿童文苑不久，就领悟到：“唯有那些写人和人之间的感情，写得真挚、深切、纯洁、隽永的”，才会为孩子们所喜爱，以至久久不能忘怀。在《亲亲我的妈妈》中，作者紧紧扣住舒一眉和弟弟母子之间由陌生、隔阂、冷落到沟通、理解、亲近这条主线，把血浓于水、永远难以割舍的骨肉情写得丝丝入扣，动人心弦。故事是以弟弟为主角、为中心展开的。弟弟出世不久，他妈就抛夫别子到省城去发展自己的事业，从小没有享受过母爱。直到10岁因父亲车祸身亡，弟弟才得以来到妈妈身边。但母子之间若即若离，不亲不热，一天说不上两句话，看不到妈妈一个笑容，家里的气氛压抑得几乎令人窒息。弟弟的遭际和处境不禁令人怜悯、同情。可黄蓓佳笔下的弟弟，是一个懂事的孩子，一个渴望得到母爱的孩子。他喜欢妈妈身上散发的淡淡的甜橙般的香味，乐于享受妈妈为他包扎纱布那指尖的温存和爱抚，没有因为妈妈的冷漠而泄气、疏离。他尊重妈妈，体贴妈妈，处处事事为妈妈着想，在母子沟通的过程中始终扮演着积极、主动的角色。特别是当他了解妈妈患有抑郁症后，真正成了妈妈所期盼的“这个家里的小男人”“一个男性的朋友”。在舒一眉陷于苦闷、忧郁的时候，弟弟在眼镜店店主卫东平、表姐可儿的指点、合作下，帮助她在面临下岗时重新点燃起希望和信心，摆脱了极其自私的男友没完没了的纠缠。尤为感人肺腑的是，作品描述弟弟悄不作声地准备了几样爸爸爱吃的菜，与毫无精神准备的妈妈一起来纪念爸爸的生日时，舒一眉感动了，醒悟了，由衷地道出了“对不起”。母子终于相拥在一起，两颗心紧紧联结、亲密无间了。从这些生动、细致的描写中可以清晰地看出，单亲家庭的特殊环境，确实给了弟弟一份特殊的营养，使他从小培养起自立自强的意识、品质，在忧伤与快乐中成长。一个有心眼、富感情、血肉丰满的小小男子汉形象就活灵活现地站立在我们面前。这个可爱的、有鲜明个性的儿童形象，丰富了我国当代儿童文学的人物画廊。

时代在前进，生活在变革，少年儿童的阅读兴趣、审美需求也在不断发展变化。黄蓓佳的儿童小说创作也在“努力追赶孩子们前进的步伐”。在艺术表现手法、写作风格上，她坚持直面生活的现实主义，但也尝试运用幻想与现实结合、轻喜剧式的幽默，偶尔也采用现代小说常用的象征手法、意识流手法。在《亲亲我的妈妈》的故事、人物、语言上，她又巧妙而自然地融入时尚的、青春的、流行的新元素，更加注重趣味性、可读性，锲而不舍地向着艺术性与大众化的统一、有趣味又有思想的艺术境界登攀。

2006 年 5 月

东北小虎队在成长

衷心祝贺《小虎队儿童文学丛书》的出版。

从1997年辽宁少年儿童出版社推出《棒槌鸟儿童文学丛书》到现在，过去了将近10年时间。这十年，社会在进步，生活在发展，东北小虎队也在成长。

如今，小虎队已成为一个富有充沛创作活力和鲜明地域特色的青年创作群体。

这个创作群体实力相当雄厚，不断为小读者奉献出思想性、艺术性、可读性俱佳的作品。如获中国作协第五、六届全国优秀儿童文学奖的《随蒲公英一起飞的女孩》（薛涛）、《轰然作响的记忆》（刘东）、《骑扁马的扁人》（王立春），获第六届宋庆龄儿童文学奖的《吹口琴的小野兔阿洛兹》（常星儿）等。

这个创作群体不断新陈代谢，后继有人，富有朝气和活力的新生力量层出不穷。这次推出的《小虎队儿童文学丛书》与9年前的《棒槌鸟儿童文学丛书》相比，就有三张新面孔（刘东、于立极、许迎坡）呈现在我们面前。

这个创作群体扎根现实生活沃土，共同追求浓郁地方特色、淳朴创作风格，又各自发挥自己的优势、擅长和个性。在以中短篇小说为强项的基础上，覆盖的创作体裁、样式越来越丰富多样了，兼及童话、诗歌、幼儿文学等。

这个创作群体还有一个优势，就是有一位事业心很强又很懂行、具有组织才能的领军人物赵郁秀。她为小虎队的成长加油打气，擂鼓助威，奉献出自己的心血和精力。正因为有了她，《棒槌鸟》《小虎队》才得以顺利问世，她确实是功不可没。

在中华大地上，从南到北，从东到西，到处都可见到儿童文学组织工作者活跃的身影。赵郁秀就是突出的一位。其他还有浙江的倪树根、安徽的刘先平、湖北的董宏猷、重庆的张继楼、广东的王俊康等。我想，如果每个省、市都有一位热心为“小儿科”鼓与呼的领军人，那么，可以预期，儿童文学“小虎队”这样的创作群体就会在全国更多地方出现，小百花园一定会呈现出更加绚丽的景色，散发出更加浓郁的芳香。

在研讨《小虎队儿童文学丛书》时，我想就儿童文学直面现实、直面苦难的话题，谈一点看法。读了许迎坡的《寻找爸爸的天空》这个短篇小说集，再次引发我对这一问题的思考。

一段时间以来，我们的儿童文学创作大多是以都市少年儿童的生活为对象，而且把过多的笔墨诉诸时尚的、流行的、贵族化的元素，较少触及生活中艰辛、严峻、苦难的一面，无怪乎有的论者发出“儿童文学要直面苦难的缺失”的感叹。

儿童文学要不要直面现实，可不可以直面苦难？答复是肯定的。20年前，我在评论常新港的儿童小说时，就发表过这样的看法：“对于十一二岁到十五六岁正走向成熟的少年读者来说，按照他们的特点和要求，通过文学作品使他们循序渐进地了解成人世界的某些生活，多少懂得一点生活的复杂性，尝一尝人生的酸甜苦辣，是大有教益的。这将有助于把少年儿童一代培养成为意志坚强、不屈不挠的建设新生活的战士、共产主义事业的可靠接班人。”从理论上、思想上，也许儿童文学界的朋友都会认同这个看法，但在创作实践中勇于尝试、探索者似乎为数不多。直面苦难的革命历史题材作品，如张品成的《赤色小子》《十五岁的长征》，描写新时期以前、20世纪五六十年代的农村苦难生活，又如曹文轩的《草房子》《青铜葵花》，都是相当成功的。而在反映当今现实生活的作品中，直面现实、直面苦难的似乎屈指可数。

这次我们高兴地看到许迎坡《寻找爸爸的天空》。这本短篇集取材于农村或城镇平民子女生活。它直面现实和人生，直面儿童的生存状态，不粉饰生活，不回避描写生活中严峻、艰辛、磨难、痛苦。他把小主人公置于父母下岗、离异、赌博、疾病等等复杂严酷的生活环境里，写他们在厄运中抗争，在困境中进取，在苦难中成长，令人读后不能不为当代这些少年儿童的遭际和命运而感叹以至震撼。

儿童文学作品不是不能描写苦难，问题是在于如何描写。在这方面，许迎坡的创作实践也给我们提供了一些可资参考的经验。

《寻找爸爸的天空》着力刻画了一些北方少年强者的形象，如李一民、祥子、黑子、老三、木木等。作者善于从苦难中发现刚强坚韧，从严峻中挖掘善良豪爽，揭示了北方少年的性格美、心灵美、人性美，特别是他们身上那股憨直、倔强、自立的劲儿。因此，作品虽然描写了苦难艰辛，写了孩子的磨难、不幸，但给人的审美享受却是奋发向上的、崇高健康的，并不会让小读者感到压抑、阴郁、低沉、悲凉。

同时，我们注意到作者聪明巧妙、很有分寸地处理了写困境逆境中少年这种难以驾驭的题材。从儿童的视角来观察、表现生活，充分考虑作品中对苦难的描写要适度，不过分渲染，力求符合少年儿童的年龄特征、心理特征，适合他们的理解水平和接受能力。从祥子与冤家对头的儿子李金财用“石头剪子布”这种游戏方式来决定输赢的描写中，孩子会领略到天真的童趣；从福子、铁蛋游泳后捂着裤裆回家的描写中，孩子会品尝到幽默风趣。童趣、幽默、亲情淡化了苦难，更易于为少年读者接受。

我们的少年儿童文学，十分需要像《寻找爸爸的天空》这样刻画少年强者形象的作品，赞扬少年男子汉不屈不挠的硬骨头精神。它会起到给少年读者在精神上补钙的作用，给他们以信心、勇气和力量，鼓舞、激励他们去迎接困难、战胜困难，追求、创造更加美好的明天。

2006 年 12 月 7 日

程玮梦中的书
——《少女的红围巾》读后

新时期文学发轫时期，儿童文学队伍中涌现出一批生气勃勃的年轻作家，程玮是其中屈指可数的佼佼者。她也是最早开拓我国少年文学疆域的尖兵之一。

在我的印象中，程玮的作品富有浓郁的时代色泽和生活气息，擅长刻画少男少女的感情世界，在艺术手法上勇于探索、变革，语言清新流畅，格调隽永亲切。她的创作实绩和成就，赢得了业内人士的好评和广大小读者的赞赏。

20 世纪 90 年代初，程玮发表出版了长篇小说《少女的红发卡》后不久，骤然从儿童文苑消失得无影无踪。她在国外闯荡了十多年，又回归儿童文学队伍，重新点燃起为少年儿童写作的激情。这次收入《程玮至真小说散文系列》的长篇小说《少女的红围巾》、散文集《风中私语》，就是她近年的新作。她对儿童文学的热情、兴趣一如既往，对生活中新事物的发现、观察越发锐敏。我为她以新的面貌、新的风姿重新登上儿童文学舞台而感到由衷的高兴。

国际题材、涉外题材，即描写异域少年儿童生活或表现中外儿童在一起学习、生活的作品，在我国儿童文学创作中一向比较薄弱。但在这方面，程玮倒是走在前头的，她发表于 20 世纪 80 年代的短篇小说《SEE YOU》、中篇小说《来自异国的孩子》等，都是我国新时期以来最早反映中外儿童生活而引人瞩目的佳作。这次程玮又凭借她大学时代对留学生生活的熟悉了解，特别是她近十多年落户德国的丰富生活阅历和对留学、移民生活新的感悟，写出了别开生面、让人耳目一新的《少女的红围巾》。

1990 年程玮在日本大阪国际儿童文学年会上曾谈到："我梦中的书应该是一本美的书""一本隽永、长久的书""一本低低絮语、敞开心扉的书"。她还不止一次地表示：在创作上不愿“重复自己”,要“有新鲜的东西提供给读者”。我以为，《少女的红围巾》这本小说似标志着她的梦想正在变为现实；或者至少可以说，她正向自己奋力追求的那个艺术境地靠拢。这是一本情深意长、耐人寻味、具有较高艺术品位和欣赏价值的书，少年读者和成人读者都会从中得到程度不同的人生启迪和审美愉悦。

《少女的红围巾》推开了一扇生活的窗子，让我们从一个角度、一个侧面看到外面的世界既精彩又无奈、色彩绚丽又斑驳。小说虽没什么一波三折、起伏跌宕的情节，但作者用亲切的、温情脉脉的笔触叙写留学生平凡的日常生活，真实生动地展示出一幅我国当代少年在异国他乡学习、成长、奋斗的生活图景。作品的女主人公、初出国门的雨儿和另外两个出国求学的男生杨光、土豆，合租了公寓楼里一套三间的住房；随后又住进来一个离开父母、要独自谋生而又暂时无处栖身的德国女孩约翰娜。作者聪颖、巧妙地选择了三间房这个小天地，几个年轻人以及他们之间的新鲜、生动、五味俱全的故事就在这里精彩纷呈地演绎出来。一次，雨儿参加慈善酒会，无意中发现她心目中很优秀的男孩杨光竟在音乐厅女洗手间打扫卫生。她觉得一个男人干这种活太窝囊，可杨光却没表示出一丝尴尬，显得很坦然。而雨儿在红灯区一个酒吧打工——弹钢琴，有一次，由于不能容忍一个日本客人的又吼又骂，竟把一杯啤酒泼到那人的头上。为此她受到老板的批评，不禁委屈得流下了眼泪。经历了这两件事，雨儿从杨光身上学到“重要的一课”，意识到自己的糊涂、幼稚。我们高兴地看到，雨儿吃一堑长一智，在日常磨炼中逐步成长了。严峻的现实教育了她，对打工、金钱、荣辱、自尊心等，在思想观念上有了变化，迎接生活挑战的承受力也有了提高。

小说通过对德国女孩约翰娜离开家庭、独立谋生的经历、遭际，生动地展现了东西方文化、传统、道德的差异和冲突。按照德国的传统，一个人过了 18 岁，要独自出门旅行一次，以便认识世界，体验人生，学会独立生存的本领。约翰娜所属的施耐特家族，更要求子女成年之后，头三年要自食其力，不能花家里的钱。约翰娜高中毕业后离开了家庭。尽管她出身于富豪家庭，父母腰缠万贯，但在她没有打工挣钱之前，不仅付不出该付给雨儿、杨光等的房费和饭费，有时连吃一顿麦当劳的钱都没有。租房得不到父母的经济担保，以致一度她又不得不搬回父母家里去。在她看来，这样走回头路，是“一件令人羞耻的事”。雨儿与约翰娜，经历了一个相逢、相识、相交、相知的过程。对她的白吃白住，也由讨厌、气愤转为原谅、理解。约翰娜的遭际，喜与忧，成功与挫折，雨儿感同身受，从中尝到了独立生存的艰辛，体味到生活的甜酸苦辣，深深地领悟到：要真正做一个从形式到内涵都独立的人，还有很远的路要走。《少女的红围巾》这部小说弘扬自主、自强、自立的精神，对处处、事事都有父母精心呵护、遮风挡雨的中国少年儿童来说，有着激励、启迪、警示的意义。

作品着力刻画的另一个人物形象是出身农村贫寒家庭、从小矢志改变自己命运的于阡。在我看来，于阡是一个血肉丰满、感情丰富、富有立体感的形象。她的经历、遭际和命运耐人寻味，感人至深。作者把于阡放置在与江老师、焦竹、雨儿诸多人物的关系中，多侧面地深入揭示她的内心世界、感情世界。江老师是她的启蒙老师、改变人生道路的引路人。她一生不会忘记江老师在她孩提时代对她说的那句亲切、温馨的话：“来，你跟我走”和最初教她的五个字：“窗前明月光”。从此，这个不愿像她妈妈、奶奶那样生活的农村女孩，迈出了改变自己命运的第一步。在江老师的激励、感召下，她刻苦学习，奋发向上，终于走出农村，上了大学。大学毕业又出国进修，拿到博士学位，当上德国一个大公司对中国部门的主管。她由衷感激给予她以新生命的江老师，并日渐萌生出一个少女对年轻老师朦胧的爱。于阡一生只爱过江老师一个人，始终不能割舍那缕埋藏在心底的、深深的爱恋之情。可是，事与愿违，尽管江老师理解、珍惜于阡的那份感情，但他已经有了伴侣，有了家庭，出于道德和责任，他不能再和于阡走到一起。作者满含深情地叙述于阡自强、自立的人生历程和她与江老师之间的感情故事，娓娓道来，丝丝入扣，颇具艺术吸引力和感染力。

于阡与她的大学同学焦竹，可说是形影不离，在学校里已慢慢地成了公认的一对。焦竹对于阡的关爱无微不至。尝过“文革”中饿肚子苦头的焦竹，每周六都要约家境清贫、饥肠辘辘的于阡到学校后门口的“小锅面”吃一碗面条。他决心要给于阡一个温暖、平安的家，一个能笑能哭的地方。焦竹即将去美国留学时，让于阡上英文补习班，等到明年春天要帮于阡办出国手续。

于阡对焦竹的爱，心里有过矛盾，一度也想中止，但始终没有挑明。直到焦竹即将登机出国的那一刻，于阡才鼓起勇气对他说出自己的心里话："到了美国，你把我忘了吧！""焦竹，其实，我从来没有爱过你！""在遇到你的时候，我的心已经给了别人。我无法收它回来。"这对一辈子也只爱过于阡一个人的焦竹来说，无疑是晴天霹雳。即使如此，真心疼爱于阡的焦竹，每年圣诞节，都从美国飞来德国，陪伴于阡度过平安夜。直到于阡疾病缠身，已感到来日无多的时刻，焦竹还陪伴于阡去西藏看一看她久已向往的珠穆朗玛峰。他一个人陪在于阡身边，让她度过生命中最美丽的最后的日子。作者把于阡和焦竹之间那种难解难分而又扑朔迷离的友情、爱情，以及他俩对各自一见倾心的人那份真挚，那份忠诚，可说是描写得细致入微，扣人心弦。

再说于阡和雨儿。于阡是雨儿父亲即江老师的学生，也是雨儿到国外闯荡后的第一个引路人。雨儿刚到德国，住在于阡家里。初来乍到，对异国他乡的一切，都感到又新鲜又陌生。于阡暗暗把雨儿当成自己的女儿，对她的言谈举止、服饰打扮，都直率地一一加以指点。每当雨儿遇到麻烦、挫折或困惑，她根据自己的切身体会，诚恳地告诫雨儿："在这个世界上，只要是靠劳动挣来的钱，每一分钱都是光荣的。""不管时代怎么发展，不管现代女性的观念有多大的变化，我想对你说，要把你的第一次给你真正爱的人，记住我的话。""穷困可以磨炼一个人，但也会让一个人变得卑贱。"特别在她最后写给雨儿的信中，情真意切地说："一个女人可以不美丽，可以不富有，但一定要独立。"在于阡亲切而又严格的言传身教下，雨儿沿着自立自强的路一步一个脚印地向前行。尤其令人感动的是，于阡在生命的最后时刻，向雨儿敞开心扉，不加掩饰、毫无保留地告诉她："你的父亲是我一生深爱着的人。可是他从来没有爱过我，请你不要责怪他。""焦竹和你父亲，是我在这个世界上永远心怀感激、永远无法回报的两个人。""这些年来，我总是在忙忙碌碌，活得很浮躁。……我忽略了我自己的感情，也忽略了别人的感情。"作品借着生动、具体的故事情节和心理描写，表达了于阡、焦竹那代人走过的艰辛的路和他们追求爱情、道德和理想完美统一的梦想，给读者留下了想象、思索的广阔空间，让我们细细品味、咀嚼那个令人荡气回肠、感慨不已的人生故事、情感故事的人文内涵和精神价值。

有天赋、有才华的程玮深谙艺术的儿童文学的真谛和本质特征。她着力于理想、情怀、纯美、境界的抒写，紧紧把握以情感人，以美育人，强调审美价值。她刻意在让读者感动上下功夫。我们从作品中饱含深情、浓墨重彩描写的那条轻柔鲜艳的红围巾，那碗热气腾腾、飘满油花的牛肉面，那张于阡和雨儿父母合影的黑白照，那幅挂在壁炉上方的珠穆朗玛峰油画，那个在刺骨的寒风中向于阡要一支铅笔的藏族小女孩……深切地感受到那浓浓的、真挚动人的亲情、友情、爱情。这正是作品长久的艺术魅力所在。

写到这里，我不由得想起西班牙当代文学大师贡萨洛·托伦特·巴列斯特尔特说的："要想写出好作品，首先需要的是天分，其次是经验。如果再有些想象力，那就再好不过了。世界上一切好的文学作品无非出自这三个要素。"我以为，天才，经验，想象力，也正是程玮小说创作获得成功最基本的法宝。

2008年清明节

别开生面的成长小说

——《我的儿子皮卡》读后

《我的儿子皮卡》系列是一部富有文学品位和艺术特色的优秀儿童小说。在曹文轩的创作中，则可说是一部别开生面、闪耀着新的亮点的力作。

这部儿童成长系列小说的前四册:《尖叫》《仰望天空的猫》《再见,钢琴》《淘金兄弟》，描写了小主人公皮卡从出生到上学前有趣、多彩的故事，是当今幼儿生活真实的艺术写照。

打开这部作品，一股清新、浓郁的生活气息扑面而来，让你感到十分亲切。作者以饱蘸深情的笔触描写家乡——苏北盐城油麻地那田野、河流、风车、白帆，那宅旁的树林，河边的芦苇，一望无际的稻田，星河灿烂的天空，还有那蜻蜓、橘猫、鸽子、小白牛这些童年时代最好的游戏伙伴，所有这些，构成皮卡在人之初亲密接触自然万物、得天独厚的生长环境。而整天围着皮卡转，对他百般宠爱、呵护的爷爷、奶奶、四个姑姑，还有与他做伴的那些纯朴的乡村小孩，既让他充分享受了温馨的亲情、友谊，也让他从乡村大地吸取了有益于自己成长的养分。从乡村回到大城市，展开在皮卡面前的又是另一个新的天地：耸天而立的高楼大厦,川流不息的来往车辆,开着本田轿车兜风,在“渔夫码头”大酒店品尝海鲜，按照妈妈的愿望被逼着学钢琴，兄弟俩摆地摊卖杂志，与卖茶鸡蛋的农民工家的小女孩不期而遇又不辞而别……皮卡就是在城市这些新的风景、新的事物熏陶下一天一天、一步一步地长大的。曹文轩对家乡油麻地的童年记忆、对长年守望的大城市的生活体验，以及日积月累的育儿经验，可说是烂熟于心，信手拈来，勾勒出一幅色彩斑斓的城乡交错的生活图景，编织出一个个动人的、趣味盎然的故事，让小读者或多或少地领略既陌生又熟悉、日新月异的现实生活，细细品味孩提时代那一段自由、快乐的成长岁月。

《我的儿子皮卡》塑造了一个有血有肉、活灵活现、又淘气又可爱的幼儿形象，为我国长长的儿童文学人物画廊又增添了一个新的、令人难忘的艺术形象。作者善于捕捉、选择富于儿童特征、引人生趣的表情、姿态、动作、行为来刻画皮卡心灵成长、精神成长的历程。作品中写皮卡热衷于尖叫，我们会深切地感受到，那是他要宣泄兴奋、激动、好胜、气愤之情，以及对在远方的父母的思念之情；而尖叫声的永远消失，则表达了他对被自己的尖叫声伤害了的小女孩的悔恨、抱愧之情。从这里我们清晰地看到，一个天真烂漫的孩子由懵懵懂懂到逐渐懂事，在成长路上留下的小小脚印。

小说中描写皮卡撕下床上好端端的一张芦席的芦苇条帮助鸽子筑窝；描写他代幼儿园的杜夏老师受过，一口咬定脸上的伤痕是妈妈的戒指划伤的；他为来自农村的女孩草环在幼儿园受嘲弄、歧视鸣不平、解围……这些精彩的故事情节，把皮卡善良、纯真、富有同情心的内心世界完整、真实地呈现在读者面前，令人感动、喜悦和称赞。

曹文轩在创作上执着地“追求永恒”，这一点在《我的儿子皮卡》中依然一以贯之，持之以恒。但在叙事方式上，这部系列小说采取了一种独特的、轻松自如、不加雕琢的谐趣笔调。作品的语言则轻快流畅，如行云流水。蕴含于作品中的幽默、谐趣，是从儿童生活、儿童心灵深处开掘出来的，不是低俗、浅薄、轻佻、平庸的噱头、搞笑。比如，无本驾驶的爸爸在通过高速路口时，皮卡竟直率地、毫不犹豫地大声对警察说：“这个人，他没有本！”读到这里，你不禁会发出会心的微笑，引起深深的思索。作者把幽默与纯真的童心、童情、童趣联结在一起，把幽默与感人至深的人性美、人情美联结在一起，让小读者沉浸在审美愉悦、艺术享受之中，在轻快愉快的氛围中成长，变得越来越聪明、机智、乐观、活泼。

总之，这是一部诙谐有趣而意味深长、兼具感染力和可读性的精粹之作，我乐于向小读者和为人父母的大读者推荐，并热切期盼早日看到皮卡在成长路上继续前行的矫健身影。

2010 年 4 月 5 日

“彩乌鸦”展翅高飞的奥秘

二十一世纪出版社是一个有胆有识、追求卓越、不断开拓创新的团队。在我的印象中，从 20 世纪 80 年代以来，它的所作所为，有几件事令人刮目相看、难以忘怀：一是 1986 年 10 月在庐山召开中青年作家会议后，出版了《新潮儿童文学创作丛书》，记录下当代儿童文学发展史上灿烂的一页；二是 1997 年 10 月在三清山召开的跨世纪中国少年小说创研会上，率先举起了“大幻想文学”的旗帜；三是从 2002 年引进德国的《彩乌鸦系列》到 2009 年开始出版《彩乌鸦中文原创系列》，为当代我国儿童文学的创作、出版提供了成功的、可资借鉴的经验；四是 2007 年 10 月牵头建立“中国儿童阅读推广人论坛”，发表了《南昌宣言》，为儿童文学的阅读推广打开了一条通道。

这次二十一世纪出版社组织儿童文学芳菲之旅，开展以“‘彩乌鸦’和新文化时代”为主题的讨论，对推动我国儿童文学创作、出版、阅读推广，必将又一次起到引领的作用。

我们处在世界多极化、经济全球化的时代，处在高科技时代、网络时代、信息时代。在这样的大背景、大环境之下，文学越来越明显地进入纯文学、通俗文学、网络文学多元化发展的时代。在儿童文学疆域里，也呈现出艺术的儿童文学、大众的儿童文学、雅俗共赏的儿童文学多元并存，兼容并包，齐头并进的格局。《彩乌鸦中文原创系列》就是在这种背景、格局下脱颖而出的优秀之作、精粹之作。我以为，它成功的奥秘在于：

第一，具有较高的文学品位和审美价值。力求做到思想内涵与艺术形式的完美统一，思想性、文学性和可读性的完美统一。“一口气读完，一辈子不忘”

的编辑理念所追求的正是为小读者所喜闻乐见而又具有长久的艺术生命力。

第二，坚持儿童本位，心中唯有小读者。从内容到形式都充分考虑小读者的阅读兴趣、欣赏能力，有故事，有趣味，篇幅大多在五六万字左右，短小精悍。

第三，讲究文图并茂。精致的、多彩的、富有创造性的插图，不只是给文本增光添彩，而且是对文本的一种新颖、独特的诠释，成为《彩乌鸦》系列不可或缺的一个组成部分。

第四，编辑独到的眼光和功力。从作品题材内容的选择侧重于爱、生命、成长、人与自然的和谐，到作者阵容既重视名家名作又关注新人新作，都可以看出编辑独到的、一流的眼光和功力。

《彩乌鸦中文原创系列》的成功，对我国儿童文学的创作出版，有些什么启示呢?

其一，发展原创是繁荣儿童文学之本。艺术的、大众的、雅俗共赏的儿童文学都要发展。既要大力提倡、鼓励具有文学品位和长久艺术生命力的创作，努力使之占有儿童文学的主流地位；同时也要使大众的、通俗的儿童文学都有适当的发展空间。冒险、惊险、科幻、魔幻、探险、侦探、推理、悬疑、武侠等诸多品种都可在儿童文苑占有一席之地。

其二，坚持文学的基本品质，坚持儿童文学的核心价值观。巴金老人说："文学的目的就是要人变得更好"。儿童文学是爱的文学，以善为美的文学。坚守文学的人文关怀和审美品质，讴歌、弘扬真、善、美，是儿童文学的总主题和基调。在少年儿童心灵里撒播爱的种子，真、善、美的种子，打好坚实的人性底子，充分发挥文学以情感人、以美育人的优势和魅力。

其三，讲究质量，以质取胜。艺术的、大众的儿童文学都有文野、高低、优劣、粗细之分。要把提高作品思想艺术质量放在第一位，坚持一以当十，少而精。让作家更从容地潜心创作，细细打磨，不浮躁，不急功近利。编辑要把握一定的尺度、水准，在作品质量面前人人平等，不讲情面，不徇私情。要让作家真正感觉到进入《彩乌鸦》这样的原创系列，是对作品品质、质量的认可，是在创作上达到了一定的高度。

其四，引导读者，提高读者。儿童文学的服务对象是少年儿童，毋庸置疑，在内容和形式上都应当适合小读者的精神需求。但适合，不是迎合，不是媚俗，要满腔热忱、循循善诱地引导小读者，提高小读者，帮助他们提高鉴赏水平和审美情趣。加强儿童文学评论，让评论真正走进小读者中去。进一步开展阅读推广活动，让家长、教师、社会方方面面更多关注少年儿童的文学阅读，让儿童文学的阅读欣赏更好地融入中、小学语文教育。

其五，倾情全力打造品牌。编辑、出版人要进一步树立品牌意识，坚信品牌的号召力、吸引力。从选题策划、作者认定、编辑加工、插图绘制、装帧设计都要狠抓品牌建设，把对图书的品质追求与市场的成功运作营销很好地结合起来，坚定不移地打造读者信得过的、驰名中外的品牌，以纯正的文学品质和高雅的审美价值赢得新时代的亿万小读者。

2010 年 4 月

精湛而独特的力作

——我读《腰门》

彭学军是我国儿童文苑一位富有鲜明创作个性、思想艺术上日趋成熟的女作家。《腰门》是她继《你是我的妹》之后又一部长篇力作，堪称进入新世纪后我国长篇少儿小说的重要收获。

作者十分珍惜童年生活对自己的馈赠，善于从童年经历、记忆中捕捉童年时代的情景、气息、感觉和趣味。《腰门》这部小说采取第一人称的叙事手法，通过传统民宅颇具特色的“腰门”这个独特的视角，深情回望童年所见所闻的人和事，生动真切地表现了一个寄养在湘西小城的女孩沙吉从 6 岁到 13 岁平凡而独特的成长历程。从“腰门”切入，是作者聪明的选择。从这个小小窗口窥见的一方土地，沙吉汲取到成长所不可或缺的养料，体味到初涉人世的酸甜苦辣。

作品中小主人公沙吉的形象鲜明生动，令人难忘。另一些人物，如不会说话的水、兔子嘴巴的青榴，云婆婆和未出场的麻脸奶奶等，也都刻画得相当成功。这些人物的遭际、命运，拨动了读者的心弦。作者着力表现人性的美，生命成长、精神成长的美，写出了人物内心的纯真、善良、伤痛、无奈，给人以深深的感动和丰富的审美享受，充分显示了文学以情感人的魅力。

这是一部具有浓郁地域特色和纯正文学品质的作品。交织在故事情节、人物命运中的吊脚楼、青石板路、蜡染、姜糖、苗歌、河灯……

展现了令人心旷神怡的湘西风情、文化韵味。生动、感人的细节描写，清纯、诗意的艺术追求，明丽、鲜活的文学语言，使这部作品具有很高的文学品位和独特的审美价值。

正因为《腰门》饱含深情表现了人类普遍关注的少年儿童成长这个主题，抒写了能引起普天下孩子共鸣的单纯、善良之情，又展现了蕴含“中国作风、中国气派”的地域特色。因此，我以为它适合迈出国门，走向世界，推荐给全球不同肤色、不同语言的亿万孩子们。

2010 年 5 月 24 日

文学品质与艺术个性
——我读曹文轩

曹文轩既是作家又是教授、学者。他是学养丰厚的学者型作家，又是富有作家气质的才子型学者。在我的心目中，他是文学界不可多得的人才。

就他的文学成就来说，无疑他是儿童文学界一位重量级、标杆性的作家，一位令人折服的领军人物。他在儿童文学创作思想、艺术上达到的高度，代表了当代中国儿童文学的最高水准，可说是登上了当代儿童长篇小说的艺术高地。我以为，曹文轩的儿童文学精品力作，与当代成人文学的优秀长篇小说放在一起，是完全可以平起平坐，毫不逊色的，称得上是一流作品。

曹文轩是一个有着鲜明的文学主张和自觉的美学追求的作家。早在20世纪80年代初，他就鲜明地提出："儿童文学作家是民族未来性格的塑造者"。几年前，他又进一步发展、完善自己的看法，明确提出："儿童文学的使命在于为人类提供良好的人性基础","目的都是为人打'精神的底子'"。他还提出："美、情调、意境、诗化、感动、悲悯、善，所有这一切，我都将它们看成是文学不可或缺的元素。"他认为文学应该给孩子道义感、情调、悲悯情怀，并应将诗意看作是儿童文学的特性。曹文轩这些新颖独特的、富有真知灼见的主张、理念、意识，对从事儿童文学的朋友起了启迪心智、拓宽视野的作用，对新时期的儿童文苑产生了相当广泛、深刻的影响。

纵观曹文轩的创作，从短篇小说《第十一根红布条》《古堡》到《再见了，我的小星星》《阿雏》，从长篇小说《山羊不吃天堂草》《草房子》《红瓦》《根鸟》到《细米》《青铜葵花》，从幻想小说《大王书》到儿童成长小说系列《我的儿子皮卡》，可以清晰地看出，他把自己鲜明的文学主张、创作理念不露痕迹、自然而然地融入自己生动的创作实践之中。在我的印象中，他的文学成就和特色，有两点尤为难能可贵而又令人难忘：

一是坚守文学品质

曹文轩重视、熟悉文学的特征、功能，推崇遵循文学内部规律。他认为："文学有一个任何意识形态都不具备的特殊功能，这就是对人类情感的作用。"在他看来，情感的作用绝不亚于思想的作用；美感的力量，美的力量绝不亚于思想的力量。强调以情感人，强调审美，以艺术形象、情感、诗意、美感来拨动人的心弦，直击人的心灵深处。读曹文轩的小说，你会沉浸在一种充满"温馨和温暖"的艺术氛围里，为他所刻画人物的遭遇和命运，普通人的人性美、人情美，纯朴浓郁的乡风、乡俗、乡情、乡韵所打动。时隔十多年，我依然没有忘记历经磨难、遭受厄运的杜小康从大芦荡回村时，还特意给桑桑带回的那5个双黄大鸭蛋；也没有忘记桑桑卖掉自己心爱的鸽子，把所得的钱支持杜小康摆小摊。你不能不为那真挚纯洁的友情和善良的同情心所打动。这就是文学的令人感动的力量。曹文轩认定，感动孩子们的，应是道义的力量、情感的力量、智慧的力量和美的力量；感动人的这些东西是永在的、千古不变的。他的所有作品就是紧紧扣住令人永恒感动的"情"这个轴心来构思、结构、叙写的。

二是在艺术风格上独树一帜

曹文轩一向尊重艺术个性，并按照自己的经历、经验、性格、气质、教养、美学趣味，来发展自己的艺术个性，逐步形成其独特的创作风格。他不止一次地表白："我在理性上是个现代主义者，而在情感上与美学趣味上却是个古典主义者。"有的论者把他看作"一位古典风格的现代主义者"。他喜欢浪漫主义的情调，认为忧郁是美的，是一种高贵的品质，主张"文学要有一种忧郁的情调"。他还认为："幽默是一种优秀的品质，幽默是在一种不露声色的有风度的平静之下所显示出来的一种十分内在的智慧。"他在一次访谈中，回答"您小说中梦想的美学原则"这一提问时，是这么说的："向上、飞翔、远离垃圾、守住诗性、适度忧伤、不虚情假意、不瞪眼珠子、不挥老拳、怜悯天下等等。"这几行字是他对自己的美学态度与艺术追求全面而简要的概括，也是解读、诠释他所有文本的内涵、意蕴、风格、特色的一把钥匙。厚重、深沉、浪漫、优雅、忧伤、幽默，这样一种创作基调、风格，使曹文轩成为文学领域，特别是儿童领域里独树一帜的“这一个”。他的新作《我的儿子皮卡》系列，把幽默与纯真的童心、童情、童趣联结在一起，与感人至深的人性美、人情美联结在一起，让读者沉浸在由衷的感动和审美的愉悦之中。作者在这部系列作品中，按照题材内容和描写对象，更多地驰骋一副轻松自如而诙谐有趣的笔墨；在基本脉络上，依然是他创作风格的承接、延伸和拓展。

我赞赏坚守文学品质、发扬艺术个性的曹文轩，为《草房子》创下的百刷纪录而拍手叫好，期盼他为读者继续奉献具有永恒艺术魅力的经典之作！

2010 年 8 月 27 日

雅俗共赏的精粹之作

——《活宝三人组》读后

我一口气、饶有兴味地读完《活宝三人组》第一辑四册，真切地感到它是一组既有趣味又有品位的校园小说，不愧为日本大众儿童文学的代表之作、出类拔萃之作。

这四本小说之所以能吸引小读者和成人读者兴致勃勃、快速顺畅地读下去，一是在于它有起伏跌宕、引人入胜的故事；二是在于它着力刻画的三个生动活泼、个性鲜明的男孩形象惹人喜爱。

作者那须正干是一位善于编织故事的能手。他尊重孩子们乐于听故事的天性，又十分讲究说故事的艺术和技巧。小说取材于校园生活，但作者并没有把笔触局限于狭窄的校园小天地，而是把焦距对准孩子的关注点、兴奋点，生动描绘孩子们最感兴趣的漫游、探险、历险、侦破及追踪、探寻初来乍到的插班女生的秘密，在小读者面前展开绚丽多彩的社会万象的大天地。孩子的小世界与社会的大世界水乳交融地交织在一起，这样，正好满足了孩子好奇、求新的天性，给他们以悦目怡性、“险极则快”的审美享受。

小说作者娴熟地运用了设置悬念的艺术表现手法。无论是侦破凶杀案的《侦探队》、漂流到无人岛上的《探险记》，还是揭开插班生漂亮女孩“编造谎言”的秘密，一个个离奇、曲折的故事线索，一个个令人关注、期待的悬疑，可说是悬念丛生，谜团重重，纵横交错，扑朔迷离，让你情不自禁地跟随书中的三个小主人公一起去探险、侦探、推理、破解。而结局、谜底往往是出乎意料、变幻莫测的。不读到作品的结尾，你根本猜不出事情的结果。当我们最后面对的杀人犯是偷了东家钱、企图灭口的水野；而可爱的真子是为父亲逃避逼债的家伙而不断撒谎……此时稍加回想，其实在前面随着故事情节的推进，早已不断露出蛛丝马迹。你不由得赞叹、信服作者一步一步、一点一点埋下的伏线，布下的疑阵，环环相扣，合情合理，天衣无缝，无懈可击。这充分显示了作家善于艺术想象、虚构的功力和本领，这也正是作品激发读者阅读兴趣、快乐的魅力所在。

作品中离奇曲折、生动有趣的故事，都是由贯穿全书的三个外貌、性格各异的男孩演绎出来的。在《出场记》中，三个小主公一亮相，就给人留下清晰的、迥然不同的印象。在卫生间里遇到小偷的博士，戴着眼镜坐在马桶上看的是《世界百科事典》；胖乎乎的阿慢辨认出博士从窗口丢下的卫生纸上，写的是“寻求救助”；小个子的八谷飞心急火燎，狂奔快跑，慌乱之中要打119电话找消防队，而阿慢当机立断“打119不如打110”找警察好。从这么一个情节里，博士的好学、肯动脑子，阿慢的细心、沉着应对，八谷飞的说干就干、毛毛草草，就一一生动地展现出来了。又如，在《探险记》中，活宝三人组自作主张驾驶摩托艇出海，到头盔岛去野营，结果迷失了方向，被困在一个荒无人烟的岛上。三个漂流到无人岛上孤立无援的男孩的遭际、命运，引起了小读者的深切关注。聪明的作者紧紧扣住这一点来描写孩子历险探险的故事。找食物，找柴火，搭帐篷，寻道路、从捡到的空火柴盒和被砍伐的树来判断岛上有无人烟，随后又遇到凶猛的狮子、离群索居的孤寡老人……一个个惊险的场面，一次次奇特的遭际，近似鲁滨孙的冒险经历，读来不禁令人凝神屏息、惊心动魄。

尤为令人赞叹的是，作者善于通过行动和细节描写来揭示人物的思想性格。三个男孩爱好、习性迥异，为野营准备的背囊里带的物品也互不相同。阿慢带的食物最丰富，甜饼干、咸饼干、水果罐头、巧克力一应俱全。八谷飞带的除了洗漱用具，只有扑克、象棋、漫画杂志、钓鱼竿、潜水镜。而博士却带了《探险入门》、指南针、圆规和应急药品等。从这里不难看出作者精心观察、选择细小的事情来表现人物个性的功夫。小说中还描写博士用随身所带的量角器、地图和《探险入门》等，根据太阳的位置或北极星的角度，来测量自己在海上所处的位置。尽管弄错了经纬度，结果失之毫厘，差之千里，但博士那爱书成癖、勤于思考和推理的形象，深深镌刻在小读者的心坎里。又如，书中描写活宝三人组帮助老伯伯捉狮子，八谷飞毫不犹豫地第一个替年老体弱的老伯伯爬上树，而且及时拉开打着活结的绳头，关死了笼门。而虽然也爬上树的阿慢，听到狮子的吼叫，却不禁惊叫一声，吓得憋不住尿。从这样的行动对比描写中，八谷飞的大胆、敏捷、敢于冒险和阿慢的胆小、温顺，就简洁、逼真、恰如其分地勾勒出来了。儿童小说不宜静止地刻画孩子的心理、感情，从行动中、行为举止中来描写，既符合孩子好动好玩的天性，也符合他们的阅读心理、审美趣味。

《活宝三人组》精彩、有趣的故事里面蕴含着小小男子汉纯朴的友情、至真至深的亲情、善良的同情心、坚强的进取精神、自立自主自强的品格。小读者会从小主人公成长的快乐、烦恼中，窥见自己的面影、倾听到自己的心声。这几本小说又好玩又感人，是雅俗共赏的智慧之作、精粹之作。那须正干成功的创作实践，给予我们这样的启示：把大众的儿童文学与艺术的儿童文学某些特色、元素巧妙、自然地糅合在一起，创造出既情真意切又娱目快心、叫好又叫座的作品，是大有希望、完全可能的。

2010 年 10 月 12 日

贵在独创

——读《千雯之舞》

当我步入八旬老人行列之际，竟然用一天的时间一口气从头到尾读完一部长达25万字的长篇小说，我不禁为自己的阅读速度沾沾自喜，更为张之路的新作《千雯之舞》的强大艺术吸引力而啧啧称赞。

文学创作是极富个性色彩的创造性劳动。创作贵在独创。张之路的《千雯之舞》别出心裁，勇于开拓，在题材的选择、情节的提炼、故事的编织、细节的描写、想象的驰骋、语言的锤炼上，可说是把文学的独创性发挥得淋漓尽致。

这部小说把人的世界与字的世界、当下生活与历史天地交叉起来描写。有起伏跌宕、引人入胜的故事，有活生生的、有血有肉的人物，有悲欢离合、扣人心弦的感情波澜，故事性、知识性、趣味性和谐、自然地交融在一起，从而使作品具有趣味盎然、耐人寻味的可读性。作者不仅以生动、细腻的笔触刻画现实中的人物，同时赋予书中写到的每个汉字以鲜活的个性和生命。按照每个汉字的字形、字音、字义，在情节的推进中，让它们各自扮演了身份各异、恰如其分的角色。读来令人感到生动活泼，准确到位，富有艺术说服力。特别是千雯这个形象，对爱情的忠诚，对诺言的坚信，感人至深，令人难以忘怀。

文学创作，尤其是儿童文学，离不开自由、充分的想象、幻想。我记得，一位西班牙作家说过，天分、经验、想象力，是写出好作品的三个要素。我国儿童文学作家彭懿则认为：想象力＋故事＋暖暖的爱，是儿童文学赖以立足的三要素。《千雯之舞》作者张之路也认为：好的儿童文学作品应该包含三要素：理想、思想、幻想。由此可见，作家都十分看重想象力在文学创作中不可或缺的位置。《千雯之舞》这部小说有着丰沛的想象力，它在汉字上放飞想象，大做文章，特别是在一本能使人变成字的蠹鱼之书和一条能使字变成人的项链玉石上做足了文章，使之具有改变人物遭际和命运的神奇魔力。作者的这种想象不是凭空而来，向壁虚构，而是深深扎根于现实的土壤。我们真切地感受到：《千雯之舞》具有含蓄而巧妙地折射现实的穿透力。无论是写三百年前的莫千雯、杨天飒、顾远谋还是当下的桑南、老馆长，或是字的世界里的雯、爽、字仙、蚂蚁奇兵，人与人、人与字、字与字之间演绎出一幕幕、一出出斗智斗勇、紧张惊险、精彩纷呈的好戏，里面表现的正义与邪恶、良知与阴谋、爱与恨、生与死的争斗，从中不难捉摸到当今的世道人心。

也许是由于作者让作品的某些篇章承载了过重的普及汉字知识的负荷，因而或多或少地削弱了小说借助形象以情感人的力量，但从总体上看，它依然是一部富有文化内涵和艺术独创性的好书。我相信，它必将激起小读者和大读者对汉字、对传统文化、对中华文明的热情和兴趣。我为张之路这部新作由衷地拍手叫好！

2011 年 1 月 10 日

征服读者的奥秘

——写在《城南旧事》出版50周年之际

今年是著名作家林海音逝世10周年和她的代表作《城南旧事》出版50周年的日子。随着20世纪80年代初《城南旧事》电影的放映、小说的出版，林海音的名字在中华大地可说是家喻户晓，尽人皆知。

《城南旧事》大获成功，以永恒的艺术魅力征服如此众多的读者、观众，在创作上究竟给予我们什么样的启示呢？

一是要珍惜童年生活的馈赠

林海音在《冬阳·童年·骆驼队——〈城南旧事〉》出版后记中写道："北京城南的胡同、四合院，西山脚下的毛驴，以及脖子上挂着铃铛的骆驼，……这些都给了我不尽的创作灵感。""我是多么想童年住在北京城南的那些景色和人物啊！我对自己说，把它们写下来吧，让实际的童年过去，心灵的童年永存下来。"《城南旧事》描写的是作者从6岁到13岁所经历和熟悉的人和事。作者写这些小说的时候已是人到中年，进入不惑之年。也就是说，作品中的人物、故事已在作者脑海里储存了30年。那确实是作者心灵深处发酵过的一坛陈年老酒。陈年佳酿，历久弥香。作者历经沧桑，对人生百态的观察和体悟越发透彻、深刻。在这个时候回眸童年往事，就能深入开掘出其中充满人性光辉的社会文化内涵。一个作家，特别是从事儿童文学创作的，要由衷感谢童年生活对自己的馈赠，善于从童年经历、记忆中捕捉童年时代的情景、气息、感觉和趣味，始终保持用儿童的眼睛和心灵来观察、体验难以忘怀的那些人和事。

二是要掌握以小见大的艺术本领

《城南旧事》记叙的都是20世纪20年代京华故都的“城南旧事”，作品中的主人公都是普通的人、平凡的人。小说通过小孩的眼光来看成人世界发生的事情，展现大人世界的悲欢离合、喜怒哀乐、酸甜苦辣。英子的眼光天真、纯净，心灵质朴、善良，因而她展现的成人世界别有一番色彩和情调：单纯与复杂、清澈与朦胧、喜悦与哀伤、温暖与阴冷交织在一起，让你既闻到世间的烟火味，又窥见人间真善美的感情火花。林海音写大时代的小故事，看到小故事后面的大人生，在小说创作中充分显示了以小见大的杰出才能。而这正是短篇小说艺术的优长、特色和精髓。

三是要把握文学以情感动人的本质特征

读林海音的《城南旧事》，吸引你关注的往往是作品中人物的遭际和命运。《惠安馆》里疯女人秀贞，她那相好的大学生思康一去不复返，生下的女儿小桂子又被家人扔到齐化门城根下。对亲人的深深思念，使她精神恍惚、神经错乱。当英子让秀贞讲思康三叔的故事时，秀贞的眼泪掉了下来，“还说呢，人都没影儿了，都没影儿了，老的！小的！”读到这里，我们的心灵为之震撼，泪水也不禁夺眶而出。当我们从《驴打滚儿》中读到与英子朝夕相处的乳母宋妈，儿子小栓子掉进河里淹死，女儿丫头子被丈夫卖给人家。我们望着她那骑着毛驴回家去的身影，又怎能不同情她的凄苦悲惨的命运呢?！作者着力写人的命运，写人的内心世界、感情世界，表现他们特别是妇女心灵的痛苦和命运的凄惨。我们被作者笔下的脉脉温情、淡淡哀伤所打动。这就是文学以情感人的特有力量。

四是孜孜以求久远的艺术魅力

我以为，林海音的小说写得从容、自然而又生动、细腻，构思精巧，描写精细，艺术手法精湛，一篇篇都是精致的艺术品。而这些小说所描写的内容又都是人类命运共有的东西，因而经得起时间的汰洗，具有久远、永恒的艺术魅力。小说的素材虽然都是作者熟悉的人和事，但结构极其精巧，编织出的故事情节富有吸引力、感染力。如《惠安馆》中描写英子从妞儿的遍体伤痕了解到她的身世，又看清她脖子后头的那块青记，从而断定她就是秀贞一直寻找的小桂子，终于帮助她们母女重逢。又如，《我们看海去》中描写的那个出没在荒草丛中的小偷是为了供弟弟上学而被迫走上偷盗之路的，而巡警能够破案却正好是英子提供了小偷送她的那个小铜佛。故事虽不是一波三折，起伏跌宕，但编织得天衣无缝，引人入胜。人物之间的关系也写得真实可信，丝丝入扣。天真、稚嫩的英子，分不清天空和大海，好人与坏人，小读者乃至大读者面对如此人生百态，又何尝不需要细细思索、咀嚼、回味呢？作品强大的艺术魅力“让心灵的童年永存下来”，这正是林海音在文学上的主要成就。

五是以富有民族色泽的文学精品作为两岸文化交流的桥梁

《城南旧事》称得上经典之作、传世之作；特别是它具有的民族特色、地方特色，为中华儿女所喜闻乐见。两岸文化交流，重在两岸人民心灵的交流、沟通，感情的交流、沟通。一部《城南旧事》的小说、电影，它的艺术形象呈现的情感的力量、道义的力量深入人心，其作用和影响是难以估量的。创作、出版更多的能引起两岸人民思想、感情共鸣的文学精品力作，是加强两岸文化交流题中应有之义，也是文化人、出版人不可推诿的义务和责任。

2011 年 10 月

立足现实与历史的奇妙穿越

——《我和爷爷是战友》读后

读完《我和爷爷是战友》这部小说，我的第一个感受是：这种革命战争历史题材的作品在儿童文学创作领域里似乎是久违了。在《小兵张嘎》《闪闪的红星》及前些年张品成的《赤色小子》《十五的长征》、殷健灵的《1937 · 少年夏之秋》之后，近些年战争题材的儿童小说写得成功、富有新意、引人注目的可说是凤毛麟角，难得一见。

《我和爷爷是战友》是年轻作者赖尔怀着充沛的激情写出来的，富有爱国主义、英雄主义精神的描写抗日战争的好作品。它对培养当代少年坚强、勇敢、正义、刚毅的品质必将发挥潜移默化的独特作用；是少年精神成长、心灵成长中“补钙”不可或缺的营养上品。

这部小说的构思新颖、奇妙。奇就奇在两个“90 后”高三生竟一下子穿越到抗日战争年代新四军队伍中，在那里生活、战斗了两年多。妙就妙在“90 后”高中生与新四军的年轻战士，从生疏隔阂、格格不入到志同道合、相帮相扶，成了共患难、同生死的战友。明明你知道这种穿越不可能发生，是文学的虚构，但绘声绘色的真实描写，却让你仿佛身临其境，觉得作者笔下演绎的战斗故事、人物遭际都那么真切。作者凭借对“90 后”高中生生存状态、感情世界、性格特征的把握和熟稔，凭借对新四军战士生活素材的大量积累和深切感受，从而得以脚踏现实生活的土壤，立足抗战史实的坚实基础，驰骋想象，穿越时空，精心编织出“90 后”“三八式”两代年轻人共同抗击日寇、保家卫国的威武雄壮的故事。两个 17 岁的当代少年加入到转战苏皖的新四军行列里，他们的言谈举止、生活方式、道德观、价值观都经受了战斗的洗礼。

亦真亦幻、亦虚亦实的穿越，风餐露宿，枪林弹雨，终于铸就出与原来迥然不同，具有新的品质、新的精神追求的好小子。从抗日战争的历史里努力寻觅、发现、开掘丰富的人文内涵、美好的道德情操、可爱的战士形象，这正是《我和爷爷是战友》奇妙的艺术魅力之所在。

真实而生动、颇具艺术说服力地表现了主人公在战斗里成长，是这部小说引人瞩目的成就。艰苦的环境，严酷的斗争，从中最能表现一个人的意志、品格、感情、智慧。作者不回避描写战争的严酷、惨烈，从血与火的考验、生与死的搏斗中揭示主人公李扬帆、林晓哲的成长。这两个原本衣食无忧，没吃过任何苦头的“90后”，刚到新四军队伍里面对着糙米糊糊，李扬帆想吃的是肯德基的新奥尔良烤翅，林晓哲想吃的则是他妈烧的红烧肉。遇到新鲜事或麻烦事，李扬帆总是以日本动漫、好莱坞大片、网络游戏来对比；而林晓哲不是默念《蜀道难》就是《兵车行》，满脑子还是模拟试卷和堆积成山的习题。初上战场，李扬帆曾有过逃跑的念头，林晓哲则吓得尿湿了裤子。他们的所思所想，所作所为，与周围的新四军战士形成鲜明的对比，强烈的反差。以历史观照现实，审视当下，会产生发人深思、催人奋进的强大力量。正是经历了一场又一场战火纷飞、腥风血雨的战斗，李扬帆目睹了自己所在班——三班的十一个战士，只剩下罗广胡和自己，其余全都牺牲了；敌人的凶狠残暴，战友的舍生忘死，血流成河、尸横遍野的严峻事实，终于使他逐步醒悟了。他不再把李排长说的“国家兴亡，匹夫有责”看成“陈词滥调”，也不再把战争看成“灭绝人性”“不讲人权”。他从怯弱到坚定，从恐惧到无畏，胸中点燃起同仇敌忾、奋勇杀敌的火焰。在前线火光的照耀下，我们清晰地窥见李扬帆身上生长出新的、闪闪发光的品质。

小说真实地、形象地描写了战争之激烈，牺牲之悲壮，伤亡之惨重，但又不过分渲染这种残酷恐怖，而是充分考虑到少年读者的年龄、心理特征，恰如其分地把握一个“度”，注意掌握分寸，力求使这种描写能激发少年的英雄主义、乐观主义精神，鼓励他们奋发向上，勇往直前。

尤其感人肺腑、催人泪下的是作品揭示了战火烛照下战士的人性美、人情美。胆小的林晓哲深更半夜偷偷摸摸奔向尸横遍野的战场，是要去翻找出白天牺牲的战友孙老师的尸体，挖坑埋好；而且他心中牢牢记住要替孙老师教 11 岁的小阿牛识字、写字的承诺。这不能不使曾有逃跑念头的李扬帆自愧弗如，并从战友付出的鲜血和生命中懂得了什么叫“打仗”，什么叫“战场”。一个战士倒下，两个、三个、更多的战士站起来，从中汲取了勇气和力量，继续前进，心灵熔铸得越发纯净和坚强。老战士周水生因被李扬帆挖坑时不慎锄伤而患上破伤风，没法治疗，生命垂危。临终前，他坚持要把特为他做的病号饭——白粥煮蛋中的那颗鸡蛋留给小阿牛吃。这个小小的细节，把新四军队伍里的战友情表现得淋漓尽致。写人，写人的命运、遭际，写战士内心世界的崇高、美丽，把烽火连天的战地生活与战士丰富壮美的感情世界交织起来描写，这样以情感人的战争题材儿童小说，就会赢得小读者的接受和喜爱。《我和爷爷是战友》在这方面还有加工、提高的不小空间。

2012 年 3 月 16 日

三赞老臣

在我的印象中，上世纪90年代在儿童文苑崭露头角、被称作第五代的作家，都有着心系孩子的赤诚情怀，生气勃勃的创作姿态，锐意进取的创新精神，不拘一格的艺术追求。老臣就是这个作家群中的佼佼者，一个创作特色鲜明、艺术上日趋成熟的小说家。

就我对老臣创作成就和特色的粗略了解，我以为下列几点尤其值得赞赏：

一赞老臣作品浓郁的地域色泽

老臣善于把辽西大地富有特色的自然景物、地方风情（女儿河、古塔、废墟、沟谷、民谣……）与少年的生活遭际、命运交织起来描写，笔墨酣畅地表现辽西少年在逆境、厄运中显示出的质朴、坚韧、刚毅、倔强的品质、性格。丰富了儿童文学画廊中北方小小男子汉形象，为孩子们奉献了充满山野气息、泥土芳香的阅读文本，这是老臣令人瞩目的贡献。

二赞老臣追求诗意、善与美的创作理念

在老臣看来，“每一颗童心都蕴涵无数的诗意”，“儿童文学正因为以善与美为主题，才得以在文学的天地间，充满诗意地栖居”。辽西的山山水水哺育了老臣，他极为重视童年生活对自己的馈赠。他以敏锐的眼光从生活深处发现、开掘美、诗意和情趣，从孩子心灵深处寻觅、捕捉美好的、闪光的素质。从他的作品中，我们清晰地窥见主人公在贫瘠、阴影、泥潭中向往、追寻阳光和热力，在艰辛、苦涩、不幸中铸就刚强、壮美、顽强的生命力。因而老臣的作品就富有滋润心灵的诗意、催人奋进的基调。

三赞老臣语言文字的艺术魅力

文学是语言的艺术。老臣在语言的锤炼上，既注重朴实、洗练、简洁，又讲究丰富、优美、富有色彩和魅力。我十分赞赏老臣用流畅、绚丽多彩的文字绘声绘色、惟妙惟肖地叙述人物的故事，刻画他们的内心世界。他的小说字里行间常常令人感到情深深、意浓浓、诗意盎然、富有抒情味。比如，《漂过女儿河》的“尾声”，读来就像是一首声情并茂的散文诗。

老臣已下海多年。近些年他一边做生意，忙投资；一边继续关注儿童文学，紧握手中的笔。深切期待老臣保持和发扬亦文亦商的智慧与勇气，在市场经济大潮汹涌面前，保持从容、沉静、淡定的写作姿态，坚守文学品质，追求艺术独创，为孩子们奉献新的、精彩的作品。

2011 年 12 月

柯岩与儿童文学

柯岩是一个热情洋溢、才华出众的女诗人、女作家，是社会主义文学阵地的忠实守卫者。她恪守“首先是党员，其次才是作家”这一著名的准则，把坚持正确的政治方向同坚持不断的艺术探索、追求很好地结合起来，在文学创作道路上一步一个脚印地向前迈进，取得了出色的、引人瞩目的成就。

她是文学领域里的一位多面手，几乎涉猎文学创作的各种体裁、样式，包括儿童文学、诗歌、报告文学、传记文学、小说、散文、影视文学，而且兼及文学评论。

发表于20世纪50年代中期的《儿童诗三首》《“小兵”的故事》，是柯岩的成名作。从那时到现在，经历了40个春秋，她始终怀着对未来一代炽热的爱和强烈的责任感，孜孜不倦地为孩子们写作，对当代少年儿童文学的发展，做出了独特的贡献。我以为，她对儿童文学的贡献，大致表现在以下三个方面。

一是以一批富有鲜明艺术个性的儿童诗，在儿童诗苑独树一帜，在当代儿童文学史上留下了灿烂的一页。她的儿童诗善于从儿童的日常生活中发掘富有情趣的事物，善于从行动中揭示孩子的思想性格，善于从生活出发，极其自然地赋予孩子的思想感情以鲜明的时代特征……所有这些，都曾经深深地影响了儿童诗坛。40年过去了，柯岩所刻画的那些栩栩如生的儿童形象，如：那扯下帽檐扮水兵的哥哥和那个不接受假枪毙的弟弟，那戴上爸爸的眼镜梦想解决一切难题的小弟，那在自己背心上用红墨水涂上“9”号、在梦里踢球的小弟……至今仍深深地刻在我们的记忆里。这些诗篇之所以具有经久不衰的艺术生命力，就在于它们把时代色泽、儿童情趣、艺术想象巧妙地交织在一起，把健康向上的思想内容与优美精致的艺术形式完美地结合起来。

二是她为我国儿童文苑提供了两部撼人心魄的、具有中国特色的“教育诗”“塔上旗”。反映工读学校生活的长篇小说《寻找回来的世界》和反映普通中学生活的电视文学剧本《仅次于上帝的人》（改编为电视剧《红蜻蜓》）。在题材的开拓上，作者抓住全球所普遍关注的青少年犯罪问题、中学生的教育问题，把目光、笔墨集中于拯救孩子的灵魂、重塑孩子的性格，唱出了一曲又一曲关于爱、同情、善良、人道主义的赞歌。两部作品所塑造的杜嵋、于倩倩这样的心灵崇高而美丽的社会主义新人形象，不仅成为吸引青少年学习、效仿的榜样，而且征服了广大成人读者和观众的心。在这两部作品里，深刻的教育内涵与浓郁的爱心诗情水乳交融地融合在一起，使文学的教育、认识、审美、娱乐诸功能得到和谐的统一。

三是她以一组具有独特的审美眼光和新鲜文风的儿童诗评，给儿童文学理论批评界带来一股清新之风，丰富了相对冷寂、单调的儿童文论。新时期以来，柯岩不仅根据自己创作实践的经验、体会，写出了具有独到见解的专题论文《漫谈儿童诗》；而且先后发表了评价当代最有成就和影响的几位儿童诗人金波、任溶溶、田地、圣野、鲁兵等的文章。这些文章把作文与为人、诗品与人品统一起来分析、评述。诗人评诗人，是同行之间的一种平等而亲切的艺术切磋、创作经验交流，娓娓道来，生动自然。柯岩的诗评写得活泼、洒脱，富有感情色彩，没有那种令人生厌的“评论八股”气息。这对我们改进儿童文学评论文风，具有启迪意义。

近年来，江泽民总书记不止一次地发出关于繁荣少儿文艺的指示。迎接儿童文学又一个春天的号角吹响了。儿童文学的老将新兵在“为了孩子，为了未来”的旗帜下迅速集合起来。我们深切企盼着柯岩这位当代儿童文学的排头兵、台柱子战胜疾病，早日恢复健康，尽快回到这支队伍中来，继续为跨世纪的一代新人纵情歌唱，精心画像！

1996 年 9 月 19 日

有品位和特色的好书

——推荐《徐鲁青春文学精选》

《徐鲁青春文学精选》（以下简称《精选》，共 6 册）确实是一个经过精心编选的、称得上优秀的选本。收入这套选集的散文、诗歌、小说等作品，大多是适合少年朋友阅读和欣赏的上乘之作、精粹之作。这套文集不仅集中展示了徐鲁个人青春文学创作的风貌、成就；同时也从一个侧面反映了当代中国青春文学、成长文学所达到的思想、艺术水准。

徐鲁的作品叙少男少女之事，抒少男少女之情，富有浓郁的时代气息、青春气息。无论是抒写在故乡的童年生活往事，还是描写当代中学生的校园生活，作者都把笔墨挥洒在少年的生命成长、心灵成长历程上，细致入微地抒写了少年的激情、理想、憧憬、梦幻，也真实生动地刻画了少年成长中的痛苦、烦恼、忧郁和艰辛。年轻人读他的作品，会感到格外亲切，从中可以窥见自己的面影和成长的轨迹。

以情感人是文学的特征和魅力所在。徐鲁写文学家、艺术家的生活、写作故事，不止于复述故事，而是通过名人的命运、遭际，来揭示心灵的崇高、美丽、善良，颂扬人与人之间真挚、美好的感情。他与多思多梦的少年谈心、对话，也重在心灵的沟通、感情的交流。站在同龄人的位置上，同他们谈人生，谈生命，谈读书，谈未来，张扬纯真的乡情、人情、亲情、友情、爱情，启迪、激励少年一代更加热爱生活，热爱大自然，热爱祖国，热爱世界。

《精选》呈现出作者鲜明的个性特征。“文如其人”，读徐鲁的作品，可以强烈地感受到他那抒情诗人的气质，那理想主义的浪漫情怀，那善良、质朴而又多少有点忧郁的性格，还有那渗透在字里行间的书卷气息。所有这些，使得他的作品具有与众不同的特色和魅力，即视野开阔、学识丰厚、情感真挚、格调优雅。

我以为，这套富有文学品位和青春特色的好书，对正在成长的少男少女，在心理引导、情操陶冶和审美情趣的培养上，会发挥一定的潜移默化的作用。

2003 年 6 月

选精拔萃的《我喜欢你》

金波堪称当今儿童文苑成绩卓著、风格鲜明的大家。他的创作兼及诗歌、散文、童话、散文诗、随笔、评论多种体裁、样式，均有令人瞩目的建树。《我喜欢你》儿童文学精品系列是从他五十多年所写作品中选精拔萃汇编而成，集中展示了他的创作成果和风貌，也足以代表当代中国儿童文学在思想、艺术上达到的高度。这部作品系列最鲜明的特色是：坚守文学品质与追求艺术创新的完美结合。在思想内涵上，对生命、对大自然的讴歌，对乡情、亲情、友情、童情的咏唱，字里行间流淌着沁人心脾的爱与美。在艺术表现上，想象丰富，构思精巧，意境优美，语言纯净，可说是极其精湛。此书的装帧设计也新颖别致。这是一套有益于滋养少年儿童心灵成长的经典之作，也是值得成人细细品赏的优秀文本。

2012 年 11 月 13 日

为新中国放歌

——《飞翔的中国》读后

一向热情关注国家大事、擅长重大题材创作的诗人商泽军，最近推出一部长达 4000 多行的少年抒情长诗《飞翔的中国》，是对新中国 60 华诞的真诚祝福，也是献给少年朋友的一本生动、形象的爱国主义教材。

我读了这部为新中国放歌的抒情长诗，总的印象是视野开阔，内涵丰富，感情豪放，气势恢宏，格调高昂。

展现新中国 60 年的风雨历程和国家、人民面貌的巨变，是一个既有意义而又颇为难以驾驭的重大题材。但对曾写过《诗人毛泽东》《决战中国》《奥运中国》《国殇：诗记汶川》等长诗的商泽军来说，凭借自己已有的厚实生活积累和娴熟的写作经验，来写这首政治抒情诗，可说是厚积薄发，驾轻就熟。

这首抒情长诗在立意、构思、题材提炼、艺术手法上有不少引人注目的特色，我特别注意到以下几点：

一是善于抓住新中国 60 年变迁中举世瞩目、撼人心魄的重大事件、重大现象和指点江山、指挥若定的历史人物来展示新中国前进的步伐，勾勒人民精神面貌的变化。从南湖船上党的诞生到过雪山、草地的长征，从天安门的开国盛典到以水立方、鸟巢为标志的奥运，从抗洪、抗冰雪、抗震到载人飞船升天，从诗人毛泽东到“小平，您好！”……诗人从悠悠的历史岁月和纷繁复杂的现实生活中选择人民大众和少年儿童熟悉、难忘的经历，包括历史进程中遇到的艰辛、困难、挫折乃至失败，熔铸进整首诗的意境之中，颂扬了中国人民坚韧不屈的硬骨头精神，赞美了领袖人物的大智大勇和丰富、独特的品格。

二是善于从少年儿童熟悉的事物或概念中提取意象，化为生动、鲜明的形象。诗人不是空泛地赞咏祖国如何伟大、如何可爱，新中国这个概念在诗人的笔下化为一个又一个富有时代色泽而又具体可感的意象。比如，写北京城市的变化，从拉洋车的祥子、卖炸酱面的虎妞、提笼架的八旗老爷子到鲁西南农民工的馒头、立交桥下的保姆市场、中关村的CEO，在新旧对比中，让我们深切感受到城市面貌的巨变，不得不由衷赞叹改革开放带来的进步。又如，从新娘的红盖头、孩子堆的雪人，蓑衣上贴的“喜”字、站在村口等儿子回家的老人，让我们从乡村春节欢乐的氛围中，强烈感受到祖国令人骄傲、自豪的形象在这里闪出耀目的光彩，从而与诗人表达的深沉、热烈的爱国情感产生共鸣。

三是善于选择新的表现角度，即善于剪裁，又善于概括。伟人毛泽东、邓小平，他们的丰功伟绩可说是有说不完的故事，唱不完的歌。而商泽军独辟蹊径，别开生面，紧紧抓住作为诗人的毛泽东来表现他复杂、独特的性格、气质。他又紧紧扣住发自肺腑的、亲切朴实的“小平，您好”四个字来表现领袖在人民群众中的位置和威信。从这里，不难看出作者面对纷纭复杂的生活素材，多么善于巧妙地选择、剪裁；又多么善于将自己满腔的真情实感加以概括、提炼。又如，用剪纸来表达我国城市、乡村的父老乡亲期盼奥运的心情：“我们剪纸 / 剪出一个一个的季节 / 春了，秋了 / 那剪纸里露出一个个的人 / 有踢腿的有射箭的 / 只要是吹一口气 / 季节和人就活了 / 他们就会鼓掌……”如此新颖的取材角度和构思，来自诗人对现实生活的新的感受，新的发现。向壁虚构，闭门造车，是不会汲取到如此浓郁的诗情画意和如此感人的艺术形象的。

《飞翔的中国》的抒情主人公是我，即诗人自己。诗人并没有刻意以孩子的眼睛来观察、以孩子的心灵来体会祖国的巨变。但整首长诗所描绘、咏唱的一切事物、人物、现象、情景，又都是孩子熟悉、感兴趣、易于理解、接受的。它道出了广大少年朋友的心声，能激起他们的感情共鸣。说到这里，我不禁想起诗人、评论家谭旭东在评析王宜振诗作时所说的：“要尽量打通儿童诗与成人诗的艺术障碍，让自己的儿童诗给儿童和成人一个公共的审美空间。”兼写成人诗和儿童诗的商泽军，是不是在诗艺追求上也在努力建构这样一个“全新的审美空间”呢？！

2009 年 9 月 22 日

为幽默儿童文学喝彩

在春暖花开的时节，我们相聚在一起，探讨中国幽默儿童文学创作问题，这本身就是一件令人愉悦的事情。

幽默是一种智慧，一种情趣，一种高雅的精神气质、文化品格。

发扬、强化儿童文学的幽默品格，是培养具有奋发向上精神、乐观开朗性格的一代新人的需要；也是增强作品的艺术魅力，让儿童文学拥有更多的小读者的需要。

新时期以来，我国的儿童文学创作，在注重寓教于乐、追求有益与有趣的统一上，有了明显的进步。然而从创作总体状况来看，仍然存在着严肃深沉、平淡单调有余，诙谐风趣、轻松洒脱不足的弱点。浙江少年儿童出版社从90年代初开始，陆续推出一套《中国幽默儿童文学创作》丛书。这套丛书的问世，对促进儿童文学发挥独特的幽默功能，满足小读者的审美情趣，发展他们的想象力、创造力，必将起到有益的作用。

这套包括9本小说、6本童话、2本诗歌的丛书，在作者阵容、题材样式、整体水准等方面，展示了当前我国儿童文学创作的面貌和实绩；在一定意义上可说是当代儿童文苑的缩影。

丛书的16位作者，从年逾古稀、笔力犹健的幽默大家任溶溶到生气勃勃、崭露头角的小将孙迎，有老也有少，而以儿童文学的中坚力量——思想、艺术上日趋成熟的中年作者为主。这些作者都是善于讲故事、说笑话的能手。

在题材内容上，收入丛书的17部作品，有反映校园生活的，也有描写动物世界、幻想故事的。不少作者把既贴近生活、又充分驰骋想象，力求幻想与现实的水乳交融，作为自己在艺术上登攀的一个目标、一个高地。在体裁样式上，小说居多，童话次之，童诗较少，而寓言、科幻小说等则空缺，这也反映了当前儿童文学体裁多样化而又不均衡发展的状况。在艺术风格上，幽默风趣是丛书作者共同的艺术追求；而表现幽默的色彩、手段、手法则八仙过海，各显其能。同样是写校园生活的小说，韩辉光执着于捕捉、编织引人入胜的故事；而梅子涵则钟情于一种独特的叙事方式、语调的追求，在从容、平缓而生动的叙述中透出童情童趣。同样是以睿智、幽默著称的两位儿童诗人，任溶溶贴近生活，构思新颖，往往不动声色，出奇制胜；而高洪波则巧妙地寓庄于谐，寓理于趣，充满轻松的调侃而又意味深长。从杨红樱和汤素兰两位女作家亦真亦幻的童话里，也能读出不同的谐趣来。

在我看来，收入这套丛书的作品，无论在思想性、艺术性、可读性上，都是当前我国幽默儿童文学的上乘之作，值得向小读者推荐。

愿幽默儿童文学有更大的发展。愿亿万少年儿童在轻松愉快的氛围中成长，面带会心的微笑迎接即将到来的新世纪。

1999 年 3 月 23 日

奉献给孩子们的绿色

保护自然资源和生态环境，是当今世界的严峻话题，也是我国的基本国策。这是事关中华民族的生存发展和子孙后代幸福的大事。近些年来，人与自然、环境保护的题材、主题，越来越引起更多作家的关注。在儿童文学领域里，刘先平推出的五卷《大自然探险长篇》系列，赢得了广泛的好评。钟情于展示大自然美的散文家郭风、吴然，诗人鲁兵、金波等，均不乏力作佳构。老作家袁静、中年作家饶远致力于环保童话的创作，也取得了可喜的收获。如今，中国工人出版社又推出了工人作家郭全的《大自然探秘》系列之二《红海滩·黑嘴鸥》。这是继三年前问世的《阿娟和她的丹顶鹤》之后，郭全向小读者奉献的又一部长篇故事，是生态环保题材儿童文学创作的又一新收获、新成果。

故事是雅俗共赏、老少咸宜的一种文学体裁、样式。动物故事、生活故事、历史故事、名人故事都是孩子们所喜闻乐见的。《红海滩·黑嘴鸥》的作者充分运用、发挥故事这一体裁情节生动、波澜起伏、层次清晰、有头有尾的特点，并尽可能开掘、扩大它的潜能和容量，用 12 万字的篇幅有声有色地讲述了一个生动而又完整的故事：三个讲信义、重承诺的孩子，踏遍百里海滩，历尽千辛万苦，终于寻找到一只远飞的黑嘴鸥——“黑雨点儿”，给它戴上鲜红的脚旗，如愿地让它飞到香港自然保护区过冬。随着作品情节的发展，小读者不仅为作品主人公热爱鸟类、保护鸟类的真挚感情和不怕困难、勇往直前的精神所打动，而且饶有兴味地获得了有关濒危物种黑嘴鸥的形态、特征、习性的知识，了解到黑嘴鸥有着随潮汐赶海觅食的习惯，懂得它们的窝为什么总是挨着红海滩，谁是伤害它们的天敌等等。启人心智的动物知识与引人入胜的儿童生活故事自然、和谐地融合在一起，因而使这书具有吸引孩子阅读的可读性、感染力。

作品的语言简洁生动，娓娓道来，晓畅易懂。而其中有些篇章写得优美、抒情，像散文诗。《红海滩》一章，不仅让孩子们领略了红海滩这一鲜为人知的奇特景观，而且使他们懂得了“只有经过磨炼，经过摔打，人才能坚强起来”的道理。从这些描写中可以看出作者在艺术上追求诗与哲理交融的匠心。

《红海滩·黑嘴鸥》能给予孩子们什么样的启迪呢？我以为，从寻找“黑雨点儿”的故事中，孩子们会领悟到鸟类是人类朝夕相处的亲密朋友，保护鸟类，热爱生灵，捍卫绿色家园，是作为新世纪主人的少年儿童一代应尽的一份神圣责任，也是作为现代人应有的一种文明意识。不能贪得无厌地一味向大自然索取，而是要亲近自然，热爱自然，保护自然，做人类母亲大自然的小卫士。

跨世纪的小读者呼唤绿色精神食粮。愿郭全的《大自然探秘》系列一部又一部顺利问世，一本比一本写得更生动、更丰富、更精彩！

1999 年 4 月 15 日

真实的故事动人心弦

中国工人出版社出版的《100个系列》，包括《100个男孩子的故事》《100个女孩子的故事》，是来自生活的真实的故事。书中所写的都是发生在20世纪90年代中学校园、普通百姓人家，亦即发生在我们身边的、听起来平平常常而又富有启迪意义的故事。

作者刘德华是个生活中的有心人。他细心观察、体验当代中学生的生活、思想、感情、心理，善于从不同层面、不同角度发掘、捕捉那些闪耀着时代光泽、青春气息的动人心弦的故事。

从《100个系列》故事中，我们不仅可以清晰地看到当今男孩女孩的面影；而且可以约略窥见他们心底的秘密，了解他们的所思所想，所喜所忧，所爱所恨，他们的志向、渴望、追求和困惑。在一定程度上，可以说这本书打开了一扇通向当代少男少女心灵之窗，在成人和孩子之间架起一座相互沟通、理解的桥梁。

作者着力挖掘生活中积极向上、真善美的东西，热情赞扬当代少年勤于学习和思考、勇于探索和进取的精神。如《天高任鸟飞》《珍惜生命中的每一天》《投自己一票》《去成都》《石头》等篇，真实而生动地表现了孩子们奋发向上、执着追求、敢于闯荡、刚强不屈的性格，给我们留下了难以忘怀的印象。同时，作者又不回避描写现实生活中严峻、艰难、复杂的一面，激励小读者直面人生，正视困难。如《彬彬之死》《小小少年犯》《和妈妈一起去探监》等篇，读后令人心灵震颤，无论是小读者还是做父母、当老师的成人读者都会掩卷沉思，从中引出有益的教训。

两本故事的文字简洁、清晰、流畅，犹如一泓清泉缓缓流入孩子的心田；又如一位知心、知音的朋友同你娓娓而谈，轻轻拨动你的心弦，让你在心灵深处引起共鸣。这样一种兼具启迪性、可读性和感染力的书，我乐于向小读者和大读者推荐。

1999 年 6 月 19 日

一本富于人文内涵的好书

——读《中国孩子的梦》

谷应是执着的美的追求者，是生活的有心人。她永远怀着一颗纯真的童心，既重视童年生活对自己的馈赠，又善于从绚丽多彩的各族人民、少年儿童的生活里捕捉、采撷那些美好的、闪光的、富于诗情画意的事物，抒写出感情真切、文笔优美的散文、故事，把真、善、美的种子撒播到小读者的心坎里。《中国孩子的梦》是她和多位摄影者、书籍编者、装帧者共同献给孩子的又一件精美的礼物，也是献给祖国母亲50华诞的一份礼物。

《中国孩子的梦》是一本富于人文内涵和鲜明民族特色的书，一本新颖、丰富、美丽的书。我相信，小读者和大读者都会爱不释手。

这本书把反映各族人民、少年儿童的生活、创造、风土人情、自然景观的散文、艺术摄影、手工艺品图片、知识性的资料等几种体裁和样式巧妙、和谐地交织在一起，给读者提供了一个兼具文学性、知识性、趣味性的新颖别致的文本，既给人以有关各民族概况、民俗、文化艺术等方面的知识，又给人以美的享受和精神愉悦。

这本书丰富的人文内涵，首先体现在弘扬中华民族优秀的文化传统上。书中散文、照片所展示的多种构思精巧、色彩斑斓的手工艺品，充分体现了各族少年儿童的聪明才智、丰富的想象力、创造力；也反映出各自鲜明的民族特色、地域特色和悠久深厚的历史文化传统。从彝族大凉山三色漆文化中，读者可以深深地懂得彝族之所以特别崇拜红、黄、黑三种颜色，是因为红代表火，黄代表阳光，黑代表水，三者是人民生活须臾不能离的。布依族幺妹儿穿的那身水花纹的、衣襟上描着鱼婆虾公的蜡染衣裙，那是她们的祖先奶奶从黄果树大瀑布那里学来的。从这里读者可以清晰地了解到服饰文化、蜡染艺术与自然环境、地域风情密不可分的关系。

丰富的人文内涵还体现在崇尚大自然、拥抱大自然，纯朴、真诚、温馨的人情、人际关系和积极、强劲的生命意识、生命活力上。这本书不仅展现了绿版纳、跳舞的山、天山牧场自然景色的美，尤为引人注目的是各民族人民、儿童的心灵美、道德美。在藏医图迪桑的家乡——菩日阿山沟，我们不仅被那清澈见底的小溪，那五颜六色的球形树冠所打动，而更为动人心弦的是图迪桑土楼前溪畔孩子们朗朗的读书声。这有力地展现了藏族新一代美好的梦想、向往和追求。从蒙古族小乌力吉对“达尔罕”——摔跤冠军的敬佩之情中，从回族少年而沙自愿“把斋”，要做古代穆斯林圣贤那样的人的志向中，从哈尼族姑娘临近街子换新衣的勤俭习惯中，小读者可以感受到一种强劲旺盛的生命活力和崇尚道德的人文精神。

这本高扬人文精神、充满诗情画意而又色彩鲜丽丰富的书，对孩子们陶冶性情，净化心灵，培养审美情趣大有裨益，我乐于向小读者推荐。

1999 年 9 月 14 日

有益又有趣

《小霞客游记》丛书是一套记叙小旅行家祖国东西南北中之旅的、卷帙浩繁的长篇少年游记。这套游记包括东北游、华北游、西北游、华东游、华中游、华南游、西南游、西藏游、港澳游、台湾游等 10 种，约 120 万字，可谓洋洋大观。11 位作者中，既有富有创作经验的老作家黄庆云，也有好几位创作旺盛、年富力强的中年作家，如吴然、金本、郭大森、蔺瑾、许延风等。

这是一套有益又有趣的书。内容丰富生动，文笔简洁优美。

之所以说它是有益，一是展现了祖国山川景物的千姿百态，反映了祖国绚丽多彩的风貌，有助于激发少年儿童读者的爱国主义情感。二是描写了祖国最负盛名的山岳、河流、湖泊、瀑布、草原、森林、奇花、异草，让少年儿童读者共享山林、泥土散发出的芳香，从而唤起他们热爱大自然的感情，保护大自然的意识。三是从小主人公走南闯北、跋山涉水的经历中，既汲取了妙趣横生的地理、文史知识，也学习到那种敢于探险冒险、勇于跨越艰难险阻的精神。

之所以说它有趣，首先在于它是从儿童的视角，紧紧抓住小读者感到新鲜、神奇、有趣的山川景物、花鸟虫鱼，加以生动的描写。比如，《港澳游》一书中描述海洋剧场的女教练指挥海豚、杀人鲸表演的那一幕幕，真是扣人心弦，令人叫绝。《西南游》中写花溪，很自然地联系到半个世纪前，文学大师巴金和肖珊在花溪结婚，欢度蜜月；又写了 30 多年前，一群中学生簇拥着参观花溪人民公园的周总理，读来令人感到很亲切、有味。有趣还在于刻画了一个可爱的小霞客徐小松的形象。这个人物贯穿全书，增强了游记的吸引力。无论是他独自乘火车去游西南，还是同婆婆一起去游香港，写他游途中所见所闻、所感所悟，纪实与抒情结合得比较好，既生动记叙了他亲见亲历的名胜古迹，风土人情；又简洁地抒写了他游历时的印象、感受。《弄岛一日记》中，记叙小霞客第一次在傣家竹楼过夜，对傣族风土人情、生活习俗的描写，给小读者留下难以忘怀的印象。《维多利亚公园》中，记叙“城市论坛”关于香港需不需要母语教学的辩论，也会对香港的昨天、今天与明天，给小读者以有益的启迪。

这套书有趣还在于把历史与现实、自然与社会交织起来描写，引人生趣又令人思索。如写春城昆明，从圆通山樱花海棠烂漫、绯红写到 1999 年世博会的魅力和风采；写大都会香港，从昔日的大钟楼、皇后像写到宏伟的新机场、举世无双的青马大桥，以至欢庆香港回归的五彩缤纷的烟花，让小读者清晰地看到这些地方的发展变化，很有说服力、感染力。

2000 年 1 月 18 日

触目惊心　警钟长鸣

——读《白魔祭坛上的童男童女》

读了谷应写的这部 17 万字的《白魔祭坛上的童男童女》，心情久久不能平静。这是一本用文学手法写成的，具有震撼力的调查笔记，是一本富有新意和特色的纪实小说、报告小说。

谷应是一位具有强烈的社会责任感、时代使命感的女作家。她遵时代之命、人民之命，怀着饱满的政治热情和对未来一代的炽热真情和爱心，把笔触深入到我们社会生活的一角——少年吸毒、犯罪这个领域里。作品生动地揭示了海洛因这个白色恶魔怎样把人变成鬼，用活生生的、令人触目惊心的现实唤起人们对少年吸毒这一社会问题的高度关注。

这部作品之所以具有较大的艺术说服力、震撼力，正在于它是用事实说话。作者为了写这本书，作了广泛、深入的社会调查，付出了艰辛的劳动。这种采访，确实是"既耗精力又耗时间"。但一分耕耘，一分收获。作者呈现在读者面前的，是一本内涵丰富、很有分量、值得一读的好书。

全书分为五章，每一章从不同的角度、不同的侧面描述了少年吸毒者由孤独、痛苦、绝望到沉沦、堕落的过程，写出了他们可怜又可悲的遭遇和命运，揭示了少年吸毒这个现象的社会根源。家境富裕的中学生何小娟，小学毕业那年还当选为红领巾中队长，只因接触小学同班的"懒猫"，就不知不觉地沾上毒品而不能自拔，以致使家长望女成凤的梦想化为泡影。也有的孩子由于父母离异，或被老师惩罚，心灵被扭曲和伤害，而走上了吸毒的路。书中对不同家庭、不同教养的少年吸毒者的不同心态、不同遭际，写得入情入理，真实可信。

作品撼人心魄的力量，可说是来自严酷的生活本身。17 岁的小黑子吸毒成瘾，为了夺得一条金链换海洛因，竟然丧尽天良，用匕首捅死他的邻居、苦心栽培他的扈老师。海洛因这个恶魔泯灭了人性，腐蚀了童男童女的灵魂，把他们推入罪恶的深渊。面对如此严峻的社会现实，怎能不令人心碎肠断，怒火中烧？！

谷应把报告小说引入了少年文学领域，在体裁、样式上做了新的探索。作者说，这部作品“不是纯文学的小说，也不是纯社会调查报告，是一种小说笔调的社会调查，姑称之为‘报告小说’吧。”在这之前，谷应还写过一本反映当代少年心迹的《危险的年龄》。从先后问世的这两部作品可以清晰地看出，作者在艺术上别具匠心，富有创新意识。写的真实故事，但又不受真人真事的限制。她将搜集来的大量生活素材，做了必要的剪裁、提炼、集中、概括，使之具有更典型的意义。笔触又不止于描述事件、现象，而是深入少年的内心世界，真实而生动地表现他们的思想情绪、精神状态。

科学家李政道说：“科学和艺术是不可分割的，就像一个硬币的两面。它们共同的基础是人类的创造力，它们追求的目标都是真理的普遍性。”谷应深谙个中道理，她力求使作品在具有社会性的同时获得科学性，从而使少年读者从中得到有益于人生的感悟、启迪。《白魔祭坛上的童男童女》每一章开头都写有题记，或引用哲人伊索寓言，或摘录传说、奇闻、夜话。而在每一节后面附录一段专家、学者的意见，或引用一段资料，写一段调查后记。作者用这些论述、资料来阐述观点，深化主题，从而使这本书富有知识性。

也许有的家长、老师会有这样的疑虑：选择少年吸毒题材，反映我们社会生活中的消极面、阴暗面，对少年读者是否会产生负面影响？我以为，对于正在逐步走向成熟的少年，通过文学作品让他们多少懂得一点生活的复杂性，增强他们对生活中假、恶、丑东西的识别、批判、抵制能力，是必要也是有益的。当然这种描写要顾及少年的年龄特征、心理特征，适合他们的理解水平和接受能力。要表现出生活中正面的、先进的东西终将战胜反面的、丑恶的东西。比如，书中第五章《魂兮归来》就很有说服力地描写了一位边防军教导员帮助 18 岁的外甥戒毒、断毒的过程，给人以希望、信心和力量。

“一个全民抵制毒品的社会，是难有吸毒和贩毒者的活动空间的”，“抵制毒品，唯有认识毒品；认识毒品，当从童年少年时代开始”。面对少年吸毒这个不幸的社会问题，再也不能沉默，不能遮遮掩掩。禁毒已到了警钟长鸣、刻不容缓的时候。感谢作者为少年读者和成年读者提供了一本认识毒品的生动的、形象化的教材，一本富有警示意义的好书！

1996 年 6 月

直面现实　引人思索

——读《少儿教育纪实文学》丛书

如何使我国6600多万独生子女健康成长，如何使800多万残疾儿童与健全儿童一样走上自立自强之路，如何拯救、改造失足少年成为于社会有用的新人，是当前社会普遍关注的热门话题。收入《少儿教育纪实文学》丛书（湖北少年儿童出版社出版）的《新人类的呼唤》（孙云晓、孙宏艳著）、《同享七彩阳光》（周甲禄、邓猛、袁朝著）、《还你一片蓝天》（李凤杰著）三本书的作者怀着对祖国下一代的炽热爱心和强烈的社会责任感，站在世纪之交的时代高度，热情而又冷静地审视、剖析了我国独生子女教育的成败得失，生动而又细致地勾勒、描述了我国残疾儿童教育、失足少年教育的状况、成就和经验。这是三本直面现实的、调查报告式的长篇纪实作品。书中既有广角镜式、全方位、多角度的扫描，又有近距离的、一个个典型事例的描述，内涵丰富，信息量大，读来感到既新鲜又实在，沉甸甸的，引人思索。

《少儿教育纪实文学》丛书的价值和魅力，首先在于它的真实性。三本书的作者对所描写的对象做了广泛深入的调查，占有丰富、翔实的材料，从中选取最具说服力的典型事例，鲜明地体现各自的重大主题。当你从《新人类的呼唤》一书中读到一位15岁的女中学生准备了两个日记本，把专写豪言壮语的一本送给父母，把记录心声的那一本留给自己；还有那被父母逼着学小提琴的女孩子，在很多小纸片上写着："打倒（妈妈）闵惠琴！"面对这些活生生的事实，心灵不能不为之震颤，从而猛然醒悟：不了解孩子的天性、心理、兴趣、爱好，就不是合格的家长。而书中所写成年累月坚持深更半夜到荒郊野外拍天文照片、获青少年摄影大赛一等奖的病孩田磊，身患绝症但品学兼优、应邀去美国迪斯尼乐园观光的女孩李欢……这一个个真实的故事，又使我们领悟到：支持孩子面对困难，与命运抗争，才是父母对子女真正的爱。纪实文学正是以其记叙真人真事所特有的力量征服了读者。

在坚持真实的基础上，力求将真实的资料、生动的描写与精辟的议论结合起来，是收入这套丛书的三本作品的共同特色，也是它们之所以具有较强的吸引力、感染力的主要因素。这是一方面。另一方面，三本书又各具特色，相比而言，《新人类的呼唤》以深刻、独到的分析、议论见长，书中有着不少闪光的、给人启迪的思想观点。《还你一片蓝天》以生动的描绘取胜，少年犯的遭际、命运及公安干警改造少年犯的良苦用心和艰辛历程，都写得细致动人，真实可信。《同享七彩阳光》则更注意宏观把握与微观透视的结合，既勾勒了新中国特殊教育发展史，又刻画了众多在特殊教育园地上默默耕耘的出色园丁的生动形象。

我以为，这套丛书的出版，对发展、繁荣少儿纪实文学，必将起到积极的推动作用。

1998 年 4 月 19 日

体味“寻找”的苦与乐

——读《大自然探险纪实》系列

刘先平是大自然探险文学热心的倡导者、辛勤的耕耘者。20 多年来，他在这个领域里不知疲倦地探索、开拓，创作上不断有新的收获。继 1996 年 8 月由中国青年出版社推出一套 5 卷《大自然探险长篇》系列（其中 4 卷是长篇小说）之后，时隔 5 年，又于 2001 年 8 月由中国少年儿童出版社推出一套 4 册《大自然探险纪实》系列（以下简称《探险纪实》系列），集中展示了作者多年来野外考察所得的散文创作成果。

《探险纪实》系列的价值与魅力，首先在于篇篇都是真实的故事，都是作者迈开双脚，跋山涉水，历尽千辛万苦采撷来的关于野生动物的生存环境、生活习性、生命状态、繁衍历程的真实记录。这个系列所收入的四本作品，书名都冠以“寻找”二字：《寻找相思鸟》《寻找香榧王》《寻找魔鹿》《寻找猴国》。寻找是一种期待、一种向往；寻找的过程充满艰辛、磨难、迷惘与危险。探索大自然的奥秘、野生生物世界的奥秘，就得不怕劳苦、不畏艰险、翻山越岭、披荆斩棘、风餐露宿、流血流汗。而寻找又是一种乐趣、一种享受。寻找充满了诱惑和魅力，在寻找过程中解开一个个悬念、谜闭、疑问和生命密码，就会情不自禁地沉浸在发现的喜悦和激动之中。作者围绕“寻找”做文章，引领孩子们一起去寻觅、探索神秘、奇妙的大自然，满足了少年儿童好奇的天性、喜爱探险历险的心理；也有利于培养他们迎难而上、勇往直前，坚韧拼搏、百折不挠的意志品质。

这个系列作品的优长和特色，还在于它把大自然的诗情画意、有益有趣的自然知识和“天人合一”的哲理意蕴巧妙、自然地交织在一起。作者是一个钟爱、迷恋大自然的有心人，对山野、大漠、森林、溪流充满的各种声音、色彩、气息感觉特别锐敏，观察格外细致。他细心倾听各种鸟鸣声，从白腰雨燕的呢喃声中，引领我们去了解作为乳燕生命摇篮的燕窝是如何制成的；从斑鸠的咕咕声中，引领我们去分辨同属一个家族的四种不同的斑鸠，并勾起我们对童年、故乡、亲人的回忆与思念。他冒着劈头盖脑的闷雨，探寻色彩缤纷的蘑菇世界，引导我们识别各种蘑菇的不同形态、性能、价值，认识真菌所具有的化腐朽为神奇的作用。丰富的自然科学知识寓于生动的文学描写之中，读来别有一番意蕴和滋味。尤为动人心弦的是，作者描写知恩图报的小松鼠一路伴行；滂沱大雨中，小鸟扑入怀抱寻找避雨港；在异国他乡和小妮娜一起喂长尾鹦鹉，沟通了人与鸟、大人与小孩之间的感情；从树王沉水樟的遭际引发出“饱经沧桑是种美，永葆青春更美”的感叹。所有这些篇章都写得情深意切，鲜明生动地揭示了人与自然和谐发展、“天人合一”的美好理想。作者紧紧把握、极力张扬“人类属于大自然”这个常说常新的重要命题，用自己的亲身经历和感受，写出一篇篇真实的大自然探险故事，启迪小读者领悟：作为大自然之子的人类，只有保护大自然的义务，没有毁坏大自然的权利。

我们还得感谢刘先平的伴侣李珍英。在漫长、艰难的探险路程中，她与作者一路同行，克服了种种难以想象的困难，抓住那稍纵即逝的瞬间，拍下了许多弥足珍贵的照片，从而使这套《探险纪实》系列文图并茂，相映成趣，更加适合少年儿童的阅读兴趣和欣赏习惯。

2002 年 1 月 13 日

有胆有识的拓荒者

刘先平是我国最早投入大自然文学创作的拓荒者。从1978年至今，30个春秋，他执着地、专心致志地在这块园地上开拓、耕耘，取得了丰硕的、令人瞩目的收获。最近安徽少年儿童出版社隆重推出的《大自然在召唤》九卷，蔚为大观，集中展示了他出色的、最具代表性的创作实绩和成就。

刘先平的大自然探险作品，让我们深切地感受到，大自然文学是我国辽阔的文学版图上独领风骚的一片绿洲，原始、自然、清新、纯朴、神奇、玄秘，显示出野趣无限，魅力无穷。

我以为，刘先平在大自然文学创作上获得成功的奥秘，归根到底，在于：他有一颗热爱大自然、拥抱大自然的赤子之心；他坚持迈开双脚，跋山涉水，把考察、度量大自然作为第一位工作；他在创作上敢于探索、勇于创新，有自己独特的审美视角和艺术追求。这次重读刘先平的作品，我不能不由衷赞赏他有胆有识，不愧为一位富有远见卓识、勇敢走在前面的大自然文学的排头兵和杰出代表。

“有胆有识”。我在这里所说的“胆”，不仅是指他五上青藏高原，两次横穿中国、从南北两线走进帕米尔高原，三次进入怒江大峡谷，走遍崇山峻岭、大漠戈壁、瀚海冰川、莽莽森林，有着无比的勇气和胆量；更主要的是说他在文体上敢于大胆创新。他的“探险长篇系列”是以小说体裁写成的动物故事、传记；他的“探险纪实系列”是以散文笔调写成的纪实文学、游记。他把小说的叙事，散文的抒情，纪实文学的真实，摄影文学的逼真、传神，水乳交融在一起，构筑成别具特色的大自然探险文学。这是他为建设中国特色的大自然文学做出的独特贡献。我在这里所说的“识”，不仅是指他富有从事大自然文学创作所必须具备的动物学、生物学、生态学、地理学等方面的科学知识，更主要的是说他具有一个智者善待自然的识见和胸襟。他较早走出“大自然属于人类”的误区，敏锐而有深度地领悟到“人类属于大自然”“人与自然必须和谐发展，共存共荣”。他怀着对大自然母亲的感激、敬畏之心，用真实生动的作品发言，呼唤强化生命意识，强化生态平衡，呼唤树立生态道德、建设生态文明。刘先平说：“如诗如画的美丽大自然被破坏得支离破碎，激起了我无限的悲愤和忧虑。”这种忧患意识、危机意识，正是他创作灵感、创作激情之源，开拓、探索、创新的活力之本。

大自然文学不仅属于少年儿童，而且属于全人类。大自然是儿童文学的三大母题之一，也是文学三大永恒主题之一。在大自然这个宽广的天地里，作家是大有可为的。期盼有更多的、像刘先平那样胆识兼具的作家加入大自然文学的行列，为我们构筑五彩缤纷的野生动植物、自然万物的世界，展现人与自然和谐发展的新天地，从而使我们置身于美丽神奇的大自然怀抱，领悟“天人合一”“天地人和”的哲理和情趣。愿生态道德在亿万人们心灵深处生根、开花，让生态文明之风吹遍华夏大地。

2009 年 2 月 28 日

感人肺腑的真实故事
——《蓝天下的课桌》读后

进城务工的农民是我国现代化建设的一支重要力量，也是城市居民日常生活中不可或缺的一支劳动大军、服务大军。从建筑工地的工人、开出租车的司机到餐馆的服务员、家庭的钟点工，从卖菜的、送奶的到修鞋的、收废品的，在我们的周围，几乎每个角落都能看到农民工淳朴的面庞、忙碌的身影。可以毫不夸张地说，如今假若没有农民工，城市生活就不能正常运转。占有如此重要位置的新生活建设者——农民工这个社会群体理应进入文学艺术家的视野；他们的生存状态、精神状态和遭际命运理应在作家的笔下得到真实、生动的表现。

农民工子女，无论是随父母进城的还是在乡村留守的，他们都是我国3.67亿少年儿童中的一部分，同样是祖国的未来、民族的希望。多年来，党和国家高度关注农民工子女的健康成长，千方百计为他们提供受教育的机会，保障他们平等接受义务教育的权利。我们高兴地看到，在关注农民工及其子女这个弱势群体上，儿童文学没有缺席。一些怀着纯真爱心和高度责任感、使命感的儿童文学作家敏锐地、深情地把自己的笔触深入到农民工子女的现实生活和内心世界。2006年，李学斌推出儿童小说《蔚蓝色的天空》；2007年，伍美珍、刘君早推出报告文学《蓝天下的课桌》，这都是儿童文学创作、出版界最早奉献的表现这一重要题材的优秀成果。

少年报告文学是文学的轻骑兵，便于迅速反映当代少年儿童的生存状态、精神状态。它以聚焦少年儿童关注的新闻人物、重要现象、热门话题见长，以十分贴近少年儿童的生活和心灵取胜。少年报告文学把新闻的真实性、时效性与文学的形象性、可读性巧妙地、水乳交融地结合在一起。坚持真人真事的原则，富有时代特色和现实教育意义，具有文学的感染力、震撼力，是少年报告文学赢得少年读者的优势和魅力所在。在我看来，《蓝天下的课桌》正是以其记叙真人真事所特有的力量征服了少年读者。两位作者不辞辛劳，一次又一次走进农民工子弟学校、家庭，做了广泛、深入的调查。他们将搜集到的大量生活素材，做了必要的剪裁、提炼，从中选取具有典型意义的个案。笔触又不止于描述事件、现象，而是想方设法走进农民工子女的精神世界、感情世界，原汁原味地表现他们的理想、憧憬、痛苦、烦恼。例如，在《鲁达欣和妈妈的梦想》这一篇中，我们从小小年纪的鲁达欣面对爸爸早亡、妈妈生病、没有固定经济来源的巨大压力和他在墙上涂抹的文字："一切不都是为了填饱肚子吗？""妈妈善意的谎言"中，深切地感受到那份严峻、艰辛、沉重、无奈，真是幼小稚嫩的心灵不能承受之重。然而，看到他抄在自己的"光荣榜"旁边的鼓励自己的话："沟算什么呢，坎算什么呢，走过去，头上依然是蓝天，脚下依然是大路！"我们又情不自禁地为他面对困难、与命运抗争、不屈不挠、勇往直前的信心和勇气而欣慰、赞赏。生活在城市、都会，特别是那些家境富裕、无忧无虑的独生子女，非常需要了解、体味农民工子女的艰难生存状态以及他们备尝的酸甜苦辣。作者直面人生，正视现实，不回避艰辛、坎坷，又敏于发现、捕捉生活中的新事物，着力挖掘孩子身上真善美的闪光点，从而为我们打开了一扇通向农民工子女的心灵之窗，在城市孩子和农村孩子之间、成人和孩子之间架起一座相互沟通、理解的桥梁。书中一些篇章描述了初进城市的农民工子女特别是残疾儿童，常常抱有孤独、自卑、迷惘、委屈的心态，而城市孩子对他们又往往冷落、疏远、歧视乃至嘲笑。作者以真实的故事描写城乡孩子之间相互关系的发展变化，情真意切地肯定了相互关爱、理解、同情、包容的好品质、作风。这些故事犹如一面明亮的镜子，小读者不难从这里照见自己，照见同龄人，也会窥见理解和体贴自己的成人朋友的面影。

《蓝天下的课桌》在结构、表现形式、写法上颇为独到新颖，别开生面。每篇作品都由"现场""故事""采访后记""阳光姐姐说新闻"四个单元组成。作者很好地把握当今少年读者喜欢原汁原味、用事实说话的纪实作品的阅读心理，在坚持真实的基础上，力求将现场的新闻采访、真实的故事描写、精到的议论评点结合起来。有报告，有故事，有分析，有议论，构成这本书的鲜明特色，也是它具有较强吸引力的关键所在。例如，在《光彩夺目的彩虹》中，当我们领略彩虹一家（爸爸、妈妈、姐妹仨）凭着自己的勤奋学习、刻苦拼搏，历经艰难，逐步融入都市生活的成功喜悦之际，我们读到彩虹发自肺腑的心里话："我的父母都是极普通的人，他们让我从小就体验平凡，并学会超越平凡。""家是港湾，父母是指路明灯，他们照亮回家的路。"而作者在"采访后记"中更画龙点睛地做了评析："没有这么坎坷而丰富的生活，就没有如此丰硕、如此美丽的人生收获，这应当是每个养尊处优的城市孩子所应当羡慕彩虹的地方。"在作品的结尾，针对有的公办学校清退成绩不好的农民工子女的现象，一向温柔和蔼的阳光姐姐也不禁义愤填膺，不平则鸣："那些被清退的孩子说，本地学生即使考零分也能留下，为什么我们不及格就要走？孩子们这样的质问，真的应该令教育部门脸红啊！"作者充分发挥报告文学博采多种文体之长的特色，把它的真实性、形象性、抒情性、思辨性、述评性恰到好处地糅合在一起；这样，就既能让读者感动，又令读者深思。我相信，《蓝天下的课桌》这本书一定会唤起众多小读者、大读者和社会方方面面更加关注农民工子女的快乐健康成长。

2009 年 6 月 23 日

自然美与心灵美交相辉映
——读《美丽的西沙群岛》

《美丽的西沙群岛》是一本面向少年读者，兼具思想性、知识性、可读性的优秀纪实文学作品。

这本书的可贵，首先在于它的亲历性、在场感。作者不畏艰险，两度乘风破浪，跨海越洋，亲临西沙群岛现场探险，用自己的眼睛和心灵观察、了解、体验、探究，真实而生动地记录下自己所见所闻的自然万物、人和事。“在场主义”的写作姿态、精神，让读者如同身临其境，深切感受到西沙群岛的新鲜、神奇、美丽、富饶，分享作者“发现的乐趣”。

作品的字里行间流淌着一股扣人心弦的爱国主义涓涓细流。书中描写一个家境富裕、原本学绘画、摄影的大学生，为了以自己的行动“引起我们这一代人对祖国海疆的关注”，志愿来到西沙当兵。他在北京参加完摄影比赛，一回到他守卫的中建岛，就迈开大步径直走到迎风飘扬的五星红旗下，立正敬礼，庄重地宣示：“战士乔憨向祖国报到！”读到这里，少年读者怎能不与情系祖国、具有强烈海疆意识的最可爱的人产生感情共鸣呢?！当来岛视察的部队首长问起在琛航岛服役十六年零七个月的士官侯占朝：“长期生活在小岛上，就不怕被人遗忘？”他的回答干脆响亮：“至少有两个人记住我！一个是我的母亲，因为我一直都在母亲的心中；另一个是我的祖国，因为祖国一直在我心中。”对祖国的热爱和忠诚，“祖国在我心中”，这是每一个守疆战士共同拥有的朴实而崇高的感情。正是凭借“爱国爱岛，乐守天涯”的壮志豪情，他们战胜了烈日灼人、淡水奇缺、寂寞难耐等一个又一个艰难险阻，自觉地坚守在自己的岗位上。

大自然文学作家刘先平是生态文明建设热情的倡导者、践行者。他在这本新著中，把探究、揭示海洋世界的奥秘与张扬保护海洋生态、提高生态道德修养巧妙地融合在一起。正像作者在书的“引子”中尖锐地提出的：“谁都知道我国有九百六十万平方千米的辽阔国土，但又有多少人知道，我国还有三百万平方千米的海疆？”是的，我们确实缺乏起码的海疆意识。这本书不仅用优美的文笔给少年读者描绘了绿树银滩、霞光耀眼的西沙风光，浪花朵朵、五彩斑斓的海洋世界，让他们见识海螺会跳、飞鱼会飞、海龟有情有义、水母能预测天气的新奇神秘；而且用富有艺术感染力、说服力的第一手材料展示了守卫海疆的普通战士自觉保卫海洋生态的可贵品格。珊瑚是海洋中重要的生态系统，能否保护好它，关系到珊瑚礁中四千多种鱼类的生死存亡。而长棘海星是珊瑚虫的大克星，它能吃掉数以万计的珊瑚虫。普通战士小安写了发现凤尾螺制伏长棘海星的报告，请相关部门赶快采取措施。从这里小读者可以清晰地看到，每个守疆战士又都是保卫海洋生态的哨兵。我们不能不由衷地赞佩。又如，书中描述东岛的野牛专吃抗风桐的新叶。野牛多了，抗风桐的生存受到了威胁，鲣鸟、军舰鸟也就失去了栖息地。战士小李告诉我们：经过多年的考察，野牛的数量应该控制在二百五十头左右。超过三百头，生态就会失衡。这个普通战士深深懂得把保护生态平衡、建设美好家园与保家卫国紧紧地联系在一起，表现出很高的生态道德修养。

在我看来，《美丽的西沙群岛》这本纪实作品的最大特色在于充分展现了海疆的自然美与战士的心灵美交相辉映，引人入胜。它对激发爱国主义感情、唤起海洋意识、树立生态道德，都会发挥潜移默化的独特作用，我乐于向小读者和大读者推荐。

2012 年 5 月 27 日

首先要有一个好的故事脚本
——评介《一个中国孩子的英雄喜剧》

“创作出我们自己的、为少年儿童喜爱的、富有艺术魅力的卡通读物。”这是三年前我国出版界、文学界、美术界共同提出的一个奋力追求的目标。经过作家、画家和有关各方的不懈努力，我们正一步一步地接近这个目标。接力出版社不久前推出的长篇动画丛书《一个中国孩子的英雄喜剧》（以下简称《英雄喜剧》），就是我国动画故事创作的一个新成果。

这套动画故事丛书寓有关少儿行为规范的丰富内涵于充满童趣的故事和生动鲜明的形象之中，题材、构思、人物造型都有新意，艺术性、可读性比较强。

动画故事是绘画与语言文字、文学与美术巧妙契合的一种艺术样式。卡通文学是卡通艺术的基础。没有一个好的文学故事脚本，再高明的画家也无法施展自己的才能，赢得众多的小读者。《英雄喜剧》的成功，首先就在于几位富有创作实力的儿童文学作家精心编织了一个既贴近孩子生活又富于童话色彩，具有艺术感染力、吸引力的故事。

《英雄喜剧》的故事是从生活中来，从当代中国儿童的生活中来。向往当超级英雄，钟情于激光皇码，跋山涉水探索克隆的秘密，飞越太空寻找彩虹鸟……都鲜明地表现了当今孩子的梦想和追求。而贪吃、挑食、厌食，不会做家务活，买电影票加塞，用“嘿，嘿，嘿”代替所有的称呼，做作业不肯用脑子……则真实地反映了当今不少孩子身上存在的毛病和缺点。作者善于从发生在孩子身边的事情中，从孩子日常的生活、思想行为中提炼那些富有当代孩子特征的东西，编织成生动有趣的故事，使孩子们读来有一种格外的贴近感。

这套长篇动画故事是由许多引人入胜、情趣盎然的情节连缀起来的。作品主人公在实现英雄梦的过程中，遇到了不少困难、挫折、困惑和矛盾。作者紧紧抓住这些矛盾冲突，采用夸张的艺术手法，熔铸成为作品一个又一个精彩的、令人发噱的情节，因而产生极其强烈的艺术效果。如书中描写爱吃糖的大豆芽，浑身蜂蜜味，招来了“陆军”——蚂蚁、“空军”——蜜蜂，还有大狗熊；只会按“傻瓜按钮”的聪仔，不会按防御按钮打败太空恶魔，却错按了“迎接贵宾”“馈赠食物”的按钮，闹了大笑话。这些情节想象奇特，不落俗套，读来妙趣横生，符合孩子们的审美情趣和阅读心理。

动画故事还要有个性特点鲜明、令人难忘的人物形象。《英雄喜剧》着重刻画的聪仔，聪明机灵，积极向上，崇尚英雄，但他身上也有一般孩子常有的贪吃、不讲卫生等毛病。作者是从实际生活出发来写人物的，而不是把人物当作传递某种理念、行为规范的道具。书中其他人物，如淘气的晓亮、“马大哈”的豆芽菜、胆小的莎莎，也都是活生生的、有个性特点的，是孩子们可亲可近的。

《英雄喜剧》的故事还有一个特色，即富有浓郁的童话色彩。几个活泼可爱的孩子活动在亦真亦幻的童话世界里，他们运用代表现代高科技水平的激光皇码，执着地、锲而不舍地追寻具有神奇魔力的宝物——星星石、月亮树、太阳花、彩虹鸟。作者在孩子面前展开一个瑰丽的、异想天开的幻想世界，启迪、引导他们更大地张开想象的翅膀，在真、善、美的追求中自由翱翔。

1998 年 3 月

亦真亦幻　和谐自然

——读动画故事《精灵鸭》

动画故事系列《精灵鸭》在反映当代生活、追求幻想与现实的和谐结合上，做了一次认真而有益的探索。这是一套富有新鲜的时代气息和奇妙的想象魅力、图文并茂的文学读物。小读者一边阅读引人入胜的故事，一边观赏生动优美的图画，会感到轻松愉快，趣味盎然。

《精灵鸭》把色彩纷呈的当代生活融入动画故事之中，真实地、多侧面地展现了当代儿童所处的宠爱与压力并存的生活环境和欢乐与苦恼交织的内心世界。书中对小主人公元元和他的伙伴面对的做不完的作业、上学因交通堵塞而迟到、当了小球星招架不了媒体的炒作、接待国际学生旅行团却不懂外语……诸如此类的苦恼和困难，写得细腻逼真，活灵活现。这些都是当今孩子熟悉的、发生在他们身边的事情。孩子们走进动画故事之中，浓郁的校园、家庭生活气息迎面扑来，如同身临其境，感到格外亲切。而尤其引人发笑的是作品描述来自另一星球的一只精灵鸭，加入了孩子们的行列，成为他们朝夕与共的亲密朋友。精灵鸭原来生活在比地球先进几千万年的戈得兰星球，受过良好的教育，精通宇宙里许多生命的语言。他凭借自己超凡的智慧、神奇的本领，用手中那根魔力羽毛，发明创造了神笔、绿色足球衣、汽车早冰鞋、学习眼镜、超霸王翻译机……帮助元元征服了生活道路上一个又一个拦路虎。精灵鸭的语言、行动、故事是幻想的、夸张的、富有浪漫色彩的。但这种幻想又是植根于现实生活的土壤上的，完全符合当代儿童的愿望、心理和情感。《精灵鸭》从生活出发展开幻想，从幻想情境中再现现实，幻想与现实交融，似真似幻，亦真亦幻，和谐自然。作品既清晰地勾勒了富有时代特征的社会生活风貌，帮助孩子们认识生活、品味生活；又别具匠心地构建了一个孩子们向往的神奇美妙的幻想世界，鼓舞孩子张开想象的翅膀自由飞翔，从而使他们的感情得到宣泄，心灵得到抚慰。

作品着力刻画的精灵鸭，是个有血有肉、富于个性的拟人化的童话形象。他聪明机灵，正直坦诚，善解人意，乐于助人。从他给有病的老人提供既保暖又防病的玻丝太空服、给买不起新书的山区孩子赠送有声有色的希望课本、同元元依依惜别并给他留下生日礼物等一系列行动中，我们触摸到了他那颗热情似火的爱心，谛听到了他对温馨、和谐、友爱、互助的精神境界和人际关系的礼赞和呼唤。作者赋予精灵鸭以人的思想感情、人的性格，并没有忽略、忘掉鸭子自身的特征、生活、习性，而是努力追求物性与人性的统一。我们从动画故事中不时看到精灵鸭抖着羽毛、张开翅膀、咧着大嘴、踱着方步、哼着小曲、嘎嘎大笑的生动描绘。造型生动新颖、色彩鲜明和谐的精灵鸭形象，会给小读者留下深刻的、久久难忘的印象。

精彩的童话文本为画家提供了发挥想象、施展才能的广阔天地，而精湛的、富有民族色泽、风格的构图、造型，又给作家的童话文本增光添彩，文字与图画浑然一体，相得益彰，因而使动画故事系列《精灵鸭》具有较高的文学品位和观赏价值。

1998 年 5 月 1 日

推荐《米球球》系列

郑春华是当代中国幼儿文苑最有才气、功力和成就的作家之一。她和画家程思新合作，共同推出的《“大头儿子”妈妈讲故事——米球球》系列，是当前图画故事书创作中令人瞩目的新收获、新成就。

每个孩子都渴望有一方仅仅属于自己的小天地，渴望完全按照自己的意愿做自己喜欢做的事情。作者凭借敏锐的观察力和对幼儿生活世界、想象世界的透彻了解，聪明地选取便于隐藏孩子秘密的小阁楼作为背景，从平凡的、司空见惯的日常生活中提炼出一个又一个单纯、轻松、有趣的故事，巧妙地表现了儿童渴望成长、渴望主宰自己生活的愿望、心理。挂上“5号半”门牌期待亲朋的新年贺卡，带着小凳子到外婆家开电梯，自己动手做生日蛋糕放进了一大盒发酵粉……所有这些只能是属于孩子的向往、兴趣、行为，在作者笔下表现得有声有色、妙趣横生，淋漓尽致地抒写了童年的无限快乐、绮丽想象和儿童成长中的自我意识。

《米球球》系列故事洋溢着浓郁的现代都市生活气息，渗透着亲情、友情、同情、互助、新的人际关系等人类美好的感情。比如，米球球从阁楼上用数码相机往下拍了许多照片，作为送给爸妈结婚纪念的礼物。这些由上往下取景的照片，使爸爸妈妈产生了从飞机上俯瞰大地的感觉。从这富有时代色彩、充满儿童情趣的生活情景里，可以强烈地感受到浓浓的父子、母子亲情。

作品体现了作者先进的儿童观，传达了一种鼓励孩子独立自主、按照个性自由发展的开放思维。通篇故事没有一点枯燥的说教，父母对孩子的点拨、引导，都寓于生动的故事情节之中。让孩子通过自己的实践、经验，明白什么是对的、什么是错的。米球球这个追求新奇、勇于尝试、可笑又可爱的幼儿形象，丰富了幼儿文学的人物画廊。

这套书的魅力还在于文字与绘画结合得较好，图文并茂，相得益彰。这是一个适合于亲子共读的优秀文本，在亲切、和谐的氛围中，孩子会得到快乐、温馨和美感，大人也会有所感动和启迪。我以为，这套《米球球》系列给“大头儿子”这个驰名品牌增添了新的光彩。

2003年5月28日

迷人的诗体故事

——读《板凳狗幼儿童话系列》

在我的印象中，高洪波在创作实践上一向注重并追求“给孩子们一点快乐”。正因为如此，他对于尤为讲究给孩子们以快乐和想象的幼儿文学更是情有独钟，乐此不疲。近些年，洪波致力于幼儿童话创作，取得了可喜的成就。不久前问世的《板凳狗幼儿童话系列》（四册），是他最新的创作成果。

读了洪波的新作，我不禁想起俄罗斯大诗人普希金深情赞扬奶娘给他讲的童话：“这些故事有多迷人啊，每则都是一部好诗！”如果说童话是“一种献给儿童的特殊的诗体”（严文井语），那么，洪波的这些幼儿童话，似可称之为“诗体故事”。这些童话故事具有巧妙的艺术构思，开阔的想象空间，鲜明的个性描写，浓郁的诗情画意，还有朗朗上口的音韵节奏。

精彩、迷人的故事是幼儿童话的艺术魅力所在。无论是篇幅稍长的《不不兔和马蹄铁》《大耳朵聪聪和板凳狗》，还是短小的《墙角里的声音》《蘑菇伞店》，都有线索相对单纯但又生动有趣的故事情节。这些故事来自作者对幼儿丰富多彩生活的体验和提炼，也来自植根于生活土壤的独创性的构思和想象。洪波是个有情人，也是一个有心人。他怀有赤子情怀，对孩子有炽热的感情；又无时无刻不用心观察、感受、捕捉孩子日常的生活和心理，像海绵一样从生活中吸取养料，汲取素材、情节、诗情和画意。他又用心读书，涉猎甚广，积累了多方面的知识。这样，他在以一次快乐的旅行为题材的童话《大耳朵聪聪和板凳狗》中就能随心所欲、信手拈来他所熟悉而又感兴趣的那些生活素材和知识，把它们巧妙地编织到故事中去。小主人公的足迹踏遍了森林、高山、集市、停车场，以及尼亚加拉大瀑布、好莱坞影视城、里约热内卢的足球场、智利的复活节岛。在极为广阔的天地里，作者的想象自由驰骋，别出心裁地展现出一幕幕风趣幽默、精彩纷呈的喜剧：小动物们在大森林体育场举行比懒大赛；板凳狗在巴西当上了教练员；大耳朵和大胡子在集市里做了一笔用板凳狗换哈巴狗的不成功的交易……这些富有想象力的故事，都以现实生活为基础，出乎情理之外，又入乎情理之中，贴近幼儿的生活和心理，因而能调动他们的欣赏兴趣，为他们所接受和喜爱。

洪波这些幼儿童话中的主人公大多是小动物。小刺猬、小兔子、老鼠、花猫、大象、河马等，在他以往的童话寓言诗中都曾亮过相。作者再次让它们在童话中登场，特别注意赋予鲜明的个性。刻画得最为成功的当推不不兔这个动物形象。从它身上，我们可以清晰而亲切地把握到一个咿呀学语、处处事事都爱说“不”的幼儿性格特征。可以说，在我国的幼儿文学画廊里又增添了一个独特、逼真的艺术形象。

诗情与哲理的交融，是洪波在幼儿童话创作中奋力追求的境界。洪波是一个诗人，他对幼儿的生活和周围的一切事物，总是以儿童的眼睛和心灵，给以诗意的感受和理解；并善于从平凡的日常生活中寻觅到诗情画意。不不兔、板凳狗童话故事的字里行间都洋溢着浓郁的诗意。《雪花的重量》《调皮的小樱桃》《小风筝》这些短小的童话，更是诗意葱茏，诗味盎然，读起来就像一首首优美的散文诗。你听：“雪仍在落着。天地之间，一片白茫茫的景象。绿色的竹林也渐渐被雪染白，竹梢悄悄弯下了腰……”“不用蹦，不再跑，小小樱桃要睡觉。春天到，百花笑，石缝里的樱桃不见了。有棵小小樱桃树，结满一树红樱桃……”洪波心中有诗，诗中有画，如诗如画的描写，通过亲子共读，会给孩子们带来快乐和美的享受。

尤为可贵的是美丽的诗体故事里还蕴藏着哲理的意味和生活的真谛。在《漂亮旅行车》里，描述大耳朵聪聪在碰运气车场挑中的漂亮、崭新的99号红色旅行车，却是一辆根本开不动的模型车。由此父母、家长可以启迪孩子去学会识别什么好、什么不好，拒绝那些中看不中用的东西。在《星光大道》里，描写大耳朵聪聪没能如愿在众多明星留名、按手印的水泥墙上留下自己的手印，却救活了一只被水泥粘住的小瓢虫。从这个童话揭示的“有所失又有所得”的哲理中，小朋友会领略到关爱小动物、呵护小生命的美好感情。其他如《雪花的重量》《采草莓》《三只气球》也都蕴含着“轻与重”“快与慢”“高与低”等哲学意味的内涵，耐人寻味。也许幼儿今天还不能领略和接受这些生活哲理，但孩提时代的这种文学熏陶，一定会使他们终生受益。

专门研究幼儿文学的黄云生教授认为：“对于幼儿文学精品来说，除了一般文学艺术的精品标准外还应有两个标准：一是能给孩提时代带来快乐，二是能给未来保留美好记忆。”在我看来，洪波的幼儿童话还不能说已经完全达到这个标准，但正逐步向这个标准靠拢。就拿我们这次研讨的这个作品系列来说，也存在一些美中不足的地方。一是有些作品在题材、构思、情节、场景上，似有重复、雷同的毛病，如《捣蛋鬼》与《捣蛋小老鼠》《小河里的草帽》与《大耳朵聪聪和板凳狗》中“天上的草帽”一节，就有这个问题。二是有些遣词用语还须更好地推敲，如“端详着漂亮的马蹄铁”“故做坚强状”“剩下的全是无奈”等，似都不够浅显、易懂、口语化。

2006 年 3 月 29 日

祝“宝贝第一”走进千家万户

夏辇生是活跃于当代儿童文苑的一位富有探索、创新精神的女作家。读了她新近推出的《宝贝第一童话系列》，眼睛为之一亮，心弦为之一动。在我的阅读视野中，它称得上一部幼儿文学的上乘之作、优秀之作。我情不自禁地为作者基于先进教育理念和求新、求异、求变法则的创作实践的成功而拍手叫好。

主人公宝贝熊波比和他的伙伴演绎出的一个又一个精彩生动的童话故事，是从生活中来的。作者以自己对幼儿生活的独特感受和把握为基础，自由地放飞想象，把幻想与现实水乳交融地结合起来。过生日、驾车郊游、放风筝、踢毽子等都是孩子们熟悉而又饶有情趣的生活。小读者会感到作品所讲述的故事同自己的生活贴得很近；同时作者又给他们呈现了一个幻想世界，给他们留下了驰骋想象的广阔空间。比如，在《放风筝》中，大鹏鸟风筝挣断了线飞走了，这是孩子们在日常生活中经历过、能认知的事情；而借助宝物心愿果实现飞上蓝天看看远方风景的愿望，又很符合幼儿那懵懵懂懂、真幻不分的年龄特征、心理状态。特别精彩的是，作者在这里巧妙而又自然地点了一笔：宝贝熊因为身体太肥飞不高看不远，急得哇哇大哭。这就不由得使小朋友跟着主人公着急，他们会在父母的提示下，开动小脑筋想一想这是为什么。由此在“润物细无声”中，一点一滴地受到如何健康、快乐成长的启迪。

作品着力刻画的主人公宝贝熊，聪明、善良、快乐、热情，乐于助人而又有点爱逞能，是一个独特又可爱的形象。宝贝熊的伙伴，如好强、不服气而又有点娇气、爱哭的小怪物，爱美又调皮的美美兔，自鸣得意的长尾巴小鸟等，虽然着墨不多，但也都给人留下了难忘的形象。精巧、别出心裁的构思和故事情节，使童话中的动物形象活脱脱地呈现在你面前。比如，在《宝贝第一》中宝贝熊和小怪物通过赛跑来比谁是宝贝第一的情节，一波三折，引人入胜。尤其是那出人意料而又合乎情理的故事结局："两个小伙伴同时跨过了终点线"，可说是妙笔生花。皆大欢喜的"双赢"结局，既充分表现了宝贝熊、小怪物好胜、互不服输的个性；又生动揭示了宝贝熊宁可不得冠军也不忘关爱、帮助遇到麻烦的小伙伴的那份好心肠、好品质。在这里，"善良是一份美好"这个主题，同其他故事中所表达的"诚实是一份清纯""关怀是一份美丽""奉献是一份快乐""分享是一份幸福"等都蕴涵在生动的情节、形象、画面之中，不需要作者用另外的文字特别说出来。读者在阅读观赏中，就能不知不觉地体味到浸透在作品字里行间的那爱与美，真诚、善良与温馨。这就是文学艺术的奥秘和魅力所在。

这个童话系列富有游戏色彩。每则故事，随着情节的发展，作者都精心设计了让小读者"想一想""认一认""找一找"的游戏。这符合幼儿好奇、爱玩的心理，会激发他们的阅读兴趣，吸引他们快乐地去寻找、探索、猜测，从而有助于孩子观察力、想象力、判断力的培养和提高。

在我看来，《宝贝第一童话系列》是一套适合亲子共读的图画故事书。绘画与文字和谐结合，交相辉映，增强了作品的艺术吸引力、感染力。对美术，我是门外汉。但我十分赞赏精微工作室的画家朋友们，用简洁质朴略带夸张的笔触所表现出的单纯、明朗的童真童趣。刻在我们记忆里的那些生动活泼、憨态可掬的动物形象，是作家和画家珠联璧合，一起呕心沥血为我们塑造的。

我真诚地祝愿"宝贝第一"这个品牌成功地走进众多幼儿园，走进千家万户，深入童心，真正成为小孩和大人信得过、爱不释手的名牌产品。

2006 年 6 月

浅谈幼儿童话形象塑造

——读《幼儿文学60年经典》

新中国成立 60 年来，特别是改革开放 30 年来，作为少年儿童文学中重要的、最具特色的一个组成部分的幼儿文学，也取得了长足的进步和发展。不久前问世的《幼儿文学 60 年经典》（中国少年儿童出版社出版），就是从枝繁叶茂、花团锦簇的幼儿文苑里精心采撷而来，它浓缩而有说服力地展示了 60 年幼儿文学创作的丰硕成果。

童话是深受幼儿喜爱的一种文学体裁。在当代幼儿文学创作中，童话的成就尤为突出。收入《幼儿文学 60 年经典》的作品，童话占据绝对优势。被称作特殊诗体故事的童话，也是一种叙事体裁，同样是以刻画人物、塑造形象见长。幼儿文学画廊里，一系列鲜明的、富有个性的童话形象，从 20 世纪五六十年代的钓鱼的小猫、过河的小马、找妈妈的小蝌蚪，到八九十年代的雪孩子、黑猫警长、小蛋壳、岩石上的小蝌蚪，深深地镌刻在一代又一代幼儿的心坎里。这些童话形象为什么能经受住时间的考验，具有较为长久的艺术生命力，其中有些什么奥秘呢？我以为，从一些富有经验的作家成功的创作实践来看，以下几点是值得我们细细揣摩、思索的。

鲜明的、令人难忘的童话形象，包括拟人化的动物形象和宇宙万物形象，离不开生动、有趣的故事。幼儿爱听童话故事，正是因为奇妙、迷人、情趣盎然的故事情节，紧紧吸引着他们的注意力，唤起他们的好奇心。无论是《找妈妈的小蝌蚪》还是《岩石上的小蝌蚪》，无论是《小猫钓鱼》还是《梅花鹿的角树》，这些童话作者都是善于编织故事的能手。他们从现实生活、大千世界里精心选择、提炼多姿多彩的题材和精彩、感人的情节，经过巧妙的艺术构思，演绎出一个个单纯、新颖、神奇的故事。这些故事情节往往与幼儿的生活、思想感情贴得很近；同时又给他们留下驰骋想象的广阔空间，力求把幼儿纯真的感情世界与丰富的幻想世界和谐地结合在一起。正是随着真幻交融的故事情节的进展，童话中的人物形象逐渐鲜明、丰满起来。情节是人物性格发展的历史，这个文学原理同样适用于幼儿童话；只是情节相对比较单纯简明，不是那么一波三折、起伏跌宕，但它具有吸引幼儿的巨大魅力。

栩栩如生、令人难忘的童话形象，离不开鲜明的个性描写。幼儿童话中的主人公大多是小动物，小狗、小猫、小马、小熊……童话作者赋予这些动物以幼儿的思想、感情，幼儿的心理、性格；同时又极其注意把握这些动物自身的生活、习性、特征，力求把物性与人性结合得和谐、自然。以孙幼军的短篇童话《小狗的小房子》为例，作品中刻画了一个憨厚、随和的小狗和一个娇气、任性的小猫背着小房子去河边玩的故事。由于作者对幼儿的生活、心理的熟悉和细节描写的到位，两个拟人化的形象描绘得活灵活现、惟妙惟肖。幼儿听了这个故事，觉得事情似乎就发生在自己身边，从小狗、小猫的脾气、行为、对话中，他们会隐隐约约看到自己的影子，听到自己的声音。冰子的《小蛋壳历险记》描画弱小、处于逆境的主人公小蛋壳在闯世界的艰辛旅程中，不向困难低头，与命运抗争，勇往直前，在幼儿面前展现了一个新颖、独特的艺术形象。小蛋壳机敏、勇敢、顽强、自信的性格，像甘露细雨润物无声地滋润了幼儿的心田。

塑造鲜明、独特的童话形象，也离不开从生活中发现、捕捉爱心、诗意，挖掘能唤起孩子感情共鸣的真、善、美。文学的力量在于以情感人，以美育人。作家的本领则在于独特的审美发现，“世界并不缺少美，缺少的只是发现美的眼睛。”（罗丹语）作家艺术地、充满诗意想象地表现生活的美，心灵世界、感情世界的美，就会让孩子们感动。谢华的《岩石上的小蝌蚪》就是这样的精品佳构。两只痴情、执着的小蝌蚪满怀信心地期盼着许诺要带它们回家的小哥哥的到来。可是，由于贪玩的小哥哥失信，造成了两只可爱的小蝌蚪终于被太阳晒死在大岩石上的结局。小蝌蚪的遭遇和命运牵动着幼儿的心。纯真、善良、重友情的小蝌蚪之死，不禁让他们发出“小蝌蚪真可怜！”的感叹。他们深深沉浸在怜悯、同情的情感氛围之中，强烈的艺术感染力打动了他们幼小稚嫩的心灵。嵇鸿的《雪孩子》也是一篇感人至深的幼儿童话。雪孩子冒着大火救出酣睡的小白兔，它那临危不惧、舍己救人的美好品质，引起孩子心灵的震撼。《岩石上的小蝌蚪》《雪孩子》这两篇作品的结尾虽然都写到生命的毁灭，但写得相当含蓄、委婉，流荡着浓郁的温情和诗意，不会让小朋友感到压抑、哀伤或恐惧。

以上这些了无新意的一孔之见，是最近一段日子我和6岁的孙子“亲子共读”（祖孙共读）得来的印象和感受。重温这些名篇佳构，我越发深切地体会到：个性鲜明的人物形象与情趣盎然的故事情节相交织，是幼儿童话的艺术魅力所在。

2009年10月5日

贵在滋润孩子的心灵
——读《魔法小仙子》

晓玲叮当是新世纪崭露头角、富有灵气和活力的儿童文学新秀。在短短的几年时间里，她以特色鲜明的童话受到广大小读者的青睐，赢得“魔法姐姐”的美誉。

《魔法小仙子》心灵童话系列是晓玲叮当历时七年精心打造的代表作。这是一部想象丰富、趣味盎然、有益于陶冶孩子品格、滋润孩子心灵的童话佳作，是当前我国少儿图书市场上具有文学品位的畅销书。

叙事体裁的儿童文学，包括小说、童话在内，它们成功的奥秘离不开生动、精彩、引人入胜的故事。当今的儿童特别喜欢诙谐夸张、富于幻想的故事。晓玲叮当深谙童话创作成功的奥秘和孩子们的欣赏趣味，凭借自己从小热衷于想象的优势，在编织梦想、编织故事上大做文章。读了《魔法小仙子》，我不得不赞赏晓玲叮当是一个善于编故事的能手。她以智慧、幽默的笔触构筑了一个神秘、奇妙、五彩缤纷的仙子国世界。仙子国里有国王和众多好仙子、坏仙子；在他们的周围，有亲密的朋友，也有凶恶的敌人，包括各种精灵、怪物、魔法师。仙子国成员活动的场所遍及山林江湖和峡谷岛屿。尤其引人生趣的是，仙子国有自己的语言、法规、货币、学校、医院，还有自己的报纸、歌曲、舞蹈、节日。这一切都是作者以丰沛奔放的想象力虚构的奇幻仙境，在自然界、现实生活中是不可能出现的。然而从作者栩栩如生的描写中，又让我们深切地感受到，仙子国里的人物似乎就生活在我们身边，他们的所作所为，以至一言一语、一举一动，都似曾相识。那个为仙孩们设立的向日葵盘学校，为了防止调皮、任性的小仙孩捉弄人类，特意制定了《仙子和人类相处的若干规定》，还有什么《关于“规定”的补充规定》和《关于“补充规定”的补充规定》。从仙孩儿受处罚的遭遇，我们不禁联想到太多的清规戒律，会不会压抑、伤害孩子们好动好玩的天性啊？！正因为作者的幻想植根于现实的土壤，源自生活的体验、感悟，同时又与现实拉开距离，若即若离，营造了一个亦真亦幻、似真似幻的童话世界——仙子王国，从而激发起读者探寻奥秘的兴趣，拓宽了驰骋想象的空间。这正是童话的艺术魅力所在。

善与恶、美与丑的冲突、较量贯穿《魔法小仙子》全书的始终，故事情节起伏跌宕，环环相扣，高潮迭起，险象环生，从而使这个童话系列像磁石般吸引小读者怀着浓郁的兴趣，爱不释手地读下去。以仙子国普灵王和聪明可爱的众仙子为一方，恶女巫凶巴巴及其帮凶乌鸦黑皮等为另一方，围绕争夺与维护仙子国的统治权，展开了殊死的搏斗。花样翻新的魔法，神秘莫测的咒语，斗智斗勇，曲折紧张，精彩纷呈，读来令人凝神屏息，惊心动魄。50个仙子，50个故事，用善与恶的斗争这根主线把它们串联起来，编织成一个充满奇思妙想、扣人心弦的系列魔幻故事。每个故事里面都蕴含着耐人寻味的情感、思想、智慧，爱的抚慰、真善美的熏陶寓于优美的、妙趣横生的童话故事之中，较为完美地体现了教育性、文学性与可读性的统一。

童话不仅要有感人、有趣的故事，更要着力塑造鲜明的、令人难忘的形象。童话形象的塑造，离不开生动、精彩的故事；编织故事正是为了塑造形象。在《魔法小仙子》里，作者笔墨酣畅地刻画出雏菊仙子、铃兰仙子、紫薇仙子、金盏仙子、丝石竹仙子等一系列独特的、个性鲜明的形象。每朵花亦即每个小仙子都有自己的故事。“情节是人物性格发展的历史”。随着故事情节的推进、发展，小仙子的形象、个性特征也就逐渐鲜明、丰满起来。在《仙境守护神》中描述凶巴巴处心积虑要毁掉仙子国的魔力之源“神灯珠宝星”，而雏菊仙子顶住威逼利诱，戳穿阴谋诡计，宁死也不把守护神灯的咒语告诉凶巴巴，生动展现了一个可爱的，把责任、纪律看得比自己生命更重要的小仙子形象。

晓玲叮当赋予花朵亦即仙子以各自不同的感情世界、品格特征，并善于从小仙子不同的言谈举止、思想行为的鲜明对比中来凸显它们的个性。在《女巫的新诡计》中，为了当上普灵王的特别助理，构骨仙子在恶女巫的指使下，用甜言蜜语蒙骗了仙子国的大多数成员。而仗义执言的达木兰不怕碰钉子、受冷遇、关禁闭，终于根据《实用魔法》制作出“真真油”，戳穿了构骨仙子的谎言和恶女巫的诡计，使一时糊涂的普灵王醒悟过来。在这一回合里，君子兰仙子（达木兰）的真诚与构骨仙子的虚伪两相对照，大相径庭，给人留下深刻的、难以忘怀的印象。

《魔法小仙子》心灵童话系列贵在揭示了小仙子在不同经历、遭遇中碰撞出的思想火花，揭示了心灵的纯真、崇高与美丽，可说是滋润孩子心灵的上佳补品。50个小仙子身上所承载的50种美德：善良、诚实、勇敢、谦逊、勤劳、宽容、乐观、团结、同情、分享、坚韧、奉献……，正是当代少年儿童所应当学习、发扬的。这些道德品质，既是中华民族的传统美德，也是全人类所共同推崇、倡导的道德修养、思想品质。修身，乃人生的立身之本。我们需要培养品学兼优的学生，需要造就德才兼备的人才，需要培育一代有理想、有道德、有文化、有纪律的社会主义新人。在这里，都是把品德放在头等重要的位置。毫无疑问，在新时代、新时期，为了建设四化、振兴中华，理应进一步继承、发扬一切优美的道德品质。晓玲叮当顺应时代的召唤，在自己的创作实践中，寓素质教育于生动的童话故事之中，把德育与美育完美统一于加强未成年人思想道德建设的宏大主题之中。这是一个聪慧的、颇有见地的选择，值得为之拍手叫好。至于对美德的颂扬，是否略显直白、浅露，那是个值得探讨的创作问题。在我看来，从作品的整体来说，《魔法小仙子》是从生活中来，在现实的基础上驰骋想象，凭借艺术形象反映生活、表现主题，并采用了儿童所喜闻乐见的文学形式，收到了寓教于乐、潜移默化的艺术效果。应当说，这是一次富有创意的、成功的创作实践。

2011年5月15日

心中有孩子　笔下有精灵
——苏梅印象

我结识苏梅的时间不算太长，也就是六七年光景。

我记得，1997 年春暖花开时节，我刚从中国作协书记处岗位上退下来，还担任着儿童文学委员会负责人。我与时任作协书记处书记的高洪波一起赴苏州参加江苏省作协、江苏少年儿童出版社召开的儿童文学创作座谈会。在那次会上，还没看到苏梅的身影，还没听到她的声音。那时，她还是一个刚跨进儿童文学门槛的青年习作者，还很少在大庭广众下出头露面。

时隔十年，2006 年盛夏，我和金波、樊发稼兄一起去苏州木渎参加全国小诗人夏令营活动，那才有缘与苏梅相识。特别是她陪同我和樊发稼去昆山阳澄湖畔参观正在建造中的玉山胜境（名人文化村），一路海阔天空、自由、无拘束地交谈，我才对苏梅的经历、工作、创作有了粗略的了解。她的热情、真挚、清纯、素雅，给我留下清晰的印象。也就从这个时候起，我开始关注这个已在苏州儿童文苑崭露头角的新人。

新世纪头十年，我不时从《幼儿故事大王》《童话王国》《幼儿智力世界》等刊物上读到苏梅的童话作品。特别是我还在主持中国作协第六、七届全国优秀儿童文学奖的评选工作时，注意到各地报来参评“青年作者短篇佳作”奖的作品中，有苏梅的童话《恐龙妈妈藏蛋》《红红的柿子树》。那时，中国作协儿童文学委员会每年编选的《儿童文学年度选》，发稿前一般也都经我过目。在《2005 年中国年度童话》《2006 年中国年度童话》中分别选入了苏梅的《再见，大头蟋蟀》《香香国来了臭妖怪》《红红的柿子树》。尽管苏梅的作品当年没能获奖，但我从她的童话里感受到一缕灵秀之气，觉得她是个有潜力、有发展前途的儿童文学新人。至今我的眼前还浮现着小猪阿罗种下的那棵柿子树，挂满了像一盏盏红灯笼似的大柿子，邀来了小老鼠、刺猬、小猫、小狗、兔子、小鸟做客，一起品尝又红又甜的大柿子，阿罗终于有了众多的好朋友。作品传递的友谊、分享、劳动的喜悦，像山涧清澈的泉水流淌进孩子的心田。我也没有忘记，忠于友谊的小紫花，为了再次见到曾为拯救自己“两肋插刀”而受了伤的大头蟋蟀，不惜让小蜂鸟咬断自己的花茎，躺到大蟋蟀的洞口，等候冬眠的大头蟋蟀醒来。这则童话故事透出的见义勇为、忠贞不渝的美好情愫，怎能不让小孩子怦然心动呢?！苏梅深谙文学的特征和功能，她在艺术效果的追求上，总是着力在“感动”“审美愉悦”上下功夫。

近些年，苏梅在创作上更加活跃了，创作的路子更宽，作品的数量、质量也都有所上升，已逐渐成为我国低幼文学队伍里的中坚力量，在儿童文学界、出版界已小有名气。2010、2011 年度童话选中，都有她的作品入选。中篇童话《乔爷爷的神奇拐杖》获 2011 年冰心儿童文学新作奖。她的系列主题童话作品，如数学童话、科学童话、礼仪童话等已先后问世。三套原创图画书共 84 册也将陆续推出。面对她创作上这些可喜的收获与进展，我强烈地感受到，苏梅在创作上已步入快车道。

在不长的时间里，苏梅取得令人刮目相看的成绩，并不是偶然的，而是她注意发扬自己的优势，辛勤耕耘，力求在创作上更上一层楼的结果。她有些什么优势呢?

对儿童文学情有独钟。一心扑在幼儿教育、低幼文学上。

丰厚的生活底蕴。十三年幼儿园老师的职业生涯，是一口可以不断开掘、深挖的井，是取之不尽、用之不竭的创作泉源。

与当代孩子的紧密联系。经常、积极地参加读书推广活动，使她对当今孩子的阅读心理、欣赏习惯、审美情趣了如指掌。

勤于学习，善于借鉴。编选《花木马亲子故事屋》，广泛阅读名家力作，选精拔萃；开讲座，办培训班，解读中外名著，推荐阅读书目，使她大大开阔了眼界，从中外经典名著中汲取艺术营养，不断提高自己的文学素养、艺术表现力。

勇于探索，敢于尝试。她又写又编又投身阅读推广，在创作、工作实践中学习、提高。在文学体裁、样式、表现手法上，不墨守成规，勇于做多方面、多样化的尝试。

正因为苏梅在上述几方面有着明显的优势和长处，因此她在创作上有了长足的进步。读她这本题为《红红的柿子树》的短篇童话集，我真切地感受到，她的童话创作逐渐形成自己的鲜明特色：善于编织情趣盎然的故事，寓道德、品质、情操于生动的故事情节和优美的童话意境中；植根于现实生活土壤，张开想象的翅膀，自由翱翔于蓝天、白云、红花、绿草、鸟兽虫鱼之间；着力刻画童话形象，笔下的花、鸟、人、物有感情、有个性，神奇精灵，栩栩如生；基本采用亲切、温馨、快乐的暖色调，把爱、善、美、智、仁、勇潜移默化地渗入孩子心灵深处；讲究浅语艺术，语言文字力求清新、简洁、浅显，读起来朗朗上口。当然，我不是说苏梅在上述诸多方面已臻于成熟和完美，但至少可以看到她在艺术追求上，是朝着这个方向、目标登攀的。

苏梅正处于年富力强、创作旺盛的最佳时期。我深切希望她在创作道路上踏踏实实、一步一个脚印地继续前行。在市场化、商业化大潮面前，在纷至沓来的约稿面前，要清醒、冷静，有自己的选择、决断，切不要来者不拒。创作是以一当十，讲究质量、以质取胜的，一本精品力作抵过十本、百本平庸的书。无论在什么情况下，都要坚持写得从容些、精致些，把功夫用在提高作品的思想艺术质量上，努力创造出具有永恒的思想艺术魅力、为广大少年儿童爱不释手的优秀作品来。这是作家的第一要务，也是值得毕生为之奋斗的宏伟目标。聪明的苏梅对此早就心知肚明，原本用不着我来唠叨的。那么，这些多余的话，权当是一个淡出儿童文苑的老人对当前创作浮躁状况的一点感慨和提醒吧。

2012 年 3 月 2 日

一次成功的“洋为中用”

“男婴笔会”的朋友们（金波、高洪波、葛冰、白冰、刘丙钧）富有低幼童话创作经验，又善于借鉴，勇于尝试，在儿童网游故事写作上迈出可贵的、坚实的一步，为儿童文学打开一片新天地。对此，我又欣喜又感佩。

《植物大战僵尸·武器秘密故事》12 册，取材、构思源自风靡全球的网络游戏，是一次值得肯定、赞扬的移花接木，一次成功的“洋为中用”的创作实践。

这套图画故事书之所以不胫而走，风靡校园内外，赢得广大小读者的青睐，在我看来是由于它具有以下优势和特色：

一是故事中的人物形象都是孩子们所熟悉、喜爱、接受的。无论是植物王国的向日葵、豌豆射手、坚果、樱桃炸弹、倭瓜、大嘴花，还是僵尸世界的普通僵尸、旗子僵尸、铁桶僵尸、铁栅门僵尸，都是小朋友玩网络游戏时早已结识、形影不离的伙伴。他们的形象很自然地吸引孩子们的眼球，感到格外亲切，对他们的所作所为遭际命运、喜怒哀乐也会特别关注。作者的本领和功夫在于赋予这些植物战士和僵尸以不同的面目、性格、心理特点。在这方面，作者充分考虑不同植物的外形、习性，以此为依据来展现他们在战斗中的本领，演绎他们的故事。《熏你一个大跟头》描写大蒜利用自己特有的刺鼻味儿熏走一个又一个僵尸，就写得颇有艺术说服力。自命为“大英雄”的铁桶僵尸，最后落得一败涂地的下场，也准确地刻画出了他骄傲自满的性格。

二是善于编织富有动作性、游戏性的故事。故事是儿童文学的基础、基本面，特别是幼儿文学更离不开精彩、有趣的故事。否则，孩子就没有耐心读下去。《植物大战僵尸·武器秘密故事》的作者深谙个中道理，他们聪明地选择了一个新颖的取材角度，即在植物武器秘密（武器的特点、功能）上驰骋想象，大做文章。植物王国为一方，僵尸世界为一方，两大营垒，有计有谋，有攻有守，斗智斗勇，双方展开紧张、激烈的战斗。一个个出奇制胜的动作，一次次你死我活的冲突，构成行动性很强的、正义与邪恶搏斗、较量的故事。小读者特别是男孩看来，自然会觉得好玩、过瘾。从行动中推进情节发展，揭示人物性格，显示了作者巧妙的构思、丰富的想象力。

三是富于民族文化底蕴，巧妙地撒播中华民族美德的种子。

网游《植物大战僵尸》是舶来品，在创编图画故事的过程中力求使之本土化，让它在我们民族的土壤里生根、发芽、开花。作者别具匠心的再创造，把中华民族优秀的传统道德品质，诸如爱心、善良、奉献、友谊、团结、刻苦、谦虚、自信、包容、助人为乐……寓于智慧、新颖、生动、有趣的故事情节和人物形象之中，让你在阅读中既享受到游戏性的快乐、幽默和惊险，又不知不觉、潜移默化地接受了正确的价值观、道德观和做人处世的行为方式。真善美、智仁勇就润物细无声地撒播到儿童幼小的心灵深处。塑造民族未来性格，培育孩子优美品德，也就该这样一点一滴、一步一步地夯实基础。

综上所述，我以为《植物大战僵尸·武器秘密故事》是儿童网游文学创作的新收获；它把孩子从网络游戏、指尖游戏引向图书阅读、心灵陶冶，功不可没。我们应当认真总结这次创作实践的经验。

当然，毋庸讳言，这套图画故事也还没有达到精致、完美的程度，在思想艺术上、内容形式上都还有提升的空间。比如，故事的连贯性，如何环环相扣，起承转合，向前推进，似还衔接得不那么紧密自然。植物大战僵尸的困难、挫折写得不够充分，也就或多或少削弱了故事的吸引力。对人物内心、性格特征的开掘，还可再下点功夫，使之更加血肉丰满。

热切期待出现更多我们自己的儿童网游创作的精品佳构，打造出我们自己的、响当当的少儿网游图书品牌。

2012年9月5日

汤汤童话的新拓展

汤汤 2003 年在童话创作上起步，历时 9 年，如今已成为我国儿童文学界一位颇为活跃的、写童话故事的能手。她的脱颖而出，快速成长，确实令人欣喜和赞赏。

今年春天，她赠我以新出大作《别去五厘米之外》一书。我在回信中曾谈到："从你的作品中可以感受到，你总是将生活中的感悟，经过精巧的构思，化为生动的童话形象。作品的意蕴不是那么直露，而是包含在有趣的故事情节之中。你的语言简洁、清爽，读来令人感到有滋有味。"这次读《汤汤奇异童话系列》(包括《喜地的牙》《青草国的鹅》《一只蛤蟆叫太阳》)，总体印象亦复如此。同时，深切地感受到她在童话创作上又有新的拓展与收获。

在幻想与现实的融合上，让真实的日常生活更自然地扑进童话。汤汤一直坚守在小学老师的岗位上，对少年儿童的生活、心理、感情和愿望有着充分的了解与把握，凭借她的这个优势，充分调动这方面的积累，驾轻就熟地选择校园作为童话主人公活动的主要场所，真实生动地展现了学校日常生活的情景。在《青草国的鹅》中有两条情节线索：一条是似真似幻的青草国的幻想故事线索；一条是发生在学校里的草樱的真实故事线索。幻想故事和真实故事交织在一起，奇异的幻想中有现实生活，真实生活中有幻想色彩，二者和谐统一，共同推动整个童话故事的发展。《一只蛤蟆叫太阳》中描写太阳的养父母为了让他上最好的敏一实验小学，交了三万元赞助费，以致存折上只剩下 642 元。而当他们发现太阳根本学不进课本上的东西，又不禁想把他转到可以免收学费的川杨小学。读到这里，让人感同身受，感慨不已，不能不称赞作者在童话故事中如此紧密而自然地贴近现实的用心和功夫。

更加注重发挥文学“以情感人”潜移默化的功能。汤汤曾说过：“故事可以热闹、好玩，但内核应该是诗意的、深刻的，能拨动人的心弦，哪怕只有一下。”《汤汤奇异童话系列》的三个中篇，诗意地、温情脉脉地表达了爱心与亲情、友谊与互助、善良与宽容、同情与理解、担当与感恩诸多感人至深而又耐人寻味的内涵。《青草国的鹅》中的草樱、《一只蛤蟆叫太阳》中的太阳对故乡的无限眷念，对人世间的热切向往，对亲人、同伴深沉执着的爱，像清澈、纯净的涓涓细流静静地、缓缓地流淌到读者的心灵深处。《喜地的牙》着力表现孩子生命成长、精神成长的艰辛和疼痛，描写妈妈、姐姐不论喜地在换牙过程中模样变得多么丑陋怪异，依然坚定执着地保持对他的关爱和呵护。深厚温馨的亲情贯穿在作品的字里行间，令人感动。只是一再描述“掉牙，睡觉，发脾气，长新牙，发烧，身体出现某种可怕的变化”的换牙过程，在情节安排、表现手法上略显重复、单调，读来感到有点沉闷，这不免多少削弱了作品的艺术感染力、吸引力。

更加着力于个性化童话形象的塑造。优秀的童话不仅要有精彩、好看的故事，更要有栩栩如生、令人难忘的童话形象。汤汤笔下的太阳、草樱，既是人，活生生的男孩或女孩，又是物，泥潭里的蛤蟆或青草国的鹅。人有人性，物有物性。作者在塑造童话形象时，既充分考虑孩子的思想、感情、心理，又准确把握动物的生活、习性、特征，力求在兼顾人性、物性的基础上来揭示童话主人公的性格。我以为，作者的创作实践是成功的，在奇妙、温馨、充满诗意的童话故事里，勾勒出可爱的、富有独特个性的童话形象。太阳的憨厚、善良、有情有义，通过生动的细节描写和逼真的心理刻画，清晰地呈现在读者面前。用四只脚拍打草叶上的露珠，是太阳最喜欢的游戏。他正是凭借这一招，赢得省少儿爵士鼓比赛的冠军。在这里，物性与人性和谐、完美地统一在太阳身上；并借此表现了他不在乎自己的名利、处处替他人着想的美好品格。对草樱的个性刻画，也是既符合物性，又自然地与人性相结合。她那么热爱湿润、碧绿、鲜嫩、柔软的青草，跟兰米老师学跳“天鹅之梦”舞时，总禁不住发出嘎嘎的叫声。在人世间，她忘不了青草国；在青草国，她又不想当公主，只想做一个人类的女孩。童话故事真切地展现了草樱徘徊在两个不同世界之间、到底是做一只鹅还是做一个舞蹈家那种左右两难、不可兼得的矛盾心理。

回望汤汤走过的创作路，我以为，她不仅善于扬长避短，还勇于取长补短。我真诚地希望她珍惜、把握得天独厚的机遇，进一步开阔视野，丰富学养，扩充生活积累，提高艺术本领，写得更精彩、精致、精粹些，努力创造出富有长久艺术生命力的童话精品来。

2012 年 12 月 1 日

新书点评五题

韩静慧的故事系列

感谢女作家韩静慧又给孩子们奉献出《河马卡拉和他的一家》这套有益又有趣的系列图书。书中幼儿成长的真实故事与充满情趣的幻想世界和谐、巧妙地交织在一起，情节引人入胜，人物栩栩如生，诙谐鲜活，意蕴新颖深长，充分显示了作者在艺术上别出心裁的追求。

这套书不仅会为孩子们所喜闻乐见，也会引发教师和家长们深入思考：如何构建学校、家庭、社会三者之间的和谐教育的平台，让孩子们健康快乐地成长。

2007 年 1 月

肖存玉的纪实佳作

《别放弃我》是一部真实记录、抒述拯救失足少年心灵的教育诗，充满爱心，情真意切，读来令人震撼和感动。作家肖存玉全心全意致力于教育、帮助误入歧途的少年这个特殊的弱势群体，确实难能可贵，让人肃然起敬。

2010 年 2 月 26 日

三三的少年小说

纯真、聪颖的三三凭借对童年生活的鲜活记忆和对当今少年的真切了解，精巧地编织出一个个关于成长的情趣盎然、色彩缤纷、感人至深的故事。作品中的人物形象鲜明独特、惟妙惟肖。作者特别善于用新颖、别致的叙事方式和丰富、感人的细节揭示少年尤其是少女心灵的奥秘，准确而生动地表现少年成长中的快乐、温馨、困惑和伤痛，温情脉脉地抒写对生活、生命、情感、梦想的诗意感受，拨动小读者的心弦，引起他们强烈的感情共鸣。作品的语言文字清丽优雅，晶莹剔透，富有艺术感染力。

2010 年 11 月 20 日

凡夫的寓言系列

《人生智慧——苏格拉底对你说》是寓言家凡夫历时二十个春秋呕心沥血、精雕细刻的力作。以苏格拉底作为贯穿系列寓言始终的主角，是别具匠心的艺术独创；一个富有真知灼见、可亲可敬的智者形象，活跃于读者心目中。作者善于从司空见惯的寻常生活中开掘出令人会心一笑或让人咀嚼回味的意蕴。

富有时代光泽和色彩，讲究故事与哲理的水乳交融，语言简洁凝练，是凡夫寓言的鲜明特色。

2011 年 4 月 21 日

高品位的原创绘本

《中国儿童文学大家绘本》（六册，湖南少年儿童出版社出版）是我国原创图画书中难得的上品。

这套图画书的主题极其鲜明清晰。作家、绘图者以简洁、生动的语言、画面共同讲述了关于爱、友谊、分享、感恩、责任与成长的故事，以高品质的文学艺术乳汁滋养孩子稚嫩的心灵。

隽永、迷人的诗体故事与绚丽、精致的绘画艺术水乳交融，图文互动互补，共同营造了一个诗中有画、画中有诗、洋溢着诗情画意的美妙境界。

这些图画书中的故事贴近孩子的生活和心灵，具有吸引孩子亲近、接受的艺术魅力。同时，它十分适合亲子共读，大人可以和孩子一起分享阅读、欣赏的快乐。

2012 年 2 月 29 日

视野开阔　材料翔实
——读《幼儿文学概论》

我高兴地看到，两位对幼儿文学情有独钟的女将——张美妮、巢扬，在填补我国幼儿文学理论空白上，取得了可喜的、引人注目的成果。她俩合著的《幼儿文学概论》(以下简称《概论》)，视野开阔，脉络清晰，材料翔实，是一本比较系统、完整的探讨、论述幼儿文学基本原理、文体特征、发展历程的专著。

《概论》的两位作者不是孤立地考察幼儿文学，而是把它放在教育学、心理学、美学等多学科这样一个更宏大的范畴内进行多角度、多方位的探讨。她们在构筑理论框架、建立自己的论点时，善于广泛借鉴、吸取当今幼儿文学理论研究的成果，博采众长，兼容并包。如书中关于幼儿文学是“成人和幼儿共读的文学”，“诉诸听觉的文学”，“具有启蒙性质的文学”的论述以及关于“幼儿文学创作应当遵循快乐的原则”，“稚拙美和纯真美是幼儿文学特有的美质”等论点，可说是既融众方家学者的真知灼见于一炉，又有自己独特的、富有创见的发挥，从而较为透彻地揭示了幼儿文学的本质、特征、功能和接受方式。

这本《概论》的另一优点和特色是注重理论与创作实践的联系，力求观点与材料的有机统一。书中无论是对基本原理的论述还是对各种文体的分析，都注意尽量避免从理论到理论的抽象论证，而是紧密联系幼儿文学的现状、发展趋势和作品的成败得失，来认识、把握和揭示它的特征和自身规律。比如，对图画故事这一文学与美术巧妙契合的新的、特殊的样式，通过作者列举的中外优秀的、有代表性的作品，就不难理解、把握对其在文字上所提出的那些特殊要求——富于动感；有节奏感；精练、准确、生动、有色彩。对幼儿诗歌、童话、生活故事等体裁的艺术特征、表现手法，也都通过对具体作品的评析，做了生动的、有说服力的阐述，把创作实践的经验上升为理论，虚实结合，明白易懂。

亦史亦论，史论兼顾，是这本《概论》的又一长处。书的第一、二编讲述的是基本理论和体裁论；第三、四编则分别评述了我国和外国一部分重要的幼儿文学作家的创作成就和艺术特色。论及的这些中外作家是经过精心挑选的，或为幼儿文学的先驱、拓荒者，或为富有鲜明创作个性的、有代表性的著名作家。在时间跨度上，中国的起自“五四”截至新时期，外国的上溯到十七八世纪；地域上包括了法、德、意、英、俄、捷、日、丹麦等国。在体裁样式上，则兼及在诗歌、童话、生活故事、图画故事、戏剧等方面卓有成就的作家。通览《概论》第三、四两编，犹如读了一本《中外幼儿文学简史》，就会大致了解我国和外国幼儿文学的基本面貌和发展轨迹。

我以为，这是一本于幼儿文学爱好者、少年儿童工作者、大专文科学生、年轻的父母均大有裨益而又读来饶有兴味的好书。

1998 年 3 月 7 日

《五人谈》的特色和魅力

打开《中国儿童文学五人谈》(以下简称《五人谈》),一股清新的气息扑面而来。这是一本难得的、沉甸甸而读起来又相对轻松、饶有兴味的书。

这本书的五位作者都是对儿童文学情有独钟、关注儿童文学事业的未来,视野开阔、知识结构较新,具有自己的审美理想和批评个性的专家、学者。他们对我国儿童文学创作、评论、出版现状了然于心;对外国儿童文学名著又涉猎较广,大致了解国际儿童文学的潮流、走向。正因为如此,使得《五人谈》这本书富有一个鲜明的、引人注目的特色,那就是:从实际出发,有的放矢,针对性很强。书中论及12个方面的问题,可说都是当前儿童文学界普遍关注的热点话题或令人瞩目的重要现象。比如,在《关于评论》一章中,尖锐批评当前不少书评成了"说好话,唱颂歌"的应景文字,忠告评论家不要成为"一家一家出版社的政宣组和广告公司",大力提倡一种批评的精神,"说真话,实话实说"。这些评述一针见血,切中要害,反映了儿童文学界内外一致的心声。又如《关于幻想文学》一章,探讨了幻想小说的定位、文体特征及其与童话的关系,阐明张扬大幻想文学旗帜,是为了呼唤想象力、幻想力,拓展儿童文学的艺术世界,它并不排斥、否定现实主义、写实手法。这些论述有助于消除人们在这一问题的争论中一度存有的疑虑、困惑。纵览全书的对谈,没有空对空的泛泛议论,而是紧扣我国八九十年代特别是世纪之交儿童文学创作走向、理论观点来展开讨论,一步一步、一层一层逐步深入问题的内核、本质。探讨的每个话题,无论是达成共识还是存有歧义,都能引起人们思考,给人启迪。这样,这本研究儿童文学的论著就具有较大的吸引力、说服力。

《五人谈》作者的对话、交谈,无论讨论哪个问题,他们都有个基本参照系，那就是儿童文学的经典、名著。在他们看来，“阅读经典是写作儿童文学的最好学校”，“是提升中国儿童文学的一个非常重要的途径”。没有参照、借鉴，不以世界儿童文学史上最高成就、经典之作，作为价值评价的参照物和依据，我们的视野就会变得很狭窄；如何提高我们儿童文学创作的思想、艺术质量，也就失去了坐标。五位作者都很重视文本，阐述自己的观点时，旁征博引，信手拈来欧美、日本的名著名篇，作为例证。比如谈图画故事书，列举了日本古田足日、田畑精一的《壁橱里的冒险》、德国米切尔·恩德的《奥菲利娅的影子剧院》和威利阿姆兹的《白兔子和黑兔子》、美国安诺德·劳伯尔的《蟾蜍和青蛙》。这不仅打开了一扇又一扇观察世界儿童文学之窗，扩大了我们的视野；而且在与这些堪称精品杰作的范本的对照、比较中，找到自身存在的缺陷、差距。

长时间以来，我们憧憬、呼唤一种生动活泼、自由论辩的学术风气。从《五人谈》这本书的字里行间，我们不无激动地感受、捕捉到这种良好的、实事求是的批评风气。不同观点、意见的交锋、碰撞，不讲情面而又与人为善的争议、辩论，在深入的探讨中，敢于坚持自己言之成理的、独特的见解，又勇于修正自己片面的、滞后的观点，这是多么可贵的批评与自我批评精神啊！梅子涵痛心地反思在“消解故事”的主张中就有自己的声音；80年代中期以后，都写少年小说，自己也忽略了给小学生读的儿童小说。方卫平则袒露自己内心深处的思想情绪，由于“很怕给人一种哗众取宠的印象”，因此当今很少介入批评，读到这里，令人感到特别亲切，真是如闻其声，如见其人。五位作者在对话中都充分展现了自己的个性，或清醒严谨，或机智幽默，或大气潇洒，也有将学者的条分缕析与诗人的奇思妙想水乳交融地结合在一起。我以为，这也是这本书之所以能引起阅读兴趣的魅力所在。

在认真、自由、激烈的争论、交锋中，不时闪现出耀眼的思想火花，其中不乏真知灼见，诸如：儿童文学最经典的形态，需要非凡的想象力、极度的幽默感、非常纯美的诗意，以及“成长小说”的概念和基本特征，等等。但也许是被对谈形式所囿，这些话题未能在理论上做出更为系统的论述、概括。此外，像低龄化写作、科幻小说的发展这类热门话题，也未能进入作者的视野。我这近乎“求全责备”的意见，权作儿童文学战线的一个老兵的额外希冀吧。

2003年3月11日

需要更多的浦漫汀

《浦漫汀儿童文学论稿》研讨会的召开，是儿童文学界的一件盛事、喜事。在我的经历、印象中，专门为一位儿童文学理论家召开研讨会，不是前所未有，也是十分罕见的事情。这意味着作为儿童文学一翼的理论批评的地位、价值、作用，受到了应有的重视，同时也表明浦漫汀教授在儿童文学研究、理论建设上卓有成就与建树，值得我们深入地探讨、研究。这次会议对于一向被冷落的儿童文学理论批评工作者是极大的激励、鼓舞，将会起到提高士气、凝聚力量的作用。

河北少年儿童出版社新出的《浦漫汀儿童文学论稿》，连同几年前问世的《浦漫汀儿童文学评论集》（海燕出版社出版），这两厚册 80 多万字，汇集了浦漫汀从事儿童文学研究近半个世纪，特别是 20 世纪 80 年代以来的主要成果。综览这两本书，我深切地感到，作为教授、学者、批评家的浦漫汀，童心永驻，视野开阔，学养丰富，学风严谨。

从事儿童文学理论批评，需要爱心、激情、锐敏、才识，浦漫汀身上兼有这些品格和素养。她几十年如一日，不改初衷，痴情依旧，忠诚地守卫着儿童文学阵地，把自己的满腔热情、心血都倾注在儿童文学上。儿童文学成了她血肉之躯的一个不可分割的部分。她工作在高等学府，授课演讲，教书育人。但她从来没有把自己封闭在课堂、书斋里，而是目光四射，以极大的热情关注现实，放眼世界。她既潜心于基本理论、史论的研究，又十分重视对儿童文学现状的研究，可以说古今中外，涉猎甚广。在学风上，浦漫汀认真严谨，一丝不苟，坚持把广泛、认真阅读作品作为第一位工作。正因为对历史、现状烂熟于心，对中外古今的作家作品了如指掌，如数家珍，动笔为文，著书立说，才能信手拈来，挥洒自如。她坚持从创作实际出发，对作家作品做深入、具体的剖析，有的放矢，言之有物，决不做“空对空”的泛泛之谈。

尤为难能可贵的是，浦漫汀有自己鲜明的、一以贯之的儿童文学主张，其中不乏独到的见解。例如：

其一，强调儿童文学的审美功能。她认为儿童文学对提高孩子们的素质，具有多方面的功能，而其主要功能在于培养孩子们的美感和审美能力。作品的一切社会功能都只能通过艺术美来完成。

其二，倡导精品意识。在她看来，真正的精品不仅能体现时代精神，而且能经受得住时间的检验，更有典范性与长久的价值和艺术生命力。

其三，尊重小读者的阅读心理、审美需求。她一再强调创作主体与具体的欣赏主体的审美意识的协调一致，要照顾孩子的心理、年龄特征、审美志趣与可接受性，恪守以童心审世度人的原则。

其四，追求完整、合理的儿童文学格局。她认为当前世界儿童文学的格局主要是由温情型、教育型、游戏型、冒险型四大类别构成；幽默儿童文学的发展、成熟，将使我国儿童文学格局更趋完整、合理。

其五，主张文学评论多谈优点。在她看来，对作家作品的评论，要思想、艺术兼顾，既要深入诠释其思想内涵、意义、价值，又要细致剖析其艺术手法、风格特色和美学价值。她还主张评论要尽量发掘其优点，不要老盯住其缺点不放，特别是对崭露头角的文学新人。

从《浦漫汀儿童文学论稿》中采撷的上述几点，是浦漫汀长期在儿童文学教学与研究领域里艰辛跋涉、呕心沥血得来的，是她研究中外儿童文学优秀成果之经验的总结和升华。从中不难看出，她那万变不离其宗的一切“为了孩子，为了未来”的志向、主旨。细细品味、咀嚼她的这些肺腑之言，会给当今儿童文学的创作实践、理论批评实践以有益的启迪。

为了加强理论批评，促进创作繁荣，儿童文学界需要更多的浦漫汀！

2003 年 9 月 15 日

打开青少年读写之门的能手

摆在我们面前的《庄之明文集》三卷，是之明在儿童文苑辛勤耕耘几十年劳动成果的集中展示。如此丰富、精致、厚重的一部大书，不禁令人肃然起敬。

之明当过 16 年中学老师，是富有经验的语文教师；当过近 30 年刊物和出版社的编辑，是资深的文学编辑，曾被评为“首届全国百佳出版工作者”；从事文学创作达半个世纪，是优秀的儿童文学作家。他兼具教师、编辑、作家三种角色的素质与功底，“一生从事的都是铸造灵魂的神圣事业”。之明的人生经历和走过的写作道路，在儿童文学界可说是有一定的代表性。值得称道的是之明在他从事的各个工作岗位上都做出了令人艳羡的业绩和成就。

之明的三卷文集，收入的作品覆盖小说、故事、散文、游记、纪实、诗歌、影视剧本、评论等多种体裁。在这里我不谈他在小说、散文等方面的成就和特色，仅谈谈我对《庄之明文集 · 读写知识卷》的印象和看法。我以为，这是庄之明对儿童文学乃至语文教育的独特贡献，是儿童文学界他人难以企及也无法比拟的。

关注中小学生的文学阅读和作文写作，提高他们的阅读能力和写作水平，是广大家长、教师和社会各界共同关注的事情，也是一项意义重大的文学普及工作。他关系到给青少年打精神底子，练文字基本功，是提高未来一代精神素质、文学修养、文字或口头表达能力不可或缺的。不少儿童文学作家在这方面扎扎实实地做了许多有益的工作，庄之明就是其中突出的一个。他起步早，持之以恒，并勇于探索、创新。

我过去读过他的《打开写作之门》《一百个文学形象》（与人合作）等书，

这次又浏览了《读写知识卷》中不少篇章。概括起来说，庄之明有关读写知识的著述，内容涵盖面广、针对性强、形式活泼、文字生动。

一是真挚的感情与广博的知识水乳交融。

《读写知识卷》虽然不是一本文学词典、作文词典式的工具书，也不是一本系统的写作学，但它涵盖的内容包罗中小学生阅读写作的方方面面：有关文学的一些基本原理，文学的体裁及其分类，古今中外文学名著的故事人物，一些艺术常识以及阅读、写作的技巧、方法尽收其中。庄之明说："为孩子们工作是我最快乐、最充实的人生。"正因为他怀着爱孩了、爱文学、培育文学新苗的拳拳之忱和良苦用心来撰写这类普及性的辅导文章，因此字里行间充盈着真情，读来趣味盎然，一点也不会感到内容庞杂，枯燥乏味。

二是理论与实际结合，观点与材料统一。

这卷书的主要优点和特色是从实际出发，从孩子的需要出发，有的放矢，针对性强，而不是脱离实际的泛泛而谈，也不是干巴巴地讲大道理。作者针对学生提出的各种问题，来讲解文学知识、文章作法，介绍名家名篇；结合自己的阅读心得、创作体会，现身说法，启发孩子如何提高阅读能力和写作水平。由于作者当了多年老师，一直与学生保持紧密联系，对他们在阅读中的所思所想，所爱所烦，在写作中的成败得失、困惑、苦恼，有着深切的了解，因而讲解、回答问题就不会隔靴搔痒，不痛不痒。尤为成功的是举例说明问题，做具体的分析。比如《如何评判一篇文章的成败——从〈报刊亭〉的修改谈起》，就颇有说服力。

三是采取孩子喜闻乐见的形式，激发他们的读写兴趣。

庄之明在《好书伴我成长（自序）》中写道："兴趣是入门的向导"，他强调在不懈的追求中培养读书的兴趣。正因为如此，他在传授读写知识时，也十分注重启发孩子的自觉和兴趣，尽可能采用孩子们喜爱的、乐于接受的形式和方式。比如，孩子们都爱听故事，他介绍"中外文学名著人物故事"，就用简洁、流畅的文字将《西游记》《红楼梦》《青春之歌》《神笔马良》《上尉的女儿》《德伯家的苔丝》中的主人公孙悟空、贾宝玉、林道静、马良、普加乔夫、苔丝的故事娓娓道来，让小读者听得津津有味；然后再用极其精练的文字对这本名著给以概括的评价。这样，就可激发起读者的阅读兴趣。又如，采用一问一答，介绍有关中外文学艺术的一些知识，也是生动活泼、明白易懂的方式。

庄之明不愧为一位打开青少年读写之门的能手。他向少年朋友传授读写知识、提高文学素养的经验弥足珍贵。今天重温他的殚精竭虑的经验之谈，对在少年儿童中做好文学阅读推广工作，会有启迪、借鉴的意义和作用。

2012 年 1 月 4 日

第三辑　耕耘杂拾

记少年时的读与写

我这大半辈子与文字工作结下的不解之缘，同少年时代酷爱课外阅读、喜欢耍笔杆子分不开。

从高小到初中，我学业成绩优秀，语文尤为突出，作文常被语文老师加圈加点，这就激发了我对文学的兴趣。课外时间如饥似渴地阅读了《寄小读者》《爱的教育》《鲁滨孙漂流记》《木偶奇遇记》这样一些中外文学名著。我清晰地记得，第一次读《三国演义》，是在我 14 岁的那个暑假。我被书中描写的桃园结义、过五关斩六将、三顾茅庐、草船借箭等富有魅力的故事所吸引，不论天气多么闷热，即使汗流浃背，也不忍放下手中的书，一口气把它读完。

我从小爱书如命，中学时代开始拥有自己的一个小小的书柜。我把自己收藏的三四百册书籍，分类编号，登记在册，并逐一盖上自己的印章。半个世纪前养成的这种有条不紊、完整无缺地保存书刊的习惯，至今依然如故。

我学习写作，是从初中时代给报纸写“学府风光”一类消息开始的。同时，给《开明少年》《中学生》《青年界》等杂志投稿，既体味到稿子变为铅字的喜悦，也不止一次地品尝过被退稿的滋味。由于写作热情不减，坚持勤奋练笔，一些取材于学校生活的散文、速写《灯下自修记》《张先生的病》等，终于在刊物上发表出来，从那时起，我暗自立下了当一名新闻记者或文学编辑的志愿。大学毕业后，走上文学岗位，总算是圆了少年时的梦。

我深切地体会到，不论你长大了从事什么职业，少年时代多阅读、勤练笔，得到的益处将会一生享用不尽。

1995 年 10 月 16 日

好书对我的馈赠

书，在我的心目中，永远是诲人不倦的启蒙老师，也是可以百年偕老的终身伴侣。我从小与书为伴，随着年龄的增长，逐渐成为一个读书入迷、爱书成癖的人。跨进文学门槛，又一直同写书、编书、评书、译书的人打交道。对书，可说是怀有一种如胶似漆、须臾不可离的亲密而真挚的感情。

童年、少年时代，就爱听大人讲故事，也爱看故事书。我记得，十二三岁的时候，父亲从上海给我捎回一套《历史人物故事》丛书，包括《四谋士》《四忠臣》《四将领》《四才子》《四美人》等 10 本。我拿到手，花了几个星期的课外时间，如痴似醉地从头到尾读了一遍。我被书中描述的诸葛亮、岳飞、文天祥、唐伯虎、王昭君这些英雄人物或风流人物生动有趣的故事迷住了。在我幼小的心灵中，越来越清晰地画下了一条忠与奸、善与恶、爱与恨、美与丑的分界线。

在少年时代读过的书中，对我的性格形成影响最大的，是上初一时语文老师推荐的《爱的教育》这本小说。我从小舅舅那儿借来这本书，一下子就被吸引住了，深深同情那些小人物的遭际、命运。读着读着，我有时竟情不自禁地流下泪来。半个多世纪过去了，至今我还清晰地记得，那个每天深更半夜悄悄地爬起床，替父亲抄写的小抄写员。他小小年纪，就那么懂事，一心要挑起帮助父亲养家糊口的担子，并默默忍受着由于父亲误会而对他的批评、指责。儿子对父亲的这种强烈、深沉的爱，是多么纯真、高尚的感情啊！我也难以忘怀，《万里寻母记》中所描述的那个年仅 13 岁的马尔可，只身漂洋过海，行程万里，历尽千辛万苦，去寻找在异国当女佣的母亲。当我从书中读到马尔可穿过阿根廷首都一条又一条马路，找了一处又一处而碰了壁；又乘船、坐火车、搭马车、走山路，找到一座又一座城市，却一次又一次地扑了空。这时，我同小主人公一样心急如焚，未免感到沮丧、失落。而当马尔可忍受了长途跋涉的疲劳、疾病、苦役的折磨，终于找到生命垂危的母亲，并使他母亲重新点燃起生的欲望时，我不禁流下欣喜、激动的泪，并打心眼里佩服马尔可战胜一切艰难困苦的勇气和毅力。

一本《爱的教育》在我的心田里播下了爱的种子，真、善、美的种子，启迪、引导我从小爱父母，爱朋友，尊敬老师，同情弱小。长大成人后也懂得与人为善，设身处地为别人着想；在同事朋友之间讲友爱团结，互助谅解。我从来没有疾言厉色地训斥、批评过他人，因此在历次政治运动中始终也成不了积极分子。在工作、写作上，我之所以对儿童文学情有独钟，甘愿在文坛这个常常被遗忘的角落做一点摇旗呐喊、拾遗补阙的事情，追根溯源，也同《爱的教育》的启迪分不开。我深切地体会到，像《爱的教育》这样富有启蒙价值和艺术感染力的优秀作品，对于塑造未来一代的心灵、性格，有着不可低估的潜移默化的作用。因此，从我涉足文学评论领域那一天起，就乐此不疲地鼓吹儿童文学作家、作品，从不吝惜用自己的心血和汗水来浇灌儿童文学这小百花园。

我读初三时，正是抗日战争胜利之日。我的家乡丹阳和我就读的中学所在地镇江都在沪宁线上，离上海不远，交通方便，信息灵通，接触各种报纸、杂志、出版物的机会和渠道比较多。开明书店、北新书局出版的文艺读物、知识读物逐渐进入我的视野。如叶绍钧和夏丏尊的《文章讲话》、朱光潜的《给青年的十二封信》、巴金的《家》和《海底梦》、叶绍钧的《倪焕之》、钱钟书的《写在人生边上》等，都成了我爱不释手的读物。而《大公报》《中学生》《青年界》等报刊则成了我每时每刻不可缺少的精神食粮。

1946 年那个漫长的暑假，我居家消夏，养成了每天仔细读报的习惯。清晨起来，就企盼着邮递员送来当天的报纸。一份报纸拿到手，从国内要闻、国际新闻到文化、体育新闻，从副刊到书刊、影剧广告，都要聚精会神地逐版逐段一一细读。每天花费在读报上的时间达两三个小时。日复一日坚持认真读报，使我对新闻、评论的写法，标题的制作和版面的编排日益发生了兴趣，于是又四方搜寻关于新闻学的书籍。我先后找到了萨空了的《科学的新闻学概论》、储玉坤的《现代新闻学概论》、赵敏恒的《采访十五年》等书和当时南京出版的《报学杂志》。我囫囵吞枣地学得了一点关于新闻采访、新闻编辑入门知识，初步了解新闻学在现代政治、文化生活中占据的重要地位。从此，我饶有兴味地学写起新闻消息、通讯报道来。在自由命题的作文中，我学体育记者的笔法，写了一则校内举办篮球比赛的新闻。语文老师加圈加点，倍加赞扬。我又写了一些学府风光、学校生活素描之类的稿子，投寄到报馆、杂志社，其中不少篇被采用了。随后还当上了两家报刊的通讯员。这就进一步激发了我对新闻写作的兴趣。

读高三时，学校按数理化和英语成绩分为文科、理科两个班，我被分到了理科。说实话，我是“身在曹营心在汉”，学的是理科，爱的却是文科。我积极参加校内文艺研究会、时事研究会的活动，与爱好文艺的同学一起办壁报，编报纸副刊。通过《中学生》读友会以及与同窗好友交换文艺书刊，读到了香港出版的《读书与出版》《大众文艺丛刊》以及《母亲》《被开垦的处女地》《王贵与李香香》《李有才板话》等作品，思想豁然开朗，使我窥见了一个新的世界，一群新的人物。对知识分子前进的方向，有了较为清晰的认识。随着时局的发展，国民党统治摇摇欲坠，老百姓怨声载道，我对现实的不满越来越强烈。这就更加坚定了我要当一名新闻记者的志向，决心用自己手中的一支笔揭露社会的黑暗丑恶，报道民间的疾苦，反映大众的呼声，做人民的喉舌。

中华人民共和国诞生的时候，我如愿考入复旦大学新闻系。读了三年，提前毕业，我被分配到文学团体做秘书工作。在文学战线“打杂”47个春秋，一直做组织工作、服务工作，始终没有当上新闻记者，也没做成副刊编辑。回顾自己走过的路，没能完全按照自己的志趣、爱好、个性发展，没能圆青少年时代的梦，不能说没有一点遗憾。然而，从另一个角度细细一想，我又无怨无悔。因为正是中学时代多阅读，勤练笔，才使我较为熟练地掌握文字的基本功，得以胜任写报告、讲话、总结、言论的任务；也正由于爱上新闻学，才使我重视并保持关心时事政治、顾全大局、敏于发现新事物、乐于搭桥铺路等优点和长处。唯其如此，我由衷感谢中学时代读课外书对自己的馈赠。

1999年3月1日

爷爷逼我读两本书

《鲁滨孙漂流记》(连环画)、《寄小读者》、《爱的教育》、《历史人物故事》这些书，是我童年时代爱不释手的读物。这些书中描述的人物、故事，深深地刻印在我小小的脑袋里，对我性格的形成，起了潜移默化的影响。除了这类文艺书，还有两本应用性、工具类的书，成了我童年时代的亲密朋友，一本是《日用杂志》，一本是《尺牍大全》。这两本书都是爷爷逼着我经常读、反复读的。

去年秋天，我带着几分怀旧的心情，踏着江南家乡的青石板路，走进小巷深处我童年时代住过的几间老房子。一进庭院，眼前立即清晰地浮现出小时候在天井里拍皮球、堆雪人的情景。跨进坐北朝南的那三间房，首先忆起的是爷爷让我在一盏煤油灯下记家庭日用账的往事。那时我十一二岁，读小学五六年级。爷爷已是年过花甲的老人，赋闲在家。每天薄暮时分，吃罢晚饭，妈妈刚洗好碗筷，爷爷就催促我："快把今天的账记上！"我打开那印着红格子、分上下两栏的旧式账簿，上栏记载收入项目，下栏记支出项目，都是用毛笔竖写。妈妈坐在我身边，一边想，一边报账。我在账簿上逐项记下："青菜五分"、"毛豆八分"、"豇豆一角二分"、"鲫鱼三角五分"、"肥皂两角四分"、"开水两分"等等。有时碰到我一时写不上来的生字难字，如"荸荠"、"藕"、"三瓣头"(野菜名)、"鳝鱼"、"簸箕"等，爷爷就让我查《日用杂志》。这本《日用杂志》编得好极了，蔬菜、水果、鱼虾、服装、日杂用品……分门别类，还配有插图，查找起来很方便，不消半分钟，就可一一找到答案。日日夜夜与这本书做伴，几年下来，我把收集在内的各种食物、日用品的名字背得滚瓜烂熟，增长了不少生活知识，而这些都是小学课本里没学到的。

爷爷是个很古板、很严谨的人。他不仅让我天天记账，还要求每天核对收支是否相符。我拨动算盘珠，打了一遍又一遍，有时仍对不上。即使差几分钱，爷爷也得让妈妈再想想，再想想。妈妈左思右想，实在想不出来。这时奶奶走到我跟前，贴着我的耳朵，悄悄地说，写上零用或零食花了多少吧，对爷爷打了个马虎眼。我从小受到省吃俭用、勤俭持家这种家风的熏染，几十年如一日，不管是手头拮据还是略有余裕，都坚持量入为出，精打细算，从没有大手大脚、挥霍浪费。

爷爷逼我认真读的另一本书《尺牍大全》，也就是《书信大全》。牍是古代书写用的木简，用一尺长的木简写书信，所以叫尺牍。那时，我爸爸远离家乡，在外地就业。每逢接到爸爸来信后，隔上一些日子，爷爷就催我写回信。开头我对书信的格式一点也不摸门路，读了《尺牍大全》，才知道该怎么起头，怎么落款。于是，也照猫画虎地写起："父亲大人，膝下，敬禀者"，结尾写上："敬请福安！儿沛德叩上"。熟能生巧，常常动笔写信，逐步掌握了书信这种应用文体的特点，我对写信一点也不发怵了，而且有了兴趣和热情。从那以后，不管是在中学、大学读书，还是东跑西颠，在外工作，我一直勤于给亲人、朋友、同学写信，因而被弟妹、儿女戏称为"写信积极分子"。

《尺牍大全》不仅教会我写信，更重要的是在思想、品德、修身治家上，给了我可说是刻骨铭心的影响。我记得，上小学五年级时，学校里开运动会，表演团体操，要求同学做统一的运动服。我回家向妈妈要钱，妈妈死活也不答应。她担心叠罗汉时我从高处摔下来。加上当时家里也不太宽裕，要花这笔额外的钱，她也怕爷爷那里通不过。那时我不理解妈妈的心情和难处，又哭又闹，奶奶、姑姑怎么劝我哄我也不行，甚至连晚饭也不吃了。后来还是妈妈悄悄地答应掏出她的私房钱来交制运动服的款，这场小风波才算平息下来。过了些日子，爷爷针对这件事耐心地教育了我。他翻开《尺牍大全》，与我一起读曾国藩给二儿子纪鸿的一封信，其中有一段写道："凡仕宦之家，由俭入奢易，由奢返俭难。尔年尚幼，切不可贪爱奢华，不可惯习懒惰。无论大家小家、士农工商，勤苦俭约未有不兴，骄奢倦怠未有不败。"爷爷语重心长地对我说："你要记住，由节俭变奢靡容易，由奢靡再变为节俭就难了，从小可要养成勤劳、节俭、朴素的作风啊！"从那时到现在，60年过去了。如今我的脑海里依然不时闪现出"由俭入奢易，由奢返俭难"这10个字。它成了我日常生活的准则，做人治家的座右铭。

2003年1月21日

得奖那一年，我十六岁

双休假日，翻箱倒柜，终于找出了一包半个世纪前的习作旧稿。打开那本封面已发黄的《中学月刊》第 7 期（1947 年 11 月 1 日出版），发表在第 19 页的那则《暑期征文揭晓》的消息中，“名誉奖”榜上印有一行：“《一个最沉痛的日子》培得（镇江中学）”。这是我第一次用文学样式写的作品，算是一篇小小说吧。在这以前，我只给报纸写过一些“学府风光”之类的消息。培得是我初学写作时用的笔名。

面对这本我熟悉而又久违了的《中学月刊》，我的眼前隐隐约约地浮现出 54 年前的暑期生活情景。那年我 16 岁，在江苏省立镇江中学读完高一，暑期回到距镇江 30 公里的家乡丹阳度假。炎炎夏日，酷热难忍，而时局动荡，战火纷飞。憧憬和平、自由而不可得的我，陷于烦躁、郁闷之中，只能靠读书看报来排遣漫长的苦夏。我陆续读了巴金的《海底梦》、茅盾的《三人行》、李健吾的《意大利游简》等。而经常与我做伴的刊物有：《中学生》《开明少年》《国讯》等。我还从外地一位朋友那里，辗转读到来自香港的《读书与出版》《新文艺丛刊》。至今难以忘怀的是，当年为了避开国民党的书报、邮件检查，把整本的进步书刊拆开来，分成若干沓，每四五十页卷成一卷，贴上邮票，当作印刷品互相传递，交换阅读。手头拮据的穷学生，花不起那么多邮费，不得不采用当时通行的一种节省邮资的办法，那就是寄发邮件时在邮票上涂上糨糊，收到邮件后用湿布擦去打在糨糊上的邮戳。这样，一枚邮票也许能用上十回八回。通过这个途径，我读到了高尔基的《在人间》、果戈理的《外套》、李季的《王贵与李香香》等作品。我为这些书中主人公的命运遭际所打动，联系自己在日常生活中的感受，不禁跃跃欲试，想拿起笔来写一写自己熟悉的人和事。

那年月，我耳边整天听到的是左邻右舍对贪官污吏、横征暴敛、通货膨胀、物价飞涨的抱怨；从报上读到的则是上海、南京等地的学生举行要吃饭、要和平的示威游行，杭州、无锡等城市贫民掀起抢米风潮的消息。面对如此社会现状，我心中充满了愤懑的情绪，并急于把它们宣泄出来。当我从杭州国立浙江大学教师同人办的《中学月刊》上，看到以《一个最沉痛的……》或《一个最愉快的……》为题的征文启事后，就毫不犹豫地拿起笔来，写了一篇题为《一个最沉痛的日子》的小小说。

我记得，那是骄阳似火的 7 月，没有一丝风，在小天井背阴的一角，我伏在一张骨牌凳上，左手不停地摇着蒲扇，右手握着一支铅笔在一本用 16 开的报纸装订成册的草稿本上，一口气写出了一篇约有 1500 字的习作。这篇习作描述一个小公务员的两口之家，生活穷困到揭不开锅的地步，夫妇之间不断发生争吵。机关即将增薪的消息曾一度给他们带来喜悦，当希望化为泡影时，小公务员觉得再也无脸面对自己的妻，终于走上服毒自杀的路。这可说是一个真实的故事，因为作品中所采撷的生活素材，在当时社会里可以信手拈来，我只是稍稍做了一点加工而已。

稿子寄出去，眼巴巴地等了三个多月，终于传来了获得名誉奖的消息，让我暗自高兴了一阵子。获奖的前三名作品，在《中学月刊》上逐期刊载了。我得的名誉奖，相当于佳作奖、入围奖吧，得到的奖品是《中学月刊》三期。我的习作没能变成铅字同读者见面，未免感到有点遗憾。但这次名誉奖对我毕竟是很大的激励，它鼓起了我写作的热情和勇气。

从那时起，我利用课余时间和寒暑假勤奋地、不间断地练笔。在 1948 年这一年，我共写了小小说、散文、速写、随笔、诗等 40 多篇。其中《灯下自修记》《厄运》《张先生的病》《房客的悲哀》《井》《哀新生的孩子》《别友》等 20 多篇分别发表在《青年界》《中学时代》《文潮》《东南晨报》上；还有一部分刊登在学校的壁报上。

也是这次名誉奖，坚定了我当记者、搞文字工作的志向。流年似水，转眼之间，我已由一个稚嫩少年变成年近古稀的老人。同文字打了几十年交道，始终没能当上记者、作家，在写作上没什么成就和建树，只是成了一个手艺平平的文字匠。尽管如此，我还是由衷感谢那次名誉奖对我的激励与扶持。

2001 年 2 月 1 日

附：一个最沉痛的日子

培　得

夕阳的余晖惨淡地照着寂寞的大地，肃杀的秋风吹着扁豆的藤蔓，乌鸦一阵阵地掠过。刹那间，夜之神笼罩了整个大地。天空里除了几点黯淡的星儿外，只是一片似漆的黑幕。循例应有的明月，也躲在云堆里，始终不露出温顺的面庞来。宇宙间只有一种沉默郁愁的气氛。

WZ 踽踽地徘徊在院子里，面庞上显出一种忧郁的神色，额上皱起了生活劳碌的浅纹。她踱来踱去，自言自语："真奇怪，9 点钟了，他怎么还不回来？"

不用说，他，就是 WZ 的丈夫 TS。他在某机关做一个小公务员，每月的薪水还不能维持他俩这小家庭的生活。在他们之间常常会因为没有米、没有柴，没有……而发生口角争吵，因此夫妇间的感情也不十分融洽。而且他们结婚已将近三年，到现在还没有一个爱的结晶——孩子。他俩时常板着面孔，难得会有一丝微笑。

TS 在机关里服务，每天清晨 7 点上办公室，下午 6 点才回家，中午还要跑回家来吃饭，所以他非常辛苦。白天工作繁杂，晚上又得不到一点安慰，消极郁闷极了，常常会产生厌世的念头。然而，她也不去理会他。今天，他俩家里的米又吃尽了，晚饭不能成炊。她，呆了，独自徘徊在院里，等待着他的归来。可是，9 点多了，还看不见他的人影，她更愁了。

这时候，夜深了。灿烂的星星闪闪烁烁，皎洁的月光仿佛象征他俩未来的光明。她抬起头来，从心底发出一种愉快的痴笑，不用说，她陶醉在甜蜜的遐思与幻想里。正在这当儿，她清晰地听到石阶上嗒嗒嗒的皮鞋声。她想，一定是她的丈夫回来了。TS 一进门，低着头默默地笑着，心底似乎有着说不出的愉快。他虽然看见她死板着的面孔，可是仍哧哧地笑着。她开口了："没有米，没有柴，有什么可乐的？”

他沉默了片刻，仍然笑着说：“我的妻，明天我们就不用为生活发愁了，可以过上几天安稳日子了。”

“你不要骗我了，连饭都吃不上了，还有什么安稳可言？”

“你不要不信。”

“我当然不相信。”

“你听我说，今天回家这么晚，是因为机关里开了一个会，会上宣布的消息太让人高兴了！”

“什么会议？什么消息？”WZ迫不及待地问。

“公务员要增薪了，而且明天就发薪。”TS喜不自胜地说。

“真的吗？”

“我还能骗你吗？”

WZ立刻收起满脸的愁容，再也不埋怨她的丈夫，沉浸在愉悦的氛围里。TS也高兴地喷着烟，显得很安逸自在。她越想越激动，情不自禁地投入她丈夫的怀抱，紧紧地相拥在一起。她俩兴奋得连吃晚饭也忘了，带着无限的希望与憧憬度过了这一夜。

第二天清晨，TS 5点钟就起床了，马马虎虎擦了一把脸，就怀着满腔热望急匆匆地走向某机关。刚走到机关门口，只见一群职员簇拥在告示牌前。他三步并作两步走向人群中，只见布告上写着：“……增薪事暂缓，9月份薪金仍按上月标准照发……”

TS一次又一次地看了好几遍，他简直不敢相信。可是事实终究是事实，他也只能长吁短叹了。这对他简直是一个晴天霹雳。他失望，他烦恼，他一想起家里无米下锅，觉得无脸面对自己的妻，简直不想再活下去。最后，他悄悄躲进卫生间，服来沙尔药水自杀了。等到同事们发觉时，他已经永远离开这黑暗的、令人诅咒的世界，留下的只有他面庞上刻下的沉痛的皱纹和户外秋虫唧唧唧的哀鸣。

从办壁报到写专栏

前些日子收到中学时代同窗好友严川兄从美国宾夕法尼亚州布特勒尔城航寄来的一个厚厚的邮件，打开一看，是一本装订成册的《东南晨报·三六周刊》复印件。扉页上题写着："五十年前的热情和脑汁，万多里的流浪和奔波，虽是破旧的纸和粗浅的呻吟，却是永恒的友情和忆念！"凝视着那久违了的《三六》刊头、文章标题和一个个又熟悉又陌生的笔名，还有当年我那稚嫩的习作，我的思绪一下子拉回到半个世纪前的镇江中学校园。

那是战火纷飞的动荡年代。在国统区，民不聊生，怨声载道；校园里死气沉沉，令人窒息。青年学子对校方"加重课程，统治思想"越来越不满，精神上的苦闷、愤懑无法排遣。1947 年深秋的一天傍晚，我们高二甲班同寝室的八个同学在校园里边散步边聊天，爱舞文弄墨的严川提议："我们一起动手办个壁报好不好？"我们八个年轻人虽然性格、脾气各异，政治认识、志趣爱好也不尽相同，但似乎有着一个共同的愿望：活跃课外生活，使自己在精神上有所寄托，寻求同学之间的相互理解和沟通。七嘴八舌，议论一阵，很快取得了一致意见：由我们八人成立一个社团，以办壁报为主，同时也举办一些时事座谈会、专题讨论会，参加球类比赛等。因我们八人同在学校大食堂第 36 桌就餐，大家决定把社团名称定为三六社，并推举严川为社长，正音为《三六周刊》总编辑。

经过不长时间的筹划，占了半面墙、极其醒目的《三六周刊》创刊号就与同学见面了。这是一张综合性的壁报，分为新闻网、知识界、文化线、文艺谭、影剧城、体育圈、趣味园、通讯箱八栏。三六社的八个成员按照各自的爱好、擅长分别负责编辑一个栏目。壁报的编辑工作有条不紊。每星期五晚上开一次编前会，检讨上一期壁报的长短得失，确定下一期主要内容、版面安排；报头、标题、插图，则共同商量、设计，分头制作。大家的工作态度都挺认真，相互间也能展开诚恳直率的批评，有时为一篇文章或一个标题竞争论得面红耳赤。

壁报上刊登的稿件，开头大部分是自己动笔写，或从报刊上摘编。后来本着“从同学中来，到同学中去”的原则，也积极组织、吸引三六社以外的同学写稿。壁报的内容力求反映同学的所思所想，所喜所爱，与同学的思想感情、学习生活打成一片。我记得，那时召开过“女子要不要回到厨房？”“巴勒斯坦与以色列犹太复国主义”等问题的座谈会。每次会后把大家的看法和意见摘要发表在《三六周刊》上，以引起进一步的讨论。壁报与同学的思想、生活贴近，也就引起他们的关心和兴趣。刚创刊时传到耳边的那些“闲得无聊”“尽做傻事”“好出风头”等闲言碎语也就烟消云散了。

办《三六周刊》，使我结识了一拨感情相投的朋友，给原本显得沉闷冷寂的生活增添了生气和活力。同时，也锻炼了我编编写写的能力，使我越发喜欢、向往新闻记者、编辑的工作。抗战胜利，我正读初三，成为《开明少年》《中学生》《青年界》《大公报》等报刊的忠实读者，还不断写些《镇中花絮》《校园剪影》之类的稿子投寄到报馆、杂志社。参加三六社后，又接触到一些思想进步的同学，有机会读到自香港辗转而来的《读书与出版》《大众文艺丛刊》《小说月刊》等杂志，也读到了高尔基的《母亲》、肖洛霍夫的《被开垦的处女地》、李季的《王贵与李香香》等作品。这就在我眼前打开了一个新的天地。我那满脑子由巴金的《家·春·秋》、陶行知的“生活教育”、《大公报》的“小骂大帮忙”、国民党正统观念组成的“思想大杂烩”，好像加进了酵母，顿时发生了新的变化。我在茫茫黑夜，一次又一次地默默吟诵雪莱的诗句：“如果冬天来了，春天还会远吗？”

在学习写作上，也跨出了小小的一步。原来我热衷于写一些学府风光、春花秋月的东西。我有一篇题为《插秧》的散文在文学刊物上一发表，《三六》好友正音就一针见血地指出：“你是站在城墙之上看劳动人民！”《中学生》杂志读友会的一位朋友，在和我的通信中也曾指出：“你似乎存在超政治、为艺术而艺术的观点。”在同窗好友的真诚帮助下，我的视角逐步转向关注人民大众的疾苦，试图揭露现实社会的黑暗丑恶。我写了《房客的悲哀》《厄运》《安家费》《教师活不下去了》《哀新生的孩子》这样一些多少还有点意思的散文、速写，发表在《三六周刊》和其他刊物上。此时我更加坚定了献身新闻事业的志向，决心用自己手中的笔忠实地报道民间的疾苦，大胆地为人民大众说话，切实地负起“人民喉舌”的责任。

《三六周刊》以壁报的形式在校园里出了半年多。1948 年暑假后作为镇江《东南晨报》的一个副刊出了 15 期，由于时局的急遽变化，也就寿终正寝了。大军渡江，镇江解放，三六社同窗好友各奔东西，天各一方了。

人民共和国诞生的时候，我如愿进入复旦大学读新闻系。我饶有兴味地学习新闻学概论、新闻采访等课程；同时按照自己的爱好，选修了中文系的一些课程。第一学年选修了许杰先生讲授的“文学批评”。囫囵吞枣地学得了一点关于文学批评的 ABC 之后，就斗胆拿起笔来，学着写一点评介性的文字。当我怀着惴惴不安的心情把这些不像样的习作寄给《文汇报·磁力》（“笔会”的前身）时，估量这些稿件的命运十之八九是石沉大海。没有料到，时间不长，这些习作竟一篇接一篇地见报了。后来我了解到当时《磁力》的主编，正是我的老师唐弢先生。那时，他在复旦开了现代散文诗歌一课，我也选修了。当唐弢先生知道署名“缚高”的那些评介性文字出自我之手时，热情地鼓励我：多练笔，可从写短篇新作的读后感入手，然后再学着写些文艺短论、随笔。他还不止一次地提醒我：要言之有物，从创作实际出发，不发空泛性的议论，努力把自己的真切感受写出来。在唐弢先生的指点下，我又试着写一些评论文章。往往是在他讲完课，夹着黑色公文包即将离开教室的时候，我多少有些羞涩地把新写出的稿子交给他。他总是面带微笑，操着浓重的浙江口音连声说：“好，好，有啥意见，我会很快告诉侬。”就从这时候起，我同文学评论结下了不解之缘。一年前问世的拙著《束沛德文学评论集》，其中写得最早的一篇文章《把文艺批评提高一步》，就是 1950 年 1 月在《文汇报·磁力》上发表的。唐弢先生可说是我学写文学评论的引路人。离开复旦，我和唐弢先生近 30 个春秋没有见面。80 年代初，我们又在北京重逢时，他还记得“缚高”这个初学写作者。

我学写思想杂谈，也是从《文汇报·社会大学》起步的。当年我在复旦团委会、学生会做宣传工作，根据平素了解的学生思想情况，写了几篇同年轻朋友谈心的思想杂谈，在《社会大学》发表后，素不相识的编者来信相约，让我为《社会大学》写一专栏。专栏的名字是《思想改造学习随笔》，从1952年6月5日到8月2日，前后不到两个月，共发了32篇，差不多隔日就有一篇五六百字的短文刊出。为了使这个专栏不中断，有时我还得挤出课余时间把赶写出的稿子直接送到圆明园路149号报馆所在地。这些短文发表时署名"高沛"，文章标题有：《反对思想懒汉》《自满与自卑》《不要把改造思想简单化》《紧密联系实际》《不破不立》《虚心倾听群众的意见》《既要尖锐又要诚恳》《有则改之，无则加勉》等等。回过头来看，这些稚嫩的文字既不犀利，又少文采，如果说有什么优点的话，那是一事一议，针对性很强；但毋庸讳言，片面性、简单化的毛病也不少，总不免带有那个时代的印记，对知识分子的思想改造操之过急。姑且不论文章的成败得失，如今依然令我激动不已的是，《文汇报·社会大学》编者对一个初出茅庐的、不知名的年轻作者的热情扶持。要知道，那时报刊舆论还没有鲜明地提出打破铜墙铁壁、重视培养新生力量哩。报社编者愿为我这么一个20岁的年轻人提供版面，开辟专栏，不能不说是表现了支持小人物的热情和勇气。

岁月匆匆，一眨眼，50多个春秋过去了。我由一个毛头小伙子变成两鬓花白的老年人。回首往事，中学时代办壁报，大学时代写专栏的情景至今依然清晰地浮现在眼前。我和身处异国他乡的严川兄一样，憧憬着有朝一日当年三六社的成员能在七里甸——母校镇江中学所在地，来一个半个世纪后的大团圆。青年时代的美丽幻想，饱经沧桑的人生阅历，埋藏心底的离情别绪，怕是三天三夜也诉说不完的。

1998年3月

涉足儿童文苑

说起我和儿童文学的缘分，难以忘怀几位老师对我的引导、启迪和教诲。

我的文学启蒙老师赵景深，是我国早期儿童文学理论、创作、翻译、教学的拓荒者、探索者之一。他翻译过格林、安徒生的童话，最早在大学开设童话课，著有《童话概要》《童话论集》。他那优美的、富有诗意的童话《纸花》《一片槐叶》，童话诗《桃林的童话——给亲爱的小妹慧深》，都在我早期阅读中，留下了美好的印象。我上中学的时候，曾多次向他主编的《青年界》投稿。在这本杂志的《读者园地》一栏里，先后登载过我写的散文、速写《灯下自修记》《张先生的病》《房客的悲哀》《钟声》等。赵先生不止一次地给我回信，鼓励我写自己熟悉的校园生活，多读一点中外文学名著。他还用清秀工整的毛笔字，字斟句酌地修改我写的一首题为《走向遥远的边疆》的诗。那时，我急于企盼见到赵先生，当面聆听他的教诲。

没想到，我一考进复旦大学，就和赵先生不期而遇了。“国文”是一年级的必修课，在强大的教授阵容中，有郭绍虞、陈子展、章靳以、魏金枝、方令孺等，我毫不犹豫地选了我所熟悉又敬重的赵景深教授。赵先生讲课很生动、风趣，不时穿插讲一些文人逸事、文坛掌故，有时还哼几段京剧、昆曲，连唱带表演，引起阵阵笑声。他对外国文学很熟悉，不仅常常介绍狄更斯、左拉、莫泊桑、契诃夫等大作家，也偶尔推荐沙尔·贝洛、安徒生、王尔德、格林兄弟、豪夫、科洛狄等儿童文学大家的名著。赵先生对我这个《青年界》的小作者并不陌生，似有一层特殊的感情，还按照我的兴趣和愿望，为我开列了一份参考书目。我从学校图书馆找到了《敏豪生奇游记》《鹅妈妈的故事》《荒岛探宝记》等书，在课余时间如饥似渴地阅读，使我对外国儿童文学增进了了解。对我的作文，赵先生也鼓励有加，经常给以 88、90 的高分，并写下“有正确的政治立场，有熟练的文字技巧”“文字明快有力，首尾完整”等评语。可以说，在我的文学之旅中，赵先生是第一个引领我向“儿童文学港”靠拢的人。

我走上工作岗位，第一个上级恰好又是儿童文学老作家严文井同志。近些年，我曾不止一次地听他向别人说起：“1952 年秋，我在中宣部文艺处，处长丁玲让我去全国文协，我带了两个秘书，一个是丁玲的秘书陈淼，一个是周扬的秘书束沛德，到文协打前站，最早投入中国作协的筹建工作。作协从无到有，从小到大，我们是亲身经历的。”我还记得，跨进文协大门不久，严文井情真意切地对我说：“你年纪很轻，只要自己努力，不闹工作与个人创作的矛盾，在党的培养下，有才能的人是不会被埋没的”，“先踏踏实实地做几年工作，将来可以搞创作，也可以搞评论。不管以后做什么，现在应当抓紧时间学习马列主义、文艺理论，多读点作品，有时间也可以练习写作”。在文井同志麾下，我一边学习做文学组织工作，一边利用业余时间挑灯夜读。我饶有兴味地读了严文井的童话《丁丁的一次奇怪旅行》《蜜蜂和蚯蚓的故事》《三只骄傲的小猫》《小溪流的歌》，被这些富有幼儿情趣、诗情与哲理交融的作品所深深打动。我对我的上级在儿童文学上的出色成就肃然起敬。这也大大激发了我对儿童文学的兴趣。

随后我在中国作家协会创作委员会当秘书，又有机会旁听文井和冰心、张天翼、金近等积极参加的儿童文学组关于作品和创作问题的讨论。我记得，文井在一次座谈会上曾谈起：“我的祖父爱教训人，我很怕他。父亲稍好一些，但当我考不取大学时，他就板起面孔教训我了。我不爱听教训，就离开家庭走向生活了。”“现在儿童读物的缺点，也是爱教训孩子。孩子不爱听枯燥的说教，我们应当尽量把作品写得生动有趣一点。”他的这番话，使我较早地领悟到，儿童文学要讲究情趣，寓教于乐。中国作协编的《1954—1955 儿童文学选》，是由文井最后审定篇目并作序的。在协助文井编选的过程中，使我心里对如何把握少年儿童文学的特点，如何衡量、评判一篇作品的成败得失，有了点底。他在《序言》中所说的：“应当善于从少年儿童们的角度出发，善于以他们的眼睛，他们的耳朵，尤其是他们的心灵，来观察和认识他们所能接触到的，以及他们虽然没有普遍接触但渴望更多知道的那个完整统一而丰富多样的世界。……一定要让作品做到：使他们看得懂，喜欢看，并且真正可以从当中得到有益的东西。”这段言简意赅的文字，在我脑子里深深地扎了根，成了我后来从事儿童文学评论经常揣摩、力求把握的准则。

我涉足儿童文学评论，还忘不了《文艺报》和著名评论家侯金镜同志对我的鼓励和点拨。1955 年 9 月，《人民日报》发了社论，号召作家为少年儿童写作，改变儿童读物奇缺的状况。中国作家协会和郭沫若、冰心等文学前辈响应号召，倡议每个作家“一人一篇”。那时我还不是中国作家协会会员，但作为一个初学评论写作者，也深感有义务和责任，为孩子们做点什么。于是，根据我在创委会分工阅读作品的印象和感受，写了两篇儿童文学评论，那就是 1956、1957 年刊登在《文艺报》上的《幻想也要以真实为基础——评欧阳山的童话〈慧眼〉》《情趣从何而来？——谈谈柯岩的儿童诗》。

这两篇评论文章，在儿童文学界还多少有点影响。前一篇文章引起了一场持续两年之久的有关童话体裁中幻想与现实关系的讨论，或多或少活跃了当时儿童文苑学术论争的空气，“也丰富了五十年代尚不完备的我国童话理论”，在当代儿童文学史、童话史上留下了一笔。后一篇则是最早评介柯岩儿童诗的文章。从 1955 年底到 1956 年夏秋之交，我从《人民文学》《文艺学习》等刊物上先后读到柯岩的《儿童诗三首》《“小兵”的故事》等，尤为赞赏其中的《帽子的秘密》《爸爸的眼镜》《看球记》等几首。我沉浸在阅读的愉悦之中，为这些诗篇所展现的纯真的童心、童趣所打动，情不自禁地要拿起笔来予以赞美和评说。那时，我同柯岩素昧平生，也没有报刊约我写这篇文章。选这个题目，可说是完全出自个人的审美情趣和发现文学新人的喜悦。文章初稿写于 1957 初春时节，正逢文艺界贯彻“双百方针”，鼓励鸣放，作家们如坐春风、如沐春雨。此时，我也心情舒畅，思想比较活跃，没有多少条条框框。修改定稿的 1957 年 10 月，已进入反右派斗争的中、后期，正是我因“整风”期间所犯严重右倾错误挨批评、写检讨之际。我的女儿又正好在这个时刻呱呱坠地。我住的那间十多平方米的屋子，一分为三：窗前一张两屉桌，是我挑灯爬格子的小天地；我身后躺着正在坐月子的妻和未满月的婴儿；用两个书架隔开的一窄条，住着我的母亲，她是特地从老家赶来帮助照料的。我就是在这样一种并非宁静、宽松的环境、氛围、心情下，完成这篇文章的。文艺报编辑部与创委会在同一幢楼办公，我把这篇稿子送到编辑部。负责审稿的责任编辑是青年评论家敏泽，该报副总编辑侯金镜同志终审。金镜同志阅稿后，约我谈了一次话，他热情地鼓励我：文章写得不错，从作品的实际出发，做了比较深入的艺术分析，抓住了作者的创作特色。他希望我沿着这个路子走下去。这篇近1万字的文章很快在8开的《文艺报》周刊上用两整版的篇幅刊出了。此文得到作者柯岩的首肯，也得到评论界和儿童文学界的好评，认为它是"有一定理论水平的作家作品论"，"对儿童情趣的赞美，与对'行动诗'的褒奖，深深影响了一代儿童文苑"。年轻时的这篇习作似乎成了我的代表作，先后被收入七八种评论选集。

50年代写了上述两篇评论文章，从此与儿童文学结下了不解之缘，成了儿童文学评论队伍里的散兵游勇。

2000年6月29日

心甘情愿跑龙套

我从没有写过童话、儿童诗、儿童小说，不是儿童文学作家，只是偶尔写过几篇评论，同儿童文学沾了点边。近10多年，服从工作需要，在儿童文学界“打杂”，做组织工作，也就滥竽充数，算是儿童文学队伍里的一员了。

我有机会为当代儿童文学的发展摇旗呐喊，是在1985年初中国作家协会第四次会员代表大会闭幕之后。由于当时新产生的作协书记处成员中，没有专门从事儿童文学创作、评论的，同事们考虑到我于20世纪50年代曾涉足儿童文苑，进入新时期后也偶尔写点儿童文学评论，就断然决定让我联系这方面的工作了。我深知自己在儿童文学创作、理论研究上都没有什么建树，占据这个位置很不合适。但“蜀中无大将，廖化充先锋”，凭着我对儿童文学的兴趣和热情，也就勉为其难而又心甘情愿地跑起龙套、敲起边鼓来了。

走马上任之后，参与策划、组织的头一件大事是：1986年春中国作协和文化部在烟台联合召开全国儿童文学创作会议。这是建国以来儿童文学界前所未有的一次“四世同堂”的盛会，是儿童文学队伍的大会师、大检阅。新上任的文化部部长王蒙在会上发表的长篇讲话和我代表会议主办单位所致题为《为创造更多的儿童文学精品开拓前进》的开幕词，得到广泛赞同。这次会议对新时期儿童文学的发展、繁荣，起了鼓劲、加油、倡导的积极作用。一眨眼，10多年过去了，当年与会的儿童文学作家如今相聚在一起，谈起烟台会议，仍记忆犹新，激动不已。而深深刻在我心坎上的是文化部少儿司司长、儿童剧作家罗英大姐在闭幕式上一席感人肺腑的话：“许多做少儿文学艺术工作的同志流过眼泪，我自己也不知陪大家淌过多少同情的泪水。所以我经常说，做少儿工作的同志是汗水加泪水，还要磨破嘴跑断腿”，“你们数十年如一日地、锲而不舍地为孩子们写作，把一颗火一样炽热的心奉献给孩子们。我们打心眼里喜欢这支队伍，尊敬这支队伍，心甘情愿继续跑断腿磨破嘴，为改变目前存在的不重视少儿工作的状况呼吁”。她说出了我的心里话，引起感情上的强烈共鸣，我的泪水不禁夺眶而出。我暗自下了决心：为了孩子，为了未来，我也要长期地无条件地全心全意地加入这个“跑断腿磨破嘴”的行列。

从那以后，我充分利用自己分管儿童文学的作协书记这个位置，抓住一切机会，在各种场合，反映儿童文学作家的呼声，为改善他们的创作、生活、学习条件和社会地位而呐喊，为被视为“小儿科”“弱小民族”的儿童文学争一席之地。日子长了，同事们摸透了我的性格、脾气，对我的执着、絮叨也都谅解了，往往半开玩笑地说：“你三句不离本行，在会上只要一张嘴，就知道你又要为儿童文学呐喊了”，“你一说就是上面的指示精神，或作协主席团的决议，我们哪敢违抗，只有遵命照办了”。

我这个人也没有什么别的本事，除了一张笨嘴，还有一支秃笔。缺乏创作才能，不能为孩子们写作品，但起草文件、报告，还算是我的强项。也真是一种缘分，从 50 年代到 80 年代，中国作家协会主席团总共通过两个关于儿童文学的文件，即《关于发展少年儿童文学指示》和《关于改进和加强少年儿童文学工作的决议》，我都有幸参与起草了。1996 年六一国际儿童节前夜，作协第三届儿童文学奖颁发之际，在作协书记处的支持下，我还自告奋勇地写了一篇为亿万孩子鼓与呼的《让儿童文学繁花似锦》，作为《人民日报》评论员的文章发表了。当我亲眼看到写在纸上的这些方案、计划、措施、意见，一项一项落到实处，心里还是挺高兴的。这些年来，总算办成了几件有利于儿童文学发展的实事：作协儿童文学奖举办了四届，推出了 107 部（篇）优秀作品和一批批儿童文学新秀；《文艺报 · 儿童文学评论》出了 119 期，艰难地走出困境，守住了一块阵地；从事儿童文学的作协会员由新时期之初不足 200 人发展到现在的 500 多人，中青年作家名副其实地成为创作的中坚力量……所有这些，都是热情关注、支持儿童文学的同人辛勤劳作的结果啊！我在里面仅仅起了一点上传下达、穿针引线的作用。

作协儿童文学委员会多年来一直由我的第一个上级、著名儿童文学家严文井挂帅，我是他的一个助手。几年前，由于文井同志年届耄耋，乃把我推上了主任委员的位置。既然挂着这个头衔，我当然还得抖擞精神做一些力所能及的事情。如今儿童文学大舞台上活跃着一批当红的名角，他们在精彩纷呈的大戏中挑大梁、唱主角。我仍然扮演一个跑龙套的小角色，摇旗呐喊，鸣锣开道。只是毕竟我也年近古稀，跑不了几圈了。我将力争早日把从文井同志手中接过来的接力棒，传递给年富力强的人。

各条战线、各行各业都需要有人“打杂”、跑龙套，做组织联络、后勤服务工作。我心甘情愿在儿童文学界跑龙套，为繁荣当代儿童文学，做一点擂鼓助威、拾遗补阙的工作。我深切地感到，能为塑造未来一代美好心灵这个伟大工程添砖加瓦，既是一种责任，也是一种幸福。

2000 年 7 月 3 日

缘分·机遇·责任
——我与儿童文学

多年来，我主要做文学组织工作，偶尔写一点评论文章。在儿童文学评论队伍里，我只能算是个散兵游勇。我是如何介入儿童文学工作，又是怎样写起儿童文学评论来的呢？这就要回溯到20世纪50年代中期。

一

1955年9月16日《人民日报》发表了题为《大量创作、出版、发行少年儿童读物》的社论。社论中尖锐地批评了“中国作家协会很少认真研究发展少年儿童文学创作的问题”；并明确地提出：为了改变目前儿童读物奇缺的情况，“首先需要由中国作家协会拟订繁荣少年儿童文学创作的计划，加强对少年儿童文学创作的领导”。在《人民日报》社论的推动下，同年10月，中国作协二届理事会主席团举行第十四次扩大会议，讨论通过了近期发展少年儿童文学创作的计划，决定组织193名在北京和华北各省的会员作家、翻译家、理论批评家于1956年底以前，每人至少写出（或翻译）一篇（部）少年儿童文学作品或一篇研究性的文章。接着，又于11月18日向作协各地分会发出《中国作家协会关于发展少年儿童文学的指示》。当时，我作为作协创作委员会秘书，参与了调查研究、文件起草等工作。如今，我还清晰地记得，1955年春，负责创委会日常工作的副主任李季同志派我参加了团中央召开的第三次全国少年儿童工作会议。从会上我了解到当时少年儿童的思想、学习、生活情况以及他们对文学艺术的需求；并聆听了胡耀邦同志所做的题为《把少年儿童带领得更加勇敢活泼些》的讲话。作协主席团第十四次会议前，李季让我根据《人民日报》

社论精神，结合从少年儿童工作会议上了解到的情况，并参考第二次全苏作家代表大会上波列伏依所做的《苏联的少年儿童文学》补充报告，代作协草拟一个要求作协各地分会加强对少年儿童文学创作的指导的意见。我写出初稿后，经过几次讨论，多位领导同志修改补充，最后形成 11 月 18 日下达作协各地分会的《关于发展少年儿童文学的指示》。这是我第一次接触儿童文学工作。也正是从这个时候开始，我把理论批评的兴趣和视野更多地投注于儿童文学领域。

二

作协创作委员会从 1953 年建立之日起，就把阅读当前发表、出版的作品，经常了解、研究创作情况和问题，定期（一个季度一次）向作协主席团汇报，当作自己的一项主要任务。1955 年 10 月以后，根据作协主席团会议的精神，进一步加强了对儿童文学创作现状的研究。我发表于 1956、1957 年的两篇儿童文学评论：《幻想也要以真实为基础——评欧阳山的童话〈慧眼〉》《情趣从何而来？——谈谈柯岩的儿童诗》，正是在创委会期间分工阅读作品、有感而发之作。同时，这也是响应当时发出的“一两年内，每一位作家至少为少年儿童写一篇东西”的号召。那时，从事儿童文学评论的人少得可怜。我作为一个初学评论写作者，也就满怀热情地、勇敢地投入到这个队伍中来了。

《幻想也要以真实为基础》一文在《文艺报》发表后，引起了有关童话体裁中幻想与现实的关系以至童话的基本特征、艺术逻辑、表现手法等问题的讨论。《人民文学》《作品》《北方》《儿童文学研究》等刊物先后发表了 10 多篇论争文章，这场讨论持续了两年之久。新时期以来出版的多种中国当代儿童文学史、儿童文学理论批评史、童话史、童话学等论著，对这场讨论都给予肯定的评价，认为：“《慧眼》之争，开创了建国后童话讨论的前声”，“对于当时的儿童文学理论界是有益的”，“不但促进了我国儿童文学的创作发展，而且也丰富了 50 年代尚不完备的我国童话理论”。现在看来，如果说我那篇文章有什么可取之处的话，就在于它率先提出了问题，引起了一场认真的、说理的自由讨论，或多或少地活跃了当时儿童文学界学术论争的空气。至于文章本身，毋庸讳言，确实存有说理不够透彻、有些论断失之于简单化的毛病。这也反映了自己理论上准备不足和学养不够丰富。

从 1955 年底到 1956 年夏秋之交，从《人民文学》上先后读到柯岩的《儿童诗三首》《“小兵”的故事》《帽子的秘密》《爸爸的眼镜》等作品，我沉浸在阅读的愉悦之中，为这些诗篇所展现的纯真的童心、童趣所打动，情不自禁地要拿起笔来予以赞美和评说。于是我把当时能找到的柯岩的儿童诗作收集到一起，细细品味，做了一些思考、研究，写出了《情趣从何而来？》一文。那时，我同柯岩互不相识，也没有报刊约我写这篇文章。选这个题目，可说是完全出自个人的审美情趣和发现文学新人的喜悦。文章写成后，先送《人民文学》编辑部，看能否在该刊《创作谈》一栏发表。过了一段时间，负责审读理论稿的编辑告诉我：文章可以用，但在《创作谈》中发，嫌长了些。我拿回稿子后，又反复推敲，做了若干修改。修改定稿的 1957 年 10 月，正是我女儿刚出世的时候。我住的那间十多平方米的屋子，一分为三：窗前一张两屉桌，是我挑灯爬格子的小天地；我身后躺着正在坐月子的妻和未满月的婴儿；用两个书架隔开的一窄条，住着我的母亲，她是特地从老家赶来帮助照料的。我就是在这样一种并非宁静的环境、氛围、心情下，写成这篇文章的。由于改定的稿子仍近 1 万字，我就把它改投《文艺报》了。负责审稿的责任编辑是敏泽，分管文学评论的副总编辑是侯金镜。金镜同志对我说，文章写得不错，从作品的实际出发，做了比较深入的艺术分析，抓住了作者的创作特色。他鼓励我沿着这个路子走下去。文章很快在《文艺报》1957 年第 35 号上刊出。这是最早评介柯岩作品的一篇文章，得到评论界和儿童文学界的好评，认为它是“有一定理论水平的作家作品论”；对儿童情趣的赞美和呼唤，“深深影响了一代儿童文苑”。这篇文章似乎成了我的代表作，先后被收入《1949—1979 儿童文学论文选》、《中国儿童文学大系 · 理论（一）》、《论儿童诗》、《柯岩作品集》、《柯岩研究专集》、《中国儿童文学论文选（1949—1989）》、《中国当代儿童文学文论选》（待出）等七八种评论选集。

由于我在 50 年代就加入儿童文学评论行列，并写了上述两篇多少尚有点影响的评论文章，因而被一些儿童文学史家看作参与建设“当代儿童文学理论的第一期工程”的实践者之一。

三

十年“动乱”期间，我不仅没写一个字，而且被逐出了文学队伍。十一届三中全会前夜，由于一些老领导、前辈作家的关怀，我才重新回到文学队伍。归队后写的第一篇儿童文学评论文章恰好又是评介柯岩的儿童诗。那是 1980 年初，第二次全国少年儿童文艺创作评奖委员会拟出一本《儿童文学作家作品论》。评奖办公室陈子君告诉我："经与柯岩同志商议，她希望你来写写有关她和她的作品的评论。"这时，我已同柯岩相识，并在同一单位——中国作协工作。我写出《生活美·心灵美·艺术美——再谈柯岩的儿童诗》一文后，求证于柯岩。过了一些日子，她通过评奖办公室的同志转告我：看了评论文章，"从中学习到很多东西，但似无 1957 年那篇完整"。事实也的确如此，我搁笔多年不写作品评论，一旦拿起笔来，不仅文思不够洒脱，而且笔头也发涩，比起当年写《情趣从何而来？》来要吃力得多。后来，我曾不止一次地听柯岩说起，在评论她的儿童诗的文章中，她对我 1957 年写的《情趣从何而来？》比较满意，因为它指出了作品的特点，能给作者以启发和引导。

我被分配承担儿童文学的组织工作，有机会为当代儿童文学的发展摇旗呐喊，是在 1985 年初中国作协第四次会员代表大会闭幕之后。由于新产生的作协书记处成员中，没有专门从事儿童文学创作、评论的，同事们考虑到我 50 年代曾涉足儿童文苑，就分工让我联系这方面的工作了。我深知自己在儿童文学创作、理论研究上都没有什么建树，占据这个位置很不合适。但"蜀中无大将，廖化充先锋"，凭着我对儿童文学的兴趣和热情，也就勉为其难而又甘心情愿地跑起龙套、敲起边鼓来了。

分管儿童文学工作之后，我参与策划、组织的第一件大事是：1986 年 5 月中国作协与文化部在烟台联合召开全国儿童文学创作会议（以下简称烟台会议）。为筹备这次会议，1986 年初成立了以我和罗英为组长的领导小组。领导小组先后开过四次会，作协书记处也开了两次会，讨论决定了烟台会议的宗旨、主题、讨论重点、会议规模、开法、组织领导等事项。会前我走访了严文井、金近等同志，并先后在上海、南京、北京做了调查研究，召集三四十位作家、评论家、编辑座谈，了解儿童文学创作情况和问题，听取他们对如何开好烟台会议、如何加强和改进儿童文学工作的意见和建议。在此基础上，我草拟出题为《为创造更多的儿童文学精品开拓前进》的开幕词，听取作协书记处和会议领导小组的意见后又做了若干修改补充。

烟台会议是建国以来儿童文学界前所未有的一次盛会。叶圣陶、冰心、严文井等前辈为会议题写了贺词。陈伯吹、叶君健、金近等近200位作家到会，可说是老、中、青儿童文学作家的大会师。王蒙作为作协的常务副主席，又是新上任的文化部长，在会上做了长篇讲话。他讲了儿童文学与我们的未来、为儿童提供一个理想的精神境界、专心致志地创造新的作品等三个问题。我在《开幕词》中对新时期儿童文学成绩的估计、对面临的提高创作思想、艺术质量的任务的分析，得到了与会同志的赞同。后整理改写成题为《向上攀登，向下深入》《回答亿万小读者的热切呼唤》的文章，分别发表在《文艺报》《人民日报》上。这次会议对创作问题的讨论尽管还不够深入和充分，但对鼓舞作家的创作热情，推动儿童文学创作的发展和提高，还是起了积极的作用。

四

我同儿童文学的缘分，特别明显地表现在：从50年代到80年代，中国作协主席团一共通过两个关于儿童文学工作的《决议》，我都有幸参与起草了。前面已经提到，1955年我参与起草了《关于发展少年儿童文学的指示》。时隔31个春秋，到了1986年烟台会议之后，由于我所处的岗位，又把我推上了从执笔起草到修改定稿《中国作家协会关于改进和加强少年儿童文学工作的决议》（以下简称《决议》）的全过程。烟台会议前，内蒙古的杨啸，北京的韩作黎、陈模等14位会员曾先后写信给中国作协，要求切实加强对儿童文学的领导，并提出了若干建议。烟台会议期间，又专门安排时间听取了与会者关于改进儿童文学工作的意见和建议。我把大家的愿望、要求、批评、意见集中起来，条分缕析，起草出《决议（草案）》。经作协书记处研究后，提交1986年6月举行的作协四届理事会主席团第四次会议讨论。我记得，那次会议是在国谊宾馆召开的。我在会上较为详细地汇报了烟台会议的情况，并就《决议（草案）》做了说明。到会的主席团成员都认为应采取切实有效的措施来推动儿童文学创作，加强儿童文学的研究、探讨，提高队伍的思想、业务素质。根据荒煤、袁鹰等同志的意见，我又当即在《决议（草案）》上加了一段，提纲挈领地提出了当前儿童文学创作、理论上有待认真讨论和探索的几个主要问题，即：如何进一步开拓、更新儿童文学观念，摆脱陈旧的创作思想、模式的束缚，在思想、艺术上创新的问题；如何更好地紧扣时代脉搏，反映少年儿童心声，塑造更多闪耀时代光彩的少年儿童形象的问题；如何按照当代少年儿童的心理特点、审美趣味、欣赏水平，创造出为小读者所喜闻乐见的作品问题。

经主席团审议通过的这个《决议》在《文艺报》发表并下达作协各地分会后，就按部就班地抓《决议》中提出的 8 项措施的落实。经过充分酝酿协商，在原有中国作协创作委员会儿童文学组的基础上，恢复了儿童文学委员会，仍由老作家严文井任主任委员，我和刘厚明担任副主任委员。作协主办的报刊也按《决议》要求率先经常刊登儿童文学作品、评论文章。《文艺报》从 1987 年 1 月起开辟了每月一期的《儿童文学评论》专版。《人民文学》也同时增辟了《儿童文学》栏目。书记处在讨论、制订作协 1987 年工作计划时，将举办首届儿童文学创作评奖列为其中的一项。如果说 1955 年作协发的那个《指示》的巨大影响在于动员会员作家每人每年为少年儿童写一篇作品的话，那么，1986 年作协《决议》的主要成果则是把儿童文学界企盼已久的创作评奖落到了实处。

五

1953 年，中国人民保卫儿童全国委员会发起举办了首届（1949—1953）全国少年儿童文艺创作评奖；1979 年，中国人民保卫儿童全国委员会、共青团中央、中国作协等八单位联合举办了第二届（1954—1979）全国少年儿童文艺创作评奖。这以后，全国性的儿童文学创作评奖中断了七八年。到了 1987 年举办中国作协首届（1980—1985）全国优秀儿童文学奖，才在评选范围、时间上与中国人民保卫儿童全国委员会等单位举办的上述两次评奖衔接起来。过了 5 年，1992 年又举办了中国作协第二届（1986—1991）全国优秀儿童文学奖。作协举办的这两届评奖，都是全国性的，包含儿童文学各种体裁、样式的评选。

可说是由于一种历史的机遇，把我这么一个既没有成就、又没有名气的“打杂”的，推上了实际负责作协两届儿童文学评奖的位置。首届评奖由严文井同志挂帅，我和王一地具体操作。康文信承担了初评的组织工作。1988 年初我染重病后，作协书记处又委托韶华协助抓了首届评奖的后期工作。第二届评奖聘请冰心、严文井、陈伯吹、叶君健、袁鹰几位前辈任顾问，实际工作的担子落到了我的肩上。樊发稼、高洪波协助我做具体组织工作。两次评奖都经过这样几个步骤：各地作协、出版社推荐作品；初评读书班提出备选篇目；评委在阅读讨论的基础上通过无记名投票的方式产生获奖作品。据我了解的情况，评委会与初评小组有一个共同的愿望：力求把这项评奖办成足以反映当前我国儿童文学创作水平的、具有一定权威性的、高层次的奖励。在评选过程中，坚持认真阅读作品，广泛交换意见；严格掌握评选标准，坚持少而精的原则，讲究质量，宁缺毋滥；尊重评委与初选组成员个人的判断和选择，充分贯彻民主的原则；树立全国一盘棋的思想、秉公办事，警惕、杜绝评奖工作中的不正之风。我作为评奖的组织工作者，是努力按照这些原则、要求去做的。尽管如此，每次评奖仍难免有遗珠之憾，工作中疏漏、失误之处也肯定会有的。所有获奖的作品都还需要进一步接受群众的检验、时间的考验。虚心听取批评意见，认真总结经验教训，不断改进评奖工作，是我们做组织工作的应取的态度。但是，对于一些毫无根据的批评（如 1987 年底个别会员擅自用某作协分会的名义，指责作协首届评奖的初选工作是“一两家杂志包办”“某人做了手脚”“纯属哥们儿评奖”，甚至扬言要退出作协举办的评奖），则必须冷静、耐心而又毫不含糊地做思想工作，及时排除对评奖活动的干扰。

六

我在作协书记处这个位置上，今年已进入第 10 个年头。正是由于职务的关系，这些年我还兼任了国际儿童读物联盟中国分会执行委员、全国少年儿童文化艺术委员会委员、《儿童文学》编委等社会职务，并不时要代表作协主持、参与有关儿童文学创作、理论问题座谈会或作家、作品研讨会。除上述 1986 年烟台会议外，1988 年 10 月我还代表中国作协儿童文学委员会在烟台主持召开过一次儿童文学发展趋势研讨会。参加会议的有来自 14 个省、市、自治区的 70 多位作家、评论家、编辑，是儿童文学界又一次较有代表性和影响的聚会。我在会上做了题为《更贴近大时代　更贴近小读者》的发言。

近 10 年来，我应各省、市作协、少年儿童出版社、儿童文学研究会等单位之邀，先后参加过 1985 年 11 月在贵阳花溪召开的全国儿童文学创作座谈会，1990 年 6 月在北京召开的国际儿童图书与插图研讨会，1990 年 11 月在上海召开的 1990 上海儿童文学研讨会，1991 年 7 月在河北承德召开的全国儿童文学创作分析会，1992 年在北京平谷召开的 1992 北京儿童文学研讨会，1993 年 5 月在上海召开的第二届中日儿童文学研讨会，1993 年 8 月在四川温江召开的海峡两岸儿童文学交流会，以及在浙江、山东、云南、湖南、新疆等地召开的研讨会、座谈会、笔会。

参加这些会议，我经常要扮演两种角色：会议主办单位往往希望我作为分管儿童文学的书记代表中国作协讲几句祝贺的话；而我自己则愿意作为一个评论工作者，围绕会议的主题、讨论重点，讲一点自己的想法和看法。我这个人一向比较认真，加上长期当秘书养成的习惯，凡是答应参加的研讨会或座谈会，总要事前写出发言稿或详细发言提纲。我不愿意、也不善于即席发表即兴式的讲话。正因为如此，我往往不得不在会前利用有限的时间，仓促地做一点调查研究，占有必要的材料，经过认真、深入的思考，选一个角度或一个侧面，写成发言稿。会后再在发言的基础上整理成文章。这些年来，我写的为数不多的儿童文学评论文章，十之八九是这样产生的。这些文章就其内容来说，大体上分为三类：一是对儿童文学中某个问题或某种题材、文体进行探讨的，如《关于儿童文学创新的思考》《谈儿童文学的主旋律及其他》《增强少年小说的吸引力》《寻求新的突破——略谈战争题材儿童文学》《童话的艺术魅力——〈世界童话精品〉序》等。二是对全国或一个地区的儿童文学现状或作家群作宏观扫描的，如《山东儿童文学的新收获》《云南儿童文学前途似锦》《发扬优势，提高质量》《回眸与前瞻——纵观儿童文学态势、走向及队伍建设》《共同的探索与追求——试谈两岸童话理论和创作之异同》等。三是对卓有成就的儿童文学作家或文学新人的作品做评说、介绍的，如对金近、陈模、林良、林焕彰、常新港、刘海栖、孙云晓、李国伟等作家作品的评论。

我的这些文章大多严谨有余，活泼不足，囿于传统观念，缺乏新鲜气息。文章的这种得与失，可能都同我长期做组织工作，在文学界“打杂”有关。因为多年当秘书，对报告、讲话、发言这种文体比较熟悉，写起来可说是得心应手。在 60 年代初，我就被同事们戏称为“材料作家”“文件作家”。也正因为老写讲话、发言，就不容易完全摆脱“报告八股”的束缚。对创作中新事物的敏感减弱了，感受、把握形象的艺术感觉差了，文风也不够生动活泼。这也许正是双重身份——又是组织工作者又是评论工作者赋予我的评论的个性和特色。

七

絮絮叨叨说了这么多，似有“王婆卖瓜，自卖自夸”之嫌。我的本意只是为了记录下我在儿童文苑留下的印痕，让朋友、同行、读者了解我与儿童文学的缘分。其实，说起来也很简单，我同儿童文学的姻缘，可概括为五个“两”，即:两个决议（参与起草1955、1986年作协关于儿童文学的两个决议）、两篇文章（50年代中期写了《幻想也要以真实为基础——评欧阳山的童话〈慧眼〉》《情趣从何而来？——谈谈柯岩的儿童诗》这两篇小有影响的评论文章）、两次会议（1986、1988年主持在烟台召开的两次儿童文学创作会议）、两届评奖（1987、1992年参与、主持作协举办的首届、第二届儿童文学创作评奖）、两种角色（既作为作协书记处书记又作为评论工作者参加各种儿童文学活动）。这么些年，我在儿童文学方面所作所为，仅此而已。本来，在作协书记处书记、儿童文学委员会副主任委员这个位置上，理应为儿童文学界更多地干一点实事。然而，由于主、客观诸多因素，未能如愿。从1989年春夏之交到现在，中国作协下设的7个委员会，包括儿童文学委员会在内，由于一种说不清道不明的原因，一直处于暂停启动的状态。近5年来，作协除了于1992年举办了第二届儿童文学创作评奖外，就没能用儿童文学委员会的名义开展任何活动，包括作品及创作、理论问题的讨论，组织参观访问，与小读者见面等。面对这种状况，我无能为力，只好听之任之。何况我年届花甲，身体又不太好，也就不愿去操那份心了。每当我想到自己未能更好地抓住机遇，充分履行自己的职责，为儿童文学的发展、为孩子们的身心健康，更多地做一点有益的事情，心中不免留下些许遗憾和愧悔，深感有负儿童文学界同行的期望和委托。

过去的已追悔莫及，只有今后用实际行动来弥补了。我当抖擞精神，继续为孩子们呐喊；同儿童文学战线的老将新兵一起，在塑造未来一代美好心灵的事业中，贡献自己微薄的力量。

1994年6月30日

小百花园打杂手记

(1955.11—2012.9)

1955 年

11 月 18 日　中国作家协会向各分会发出《关于发展少年儿童文学的指示》。我参与了这一文件的起草工作。

1956 年

2 月　中国作家协会编选的《1954—1955 儿童文学选》由人民文学出版社出版。我参加了这本选集的初选工作。

3 月　作为列席代表参加全国青年文学创作者会议。

5 月　《幻想也要以真实为基础——评欧阳山的童话〈慧眼〉》一文在《文艺报》发表。此文引起了有关童话体裁中幻想与现实的关系以至童话的基本特征、表现手法等问题的讨论。《作品》《北方》《人民文学》《儿童文学研究》等刊物先后发表了十多篇论争文章，这场讨论持续了两年之久。

1957 年

12 月　《情趣从何而来？——谈谈柯岩的儿童诗》一文在《文艺报》发表。此文先后被收入《1949—1979 儿童文学论文选》《中国儿童文学大系·理论(一)》《论儿童诗》等七八种评论选集。

1960 年

6 月　《漫谈〈夜奔盘山〉的少年形象》一文在《文艺哨兵》月刊发表。

1963 年

5 月　加入中国作家协会天津分会。

1980 年

2 月　中国作家协会儿童文学委员会举行第一次会议，严文井主持。我作为创联部办公室负责人列席会议。

6 月　加入中国作家协会。

8 月　《生活美 · 心灵美 · 艺术美——再谈柯岩的儿童诗》一文在《新港》月刊发表。此文先后被收入《儿童文学作家作品论》《论儿童诗》等评论选集。

1981 年

11 月　儿童文学丛刊《未来》在南京创刊，担任编委。

1982 年

2 月 26 日　参加中国作协儿童文学委员会召开的在京部分儿童文学报刊编辑座谈会。

3 月 25 日　参加中国作协儿童文学委员会召开的在京部分儿童文学作者座谈会。

10 月　赴苏州参加《未来》编委会。

1985 年

1 月　当选中国作协第四届理事会理事。在作协第四届主席团第一次会议上被推举为书记处书记。从此开始，按书记处分工，分管儿童文学工作。

4 月 24 日—5 月 7 日　率中国作家代表团访问匈牙利。

11 月 16—17 日　参加少年儿童出版社、贵州人民出版社在贵阳联合召开的儿童小说创作座谈会。会后在《贵阳晚报》发表《儿童文学创新琐议》一文。

1986 年

3 月 27 日—4 月 3 日　赴上海、南京调查了解有关儿童文学的情况，征询如何开好全国儿童文学创作会议的意见，先后在少年儿童出版社、作协上海分会、作协江苏分会召开小型座谈会。

4 月 11 日　向中国作协创作委员会儿童文学组扩大会汇报全国儿童文学创作会议的筹备情况；会上并就这次会议的宗旨、内容、开法进行了讨论。

4 月 14 日、21 日　中国作协书记处两次开会讨论北京韩作黎、陈模等十四位会员提出的《希望加强对儿童文学的领导》的建议和内蒙古杨啸关于改进儿童文学工作的来信。会上原则同意设置全国儿童文学奖。

5 月 6—13 日　主持文化部、中国作协在山东烟台联合召开的全国儿童文学创作会议。在会上致开幕词:《为创造更多的儿童文学精品开拓前进》。在闭幕式上就如何改进和加强中国作协的儿童文学工作发了言。会后在《人民日报》《文艺报》发表了题为《创造更多的儿童文学精品》《向上攀登　向下深入》的文章。

6月14日　向中国作协第四届主席团第四次会议汇报在烟台召开的全国儿童文学创作会议情况。会上审议通过《中国作家协会关于改进和加强少年儿童文学工作的决议》。会前执笔起草这个《决议》，并根据主席团会议上提出的意见修改定稿。

7月10日　参加中国作协创作委员会儿童文学组的会议，会上讨论了作协儿童文学奖的评选范围、步骤等有关事宜。

9月18日　向《文艺报》反映刘厚明建议:1987年该报改版后,每月增出《儿童文学评论》专刊，得到该报负责人的支持。

10月21日　参加《人民文学》召开的儿童文学作家座谈会。

11月　根据中国作协主席团的决定，在创作委员会儿童文学组的基础上，恢复儿童文学委员会，严文井任主任委员，我和刘厚明任副主任委员。

12月　《关于儿童文学创新的思考》一文在《儿童文学研究》第24辑发表。此文先后被收入《中国儿童文学大系·理论（二)》《中国当代儿童文学文论选》等评论选集，并获首届全国儿童文学理论评奖优秀论文奖。

1987年

1月24日　《文艺报·儿童文学评论》创刊,发表我写的题为《窗口·桥梁·苗圃》一文。

4月　担任少年文学季刊《明天》顾问。

10月12日—11月18日　中国作家协会首届（1980—1985）全国优秀儿童文学奖的初评工作在京举行，在初选小组读书班上致开场白。

11月28日　《文艺报》公布中国作协首届全国优秀儿童文学奖初选小组向评委会提出的《备选作品篇目》，征求小读者和有关各界的意见。为《文艺报》写了题为《增强文学评奖的透明度》的短评。

12月24日　赴杭州参加《少年儿童故事报》创刊三周年和“未来作家”征文大奖赛颁奖活动。

1988 年

3 月　中国作协首届全国优秀儿童文学奖评委会在京举行，任评委会副主任委员。严文井为主任委员。

5 月　常新港短篇小说集《独船》出版，写了题为《在黑色的冻土上深耕细耘》的序言。

6 月　在苏联《儿童文学》杂志发表《为了孩子　为了未来——介绍中国作家协会的儿童文学工作》一文。

10 月 10—13 日　主持中国作协在山东烟台召开的儿童文学发展趋势研讨会，致开幕词:《更贴近大时代　更贴近小读者》。

11 月　希望出版社出版的《中国儿童文学大系》十五卷陆续问世，担任该书编委。

1989 年

4 月 10 日　主持召开中国作协儿童文学委员会在京委员的会议，会上讨论了改进评奖工作、加强创作与理论研讨等事项。

5 月 3 日　全国少儿文化艺术委员会主办的新时期优秀少儿文艺读物奖评委会在京举行，担任评委。

8 月 21 日　参加在京召开的台湾北京儿童文学交流会。

11 月 16—23 日　第二届宋庆龄儿童文学奖评委会在京举行，担任评委。

1990 年

4 月 2 日　参加在京召开的《儿童时代》创刊 40 周年座谈会。

4 月 24 日　参加中国首届（1987—1989）少儿报刊奖评委会，担任评委。

5 月 18—19 日　参加中国作协儿童文学委员会、译协文学艺术委员会、中国少年儿童出版社联合召开的外国儿童文学翻译座谈会。

6 月 7—12 日　参加在京召开的国际儿童图书与插图研讨会，在会上做了题为《让优秀读物赢得更多小读者》的发言。

10 月 28 日　赴杭州参加金近作品研讨会，在会上做了题为《忆人品文品兼优的金近》的发言。

11 月 12—14 日　赴上海参加’90 上海儿童文学研讨会，在会上做了题为《谈儿童文学的主旋律及其他》的发言。

本年　担任国际儿童读物联盟中国分会（CBBY）执行委员。

1991年

1月15—16日　参加在山东济南召开的刘海栖作品讨论会。

3月《新编一千零一夜——童话·寓言·故事》一书由北京科学技术出版社出版，任编委会主任。

4月2—4日　赴云南参加儿童文学滇西笔会及沈石溪、吴然、辛勤儿童文学作品研讨会。

7月　湖北少年儿童出版社出版《师魂》丛书，担任编委。

7月11—15日　参加中国儿童文学研讨会、河北省文联等单位在河北承德联合召开的儿童文学创作分析会，在会上做《增强少年小说的吸引力》的发言。

7月　作为国际安徒生文学奖的语言顾问，向国际儿童读物联盟（IBBY）推荐金波的作品。

8月14日　在全国校园文学社团指导教师学习会上做《精心培育校园文学新苗》的发言。

11月27日　赴南京参加《未来》编委会暨纪念该刊创刊10周年活动。

12月《束沛德文学评论集》由明天出版社出版。

12月　担任《孩子天地》顾问。

本年　参加《孩子，抬起头》（孙云晓著）等作品研讨会。

1992年

5月4—5日　参加在京召开的海峡两岸童话研讨会。

5月6日　参加在京召开的林焕彰儿童诗研讨会。

6月1日　参加'92北京国际儿童图书博览会开幕式，担任这次博览会组委会副主任委员。

6月2日　参加国际儿童读物联盟中国分会（CBBY）召开的儿童文学创作、插图、出版现状及展望研讨会。

8月24—26日　赴湖南长沙参加湖南少年儿童出版社召开的儿童文学研讨会，做《打开窗户看世界》的发言。

9月24日　参加在北京平谷召开的'92北京儿童文学研讨会，在会上做

《发扬优势　提高质量》的发言。

10月11—12日　参加中国少年报社在乌鲁木齐召开的西北地区文艺作者座谈会，在会上做了题为《回眸与前瞻——纵观儿童文学创作态势、走向与队伍建设》的长篇发言。此发言整理成文后，先后在《当代作家评论》《未来》上发表。

11月2—18日　中国作协第二届（1986—1991）全国优秀儿童文学奖初选小组读书班在京举办，到会致开场白。

12月1—12日　第三届宋庆龄儿童文学奖评委会在京举行，担任评委。

1993年

2月10—14日　主持中国作协第二届全国优秀儿童文学奖评委会，任评委会主任委员。

5月15—16日　参加在上海召开的第二届中日儿童文学研讨会，在会上致辞，并提交了题为《寻求新的突破——略谈战争题材的儿童文学》的书面发言。

5月21日　参加在京召开的李国伟自我历险小说研讨会。

6月15—16日　参加中国少儿报刊协会文学艺术报刊专业委员会在浙江普陀山召开的1993年年会。

7月　担任新调整后的《儿童文学》杂志编委。

8月11—13日　参加在四川温江召开的海峡两岸童话童诗研讨会，在会上做《共同的探索与追求》的发言。

10月30日　参加庆贺《儿童文学》杂志创刊30周年的大会。

11月19日—12月3日　率中国作家代表团访问泰国。

12月24日　参加在京召开的《银线星星——台湾趣味童话选》出版座谈会，在会上做《人性美的深情礼赞——林良童话赏析》的发言。

本年　从本年起享受政府特殊津贴。

1994年

3月3日　参加在京召开的陈模作品研讨会，在会上做《倾听老战士的肺腑之言——略述陈模的儿童文学观》的发言。

3月12日　《文艺报》发表彭斯远的《批评是为了发展——束沛德儿童文学研究漫议》一文。

10月　致信祝贺葛翠琳作品研讨会在京召开。

11月25日　参加在广东鹤山召开的中学生作品集《宝石》出版座谈会，并与金岗中学文学社社员座谈。

12月10—15日　第四届宋庆龄儿童文学奖评委会在京举行，担任评委。

1995年

3月　儿童文学论集《儿童文苑漫步》由江苏少年儿童出版社出版。

6月21日　参加北师大中文系召开的跨世纪儿童文学研讨会。

7月　编选的《世界童话精品》由陕西人民出版社出版，写了题为《童话的艺术魅力》的序言。

8月6—7日　主持中国作协儿童文学委员会、文艺报社在北戴河联合召开的儿童文学座谈会，研究如何贯彻落实江泽民同志关于繁荣少儿文艺的指示精神。

9月21日　在《人民日报》发表《儿童文苑的三喜三忧》一文。

12月　《中国儿童文学作家成名作》（四卷）由安徽少年儿童出版社出版，担任该书编委。

12月16—28日　率中国作家代表团访问意大利，获蒙德罗国际文学奖特别奖。

1996年

3月18—30日　中国作协第三届（1992—1994）全国优秀儿童文学奖初选小组读书班在京举办，到会致开场白。

5月14—17日　主持中国作协第三届全国儿童文学奖评委会，任评委会主任委员。

5月29日　中国作协第三届全国优秀儿童文学奖颁奖大会在京举行，在会上介绍本届评奖的评选经过；并参加儿童文学作家、编辑座谈会。

5月30日　《人民日报》发表署名“本报评论员”的文章：《让儿童文学繁花似锦》，此文系我执笔撰写。

5月30日　中国作家协会、上海市委宣传部在京联合召开秦文君的《男生贾里》《女生贾梅》研讨会，主持会议并致开场白。

5月　为作家出版社出版的《中国小作家——优秀作品选评》一书作序。

6月1日　致信祝贺张继楼作品研讨会在重庆召开。

9月9日　参加《儿童文学》杂志社在京召开的新时期儿童文学创作研讨会。

9月18日　参加柯岩作品研讨会，在会上做《从儿童文苑看柯岩》的发言。

11月1日　参加《刘先平大自然探险长篇系列》作品研讨会，在会上做《勇敢的探索者》的发言。

12月　在中国作协第五次全国代表大会上当选全国委员会委员；在五届一次全委会上当选为主席团委员。

1997年

3月10日　参加文艺报社在京召开的该报《儿童文学评论》专版百期座谈会，在会上做《十年辛苦不寻常》的发言。

4月23—24日　参加江苏省作协、江苏少年儿童出版社在苏州召开的儿童文学创作座谈会。

5月　随中国作协换届，作协儿童文学委员会成员做了调整，任主任委员。

7月5日　参加安徽教育出版社在合肥召开的策划《中华鲟儿童文学新作丛书》的笔会。

7月21—22日　主持调整后的新一届中国作协儿童文学委员会全体会议(即1997年会)，讨论、制定了1997—1999儿童文学工作规划。

7月22日　参加儿童文学青年作家讲习班开学典礼。

7月28日　在儿童文学青年作家讲习班上讲课，谈我国儿童文学现状和发展趋势。

8月8日　参加在湖南岳阳召开的岳阳市写作学会第一次代表大会暨青少年写作研讨会。

10月5—11日　参加在江西三清山召开的跨世纪少年小说创作研讨会。

11月　向'97上海儿童文学创作、出版研讨会提交书面发言：《繁荣迈向新世纪的幼儿文学》。

11月13日　在《文艺报》发表《默默耕耘七十三春秋——怀念陈伯吹》一文。

12月　《中国当代儿童诗丛》由湖北少年儿童出版社出版，担任主编，并写了题为《让儿童诗走进孩子中间去》的序言。该书获第十一届中国图书奖。

本年　先后参加《花季·雨季》（郁秀著）、《我要做好孩子》（黄蓓佳著）、《棒槌鸟儿童文学丛书》（老臣等著）等作品研讨会。

1998 年

2 月　担任《摇篮》儿童文学报顾问。

2 月　中国文联出版公司出版的《柯岩研究文集》中收入我写的《从儿童文苑看柯岩》《情趣从何而来？》《催人奋进的歌》。

4 月　张美妮、巢扬主编的《中国新时期幼儿文学大系》（六卷）由未来出版社出版，写了题为《繁荣迈向新世纪的幼儿文学》的序言。

4 月 10 日　主持在京举行的《中国当代儿童诗丛》研讨会。

5 月 13—14 日　参加在京举行的少年儿童电影电视观摩、研讨会。

7 月　办理退休。

8 月 11—13 日　参加在北戴河召开的中国作协儿童文学委员会 1998 年会，做会议小结；同时参加第二届儿童文学青年作家讲习班及夏令营开幕式。

本年　先后参加《一百个孩子的梦》（董宏猷著）、《都市少年》三部曲（金叶著）、长篇动画丛书《一个中国孩子的英雄喜剧》、《花季小说丛书》（曾小春等著）、《草房子》（曹文轩著）、《少儿教育纪实文学丛书》（李凤杰等著）等作品研讨会。

1999 年

1 月　黑龙江少年儿童出版社出版的《中国作家人生历程》（包括《童年》《我的大学》《在人间》三卷）中，收入我写的《又安静又好动》《从办壁报到写专栏》《我当秘书的遭遇》三篇文章。

3 月　《人与自然的颂歌——刘先平大自然探险文学评论集》由安徽少年儿童出版社出版，担任该书主编并作序。

3 月 30 日—4 月 1 日　中国作协第四届（1995—1997）全国优秀儿童文学奖评委会在京举行，担任评委会顾问。

4 月　担任《中国校园文学》顾问。

5 月　《爱心连着童心——怀念冰心老人》一文在《人民文学》发表。

5 月 30 日—6 月 12 日　率中国作家代表团访问缅甸。

8月4日　参加中国少年报社、中国儿童报社在延边延吉市举办的文艺作者讲习会，在会上发言，谈近几年儿童文学创作、队伍概况及对当前儿童创作的思考。

9月1日　参加北师大中文系召开的首届海峡两岸儿童文学教学研讨会。

9月8—11日　担任第四届国家图书奖评委会评委，参加复评工作会议。

9月　担任副主编的《中华人民共和国五十年文学名作文库· 儿童文学卷》由作家出版社出版，严文井为该书主编。

12月22—23日　中国作协儿童文学委员会1999年会在京举行，到会发言后因病提前退席。会上就如何进一步改进中国作协儿童文学工作做了讨论。

本年　先后参加《幽默儿童文学创作丛书》（任溶溶等著）、《红海滩 · 黑嘴鸥》（郭全著）、《真心英雄》（张天天著）、《不再孤独》（龙秀梅著）、《一百个女孩子的故事》、《一百个男孩子的故事》（刘德华著）《金太阳丛书》（竹林等著）、《秦文君文集》、《中国孩子的梦》（谷应著）等作品研讨会。

2000年

1月21—24日　第五届宋庆龄儿童文学奖评委会在京举行，担任评委。

3月31日　参加在京召开的科学文艺创作座谈会。

5月26日　参加河北少年儿童出版社在京举行的《国际安徒生奖获奖作家书系》首发式暨研讨会。

5月28—30日　中国作家协会、宋庆龄基金会在京联合召开的全国儿童文学创作会议，在会上致开幕词:《迎接儿童文学新纪元》。

5月29日　参加宋庆龄第五届儿童文学奖、中国作协第四届全国优秀儿童文学奖颁奖大会。

6月—10月　《中华鲟儿童文学新作丛书》(儿童系列10种、少年系列7种)由安徽教育出版社出版，担任主编。

10月　《中国儿童文学》从本年第四期起由中国作协儿童文学委员会、少年儿童出版社联合主办，担任该刊编委。

10月10日　参加北师大中文系召开的中日儿童文学交流研讨会。

10月15—16日　参加在合肥召开的安徽省儿童文学创作会议，在开幕式上致辞，并在儿童文学研讨班上就《世纪之交儿童文学的走向》发了言。

12 月 3 日　主持在杭州召开的中国作协儿童文学委员会 2000 年年会。

12 月 7 日　中国作协、江苏省委宣传部、常熟市人民政府在南京联合召开金曾豪少年小说研讨会，主持会议，并做了题为《小舅舅角色　大自然视角——略述金曾豪的少年小说观》的发言。

本年　参加《小霞客游记》丛书（吴然等著）等作品研讨会。

2001 年

1 月 13 日　中国作协第五届主席团第八次会议审议通过《中国作家协会关于进一步加强儿童文学工作的决议》。此《决议》系我建议、参与起草并修改定稿的。

1 月　中国作协儿童文学委员会选编的《2000 中国年度最佳儿童文学》由漓江出版社出版。

7 月 19—21 日　参加在山东威海召开的第五届全国优秀少儿图书奖评委会，任评委会副主任。

7 月 27 日　参加在京召开的繁荣寓言文学创作研讨会。

8 月 7 日—9 月 12 日　参加中国作协第五届（1998—2000）全国优秀儿童文学奖的初选工作。

8 月　纪实散文集《龙套情缘》由北京少年儿童出版社出版。

8 月 21—22 日　参加《蓝夜书屋》（包括《龙套情缘》等 7 册）首发式，并在读者见面交流会上做《谈谈我自己和我的写作》的发言。《蓝夜书屋》获第十三届中国图书奖。

9 月 23 日　中国作协儿童文学委员会 2001 年会在上海举行，主持会议并做会议小结。会上就儿童文学理论批评现状、儿童文学报刊、图书的出版等话题进行了讨论。

10 月　《我与儿童文学的缘分》一文在《传记文学》2001 年第 10 期发表。

10 月 16—19 日　担任第五届国家图书奖评委会副主任，参加复评工作会议。

11 月 2—4 日　参加台东师院在台湾台东举办的海峡两岸儿童文学学术研讨会，在会上发表了题为《新景观　大趋势——世纪之交中国大陆儿童文学扫描》的论文。

11 月　第二届张天翼童话寓言奖在湖南长沙举行颁奖大会，任评委会副主任。

11 月 20 日　《文艺报》发表吴然评介《龙套情缘》的文章《在平凡中品味人生》；随后《中国文化报》《重庆日报》《西安日报》等报刊也先后发表王泉根、彭斯远、安武林等评介《龙套情缘》的文章。

12 月　被中国作家协会第六届全国委员会推举为中国作协名誉委员。

本年　先后参加《生命状态文学》丛书（方敏等著）、《非法智慧》（张之路著）、《天棠街 3 号》（秦文君著）等作品研讨会。

2002 年

1 月 1 日　《文艺报》发表《新景观　大趋势——世纪之交中国儿童文学扫描》一文。此文先后被收入《走向新世纪的中国文学——理论批评文选》《2001 中国儿童文学年鉴》等文集。

1 月　中国作协儿童文学委员会选编的《2001 中国年度最佳儿童文学》《2001 中国年度最佳童话》，由漓江出版社出版。

2 月 22 日　《文学报》选载《龙套情缘》一书中《当了 50 天周扬秘书》《您扛大旗我跑腿》两篇文章；同时发表肖复兴评介《龙套情缘》的文章《平实：是风格更是品格》。

3 月 6—8 日　中国作协第五届（1998—2000）全国优秀儿童文学奖在京举行，任评委会主任委员。

5 月 26—27 日　参加中国作协第五届全国优秀儿童文学奖颁奖大会暨儿童文学创作座谈会，在座谈会上做小结发言。

5 月 28 日　在《文艺报》发表《更多关注儿童文学》一文。

8 月　中国作协儿童文学委员会选编的《2001 中国儿童文学年鉴》，由江苏少年儿童出版社出版，任主编并写了《前言》。

8 月　随中国作协换届，作协儿童文学委员会的成员做了调整，续任主任委员，另一主任委员为高洪波。

12 月 8 日　中国现代文学馆青少年写作指导中心成立，担任顾问。

12 月 17—18 日　调整后的新一届作协儿童文学委员会全体会议（即 2002 年会）在京举行，会上讨论了儿童文学界如何深入贯彻党的“十六大”精神等问题，做会议小结。

本年　参加《刘先平探险系列》作品研讨会。

2003 年

1 月　中国作协儿童文学委员会选编的《2002 中国年度最佳儿童文学》《2002 中国年度最佳童话》，由漓江出版社出版。

1 月 7—9 日　第六届宋庆龄儿童文学奖评委会在京举行，担任评委会主任；因被提名为“特殊贡献奖”候选人，根据回避规则，中途退出评委会。

4 月 9 日　致信祝贺圣野儿童诗创作 60 周年研讨会在上海召开。

7 月 31 日—8 月 3 日　参加中宣部举办的第九届“五个一工程 · 一本好书”专家论证会。

10 月 17 日　参加《儿童文学》杂志创刊 40 周年座谈会。

10 月 19 日　参加在北京举行的第六届宋庆龄儿童文学奖颁奖大会，获该项首次颁发的特殊贡献奖。

10 月 21 日　参加中国作协儿童文学委员会、《儿童文学》杂志联合召开的当代儿童诗研讨会，做小结发言。

10 月 28—30 日　担任第六届国家图书奖评委会副主任，参加复评工作会议。

12 月 5—9 日　中国作家协会儿童文学委员会 2003 年年会在浙江青田举行。我因病未能出席，于 12 月 2 日致函儿委会各位委员，对本次年会的几项议程，表达了我的意见。

12 月　《守望与期待——束沛德儿童文学论集》由接力出版社出版。

本年　参加《中国儿童文学五人谈》(梅子涵等著)、浦漫汀《儿童文学论稿》研讨会。

2004 年

3 月 5 日　《中国图书商报·书评周刊》发表王泉根评介《守望与期待——束沛德儿童文学论集》的文章《与儿童文学结缘》，随后《人民日报》(海外版)、《中国儿童文学》等刊物也先后发表韩进等的评介文章。

4 月 13 日　参加北京师范大学儿童文学研究中心成立大会，受聘为该中心兼职研究员。

6 月 16—19 日　在重庆参加幼儿诗歌与幼儿教育研讨会，并与重庆儿童文学界的朋友见面、座谈。

6 月 23 日—7 月 1 日　参加并与高洪波、张之路共同主持中国作家协会第六届（2001—2003）全国优秀儿童文学奖审读小组（初选读书班）的工作。

8 月 6—10 日　中国作家协会第六届（2001—2003）全国优秀儿童文学奖评委会在北京举行，任评委会主任委员。

9 月 14 日　参加中国作协、江苏省委宣传部、江苏省作家协会、江苏省出版集团在北京联合举行的江苏省未成年人思想道德建设文学在线系列活动；并在江苏儿童文学获奖作品研讨会上发了言。

10 月 17 日　参加北京师范大学儿童文学研究中心举行的“2004 海峡两岸儿童文学研讨会”。

10 月 29 日　参加在深圳召开的中国作协儿童文学委员会 2004 年年会。

10 月 29 日—11 月 2 日　参加中国作家协会在深圳召开的全国儿童文学创作会议，在会上做了题为《让儿童文学走进小读者》的发言；并参加第六届全国优秀儿童文学奖颁奖大会暨第五届深圳读书月启动式。

11 月　湖北少年儿童出版社的《百年百部中国儿童文学经典书系》出版工程正式启动，受聘担任该书系高端选编委员会成员。我在加拿大蒙特利尔期间（2004.11—2005.8）曾对该书系的主旨、特色、拟入选作家名单等，多次提出书面意见。

2005 年

4 月 1 日　从加拿大蒙特利尔致函祝贺中国作协儿童文学委员会举行的纪念安徒生诞辰 200 周年座谈会。

4 月　散文《加拿大风情三题》获《少年月刊》2003—2004 年度优秀儿童文学作品奖。

5 月 26 日　从加拿大蒙特利尔致函祝贺在安徽合肥召开的樊发稼从事儿童文学创作 50 周年座谈会。

8 月 18—20 日　赴南京参加江苏第二届紫金山文学奖的评选工作，担任该奖儿童文学评委会主任。

11 月 5—7 日　参加中国作协儿童文学委员会在南京、扬州召开的 2005

年年会，做会议小结。

12月10日　参加中国作协儿童文学委员会、北京师范大学儿童文学研究中心、中国和平出版社联合举行的“安徒生童话的当代价值：纪念安徒生诞辰200周年学术研讨会”。

12月31日　评述《百年百部中国儿童文学经典书系》特色和价值的《儿童文苑百年精品大展》一文在《文艺报》发表。

2006年

1月　《百年百部中国儿童文学经典书系》第一辑25册出版。1月8日参加湖北少年儿童出版社在北京举行的有关该书系出版的座谈会，在会上发了言。

3月23日　《我的第一个上级——忆念文井》一文在《文艺报》发表。

3月31日　参加《百年百部中国儿童文学经典书系》高端选编委员会全体会议。

4月　散文集《岁月风铃》由江苏文艺出版社出版。

4月26—29日　与樊发稼、王泉根一起赴武汉参加《百年百部中国儿童文学经典书系》第二辑编审工作。

5月18日　参加首届中少（千手动漫）全国中小学生作文大奖赛“小作家走天下”起步典礼，在会上发了言；并应邀担任本次大奖赛评审委员会顾问。

6月29日　《文艺报》发表陈辽评介《岁月风铃》的文章：《束沛德的岁月风铃》；在这前后，《中华读书报》《文汇报》《文学报》《作家通讯》等报刊也先后发表了王泉根、路侃、徐鲁、彭斯远等的评介文章。

7月12—15日　参加少年儿童出版社《儿童诗》编辑部在江苏苏州举行的第七届全国小诗人夏令营活动。

7月18日　参加中国作家协会儿童文学委员会、少年儿童出版社、上海宝山区人民政府在北京联合举行的陈伯吹先生诞辰100周年纪念座谈会，在会上做了题为《温故而知新——缅怀陈伯老》的发言。

8月9—10日　赴上海参加宝山区委、区政府、中国作协儿童文学委员会、上海市作协、少年儿童出版社、《文汇报》社联合举办的纪念陈伯吹先生诞辰100周年系列活动：主持《陈伯吹与现代中国儿童文学发展》专家论坛，提交了题为《陈伯吹与儿童文学理论建设》的书面发言；参加纪念大会和纪念馆开馆仪式。

8 月 13 日　参加在北京举行的中国小作家协会第二次全国代表大会，在会上发了言。

8 月 18 日　金炳华、高洪波和儿童文学界一些朋友来家祝贺我的 75 岁生日。同日，中国作协儿童文学委员会负责人碰头会和《百年百部中国儿童文学经典书系》高端选编委员会全体会议在我家举行。

9 月 26 日　参加中国作家协会儿童文学委员会、北师大儿童文学研究中心联合举行的张天翼先生诞辰 100 周年纪念座谈会，在会上做《新中国儿童文学奠基人——忆念张天翼同志》的发言。

10 月 3 日　参加中国少年作家班成立 10 周年庆典。

10 月 21 日　参加在北京举行的《百年百部中国儿童文学经典书系》高端选编委员会全体会议。

11 月 9—14 日　参加中国作家协会第七次全国代表大会，会议期间被推举为中国作协第七届全国委员会名誉委员。

12 月 10—12 日　中国作家协会儿童文学委员会 2006 年年会在云南昆明、西双版纳举行，在会上做《群策群力　多做实事——中国作家协会儿童文学委员会五年（2002—2006）工作回顾》发言。

12 月 12 日　《岁月风铃》座谈会在西双版纳举行，高洪波主持，中国作家协会儿童文学委员会委员近 20 人参加座谈。

本年　先后参加高洪波幼儿文学创作、黄蓓佳《倾情小说系列》、夏辇生《宝贝第一童话系列》、张品成《十五岁的长征》、冰波童话《南瓜堡之小仙女眉眉系列》、《小虎队儿童文学丛书》（常星儿、车培晶、薛涛等著）等作品研讨会。

2007 年

1 月 10 日　致函祝贺安徽省儿童文学创作会议的召开。

1 月　应邀担任《阳光校园文学书吧》丛书编委会主任。

2 月 8 日　致函祝贺著名散文大家、儿童文学大家郭风先生 90 华诞。

2 月 9—15 日　作为评审委员会顾问，参加在广东东莞市举行的首届中少（千手动漫）全国中小学生作文大奖赛的决赛暨“小作家走天下”活动；并赴香港、澳门参观访问，与香港北角官立小学师生座谈、交流。

4 月 25 日　致函祝贺在山东日照举行的尹世霖儿童文学创作研讨会。

5 月 11 日　作为评委，参加“唱响荣辱观”新儿歌创作的复评工作。

5 月 28 日　与鲁迅文学院第六届中青年作家高级研讨班（儿童文学作家班）学员见面座谈。

同日　致唁函悼念张美妮教授病逝。

5 月 29 日　参加中宣部文艺局和中国作协儿童文学委员会联合召开的儿童文学创作座谈会。

7 月 13 日　参加在北京举行的“唱响荣辱观”新儿歌高级论坛，在会上发了言。

9 月 3 日　参加在河北香河举行的河北省作协儿童文学艺术委员会成立大会暨河北省儿童文学创作座谈会，在会上做了题为《印象与随想》的发言。

9 月 5—8 日　参加中国作协儿童文学委员会、江苏省作协在江苏昆山举行的儿童文学创作研讨会暨全国儿童文学创作基地揭牌仪式及作家进校园活动，并在创作研讨会上做小结。

9 月 15 日　致函祝贺杨明火儿童文学作品研讨会的召开。

9 月 19—23 日　与高洪波、樊发稼共同主持中国作协第七届（2004—2006）全国优秀儿童文学奖初选审读小组会议，并做小结。

10 月　编选、审定《2006 中国儿童文学年鉴》书稿，并写了《后记》。从 2001 年至今，共编辑出版六本《儿童文学年鉴》，其中四本由我统稿、终审。

10 月　中国作协儿童文学委员会为漓江出版社选编的《2007 中国年度儿童文学》《2007 中国年度童话》编定后经我过目。从 2000 起选编的这两种年度选，发稿前大多均经我过目。

11 月 4 日　参加中国作协儿童文学委员会在京委员与国际儿童读物联盟（IBBY）安徒生奖评审委员会主席佐拉·甘尼的座谈。

11 月 27—30 日　中国作协第七届（2004—2006）全国优秀儿童文学奖评委会在京举行，任评委会主任委员。从 1986 年设立此奖至今，在七届评奖中，我主持了其中的一、二、三、五、六、七届。

11月　拙著《追求真善美——跟少年朋友谈谈读与写》由明天出版社出版。

12月5日　向中国作协党组、书记处提交题为《更多地关注、扶持儿童文学》的11条建议。

12月21—22日　参加中国作协第七届（2004—2006）全国优秀儿童文学奖颁奖大会，在会上汇报本届评奖的评选经过，并主持儿童文学创作座谈会。

12月22日　接受《文艺报》记者的采访，谈第七届儿童文学奖评选工作和获奖作品情况。

12月23日　中国作协儿童文学委员会成员做了调整，高洪波任主任委员，王泉根、张之路、曹文轩任副主任委员，我不再担任主任委员，从儿童文学组织工作岗位上退下来。从1986年我担任儿委会负责人至今，前后历时21年。

同日　参加调整后新一届儿童文学委员会全体会议（即2007年会），在会议结束前做简短发言，感谢朋友们多年来对我的支持与合作。

12月　为郭大森儿童文学创作50周年写贺词。

本年　先后参加郑春华作品研讨会、葛竞《猫眼小子包达达》系列首发式暨研讨会、《童声里的中国——唱响荣辱观新儿歌精品集》首发式等。

2008年

1月5日　金炳华同志来访，就中国作协工作和儿童文学工作交换意见，我谈了一些想法和建议。

1月9日　参加少年儿童出版社召开的《中国儿童文学》丛刊在京编委的会议。

1月10日　参加中国少年儿童出版社召开的《人民共和国60周年儿童文学金奖文库》编委会，受聘担任该文库高端选编委员会成员。

2月1日　参加纪念洪汛涛诞辰80周年暨《两支笔》首发式，在会上发了言。

3月26日　《中华读书报》发表汤锐写的评介《追求真善美——跟少年朋友谈谈读与写》的文章：《做堂堂正正的人，写朴朴实实的文》。

5月30日　六一国际儿童节即将到来之际，刚从抗震救灾第一线采访归来的高洪波受金炳华的委托，来家中看望我，并转达金炳华对我国儿童文学界朋友的节日问候。

7月1日　响应《文学报》和全国各省市作家协会的倡议，为四川地震灾区学校图书馆重建，捐赠签名本拙著《追求真善美——跟少年朋友谈谈读与写》。

9月　新世纪出版社出版《改革开放30年中国儿童文学金品30部》，担任该书顾问委员会顾问。

9月27日　参加第二届中华优秀出版物奖少儿类参评书的筛选工作。

9月30日　致函祝贺张秋生儿童文学创作50周年作品研讨笔会的举行。

10月　少年儿童出版社出版的《改革开放三十年的中国儿童文学》一书中，收入我写的《改革开放30年来中国作家协会的儿童文学工作》和《新景观　大趋势——世纪之交中国儿童文学扫描》两篇文章。

10月26日　参加2008第三届苏州阅读节期间举行的苏州市少儿文学阅读指导站成立大会，受聘为该指导站专家团的专家。

10月28日　参加《儿童文学》编委会暨该刊创刊45周年庆祝会。在这次会上受聘为《儿童文学》杂志顾问；从2009年1月起不再担任该刊编委。

11月8日　参加祝贺浦漫汀教授80华诞的聚会。

12月13日　参加中国作家协会儿童文学委员会、新世纪出版社、少年儿童出版社联合主办的“改革开放三十年中国儿童文学学术讨论会”，在会上做了题为《改革开放30年儿童文苑十二景》的发言。

12月18日　参加《读友》少年文学半月刊创刊一周年座谈会。

12月27日　参加在江苏常熟市举行的中华文学基金会儿童文学创作基地挂牌仪式暨金曾豪动物传奇小说系列首发式。

同日　在《人民日报》发表《三十年儿童文学　盎然新意又一春》一文。

12月　致函祝贺孙毅从事儿童戏剧创作60周年。

本年　先后参加《程玮至真小说散文系列》作品讨论会、郑渊洁作品专辑《皮皮鲁总动员》整舰起航等活动。.

2009年

1月21日　参加《儿童文学》杂志社调整后的编委会成员、顾问新春聚会。

3月25日　参加外语教学与研究出版社召开的《中国儿童文学六十周年典藏》编委会，应邀担任该书编委会成员。

同日　参加湖北少年儿童出版社召开的《中国儿童文学六十周年（1949—

2009)》编委会，应邀担任该书编委会成员。

4 月　作为评委参加中华文学基金会等单位举办的“金叶杯——我爱这土地”主题征文评选工作。

4 月 14—16 日　参加中国作协儿委会在广西桂林召开的全国儿童文学理论研讨会，在会上做了题为《开拓·探索·创新·嬗变——新中国儿童文学六十年的一个轮廓》的发言。

4 月 23 日　参加中国少年儿童新闻出版总社召开的拟在中少大厦开辟的“青少年阅读体验大世界”座谈会。

4 月　上海文艺出版社出版的《中国新文学大系·儿童文学卷（1976—2000)》收入拙作《迈向新世纪的幼儿文学》一文。

5 月 27 日　中国作协儿委会、中华读书报联合推出的“60 年 60 部（篇)”推荐书目在报上发布，我应约担任书目评审委员会成员。

7 月　外语教学与研究出版社出版《中国儿童文学六十周年典藏》(4 卷 6 册)，我为其中的散文卷写了序，并参加该书发布会暨研讨会。

7 月　中国少年儿童出版社出版《共和国儿童文学金奖文库》(30 部)，我为该书写了总序。

7 月 21 日　《文艺报》发表我写的《我与中国作协的情缘》一文。

7 月 28—31 日　作为评委参加第十一届精神文明建设“五个一工程”文艺类图书评选的终评工作。

8 月　拙著评论集《为儿童文学鼓与呼》由二十一世纪出版社出版。

8 月 27 日　参加柯岩创作生涯 60 周年暨《柯岩文集》首发式座谈会。

9 月　湖北少年儿童出版社出版的《中国儿童文学六十年（1949—2009)》(上、下册)，收入我写的《情趣从何而来？》《八九十年代儿童文学创作态势与队伍建设》《新景观　大趋势——世纪之交中国儿童文学扫描》《关于儿童文学创新的思考》《〈中国新时期幼儿文学大系〉序》《改革开放 30 年来中国作家协会的儿童文学工作》等十多篇评论文章。

10 月　获中国作协颁发的从事文学创作六十周年荣誉证书、纪念章。

10 月　拙作散文选《多彩记忆》由中国少年儿童出版社出版。

10 月 16 日　参加湖南少年儿童出版社举办的“中挪儿童文学与青少年

成长”论坛，在会上发了言。

10 月 24 日　为中国作协举办的新干部培训班讲课，题目是：《甘为繁荣文学跑龙套》。

10 月 25—27 日　参加中国作协儿委会、中国少年儿童新闻出版总社联合举办的“天籁之韵——幼儿文学 60 年”研讨会，在会上做了题为《浅谈幼儿童话形象塑造》的发言。

10 月 28—31 日　参加在天津召开的《童话王国》创刊十五周年研讨会。

12 月　拙作《共和国儿童文学 60 年》一文在《中国少儿出版》2009 年第 4 期发表。

12 月 26 日　参加《儿童文学》发行逾百万暨《儿童文学》发展论坛，在会上发了言。

本年　先后参加刘先平《大自然在召唤》丛书、伍美珍、刘君早《蓝天下的课桌》、张牧笛作品、中国原创冒险文学、商泽军《飞翔的中国》、金曾豪全媒体动物小说《义犬》、牧铃动物小说等作品研讨会或推介会。

2010 年

1 月 6 日　参加湖北少年儿童出版社出版的《中国儿童文学六十年(1949—2009)》（上、下册）首发式暨研讨会，在会上做了题为《兼具学术性、文献性的大书》的发言。

1 月　应聘担任新闻出版总署青少年优秀图书推荐专家，参与 2010 年向全国青少年推荐优秀图书活动。

3 月 19 日　参加湖北少年儿童出版社召开的《中国动物文学大系》编委会，应邀担任该书编委会成员。

3 月 26 日　参加少年儿童出版社在北京召开的《中国儿童文学》在京编委会。

4 月 9—13 日　参加二十一世纪出版社在江西南昌、婺源举办的“儿童文学芳菲之旅”活动，在“‘彩乌鸦’与新文化时代”研讨会上发了言。

6 月 2 日　《中华读书报》与中国作协儿委会、中国版协少读工委联合推出《2010 暑期导读》，应约担任暑期阅读书目推荐评审委员会成员。

6 月 5 日　参加刘先平大自然文学发布会暨绿色阅读活动启动仪式。

6 月 16—25 日　参加中国作家协会在江西庐山举办的国际作家写作营，在研讨会上做了题为《儿童文学的庐山缘》的发言。

本年　先后参加董宏猷儿童文学、牧铃全媒体惊险小说《野狼谷传奇》、《闯荡禁猎区》、秦文君《你好，小读者》等作品研讨会或首发式。

2011 年

4 月 7—8 日　参加中国少年儿童新闻出版总社儿童文学出版中心、《儿童文学》杂志社在江苏常熟召开的第一届《儿童文学》十大青年金作家颁奖大会暨长篇作品深度交流会。

5 月　拙著《束沛德谈儿童文学》由安徽少年儿童出版社出版。

6 月 1 日　参加湖北少年儿童出版社在北京召开的《百年百部中国儿童文学经典书系》出版五周年纪念会。

7 月　拙著散文随笔集《红线串着爱与美》由福建少年儿童出版社出版。

7 月 8 日　致信祝贺上海市儿童文学研究推广学会成立。

8 月 16 日　参加中国作家协会儿童文学委员会、北京师范大学儿童文学研究中心、中国少年儿童新闻出版总社联合召开的庆贺束沛德 80 华诞暨儿童文学评论座谈会。会议由高洪波主持，出席的有儿童文学界朋友 30 多人。晚间，与会朋友参观中国少儿总社青少年阅读体验大世界，并在那里参加庆贺我的生日的活动。

8 月 18 日　中国作家协会党组、书记处李冰、杨承志等来家祝贺我的八十岁生日。

8 月 19 日　《文艺报》发表陈辽的《儿童文学园地里的守望者——读评〈束沛德谈儿童文学〉》一文，在这之后，《文学报》《中华读书报》《中国新闻出版报》等报刊也先后发表了彭斯远、樊发稼、孙卫卫、海飞等评介《束沛德谈儿童文学》的文章。

8 月　应学习出版社之邀，担任《好孩子阶梯阅读文库》高端顾问委员会成员。

9 月 13 日　致信祝贺洪汛涛逝世十周年纪念。

10 月 9 日　参加湖北少年儿童出版社在武汉召开的林海音《城南旧事》出版 50 周年学术研讨会。

10 月 29—30 日　参加福建少儿出版社在厦门举办的海峡两岸儿童文学论坛，在会上做《从交流中汲取养料》的发言。

11 月 21—25 日　参加中国作家协会第八次全国代表大会，在会上继续被推举为中国作协第八届全国委员会名誉委员。

12 月 1 日　参加高洪波文学创作四十周年座谈会。

12 月 19 日　参加诗人、作家柯岩遗体告别式。

本年　先后参加《千雯之舞》(张之路著)、《魁拔》(青青树著) 等作品研讨会。

2012 年

1 月　《好孩子阶梯阅读文库》由学习出版社出版。

1 月 10 日　参加农村读物出版社出版的《中国当代儿童文学精品库》首发式。

1 月 17 日　参加《儿童文学》杂志编委会。

5 月 20 日　参加中国作协召开的纪念毛泽东《在延安文艺座谈会上的讲话》发表 70 周年座谈会。

6 月　现代出版社出版的《百年中国儿童文学名家点评书系》第一辑收有我评介严文井、老臣、苏梅的文章。

7 月 20 日　《文艺报》发表史伟峰采写的《乐此不疲地鼓与呼——访束沛德》。这次访谈是应《中国儿童文化》主编方卫平之约而作。

7 月 30 日　儿童文学评论家、教育家逝世，发唁函表示悼念。

8 月 13 日　参加新东方泡泡少儿教育、童石网络科技公司主办的“儿童教育品牌和儿童文学的交融与创新”研讨会。应约担任多媒体阅读“泡泡童话书”顾问。

9 月 19 日　《文艺报 · 少儿文艺专刊》发表陈天中的《守望麦田的情怀》，评介拙作随笔集《红线串着爱与美》。

本年　先后参加《庄之明文集》、《老臣阳光成长小说系列》、《我和爷爷是战友》(赖尔著)、《魔法小仙子》(晓玲叮当著)、《美丽的西沙群岛》(刘先平著)、《植物大战僵尸》(金波、高洪波等著) 和汤汤童话等作品研讨会。

谈谈我自己和我的写作

北京少年儿童出版社新出版的《蓝夜书屋》丛书，是七位儿童文学作家向青少年读者讲述自己的生活故事、写作故事的书。我写的《龙套情缘》，是其中的一本。

先从《龙套情缘》这个书名说起。加盟《蓝夜书屋》这套丛书的作者，除我之外，都是当今儿童文苑中最为活跃、富有实力的作家。我不是儿童文学作家，从来没有写过儿童小说、儿童诗和童话，偶尔写点儿童文学评论，也只能算是评论队伍里的散兵游勇。我主要是个儿童文学组织工作者，是在儿童文学界“打杂”、跑龙套，做服务性工作的。《现代汉语词典》上说：“跑龙套”就是在传统戏曲中穿着绣有龙纹的戏装，扮演帝王将相的随从或兵卒的角色。我正是以这样一个摇旗呐喊、鸣锣开道的角色，加盟《蓝夜书屋》作者行列的。

几天前，我刚度过 70 岁生日。从 20 世纪 50 年代初大学毕业走上工作岗位到现在，已跨过整整半个世纪。50 个春秋，我在文学界当过秘书、干事、科长、主任、书记，职务虽有变动，但从工作性质来说，始终没有离开秘书、组织、联络、服务，可以说是同“打杂”、跑龙套结下不解之缘。正因为如此，就选定《龙套情缘》为书名了。我觉得，它比起原先曾考虑采用的《岁月风铃》《梦·缘·运》《我给自己打 60 分》等书名来，似更能确切反映我的经历、面貌、个性特征。

《龙套情缘》真实而简略地记述了我 70 年人生经历的某些片段、侧面，反映了文学战线“普通一兵”走过的一条不算曲折但也不太平坦的路。如果用一句类似广告词的话语来概括这本小书的基本内容，那就是“浓缩七十年风雨人生，回味跑龙套酸甜苦辣”。

1952 年我毕业于复旦大学新闻系，算是新中国第一代大学毕业生。我的成长，我的挫折，我的欢乐，我的痛苦，都与人民共和国的命运血肉相连，息息相关。在我的身上，可以清晰地看到时代、历史的投影和折光。

当人民共和国的大船航行在阳光灿烂、风平浪静的日子里，我不时沉浸在喜悦、欢乐的氛围之中，尝到了人生的温馨、幸福。大学毕业，分配到中国作家协会，如愿从事自己喜爱的文学工作；干部“四化”，班子新旧交替，使自己有了挑担子、发挥潜力的机遇；年近花甲，战胜吓人的癌魔，赢得更多的工作、读书、写作时间；与老伴相知相爱，风雨同舟，携手向金婚日子靠近……所有这些，都是让我激动不已、难以忘怀的事情。

当人民共和国的大船航行在乌云密布、狂风恶浪的日子里，我也遇到过麻烦、挫折，尝到了人生的艰辛、痛苦。投身于建国以来的历次政治运动、文艺斗争，犹如在大风大浪中学游泳，前前后后，我共喝过五口水：一是在反胡风斗争中，因“向胡风分子泄密”而受到党内严重警告的处分。二是在反右派斗争中，因“为右派分子鸣锣开道”而受到批判，下放劳动。三是在“文革”中被看作“文艺黑线的大红人、小爬虫”而受批判，迟迟恢复不了组织生活，最后被迫改行。四是在反资产阶级自由化的斗争中，因批判了作协第四次会员代表大会“造成资产阶级自由化思潮的泛滥”，我作为领导班子的一员，也濒临随班子改组而下台的边缘。五是在 1989 年那场政治风波中……

在风风雨雨中，我屡屡碰钉子，栽跟斗，挨批评，受处分，同打入万丈深渊的“胡风分子”“右派分子”“走资派”相比，虽算不上历尽沧桑、命途多舛的受难者，但也不是一帆风顺、平步青云的幸运儿。我的经历可说具有一定的代表性，相当典型地反映了当代中国普通知识分子的遭际、命运。我记得一位伟人说过，人有一张嘴巴，嘴巴的作用一是吃饭，二是说话。几十年来，我之所以不断出错，问题多半出在这张嘴巴上。年轻气盛，无所顾忌，敢于说话，爱提这样那样的意见。随着年岁的增长，虽多少收敛了一点，但有话依然憋不住，遇到适当的气候、土壤，就要顽强地表现自己。真是“江山易改，禀性难移”啊！

如何从自己的挫折中总结经验教训？我以为，独立思考，敢于说话，敢于批评，敢于争论，讲真话，实话实说，这还是应当努力学习、追求的品格和作风。不能因为顾虑“言多必失”而三缄其口。该说的话还是要说，该提的意见还是要提，只是不能不考虑讲话的时机、场合和方式。近些年，我不断提醒自己：可不要犯“民主急性病”。

70初度，我写下生日感言：凡事讲究一个“真”字，一切都求真务实，做事要认真，待人要真诚，为文要真实。这是我的人生信条，也是我毕生努力登攀的目标。

说起我的写作经历，如果从在报刊上发表处女作算起，到现在已有54年了。写作上虽没有什么成就，但倒可说是“写龄”不短、资历不浅。

在中学时代就开始练笔了。建国以前，不仅在《青年界》《中学时代》及报纸副刊上发表过一些诗、散文、随笔、小小说；还在上海出版的一个文学刊物《文潮》上发表过两篇抒情散文。我记得，当时一张省报的副刊编辑还曾把我抬举为“青年小品作家”哩！建国之初，我在大学时代偶尔还写几首诗。但已开始转向学写文学评论；并结合自己做学生工作、团的工作，写了不少思想杂谈。《文汇报》为我开辟了一个《思想改造学习随笔》专栏，不到两个月，连续发表了我写的30多篇短文章，因此当年我在复旦校园里还小有名气哩。参加工作，跨进文学门槛，就同“秘书”这个专业结下了不解之缘，报告、讲话、总结、报道成了我日常写作的主要文体。各种格式的公文、应用文捆住了我的手脚，除了偶尔写几篇评论文章外，再也没有写过抒情叙事散文之类的作品，可说是与创作绝缘了。

60年代初，我就被同事们戏称为“文件作家”。倒也是，熟能生巧，不断地为领导写讲话、总结、开幕词、闭幕词，对这种文体的特征、模式、写法也就大体掌握了。从此面对这类任务，也就不再发怵。1965年我为黄志刚（时任中共华北局候补书记、宣传部长）起草华北区话剧歌剧观摩演出会开幕词。1979年我为刘白羽起草中国作家协会第三次会员代表大会开幕词，都是从夜晚到黎明，一个通宵就交卷了。1996年，代《人民日报》撰写署名“本报评论员”的文章《让儿童文学繁花似锦》，也只用了一天时间。80年代初，担负一定领导工作后，由于自己是秘书出身，因而我从来也没有让别人代写过讲话、发言、总结、汇报，各种文字材料，都是自己动笔。比如，我在1986、2000年先后召开的两次全国儿童文学创作会议上所致开幕词，1986、2001年中国作家协会关于改进和加强儿童文学工作的两个《决议》，以及1984、1996年我在中国作协第三、四次代表大会上所做关于修改《作协章程》的说明，所有这些文件、讲话，从起草到定稿，都出自我一人之手。在这方面，我没偷过懒，也没推托过。写这类文字，要做到驾轻就熟，得心应手，我的体会是：一要坚持认真学习理论和党的方针政策，吃透上头的精神；二要不断了解、熟悉文学界的实际情况，也就是吃透下头；三要经常注意搜集各种有关参考资料，开阔眼界，拓展思路。除此而外，似也没有什么别的诀窍。

再说写文学评论，虽然我在大学时代就涉足这个领域，但一直是业余的，根据工作需要偶然为之，没有机会、条件从事专业的研究、写作。50年代写过两篇评论文章：《幻想也要以真实为基础——评欧阳山的童话〈慧眼〉》《情趣从何而来？——谈谈柯岩的儿童诗》，使我与儿童文学结下了不解之缘。从80年代中期起，由于作协书记处分工我联系儿童文学工作，这就赶鸭子上架，经常要参加一些儿童文学创作座谈会、作品研讨会，难以推托地、匆忙地写了一些职务性的文章和“读后感”式的书评。写评论，要有深厚的学术底蕴，独特的鉴赏眼光，要有批评家的勇气、品格、个性，还要有充分的时间认真阅读文本，在这些方面，我都缺乏必要的、足够的修炼和准备。说来不能不感到脸红，至今为止，被研究儿童文学的朋友看作我的代表作的，依然是我二十五六岁时写的那篇《情趣从何而来？》。产量极少，质量又不高，严格来说，我真不能算是一个合格的儿童文学评论工作者。

再回过头来说说写散文的情况，从50年代初到90年代初，在我专心致志从事文学组织工作的40多年里，除了写过几篇海外游记外，几乎没有再同散文打交道。只是前些年从一线退下来、摆脱了日常行政组织工作之后，在一些老同事、老朋友的鼓励下，才又鼓起勇气，重新拿起笔来，试着写一些记录作家侧影或个人某些经历的散文。“老来学皮匠”，要咬破自己构筑的“报告八股”的茧，找回写散文的感觉，又谈何容易！

我深知自己缺乏文学禀赋、才能，艺术细胞不多，没什么想象、虚构的本领。在性格上又较为内向、拘谨，不是那种热情奔放、活泼潇洒型的人。加上我是学新闻出身，新闻学讲究的真实性——事实的真实，反对“客里空”，对我的影响可说是根深蒂固。因此，我写散文，往往拘泥于忠实记叙真人真事和自己亲历的生活情景、遭际，不善于抒发内心的感受和情绪，感情色彩似不浓，文采也嫌不足。近两年，有的老同学、老同事读到我写的《我当秘书的遭遇》《难忘菡子》《我的良师益友》等篇散文后，倒认为“感情真挚，文笔朴实”，鼓励我多写一点这类文章，“为文坛多留几帧真切的史影”。看来，不虚饰，不渲染，朴朴素素地抒写自己的切身经历和真情实感，是我应当努力保持和发扬的擅长和特色。我新出的这本《龙套情缘》，就是抱着这样一种态度来写的。至于成败得失如何，那就得请读者来评说了。此时此刻，我的耳边回响着冰心老人“生命从 80 开始”的人生格言。迎着新世纪的曙光，我愿像一个蹒跚学步的幼儿，在学写散文的道路上一步一个脚印地向前行进。更勤奋一点，更从容一点，力求写出一些多少有点意味、不是滥竽充数的篇章来。

我写文件、写评论、写散文的历程，大致也就是上面所说的这些了。至于有的朋友问起：你要了这么多年笔杆子，有什么体会、经验？说实话，一时间，我还真回答不上来。在这里，只能就我寄语青少年习作者时常说的“多观察，多读书，多练笔”，粗略地谈一点自己的看法。

多观察　细心观察自己周围的人物、事物，并不断拓展自己的生活视野。多留意生活中的细节，捕捉别人没有发现的、有新意和特色的东西。“用自己的眼睛去看别人见过的东西，在别人司空见惯的东西上发现出美来”（罗丹）。从生活出发，从自己的亲身感受出发，多写一点属于自己的对生活的独特感受。初学写作，尽量写自己亲身经历的真人真事。对自己捕捉到的生活素材，要多体验，多思考，多咀嚼。以小见大，要善于透过平凡的、细小的事情发现其中蕴含的非同寻常的意义、价值。

多读书　青少年时代多读一点文学作品，对于懂得人生，陶冶情操，丰富想象，培育美感，有着不可忽视的潜移默化的作用。如果对社会科学、自然科学，各类知识，涉猎较广，那将一生享用不尽。冰心 7 岁读《三国演义》《红楼梦》《水浒》，巴金十二三岁能背诵《古文观止》200 多篇。“读书破万卷，下笔如有神”，精读博览的书越多，文字表现力、写作技巧就越强。

多练笔　学习写作，最早都是从培养、锻炼自己的观察力、表现力起步的。准确的观察和描述，是写好文章的前提。平时要自觉地、有意识地培养、训练具体描摹事物的能力，在语言文字上不断锤炼，一步一步、扎扎实实地打好文字的基本功。“你必须每天写点什么，重要的是让你的手适应你的思想。”（果戈理）勤能补拙，熟能生巧，功夫不负有心人。坚持不懈地练笔，笔头自然会流畅起来。

回顾我70年走过的人生的路、写作的路，我相信下面这个公式：志趣＋勤奋＋毅力＝成功。我这大半辈子，没能完全按照自己的兴趣、爱好、个性发展，又缺乏勤奋读书、钻研、写作的精神和百折不回、持之以恒的毅力，因此，在事业上，在创作和评论上都没有什么成就和建树。然而，我还是由衷地感谢生活，感谢青少年时代爱读爱写、多读多写对自己的馈赠；感谢三年大学生活，做学生工作、团的工作对自己的馈赠；感谢党的十一届三中全会后落实政策，改革开放，干部“四化”，给予我挑担子的机会；感谢历史的机缘，让我与儿童文学难解难分；感谢亲人、朋友、同事、领导的激励、鞭策，为我把关定向，使我始终走在一条正道上。

2003年3月14日

（本文系根据作者2001年8月22日在《蓝夜书屋》首发式暨读者见面会上的谈话整理。）

真挚比才能、技巧更重要

——写在《中国儿童文学》编委相册上

凡事讲究一个“真”字，求真务实，是我的人生信条，也是我的写作准则。无论是写评论还是写散文，力求真挚，讲真话，抒真情，有感而发，朴朴实实地写自己的亲身经历和内心感受，让读者分享自己的快乐、激动，也体味我尝到的人生的酸甜苦辣。我深信真挚比才能、技巧更重要。只有写得真实诚挚，才能展示生活的美、生命的美，也才具有打动人心的艺术魅力。

2001 年 11 月 17 日

年逾古稀获奖有感

得知我忝名宋庆龄儿童文学奖特殊贡献奖之列，真是既感到欣慰又感到不安。欣慰的是诸位评委和儿童文学界的朋友对我多年来在儿童文苑“打杂”、跑龙套的肯定和鼓励；不安的是自己在儿童文学方面所做的一点平常的、微不足道的事情，与以20世纪伟大战士、伟大女性宋庆龄的名字来命名的这个奖项的分量很不相称。

我虽然也写一点评论文章，但主要是做组织工作、服务工作，也就是在文坛上扮演跑龙套的角色。跑龙套的也能得奖，不能不说是一件新鲜、稀罕的事。戏剧梅花奖的得主，包括各个剧种、各个行当，生、旦、净、末、丑都有，但从来没有听说过跑龙套的得了奖。儿童文学组织工作者纳入宋庆龄奖的评选范围，既是对跑龙套这个不起眼的角色在儿童文学舞台上不可或缺的位置的肯定，也是对甘于寂寞、忠于职守、默默耕耘、不辞辛劳、甘当人梯、无私奉献的精神、品格的赞扬。我以为，这个特殊贡献奖不是奖给我个人的，而是奖给所有那些为发展儿童文学事业叫喊、跑腿的、默默无闻的朋友的，我仅仅是他们中间的一个代表而已。

我是一个极其普通、平常的人。从跨入作家协会门槛到现在，50多个春秋，没做出什么不平凡的业绩，因而从来没当过什么先进工作者，或什么积极分子。说起得奖，也几乎是零的纪录。16岁时写的一篇小小说，获得一次刊物征文的名誉奖。20世纪八九十年代偶尔得过一两次研究会、出版社举办的优秀论文奖或书评奖。1995年率中国作家代表团访问意大利，代表团的5位作家同时获得蒙德罗国际文学奖特别奖。那个奖仅仅是中意两国人民、作家之间友谊的象征，并没有什么文学的、学术的含量。除此以外，我就没有得过什么重要的、有分量的奖。这次获宋庆龄儿童文学奖特殊贡献奖，领到一张荣誉证书，我还是十分珍惜的。我把它看作发给我的一张有关业务成就、组织能力、工作表现、服务精神的考核合格证。16岁写作起步时得了一次奖；年届72，即将跑毕全程时又得了一次奖，有头有尾，有始有终，倒也凑巧，挺有意思。

过去常给别人发奖，这次自己也算是尝到得奖、领奖的味道了。我的心情说不上喜不自胜，激动不已，只是聊以自慰罢了。我会以一颗平常心对待这次获奖。我赞赏“金杯、银杯不如群众的口碑”这句大实话。我会遵照宋庆龄“要关心少年儿童的健康成长”、“要把最宝贵的给予儿童”、“给儿童最美好的东西”的遗愿，扎扎实实地做一点力所能及的工作，继续为儿童文学事业的发展摇旗呐喊、鸣锣开道。

2003年10月

一次坦诚的作品座谈会

初冬季节，西双版纳阳光明媚，温暖如春。在绿树掩映下的孔雀山庄会议室，召开了一次坦诚的、别具特色的作品座谈会。这次座谈会的议题是讨论我的散文集《岁月风铃》。

说起这次座谈会的缘起，2006年，我年届75，学习写作将届60周年。有的同事、朋友有意为我搞点什么活动以示祝贺。由于我始终给自己定位为一个文学组织工作者，虽然业余多少写一点评论、散文，但没写出什么像样的东西，严格说来算不上一个作家，因而我当然不会同意举办鄙人“从事写作60周年”之类的活动。恰好2006年底，中国作协儿童文学委员会拟在西双版纳举行一年一度的年会，于是就有了一次“顺路搭车”的机会：在年会期间，插空举行一次“束沛德《岁月风铃》座谈会”。这样，既淡化了祝贺、纪念的气氛、色彩，符合我的心愿；又省事、省钱，简化了研讨会的组织工作。事情就这么定了下来。

我跨进文学门槛半个多世纪，也不知参加或主持过多少次作品座谈会、研讨会，但所有这些会都是讨论他人的作品。我自己的作品被研讨，真还是破天荒第一次。以往，我每次参会，多半是会前准备了发言稿或发言提纲，在会上不揣冒昧地抛砖引玉；而这次却是聚精会神地洗耳恭听，还在笔记本上认真记录诸君的发言。两相比较，个中滋味迥然不同，似觉得又新奇又喜悦。我很庆幸也很珍惜有这么一次倾听朋友们批评意见的机会。

参加这次作品座谈会的都是作协儿委会成员，是我多年的同事、朋友。会上，除参加儿委会的朋友外，没有另请有关领导，也没请媒体的朋友。会议没发“审读费”，也没发“车马费”；桌上不摆名签，不排座次，随意入座。与会的朋友事前都认真地读过《岁月风铃》，对我的为文和为人都有程度不同的了解，用不着组织发言，也不必安排发言顺序，一个个争先发表自己的看法和意见。大家都是有备而来，有感而发，没有客套话、敷衍话，也没有令人昏昏欲睡的照本宣科，唯有坦诚相见的心与心的交流和宽松、无拘无束的自由讨论。

会上，与会者对《岁月风铃》这本书有赞扬有批评，也有期望和建议。朋友们都是把文和人联系起来评说，认为我这本自传性很强的散文，体现了中国传统知识分子的精神风貌，展示了"人格的魅力"。有的说从中看到了"时代的影子"，看到了"骆驼精神、龙套精神、求实精神"；有的说从中听到了"久违的风铃声，没有悲愤，没有狂喜，从容自如"。有的赞扬我"沉稳的性格"和"文静的气质"；有的肯定我"平和的心态"和"自省的精神"。对朴实的文风也鼓励有加，认为"真诚、平实地抒发了自己的情怀，很自然，没有伪感情，没有修饰、雕琢"，"是从肺腑深处流出来的心语，展现了真性情"。

对《岁月风铃》的缺点与不足，朋友们也坦诚、直率地指了出来。有的说"文质兼美，质胜于文"，"不是那么才气横溢，写得过于朴实，略输文采，应力求更生动，更感人"，"似还存有些拘谨的成分，感情可以流露得更饱满，在细节、气氛描写上，还有很多发挥的空间"。有的认为"对历史的记忆要更丰富地呈现，对历史的反思则可以更松弛一点"。不少朋友认为按照我的人生阅历，今后可以更放手地多写一些散文，"沛德见证了当代文坛的历史，创作资源还没有充分挖掘出来"，建议"用朴实的文笔，写出更多有史料价值的东西"。

座谈会开得生动活泼，气氛和谐融洽。有的朋友诗兴大发，情不自禁地当场赋诗相赠。为了充分反映座谈会的气氛、特色，也为了便于揽镜自照，不断鞭策自己，在这里，我不避王婆卖瓜之嫌，抄录下朋友们饱含真情的诗作：

风中有铃铃有风，沧桑无语任倥偬。
平中见奇说往事，最难境界是从容。

——高洪波《赠束沛德》

东湖夜读枕波涛，版纳研讨叶未黄，
文道统一见性情，岁月风铃传四方。

——王泉根《读〈岁月风铃〉》

握住《岁月风铃》
便握住了岁月的光芒
每一个光芒都将是一个指针
校正我人生的航向

握住《岁月风铃》
便握住了时代的航向
每一个音符都将是一个鼓点
在我人生的道路上擂响！

——王宜振《握住〈岁月风铃〉——赠束沛德老师》

鞠躬尽瘁七五春，青山踏遍见精神。
大树欲静偏风口，岁月如歌铸金铃。
大道齐天贵龙套，沛德立地有园丁。
最喜化泥护花处，新人辈出尽繁星。

——董宏猷《读束沛德先生〈岁月风铃〉——呈束沛德先生》

座谈会从上午 9 点开到下午 1 点，整整四个小时，中间也没休息，到会的 20 多位朋友无一例外地发了言。最后，主持会议的高洪波以“一个人与一本书”(即束沛德和《岁月风铃》)、“一个会与一项事业”（即《岁月风铃》座谈会和儿童文学事业)、“一个集体与一个社会”（即作协儿委会这个集体与建设和谐社会）为题做了小结。轮到我发言时，由于时间的关系，已经不能畅所欲言了，只能用最简短的语言对大家的鼓励、肯定与期望表示由衷的感谢。

这么一次真诚、坦率、讲真话、抒真情的作品座谈会，将会深深镌刻在我的人生记忆里，永远难以忘怀。

2008 年 10 月追记

第二次退休：告别儿委会

一个月前，中国作家协会儿童文学委员会成员调整。我终于如愿以偿从儿委会主任委员这个位置上退了下来，结束了我在儿童文苑长达20年之久的打杂、跑龙套的生涯。此时此刻，我一方面由于卸下担子，顿时有一种轻松之感；但另一方面毕竟与朋友们共事多年，少则5年，多则20年，一旦离开，心中不免升起一缕依依惜别、难舍难分的思绪。

上世纪80年代初，中国作协领导班子分工，让我联系儿童文学工作。我上岗之后，虽不敢说是“磨破了嘴，跑断了腿，操碎了心”，但确是满怀热情地为儿童文学鼓与呼，尽心尽力做了力所能及的事情。就拿作协的全国优秀儿童文学奖来说，从1987年创设到现在，一共举办了七届。其中除第四届我担任顾问外，其余六届都由我主持评委会的工作。回想从1987年10月我在第一届评奖初评读书班上致开场白，到2007年11月底在第七届评奖委员会上做小结，前后历时20年。这期间，我也不知主持了多少次与评奖有关的会议，阅读、讨论了多少本各式各样的参评作品。更不用说，在评奖过程中难免听到这样那样的批评和非议，遇到一些磕磕碰碰的事情。我是评奖工作牵头的，置身其中，不能不亮明自己的态度，及时做出决断。三年五年或十年八年前，面对这点事，自我感觉也许还心手相应，游刃有余。如今年届76，有时确实感到力不从心，不堪重负了。作为一名儿童文学组织工作者，无论如何是到了画句号的时候了。

人生之旅，从起点到终点，要经过大大小小好多个站。如果说，1996年我从作协书记处退下来是第一次退休，到达一个大站；那么，这次从作协儿委会退下来，则可以说是第二次退休，到达另一个大站。本来，第一次退休后，特别是当我已超期服役七八年，在1998年正式办理退休后，对儿委会的工作，完全可以只挂个名，不必事无巨细，事必躬亲了。可是我这个人本性难移，办事特别较真，始终没有学会当甩手掌柜的。因此，近10年来可说是退而未休，也就是到站没有下车。这次第二次退休，是不是该到站下车了呢？人生列车没有抵达终点之前，还会在轨道上继续前行。看来，我这个儿童文苑的老园丁，对儿童文学有着难以割舍的情结，对儿童文学界的新朋老友怀有深挚的感情。让我从此与儿童文学绝缘，可能是办不到的。我还会继续关注儿童文学的发展，努力做一个小百花园的忠实守望者。必要时也许还可当一名义工，干一点不太费劲的轻活。

同我相伴20多年的作协儿委会，是一个可爱的团队。团队的每个成员都怀有一颗赤子之心，一心一意想为孩子们做一点事。这个团队凝聚力很强，相互配合，相互支持，心往一处想，劲往一处使。调整后的新一届儿委会，增添了一些生气勃勃的新人，女委员的比例加大，地域覆盖面更广，呈现在我面前的是一个崭新的阵容、崭新的面貌。在新旧交替的会上，我这个即将退役的老兵，又自作多情、絮絮叨叨地对儿委会多年来形成的规章、制度和行之有效的经验（如大局意识、团队精神、务实作风等）向朋友们做了交代；并深切期盼儿委会今后有新的思路，新的作为，开拓创新，团结奋进。我情不自禁想挥手对朋友们说："再见吧，亲爱的伙伴们！""再见吧，可爱的儿委会！"但话到嘴边，我又收住了。我抑制了临别依依的深情，轻轻地道一声："Bye Bye"，就匆匆离去了。

2008年1月21日写，7月31日改

自白与共勉

夏秋之交，天气依然闷热。朋友们在三伏天来参加这个会，我心里实在过意不去，由衷感谢大家的深情厚谊。

召开这次束沛德儿童文学评论座谈会，与其说是对我从事儿童文学评论工作、组织工作的肯定和鼓励，不如说是大家对儿童文学评论乃至儿童文学事业的热情关注与呼唤。

我这本《束沛德谈儿童文学》所选文章，时间跨度长达55年；文体包括评论、述评、散文、随笔、报道、总结，不少是职务性文章。文章篇幅长短不等，长的一两万字，短的三五百字。书名用《谈儿童文学》而不用《论儿童文学》，是经过一番推敲的。这样量体裁衣，更切合实际。同样，今天的会议名称叫座谈会不叫研讨会，也显得更亲切自然些。

我向一些朋友赠书时曾说，如能抽出时间翻一翻这本书，或可约略窥见我几十年来在儿童文学舞台上跑龙套留下的脚印。我是当秘书出身的，历来有开会做记录的习惯。收入这本书的文章，包括开幕词、会议小结、序言等，都是出自本人之手，不存在别人捉刀代笔的情况。因而，也可说这本书是我在儿童文苑耕耘多年的一份记录。这份记录承载着一个老园丁的一份情意、一份承诺、一份期待。

我的评论文章，如果说有什么特色的话，那唯一的特色就是与文学组织工作紧密相连，与当前的儿童文学创作实践息息相关，书中的文章大多是按照工作需要而写的急就章，评论对象基本上是新作品、新作者、新现象。这些评论文字，确实说不上有什么学术含量、理论色彩，仅仅是个人怀着真忱与热情为儿童文学鼓与呼罢了。

回望自己的评论生涯，在儿童文学领域里我一向提倡、强调的，主要有以下几点：一是对儿童情趣的赞美和倡导；二是对艺术创新的鼓励和支持；三是对小读者的关注和尊重；四是对儿童文学走向的观察和把握。这些理念、观点是我始终用心思考、着力弘扬的。至于在文章中表述、体现得怎么样，也许并不那么清晰、充分。这不能怨别的，只能怨自己笔底下功底不够。

尽管我一向给自己定位为儿童文学评论队伍里的散兵游勇，不是专业评论工作者，但不管怎么说，毕竟与儿童文学批评打了多年交道了。对这项工作，多少还是有些体会的，这就是我在《谈儿童文学》一书序言中写到的，后来又在南京召开的全国儿童文学创作会议上谈到的三点：一要丰富学养，不要不学无术；二要厚积薄发，不要急功近利；三要有胆有识，不要畏首畏尾。这可说是我一直努力追求的目标，但如今实际达到的可能相距甚远。

改善文学批评生态，树立良好批评风气，已成了当今文坛的一个热门话题。我向往、赞美与人为善、实事求是、入情入理的文学批评。在这次座谈会筹划之初，我曾向会议组织者提出：热切希望这次会议直率地谈谈我在儿童文学评论上的成败得失，即不光谈成就和特色，也要谈欠缺和不足；并期望这次会议能对发扬优良的批评和自我批评的风气有所促进。我感到，会上对我鼓励、赞扬的话还是多了点，不讲情面、直言不讳的批评还是少了点。也许这是对我这样一个逐渐淡出儿童文苑的八旬老人笔下留情，留有余地。相信我吧，我还是有着倾听尖锐批评的雅量的。竭诚欢迎朋友们会内会外、当下或今后继续不吝批评指教。谢谢！

2011 年 8 月

乐此不疲地鼓与呼
——束沛德与史伟峰对话录

史伟峰：写在前面

束沛德老师是我国新时期儿童文学的一个领军人，也是最早参与我国当代儿童文学理论建设的批评家之一。

如果说儿童文学是一片待开垦的沃土，束沛德先生则站在高处以其睿智独到的眼光，俯视着这片沃土。他的俯视是热忱的，善良而悲悯的，是用极宽广的胸怀与爱去关注着的；同时他又像一位务实的园丁，热情地开垦着，耕耘着这片特别需要偏肥偏水的土壤。他让我想起西方古典戏剧中那位为人类盗取火种的普罗米修斯，拥有对人类爱的灵魂。我相信，束老师之所以对儿童文学富有这样的热忱，也是因为他对于孩子的爱、对于人类的爱，使得他对于儿童文学的意义早已跨越了仅仅是工作性质这样的范畴。同时又是作为中国作协领导的他具有那种“俯首甘为孺子牛”的谦卑奉献精神，因而为儿童文学界带来了福音。他主张真正为孩子而写作，真正一切为了孩子，为了未来！

笔者有幸在一个春寒料峭的午后，拜访了束沛德老师。交谈、对话的内容大致整理如下。

选择评论的初衷

史伟峰（以下简称史）：束老师，您作为儿童文学领域的一个领军人，为儿童文学事业付出了太多的精力和心血，并一直满怀热忱把它当作您一生的事业去追求。您不仅是儿童文学事业的一个出色的组织工作者，更不愧为有成就的儿童文学评论家。我记得您曾说过一句话："我心甘情愿在儿童文学界跑龙套，为繁荣当代儿童文学，做一点擂鼓助威、拾遗补缺的工作。我深切地感到，能为塑造未来一代美好心灵这个伟大工程添砖加瓦，既是一种责任，也是一种幸福。"

我们想了解的是，您缘何从最初就选择了从事儿童文学研究、评论工作？

束沛德（以下简称束）：20 世纪 50 年代初，我在大学时代就涉足文学评论了。我读的是新闻系，但选读了中文系许杰教授的"文学批评"这门课。课余我试着写了一些评介性的文字。恰好我选修的另一门课"现代散文诗歌"，由唐弢先生讲授。他当时兼任《文汇报·磁力》（《笔会》的前身）的主编。我最早的一些评论习作，就是经唐弢之手在《磁力》上发表的，如 1950 年写的《把文艺批评提高一步》《文艺漫笔二题》《笔与枪》等。这些文章后收入《束沛德文学评论集》。许杰、唐弢先生可说是我学习文学评论的引路人。

至于说到介入儿童文学评论，那就得回到 1952 年。我大学毕业后分配到中国作家协会，在创作委员会当秘书。儿童文学家严文井是我到中国作协后的第一个上级，张天翼则是创作委员会儿童文学组负责人，他们的作品和言传身教，都使我把理论批评的兴趣和热情日益向儿童文学靠拢。特别是 1955 年 9 月《人民日报》发表题为《大量创作、出版、发行少年儿童读物》的社论，尖锐批评了中国作协很少认真研究发展少年儿童文学创作的问题，号召作家为少年儿童写作。这时，中国作协和郭沫若、冰心等文学前辈响应号召，倡议每个作家"一人一篇"。我在创作委员会，参与了起草中国作协《关于发展少年儿童文学的指示》和组织作家为少年儿童写作的工作。我虽然不搞儿童文学创作，当时也不是中国作家协会会员，但作为一个初学写作者，也觉得有义务和责任，为孩子做一点力所能及的事。于是，结合我当时在创作委员会分工阅读作品的印象和感受，拿起笔来，写了两篇儿童文学评论，那就是 1956、1957 年刊登在《文艺报》上的《幻想也要以真实为基础——评欧阳山的童话〈慧眼〉》《情趣从何而来？——谈谈柯岩的儿童诗》。从此，与儿童文学评论结下了不解之缘。

史：大家知道，您的这两篇评论可谓一石激起千层浪，一经发表便产生很大影响，引起了文学界广泛关注。关于《慧眼》的讨论长达两年之久。您当时更多借鉴了苏联的文艺理论，展开了有关童话中幻想与现实关系的讨论，并针对当时的文学创作提出了一些值得思考和探讨的看法和意见。您不仅仅是那个时期也是当下儿童文学评论的一个先行者，因为您的富有激情和灵感的真知灼见在当下也具有非同凡响的价值，和对儿童文学创作深刻的指导意义！

束：我最初的这两篇文章，现在看来，《幻想也要以真实为基础》显得稚嫩一些，说理也有不够透彻的地方。相比而言，《情趣从何而来？》要成熟一些。此文刚发表前后，就得到责编、青年批评家敏泽和《文艺报》副总编辑侯金镜的肯定和鼓励。侯金镜认为这篇评论从作品的实际出发，抓住了作者的创作特色，做了深入的艺术分析。这是评介柯岩儿童诗最早的、也是作者最为满意的一篇文章。柯岩谈到："把情趣和生活、和作者观察事物的眼光、心态等等都结合起来谈，对我帮助是很大的。"有的评论家认为，我对儿童情趣的赞美，"深深影响了一代儿童文苑"。至今不少中青年儿童文学评论工作者仍念念不忘我这篇评论，说是它对他们跨进儿童文学评论门槛起了启蒙和引领作用。

史：所以说，您的诸多来自现实生活和创作实践的文学批评观点，不仅对当时的儿童文学有巨大的激励、推动作用，对当下的研究者和创作者也依然是具有启迪、借鉴价值和永不消逝的魅力！

束：说起来未免让我汗颜，写了大半辈子评论，没写出什么有分量的东西，至今被看作我的代表作的仍是二十五六岁时写的这篇评论。五六十年，没什么长进啊！不过，回过头来看，《情趣从何而来？》之所以能站住脚，保存下来，倒也还有一些可资参考的经验：一是我选这个题目，可说是完全出自个人的审美情趣和发现文学新人的喜悦。当时，我读了柯岩的儿童诗，沉浸在阅读的愉悦之中，为这些诗篇所展现的纯真的童心、童趣所打动，情不自禁地要拿起笔来予以赞扬和评说。那时我和柯岩素昧平生，也没有报刊向我约稿，真正是自己有话要说，有感而发。二是动笔写这篇文章之际，正是1957年春天，文艺界贯彻"双百"方针，思想比较活跃，头脑里没太多条条框框，敢于探索，勇于求新，着重从艺术特色和风格上来剖析作品的成败得失，努力把握文学批评的审美特质，没有过多陷于意识形态的论述。尽管文中也有“以共产主义精神教育年轻一代”的时代印痕，但总体上不失为一篇侧重艺术分析、美学思考的文章。正因为如此，它才具有较为久远的生命力。

为工作需要而写的特色

史：您在好多场合和文章里都谦虚地把自己称作在儿童文学舞台上跑龙套的，并说自己是儿童文学评论里的散兵游勇。那么，您的评论文字和儿童文学工作又有着什么关系呢？

束：是的，我不是专门从事儿童文学研究的。尽管 20 世纪 50 年代中期我就涉足儿童文学评论，但后来之所以与它难解难分，不能割舍，除了个人兴趣外，多半是因为工作的关系，可说是工作的分工把我推上了评论、研究的岗位。80 年代初，我进入中国作协领导班子。由于我在 50 年代就写过几篇儿童文学评论，作协书记处就分工让我来联系儿童文学界，主管儿童文学工作了。从 1986 年到 2007 年底，我担任作协儿童文学委员会负责人达 21 年之久。“在其位，谋其政”，我在书记处、儿委会的岗位上，和同事们一起，尽力做了一些有利于推动儿童文学理论批评发展的工作。1986、2001 年，中国作协主席团先后通过了两个关于儿童文学的文件，即《关于改进和加强少年儿童文学工作的决议》《关于进一步加强儿童文学工作的决议》，都是我执笔起草的。这两个《决议》都强调“加强对儿童文学的理论研究和作品评论工作”。1986、2000、2004 年先后在山东烟台、北京、广东深圳召开的三次全国儿童文学创作会议，也都把探讨儿童文学现状、走向和前景，总结提高儿童文学创作质量的经验当作重要议题。《文艺报》从 1987 年 1 月起开辟了每月一期的《儿童文学评论》专版。1987 年创设中国作协全国优秀儿童文学奖，并从第五届起，增设了理论批评奖。从 2001 年开始编选《中国儿童文学年鉴》，收入年度创作、理论批评述评和当年的优秀论文。

无论是召开儿童文学创作会议或作品研讨会，举办儿童文学评奖，编选儿童文学年鉴或年度作品选，都离不开对儿童文学现状的调查了解，离不开对作品的阅读、研究。由于我处在分管儿童文学工作的位置，就义不容辞也无可逃遁地进入儿童文学评论领域。所以说，我的评论是与儿童文学组织工作紧密相连、与儿童文学创作实践息息相关的。工作岗位决定了我的批评走向，我的文章大多是按照工作需要来撰写的，这可说是我的评论与众不同的一个特色。就这一点来说，我可算是儿童文学评论界具有独特色彩的“这一个”。

史：这些年来，您以中国作协领导的身份，积极地为儿童文学事业做出了贡献。在您的参与和主持下，作协儿童文学奖至今举办了八届，推出了170多部（篇）优秀作品和一批儿童文学新秀；《文艺报》的儿童文学评论版出了300多期，守住了独属于儿童文学自己的一块阵地；从事儿童文学的作协会员由新时期之初的不足200人发展到现在的600多人，中青年作家成为创作的中坚力量。您还写了那么多会议开幕词、创作评奖述评、儿委会工作的回顾总结……

而这一切的成果，都有着与您作为一位有着长远目光的儿童文学评论家和中国作协领导的努力密不可分的！而更重要的是，从您的行动和文章中，我们看到的不仅仅是您对儿童文学的呐喊，更是出于您对于儿童文学的一份热爱，心中只有孩子，一切为了孩子！

留下一份有用的记录

史：在2011年8月为庆贺您的80生日而召开的儿童文学评论座谈会上，与会者对您在评论上取得的成就给予很高的评价。有的说您“撰写了很多具有历史价值的重要文章，是当代儿童文学历程的见证者、参与者，成为当代儿童文学史上一个重要的坐标”；有的说您“高屋建瓴地把握新时期以来儿童文学发展的全局，纵横交错地描绘了一幅立体的当代儿童文学地图”。您对自己的评论如何估价？它有哪些意义和作用呢？

束：显然，朋友们是过誉了。其实，我没写出什么有分量、有特色的文章，更谈不上有多少学术价值、理论色彩。我的文章大体上分为三类：一是对全国或一个地区的儿童文学现状或作家群体做宏观扫描、整体描述的，如《回眸与前瞻》《新景观 大趋势——世纪之交中国儿童文学扫描》《开拓·探索·创新·嬗变——新中国儿童文学六十年的一个轮廓》等。二是对儿童文学某种文体、题材或现象进行述评、探讨的，如《繁荣迈向新世纪的幼儿文学》《寻求新的突破——略谈战争题材儿童文学》《关于儿童文学创新的思考》等。三是对卓有成就的儿童文学前辈或当今活跃于儿童文苑的中青年作家作品的评说、赏析，如对冰心、张天翼、陈伯吹、严文井等的回忆、怀念和对柯岩、金波、常新港、曹文轩、秦文君、黄蓓佳等的评论。如前所说，我的评论文字是紧密联系创作实际的，力避空对空、不着边际地无的放矢。同时，我乐于充当吹鼓手，对儿童文学佳作特别是新人新作，更多的是肯定、赞扬和鼓励，满怀热情地推介创作新成果，鼓励作家多样化的艺术探索和追求，为儿童文学领域的新生力量、新生事物鸣锣开道。

如果说我的评论还有点优长和用处的话，我以为主要表现在以下三方面：一是满怀热情地为儿童文学鼓与呼，一而再、再而三地呼吁文学界、宣传文化界、新闻出版界、教师、家长、社会有关方面更多地关注儿童文学，为儿童文学的发展、繁荣提供良好的环境和必要的条件。二是为新中国60年，特别是改革开放30多年来儿童文学发展历程留下一份虽不完整、系统，但颇具个性色彩的记录，可供研究者、爱好者参考，也许像朋友们说的多少有点“史料价值”“文献价值”吧。三是一以贯之地倡导、阐释了一些既体现党的文艺方针政策又符合儿童文学特征、创作规律的理念、主张，如对儿童文学的功能和作用、主旋律与多样化、精品意识等的论述，也就是朋友们说的尽可能“智慧地平衡了政治的原则和文学的原则”。

着力弘扬的文学理念、主张

史：束老师，我注意到您在评论文章中十分重视儿童文学潜移默化的独特作用，特别强调“以情感人”“以美育人”。您还不止一次地谈到文学作品要讲究质量，“以一当十，以质取胜”。我对您这些主张很感兴趣，觉得对从事创作的朋友很有帮助。您能更具体地介绍一下您对儿童文学创作、评论的要求吗？

束：回望我的评论生涯，在儿童文学领域里我一向提倡、强调的，主要有以下几点：一是对儿童情趣的赞美和倡导；二是对艺术创新的鼓励和支持；

三是对小读者的关注和尊重；四是对儿童文学走向的观察和把握。

1. 早在50年代，在严文井、菡子等前辈启迪、影响下，我鉴赏作品时就注意把握“以情感人”的艺术特征，由衷赞扬那些“富有情趣的构思和想象”“沁人心脾的诗意和美感”。作品的情趣是从生活中来，从儿童世界里来，借着巧妙的构思、丰富的想象把生活中有趣的事物揭示出来。作品写得既有情又有趣，才能打动孩子，让他们充分享受阅读的快乐。

2. 创新是文学艺术生命的活力之本。儿童文学不开拓创新，就不能前进，不能适应当代亿万小读者的需求。儿童文学的探索、创新，必须正确认识和回答创新与时代、创新与当代儿童特点、创新与传统的关系等问题。面向伟大变革的时代，胸怀3亿6000万孩子，借鉴古今中外经典名著，这样，才有可能创造出思想艺术上出新、为孩子们喜闻乐见的作品来。

3. 儿童文学的工作对象、服务对象是少年儿童。要把“为小读者”当作自己的创作准则，“以走入少年心灵为本”，所有艺术上的探索、追求，都要围绕少儿的视角、情感、审美、接受美学的规律这个根本。儿童文学评论要同小读者贴得更近，充分尊重、细心研究少儿的生存状态、接受心理、审美情趣和欣赏习惯，了解把握不同年龄、不同层次小读者的精神需求和阅读兴趣。

4. 评论工作者应当力求在熟悉、把握儿童文学现状的基础上，对它的发展趋势、前景提出前瞻性的看法、构想。我在《新景观　大趋势》一文中，就理想主义与人文关怀、贴近时代与拥抱自然、幻想文学与科学文艺、幽默品格与游戏精神、立足中华与走向世界，勾勒了我所憧憬、向往的新世纪儿童文学的新格局。在《开拓·探索·创新·嬗变》一文中，我试着从正确处理儿童文学与少年儿童读者的关系，儿童文学与教育的关系，继承、借鉴与创新的关系，儿童文学与少年儿童生活的关系四个方面，梳理、总结了新中国六十年儿童文学发展的基本经验。

上面谈到的这些理念、观点、主张，是我多年来始终用心思考、着力弘扬的；至于在文章中表达、体现得怎么样，也许并不那么清晰、充分。这不能怨别的，只能怨自己笔下的功底不够。

史：您担负着组织、推动我国当代儿童文学的重任，全身心地投入工作，您不仅有“俯首甘为孺子牛”的精神，而且在理论批评上您也下了这么多的时间精力，并结合当今创作的实际状况，在文学理论的探讨和创作经验的总结上都有了可喜的、令人瞩目的成果。您的这种敬业精神、刻苦钻研精神，不仅让我们受益匪浅，更让我们感动和深受激励！

评论工作者应有的素养

史：您从事评论工作五六十年，对文学批评的甘苦深有体会，您能谈谈一个评论工作者应当具备哪些素养吗？

束：对儿童文学理论批评，我还是有兴趣和热情的，这可能与我的个性、气质有关。评论与创作同为儿童文学的两翼，它的重要性是不言而喻的，是值得为之奉献毕生心血、精力的。根据多年从事儿童文学评论的经历，我深切体会到，这是一项寂寞而艰辛的事业，必须潜下心来，下苦功夫，从学养、胆识、生活积累、文本阅览诸方面不断充实和提高自己，才能在评论上取得一点收获和成果。

要丰富学养，不要不学无术。童年、少年时代，我读过《鲁滨孙漂流记》《爱的教育》《表》和苏联的一些儿童文学作品。大学时代，又按照赵景深教授开列的参考书目，读过沙尔·贝洛、安徒生、王尔德、格林兄弟、豪夫、科洛狄等儿童文学大家的经典名著。在文学理论上，年轻时涉猎过“车、别、杜”(车尔尼雪夫斯基、别林斯基、杜勃罗留波夫)。在50年代相当长一段时间里，则与《苏联文艺理论小译丛》为伴，可说是略知文学批评的ABC，但缺乏多方面深厚的学术底蕴。哲学、美学、经济学、历史学、社会学、教育学、心理学等，我都只接触到一些皮毛，没有系统、深入地做过学习、研究。根基浅，底蕴薄，对作品的解读、评析，往往难免停留在表层印象上，浅尝辄止，不能深入文本的核心，揭示问题的本质。学养不够，这对从事评论的人来说，是个致命的弱点。

要厚积薄发，不要急功近利。从事当代儿童文学评论，必须认真、仔细地阅读大量文本，经常、系统地了解、掌握儿童文学的现状和发展趋势。同时，还要关注世界儿童文学发展思潮、走向，了解、熟悉外国最新创作成果。如果对中外儿童文学历史、现状和经典作家、作品不甚了解，不能从宏观上把握儿童文学全局，又不能从横向上与世界儿童文学名著、精品参照比较，孤立地来谈一部作品或一个作家的成败得失，就很难做出科学的、富有真知灼见的美学判断。对现实生活，对少年儿童的生存状态、内心世界以及他们的阅读兴趣、鉴赏水平，也要不断地观察、体验、熟悉、了解。唯其如此，你评价一部作品的思想、艺术水平、审美价值，评述一种创作现象的是非长短，才能抓住要害，切中肯綮。对创作状况、社会现实、儿童世界的熟悉了解，都是一个长期的、日积月累的过程，必须持之以恒。积累越丰厚，就越能在评论园地里自由驰骋笔墨。

要有胆有识，不要畏首畏尾。对儿童文学领域的优秀作品、文学新人、新鲜事物的发现，既需要有敏锐的、睿智的目光，也需要有支持探索、创新的勇气。创作需要激情，批评同样需要激情。只有当你真正被作品所抒发的感情或主人公的遭际命运所打动，觉得有话要说，有感要发时，你的评论文章才能表达自己真实的艺术感受，而且往往会文情并茂。如果自己面对文本无动于衷，仅仅是碍于情面，或为媒体炒作而勉强为之，写出的文章很可能是毫无激情、了无新意的评论八股。评析作品的成败得失，支持新生事物，批评不良现象，敢于思考和提出重要的或值得探讨的创作、理论问题，都需要有敢想敢说、敢作敢为的胆量。一味唱赞歌、喷香水，或是隔靴搔痒，温吞水，该尖锐的不尖锐，都不是一个正直的、有作为的批评家应有的品格和风范。

以上几个方面可说是我一直努力追求的目标，但由于缺乏必要的、足够的修炼和准备，如今已经达到的可能与既定目标相距甚远。

八旬老人的期盼

史：您的很多真知灼见都写进您的文学评论著作中，我相信，《束沛德谈儿童文学》等著作不仅仅对从事儿童文学研究、评论的有借鉴和学习意义，对作家同样有非常深刻的启迪、指导意义；不仅具有彼时的价值，更具有此时当下的意义。最后，我还想听听您对今后儿童文学理论批评的发展有哪些希望和建议？

束：简而言之，我有这么三点希望：一是希望文学团体，宣传、文化、教育、新闻、出版部门，无论如何不要把儿童文学研究、评论置于一个被冷落、遗忘的角落，应当经常给予足够的关注。二是希望儿童文学理论批评队伍后继有人，深切期盼有志于这项事业的年轻人加入这个行列，并不断提高自己的思想、业务素质。三是树立和发扬公正、健康、科学、说理的批评品格，呼唤一种生动活泼、自由论辩的学术空气。浙江师范大学儿童文化研究院、儿童文学研究所倡导的独立、纯粹、坦诚的批评精神和“红楼学术研讨体制”，值得称道。这几点是一个逐渐淡出儿童文苑的八旬老人的心愿和期盼。

史伟峰：访谈后记

束老迈入耄耋之年，创造力依然如喷泉迸发。他先后出版了散文集《龙套情缘》《岁月风铃》《多彩记忆》《红线串着爱与美》，评论集《束沛德文学评论集》《儿童文苑漫步》《守望与期待》《追求真善美——跟少年朋友谈谈读与写》《为儿童文学鼓与呼》《束沛德谈儿童文学》等。他在《文艺报》发表的题为《新景观　大趋势——世纪之交中国儿童文学扫描》的长文，在海峡两岸儿童文学界都引起广泛关注。他提出20世纪90年代中后期我国儿童文学的上空高扬起“大幻想文学、幽默文学、大自然文学”三面美学旗帜，面对儿童文学的发展态势，朋友们都认同和赞赏他这一鲜明、准确的概括。2003年，他由于在儿童文学组织工作、评论工作上的突出成就，荣获了宋庆龄儿童文学奖特殊贡献奖。

束沛德先生不仅作为一位德高望重的儿童文学界的引路人和领军人，也是一位为儿童文学理论建设兢兢业业奉献的著名评论家和开拓者。他的诸多文学评论观念历久弥新，因为他的文学评论总是既贴近那个时代更贴近现实和当下，所以在任何时期他的文学观点都透着陈香更透着清新。他的艺术思想也如老酒越陈越香，不论是我国新时期的儿童文学还是当下的儿童文学都在他的视野之下，他都对其有独到的见解，而这对于一位八十岁的老人来说，依然焕发着青春与活力，这是他用生命和爱去抒写的华章！

衷心地祝愿束老与儿童文学一同青春不老，童心永驻！

（史伟峰采写、整理，2012年4月。）

附　录

中国作家协会关于发展少年儿童文学的指示

各分会：

作家协会第十四次理事会主席团会议（扩大）讨论了发展少年儿童文学创作的问题。主席团会议（扩大）认为，少年儿童文学是培养年轻一代成为优秀的社会主义事业接班人的强有力的工具；发展少年儿童文学创作，是关系着一亿两千万少年儿童的精神食粮的极其迫切的任务。但长期以来，作家协会对少年儿童文学不够重视：很少研究儿童文学创作的情况和问题，没有采取有效的措施组织作家为少年儿童写作，各机关刊物也很少发表有关少年儿童文学的稿件。为了使少年儿童文学真正担负起对年轻一代进行共产主义教育的庄严任务，必须坚决地有计划地改变目前少年儿童文学读物十分缺乏的令人不满的状况。各地分会应该把发展少年儿童文学的问题列入自己经常的工作日程，积极组织少年儿童文学创作，纠正许多作家轻视少年儿童文学的错误思想，组织并扩大少年儿童文学队伍，培养少年儿童文学的新生力量，并加强对少年儿童文学创作的思想指导。

少年儿童文学作品的内容应当是以共产主义精神教育少年儿童，培养他们新的品德，但题材应当是多方面的，只要所描写的内容、所表现的思想感情能为少年儿童理解、体会和喜爱，并且是能够启发少年儿童的想象和智慧的，或者是能够丰富少年儿童历史和生活知识的，都应当欢迎。尤其应当注意培养少年儿童丰富的想象力，坚定的意志和勇敢的精神，不要把孩子们教育得呆头呆脑和谨小慎微。

应当提倡作家和科学家合作，为少年儿童写作一些生动有趣的科学文艺读物。提倡作家和历史研究者合作，为少年儿童写作名人传记——中国的和世界的伟大人物、发明家、探险家等等的传记；这些传记不是要求全面介绍某一伟大人物、发明家或探险家，也不是论定这些历史人物，而是要求通过这些传记来培养少年儿童的热爱祖国、爱真理、爱科学的品德，同时也培养少年儿童的不畏困难、目光远大、勇于创造的性格。

提高少年儿童文学作品的思想性和政治性自然是完全必要的，但是文学作品的思想性和政治性是通过活生生的艺术形象表现出来的。不要在作品中千篇一律地对孩子进行说教、训诫，不要生硬地在作品里附加政治口号，或者把一般动物和植物的生活与人类现实生活做不伦不类的比拟。

作品的形式和体裁应该丰富多样。不仅要有小说、故事、诗歌、剧本，也要有童话故事、民间传说、科学幻想读物；并且应该特别注意发展为广大少年儿童喜爱而目前又十分缺乏的童话、惊险小说、科学幻想读物、儿童游记和儿童剧本。

童话、科学幻想小说也必须以生活的真实做基础，它应当是从现实概括出来的，所描写的人物与故事应当是入情入理的。那种认为创作少年儿童文学作品，可以不顾生活的真实的看法，是不对的。

为着改变少年儿童文学创作的落后状况，理事会主席团讨论通过了一个从现在起到1956年底这一时期的发展少年儿童文学创作的计划，现发给你们做参考，希望结合你们的实际情况进行研究，订出适当的计划，并望将你们组织领导少年儿童文学创作的经验和问题告诉我们。

1955年11月18日

附：中国作家协会关于少年儿童文学创作的计划（摘要）

1955年10月27日召开的中国作家协会第十四次理事会主席团会议（扩大）上，讨论并通过了“中国作家协会关于少年儿童文学创作的计划”。计划共分三个部分：第一，要加强对少年儿童文学创作的领导。计划指出：中国作家协会的创作委员会应该加强对少年儿童文学作品的研究，经常了解少年儿童文学创作的情况和问题，向主席团提出汇报与建议；中国作家协会和上海分会的少年儿童文学组，应订出工作计划和各组员的写作计划；各地分会，凡未成立少年儿童文学组者，均应成立，并应在今年年底前，专门讨论一次发展少年儿童文学的问题，做出切实可行的决议；中国作家协会及各地分会所领导的文艺刊物，也应经常发表少年儿童文学作品及理论、评介文章；同时计划中建议中国文联主席团责成各地文联采取必要措施，加强这方面的工作，计划还决定于 1956 年下半年，召开全国少年儿童文学创作会议，检查计划的执行情况，研究进一步发展少年儿童文学创作问题。第二，计划决定组织丁玲等 193 名在北京和华北各省的会员作家、理论批评家，于 1956 年内写出（或翻译）一篇（部）少年儿童文学作品或一篇研究性的文章；各地分会与创作委员会少年儿童文学组的作家在今年和 1956 年年底前，应完成一定数目的少年儿童文学创作和理论文章。同时计划中决定：凡担任国家机关工作或从事其他社会职业的会员作家与青年作者，为写作少年儿童文学作品，可按照中国作家协会之“创作贷款及津贴暂行办法”请求帮助。第三，关于培养少年儿童文学创作的新生力量。计划指出：中国作家协会和各分会的少年儿童文学组应通过讨论、讲座、报告等方式来帮助少年儿童文学作者，同时责成创作委员会在今年 11 月或 12 月举行一次少年儿童文学创作问题座谈会；邀请苏联专家做报告；并与青年团中央联合举办一次文学晚会。计划还指出：《人民文学》和各分会刊物编辑部应把发现、培养少年儿童文学创作的新生力量，当作自己的重要任务；在明年召开的青年文学创作者会议中，也将吸收一批从事少年儿童文学创作的青年作者参加。

中国作家协会关于改进和加强少年儿童文学工作的决议

（1986 年 6 月 14 日中国作协第四届主席团第四次会议通过）

中国作家协会主席团听取了书记处关于最近在山东烟台同文化部联合召开的全国儿童文学创作会议情况的汇报。主席团一致认为，少年儿童文学在加强社会主义精神文明建设，培养一代有理想、有道德、有文化、有纪律的社会主义新人，提高中华民族的精神素质方面，担负着崇高的、重要的职责。新时期以来，少年儿童文学取得了明显的、令人可喜的进展和成绩，儿童文学园地呈现创作活跃、新人辈出的兴旺景象；但是，也应当看到，儿童文学作品的思想、艺术质量仍不能满足三亿多儿童少年的精神需求。儿童文学在创作和理论方面有不少新的、重要的问题，如：如何进一步开拓、更新儿童文学观念，摆脱陈旧的创作思想、模式的束缚，在思想、艺术上创新的问题；如何更好地紧扣时代脉搏，反映少年儿童心声，塑造更多闪耀时代光彩的少年儿童形象问题；如何按照当代少年儿童的心理特点、审美趣味、欣赏水平，创造出为小读者所喜闻乐见的作品等问题，都需要认真讨论和探索。中国作家协会过去在这方面做的工作很不够。为了促进少年儿童文学的进一步发展和繁荣，主席团认为，作家协会应当采取以下措施来改进和加强自己的工作：

一、作家协会及各地分会应当进一步学习领会、贯彻落实党中央关于全党全社会都来关心少年儿童的健康成长、把少年儿童工作提到战略地位的号召，真正把少年儿童文学工作列入自己重要的工作日程，主席团或书记处每年认真讨论一两次。作家协会创作研究室应加强对少年儿童文学创作现状的研究，定期向主席团、书记处提出创作情况汇报。

二、在现有的创作委员会儿童文学组的基础上，经过充分酝酿后，恢复作家协会儿童文学委员会，作为主席团的参谋、咨询机构，并协助组织有关儿童文学创作、评论、评奖等活动。各地分会尚未设立相应机构的，希望在今年内建立。

三、鼓励、组织更多的作家、业余作者为少年儿童写作。作家协会及各地分会会员在制订自己的创作计划时，应根据自己的实际情况，力争在一定时间内为少年儿童写出质量较高的作品。作家协会主席团要求作协总会会员及各地分会会员，首先是理事会和主席团的成员，从现在起到明年年底这一年半内，每人为少年儿童写作或翻译一篇作品或评论文章，体裁、形式、字数不拘。作家协会及分会有关部门要了解会员完成这项写作计划的情况。

四、希望各文学创作、评论刊物经常选发一定数量的儿童文学作品及有关儿童文学的评论文章。作家协会主办的《文艺报》《人民文学》《中国作家》《中国》《民族文学》《诗刊》《小说选刊》等刊物及各地分会主办的刊物在这方面应起带头作用。

五、设立中国作家协会儿童文学奖，以鼓励优秀创作，奖掖文学新人，暂定每两年评奖一次；每次评奖结束后编辑出版获奖作品集。

六、进一步加强儿童文学的理论研究和作品评论工作。作家协会及有关刊物、出版社要积极组织有关儿童文学作品和创作、理论问题的讨论、争鸣，文学评论家要更多地关注儿童文学的发展，帮助作家总结创作经验，促进创作质量的提高。

七、作家协会及各地分会应把加强儿童文学队伍建设、提高儿童文学作者的思想、业务素质作为自己的一项重要工作，有计划地组织他们深入生活；作家协会鲁迅文学院及各地分会举办的文学讲习班要注意吸收儿童文学作者参加。

八、作家协会及各地分会要积极加强同儿童少年工作协调委员会、共青团、妇联、文联、科协和政府文化、教育、出版等部门的联系，取得他们的帮助和支持，密切合作，共同为繁荣少年儿童文学多做切实有益的工作。

中国作家协会关于进一步加强儿童文学工作的决议

（2001 年 1 月 13 日中国作协第五届主席团第八次会议通过）

自 1986 年 6 月通过《中国作家协会关于改进和加强少年儿童文学工作的决议》以来，特别是 90 年代贯彻落实江泽民总书记关于繁荣少儿文艺的指示精神以来，我国的儿童文学呈现平稳从容而又生气勃勃的发展态势，在创作、评论、出版等方面都取得了新的、可喜的进展和成果。但是，与新时代赋予儿童文学的历史任务相比，与当代少年儿童丰富多样的审美需求相比，我国儿童文学创作的思想、艺术质量，作家队伍的思想、业务素质，理论批评的力度、风气，都还有待进一步改进、加强和提高。

21 世纪是实现中华民族伟大复兴的新世纪。建设四化、振兴中华的历史责任落在跨世纪的一代少年儿童身上。跨世纪的一代新人应当具有综合素质，努力做到德、智、体、美全面发展。而文学艺术在素质教育、德育、美育中具有独特的、无可替代的作用。为了促进新世纪儿童文学的发展、繁荣，更好地发挥它在培育一代“四有”新人中的独特作用，中国作家协会应当采取切实、有力的举措来进一步加强儿童文学工作。

一、坚持儿童文学创作的正确方向，树立精品意识，力求产生相当数量、思想性与艺术性完美统一、为广大少年儿童喜闻乐见的优秀作品。中国作家协会拟每五年召开一次全国儿童文学创作会议，探讨儿童文学的发展趋势、前景，总结提高儿童文学创作质量的经验。与有关出版社合作，编辑出版优秀儿童文学作品和年度佳作选。

二、改进和完善儿童文学的评奖工作，保证评奖的导向性、权威性、公正性。

除继续奖励各种体裁、样式的文学创作外，还要适时增设儿童文学理论批评奖、新人奖和对儿童文学事业有特殊贡献的荣誉奖等奖项。

三、加强对儿童文学的理论研究和作品评论工作。巩固、扩大儿童文学评论队伍，提倡和发扬说理的、实事求是、与人为善的理论批评风气。继续办好《文艺报·儿童文学评论》；作协儿童文学委员会要与少年儿童出版社合作，办好《中国儿童文学》丛刊。各有关报刊，首先是中国作家协会和各地作协主办的报刊，要经常选登一些儿童文学作品、评论文章。

四、加强儿童文学队伍建设，大力培养儿童文学新人。鼓励、吸引更多的作家、业余作者为少年儿童写作。通过组织儿童文学作家学习理论、学习业务和鼓励、帮助他们深入生活、深入少年儿童等途径，努力提高队伍的思想、业务素质。作协儿童文学委员会、鲁迅文学院要与有关单位合作，不定期地举办讲习班、函授班、创作研讨班，给年轻的儿童文学作者提供学习进修的机会。

五、加强儿童文学作家与小读者和校园文学社团的联系。与有关部门通力合作，开展少年儿童读书活动，把优秀的儿童文学作品推广到小读者中去。举办夏令营、诗歌朗诵会、签名售书等活动，组织儿童文学作家与小读者见面。儿童文学评奖要听取小读者的意见。

六、与中国科协密切合作，做好文学家与科学家优势互补的联姻工作，共同促进科学文艺创作的发展。

七、加强儿童文学与影视、网络等现代传播媒体的联姻，推荐介绍优秀儿童文学作品改编成影视、卡通作品或上网，使它们迅速普及到广大小读者中去。

八、增进同台、港、澳地区和海外同胞中儿童文学作家的联系、交流和友谊；努力创造条件，加强、扩大中外儿童文学的交流。

九、现代文学馆要在广泛征集现当代儿童文学资料的基础上，创造条件争取及早建立儿童文学文库，并使之逐步成为我国儿童文学的一个研究中心、信息中心。

十、中国作协及各地作协要把儿童文学工作列入自己的工作日程，常抓不懈。各地作协中尚未建立儿童文学委员会或相应组织的，应创造条件及早建立。作协应继续加强与政府文化、教育、新闻出版、广播影视部门和文联、科协、共青团、关心下一代委员会、宋庆龄基金会的联系与合作，共同为繁荣儿童文学多办实事。

后 记

初春时节，乍暖还寒。我猫在11平方米的小书房里，断断续续花了半个多月的时间，编完了这本评论集。迎着东窗照进的一缕灿烂的阳光，真切地感受到春天的气息。

1995年，江苏少年儿童出版社出过我的一本《儿童文苑漫步》。刚编好的这本《守望与期待——束沛德儿童文学论集》，是我的第二本儿童文学评论集。收在这个集子里的80多篇长短不等的文章，都是20世纪90年代中期以来写的。按文章内容分为三辑：第一辑《文林一瞥》，是对儿童文学现状、走向的描述与展望，或是对某种文体（如儿童诗、幼儿文学）的综述、评估。怀念儿童文学大师冰心、陈伯吹两位老人的文章也收入这一辑。第二辑《书海浅涉》，是对近几年新出版的部分儿童文学图书的评论。这些书评，有一半是关于少年儿童小说的，另一半涉及儿童散文、游记、纪实文学、故事、寓言、图画书和评论等多种体裁、样式。第三辑《耕耘杂拾》，所收文章大略记述了我从童年、少年到成年读书、学习写作的点点滴滴，以及在儿童文学界“打杂”、跑龙套的一鳞半爪。《附录》所收一些资料，或由我执笔起草，或由我主持操办，都同我的儿童文学履历有关，特录以备查。《守望与期待——束沛德儿童文学论集》与《儿童文苑漫步》这两本书，在文章内容、分类、体例上大体相同，可说是姊妹篇。

编完这个集子，不禁思绪万千。我既为这么多年写得太少又质量不高而自惭形秽，也为退休之后没有虚掷光阴，做了一点力所能及的事情而聊以自慰。至今我依然挂着中国作协儿童文学委员会主任委员的名，一些有关儿童文学的作品研讨、创作评奖等活动还难以推却。涉足这个领域时间长了，出于对儿童文学事业的一份真情、一种责任感，常常勉为其难而又心甘情愿地去为之鼓与呼。收入这个集子的不少篇章，正是在这样一种匆忙、矛盾的状态下被逼出来的。我深知，若不能从宏观上把握我国儿童文学创作现状，又不能从横向上与世界儿童文学名著经典参照比较，孤立地来谈一部作品、一个作家的成败得失，就很难做出科学的、富有真知灼见的美学判断。可到了我这把年纪，要认真、仔细地阅读大量文本，经常、系统地了解和掌握创作发展趋势，已感到心有余而力不足了。正因为如此，也就不敢奢望写出有多大分量和特色的文章；只能尽自己的力量为钟爱儿童文学的中青年作家打打气、鼓鼓劲了。

集子编选出来，算是了却了许久以来萦绕于怀的一桩心事。然而，当今的图书市场，很难寻觅到儿童文学论著的栖身之地。更何况我这本书犹如一个待字闺中的大龄姑娘，家境清贫，才貌平平，性格内向，不擅交际，如此条件，要想找到一个如意郎君，实在是难上加难了。但愿我走好运，能早日遇上一位热情、大度、贴心、知己的意中人。

2003 年 3 月 31 日

改版后记

阳春三月，传来佳音：接力出版社将在近几年出版多种个人儿童文学评论集的基础上，改版出一套“新视野中国儿童文学理论研究”书系。不胜荣幸，拙著《守望与期待》也忝列其中。这是一件令人振奋、有利于促进儿童文学理论批评发展的实事、好事。

借这次改版的机会，在保持《守望与期待》基本框架、内容的前提下，对入选的文章篇目做了若干调整。全书仍分为《文林一瞥》《书海浅涉》《耕耘杂拾》三辑，但各辑均增收了近十年部分较有影响的文章和近年新写、尚未收入集子的文章；同时删去了原书各辑和《附录》中的一些篇章。坚守文学品格，鼓励艺术创新，从学养、胆识、阅历、视野诸方面不断丰富、提高自身的素质和功力，真正发出自己独立的、清晰的、充满睿智的声音，发扬与人为善、实事求是的批评风气，是我对儿童文学理论批评的呼唤与追求。因此将改版后的这本书定名为《发出自己的声音》。

我是儿童文学评论园地的一个老园丁。随着年岁的增长，近些年逐渐淡出儿童文苑。但愿我的为数不多、缺乏新意的评论文字，能对儿童文学作者、研究者、爱好者了解当代特别是新时期以来儿童文学发展历程的一些侧面，多少起一点引领、启迪的作用。果真如此，我就心满意足了。

2013 年 4 月 18 日